Knaur

Über die Autorin:

Christina Jones schrieb zeitlebens. Neben der Mitarbeit an einer Kolumne der *Oxford Times* schreibt sie Kurzgeschichten und Fortsetzungsromane für verschiedene Magazine. *Die Fee schlägt zu* ist ihr erster großer Roman

CHRISTINA JONES

Die Fee schlägt zu

Roman

Aus dem Englischen übersetzt von
Kristine Rohrbach und Sabine Schwenk

Knaur

Die englische Originalausgabe erschien unter dem Titel
»Going the distance« bei Orion Books Ltd., London

Besuchen Sie uns im Internet:
www.knaur.de

Vollständige Taschenbuchausgabe 2001
Droemersche Verlagsanstalt Th. Knaur Nachf., München

Redaktion: Gisela Klemt
Umschlaggestaltung: ZERO Werbeagentur, München
Umschlagabbildung: Elektravision, Köln
Texterfassung: Brigitte Apel, Hannover
Umbruch: Ventura Publisher im Verlag
Druck und Bindung: Nørhaven A/S
Printed in Denmark
ISBN 3-426-60833-2

2 4 5 3 1

Gewidmet in liebevoller Erinnerung meinen Eltern Fred und Aimee Wilkins, die mir so viel Liebe und Freude, Freiheit und Phantasie geschenkt haben.

»Ich bereue nichts.«

1. Kapitel

Sie war sich absolut sicher, dass man ihre Strumpfbänder sehen konnte. Sie drehte sich um und verrenkte sich beinahe den Hals, um in den Spiegel zu schauen. Dann lächelte sie. Nein, sie waren bedeckt, wenn auch ganz knapp.

Maddy hatte gewusst, dass das Kleid zu eng und viel zu kurz sein würde, auch wenn Fran ihr dazu ihr zweitbestes, im wahrsten Sinne atemberaubendes Schnürmieder geliehen hatte. Resigniert zog sie sich das geborgte graue Minikleid aus Crêpe de Chine wieder über den Kopf und starrte betrübt in ihren Kleiderschrank. Sie konnte doch nicht schon wieder das grüne Samtkleid anziehen! Also blieb ihr nur die aufregende Wahl zwischen dem schwarzen Rock und der schwarzen Hose, und zu beidem würde sie für die Party noch ein passendes Oberteil brauchen.

Seufzend warf sie Frans Kleid auf ihr Bett, von wo es langsam zu Boden glitt, um schließlich zwischen mehreren zerpflückten Zeitungen und einem leeren Becher Slimfast liegen zu bleiben. Vor einer Woche hatte Maddy feierlich gelobt, dass sie sich nur noch von Slimfast ernähren würde. Grazil, fit und verführerisch wollte sie auf dieser Party aufkreuzen, und Peter würde sich fragen, warum er sie bloß verlassen hatte, und dann auch noch wegen Stacey, dieser affigen Heuschrecke …

Natürlich hatte Maddy nicht damit gerechnet, dass Slimfast so gut schmecken würde – vor allem, wenn man es mit Büchsenmilch und einem Schlag Vanilleeis verrührte … Sie kickte ihren Diätplan unters Bett und beschloss, sich mit einem Schoko-Hobnob zu trösten. Nur das beharrliche Bimmeln des Telefons hinderte sie daran, den restlichen Inhalt der Packung zu verdrücken.

»Na, wie ist das Kleid?« Aus Frans Stimme klang unerschütterlicher Optimismus. »Mit dem Mieder geht's, oder?«

Maddy verzog das Gesicht. »Nein. Selbst mit Stahlträgern wäre es nicht gegangen. Das Mieder hat zwar geholfen, aber ich sah trotzdem wie ein zerbeultes Kopfkissen darin aus.«

»Schade«, kicherte Fran. »Auf Richard hat es immer die erwünschte Wirkung.«

»Das liegt wahrscheinlich daran, dass ich zwei Kleidergrößen dicker bin als du – oder daran, dass Richard zerbeulte Kopfkissen scharf findet. Danke für deine Hilfe, Fran, aber es sieht so aus, als müsste es wieder mal der schwarze Rock sein – wenn ich ein passendes Oberteil dazu finde.« Maddy zuckte die Achseln. »Vielleicht schenke ich mir die Party ja auch einfach.«

»Oh, nein!« Frans Stimme klang jetzt sehr schulmeisterlich. »Maddy Beckett, sei bloß keine Drückebergerin! Du wirst heute Abend wie geplant deinen Auftritt haben, und ich schwöre dir, du wirst Peter umhauen.«

»Dafür wird mein Busen bestimmt sorgen«, sagte Maddy. »Wenn meine Oberschenkel ihn bis dahin nicht schon in die Knie gezwungen haben …«

»So ist's recht. Männer mögen Humor, obwohl ich wirklich nicht begreifen kann, warum du deinen immer noch an Peter verschwendest. Besonders nachdem er dich so …«

»Fran.« Das Wort allein war eine Drohung.

»Okay, okay, du hast ihn geliebt – du liebst ihn immer noch.«

»Nein, das stimmt nicht«, protestierte Maddy. »Ich will nur beweisen, dass ich die Sache überlebt habe und dass es mir auch ohne ihn gut geht. Dass es auch ohne Peter Knightley ein Leben in Milton St. John gibt, selbst für Maddy Beckett ... Nur ... wenn er Stacey im Schlepptau hat, komme ich mir immer vor wie ein gestrandeter Wal.«

»Womit er dich ja auch, wenn ich mich recht erinnere, gern verglichen hat.« Frans Stimme war eisig. »Dieser Scheißkerl!«

»Na ja, ich habe wirklich ein bisschen Übergewicht.«

»Quatsch«, erwiderte Fran energisch. »Du hast tolle Kurven, du bist hübsch, und du bist sexy. Peter Knightley ist ein Trottel.«

»Wenn eine Beziehung zu Ende geht, sagt man sich immer verletzende Dinge.« Maddy bekam langsam Gänsehaut in ihrem Mieder. Sie musste endlich mal daran denken, jemanden wegen des Boilers kommen zu lassen. Den ganzen Tag über schien er tief und fest zu schlafen, als sparte er sich seine gesamte Energie dafür auf, ihre Wohnung von Zeit zu Zeit um drei Uhr morgens in eine Sauna zu verwandeln. »Ich bin sicher, dass ich genauso fies war. Aber was soll's, vorbei ist vorbei. Ich bring dir morgen vor der Arbeit die Sachen vorbei.«

»Prima!« Frans Stimme klang wieder freundlich. »Ich seh zu, dass die Kinder beschäftigt sind und dass das Teewasser kocht, wenn du kommst – und dann machen wir es uns mit einer Packung Schokoladenkekse gemütlich, okay? Denk dran, ich will jedes Detail wissen. Und noch was, Maddy ...«

»Ja?«

»Borg dir von Suzy was für obenrum. Das weiße Oberteil, das sie letzte Woche im Cat and Fiddle anhatte, wird Peter bestimmt ins Auge springen.«

»Super Idee! Fran, ich liebe dich!«

Ein sibirischer Luftzug kam heulend unter der Ritze der Eingangstür her, als Maddy den Hörer auflegte. Da sie seit der letzten Heizkostenabrechnung gezwungen war, etwas bewusster mit ihrem Energieverbrauch umzugehen, zerrte sie an der Matte, die sich zwischen Tür und Schwelle verklemmt hatte, aber sie gab nicht nach. Gereizt öffnete sie die Tür, schob die Matte mit dem Fuß wieder an ihren Platz und lächelte Mr. Pugh vom Dorfladen zu, der gerade schwankend auf seinem Fahrrad vorbeifuhr. Gerade als sie die Tür wieder zumachen wollte, kam Suzy den Weg hochgelaufen.

Maddy zog ihre Schwester ins Haus. »Du kommst gerade zur rechten Zeit! Frans Kleid sah unmöglich an mir aus. Ich brauche dein weißes Oberteil, Suzy, du weißt schon, diese Bluse, die …«

»Mein Gott, Mad!« Suzy riss ihre Augen, die von schwarzem Kajal dick umrandet waren, vor Erstaunen weit auf. »Das ist doch nicht dein Ernst, oder? Ich meine, du hast doch nicht *so* die Tür aufgemacht – in deinem Aufzug? Und ich habe mich schon gefragt, warum Bernie Pugh auf seinem Fahrrad noch mehr geschwankt hat als sonst. Jetzt komm um Himmels willen vom Fenster weg! Du machst ja noch die Pferde scheu! Und warum?«, fuhr Suzy mit der Überlegenheit einer Siebzehnjährigen über ihre zehn Jahre ältere Schwester fort, »warum hast du dich überhaupt angezogen wie eine Nutte?«

»Das ist eine lange Geschichte«, seufzte Maddy.

»Kann ich die weiße Bluse für heute Abend haben oder nicht?«

»Nee, die ist in der Wäsche.« Suzy zog ihre dreckverkrusteten Stiefel aus. »Du kannst die rosafarbene haben.«

»Ich kann doch kein Rosa anziehen! jammerte Maddy. »Bei meinen roten Haaren!«

»Die hab ich auch – manchmal. Natürlich kannst du Rosa anziehen. Wo willst du denn eigentlich hin?«

»Auf die Party von Diana und Gareth.«

Suzy zog eine Augenbraue hoch. »Wirklich? Ich hätte nicht geglaubt, dass sich dein Name vornehm genug anhört, so dass du auf eine von Dianas Partys eingeladen wirst. Wo liegt der Haken?«

»Es gibt keinen Haken. Diana hat mich einfach so eingeladen.«

»Ich wüsste nicht, warum.« Suzy hatte inzwischen ihre Reitklamotten ausgezogen und steuerte auf die Küche zu. Maddy betrachtete die knabenhafte Figur ihrer Schwester ohne jeden Neid. Es war zwar ausgesprochen widerlich, stets eine so schlanke, flotte junge Frau vor der Nase zu haben, besonders wenn sie mit einem verwandt war und auch noch im selben Haus wohnte – aber es gab durchaus eine Entschädigung. Suzy trug gern weite Schlabberpullover und Stretch-Oberteile. Und Letztere borgte sich Maddy bei jeder Gelegenheit.

Sie holte einmal tief Luft. »Peter kommt auch.«

So. Jetzt hatte sie es gesagt. Sie wartete auf die empörte Reaktion, die auch tatsächlich nicht lange auf sich warten ließ.

»Du lieber Himmel, Mad!« Suzy war gerade dabei, gelben Sirup auf einem Stück Brot zu verschmieren und hielt inne. »Willst du dich umbringen? Willst du etwa zulassen, dass Pete the Perv eine weitere öffentliche Hinrichtung vollzieht?«

»Du sollst ihn nicht so nennen. Und außerdem geht es darum überhaupt nicht. Ich will auf diese Party, weil er sehen soll, wie gut es mir ohne ihn geht. Diana sagt, dass er überlegt, nach Milton St. John zurückzukommen, und sie hat sich gedacht ...«

»Sie hat sich gedacht, sie könnte dich ein bisschen lächerlich machen. Diana James-Jordan ist eine Kuh! Denk doch nur daran, was sie Richard und Fran angetan hat! Ich dachte, sie wären deine Freunde?«

»Das sind sie ja auch. Fran weiß, dass ich hingehe. Ich habe ihr versprochen, nichts davon zu sagen, dass Richard wegen dem neuen Wunderknaben von Newmarket abserviert worden ist. Und schließlich ist Diana eine wichtige Kundin von mir.«

»Und die Loyalität zu deinen Freunden ist plötzlich keinen Penny mehr wert, bloß weil sie Peter eingeladen hat, sich bei ihr die Wampe voll zu schlagen.«

Maddy stöhnte. Manchmal brachte Suzys derbe Art sie zur Verzweiflung. Das liege daran, dass sie so viel Zeit mit den Stallburschen verbringe, hatte ihre Mutter gesagt. Dabei war sich Maddy ziemlich sicher, dass Suzy diesen Burschen an phantasievollen Schimpfworten noch einiges beibringen konnte. Aber sie wollte sich jetzt nicht in eine Diskussion über die Ethik des Pferderennsports hineinziehen lassen – und auch nicht über Peter Knightley. Zu beidem hatte Suzy sehr klare Ansichten.

»Hör zu, mir ist lausekalt, und ich komme zu spät. Wo ist die rosa Bluse?«

»Unterm Bett«, nuschelte Suzy, den Mund voller gelbem Sirup. »Links – auf der Seite, wo die Kleider sind, nicht die Schuhe …«

Im Vergleich zu dem Chaos in Suzys Zimmer herrschte bei Maddy die reinste Ordnung. Suzy, die etwas gegen konventionelle Möbel hatte, schien alles, was sie zum Leben brauchte, unter ihrem Bett aufzubewahren. Mit bangem Gefühl fischte Maddy in dem Durcheinander herum, bis sie erleichtert eine Hand voll rosafarbener Spitzen hervorzog.

Suzy war vergangenen Mai über Milton St. John im Allgemeinen und im Besonderen über Maddy hereingebrochen. Maddy, die zu dieser Zeit noch sehr unter Peters Abfuhr litt, hatte ihre kleine Schwester mit mütterlicher Freude willkommen geheißen. Aber sie hatte schnell festgestellt, dass Suzy nicht bemuttert zu werden brauchte. Suzy, die das überraschende Resultat von Mrs. Becketts Wechseljahren war, hatte ihren eigenen Willen, und das war nicht zu übersehen.

Maddy, das verwöhnte und behütete Wunschkind, war noch mit zwölf in Söckchen herumgelaufen. Suzy war schon als Kind wild und furchtlos gewesen, Maddy schüchtern und unsicher. Als Spätentwicklerin hatte Maddy ihre Pubertät mit neunzehn durchlebt. Und dann hatte sich auch schon die Frage gestellt, welchen Beruf sie ergreifen sollte.

Suzy hingegen hatte schon immer gewusst, dass sie Jockey werden wollte. Das war kein kindischer Traum, der in Ponyclubs und auf Reiterfesten Bestätigung fand, sondern echte Leidenschaft für Pferderennen, die schon fast krankhaft war. Mit sieben konnte Suzy Gewinnquoten errechnen, Wettlisten lesen und Sieger ausmachen. Maddy, die sich damals mit dem Abitur herumschlug, hatte großen Respekt vor diesem Talent gehabt. Noch beeindruckender fand sie die Tatsache, dass Suzy schon in der Grundschule genau wusste, was sie aus ihrem Leben machen wollte. Maddy hatte die vage Vorstellung, an die Uni zu gehen, sofern ihre Noten gut genug waren, aber was dann passieren sollte, davon hatte sie nicht die leistete Ahnung.

Ihre Eltern hatten allerhand Vorbehalte dagegen laut werden lassen, dass Suzy, dieses wilde Kind, einen so wenig fraulichen Beruf ergreifen wollte – zumal schon Maddy eine gewisse Enttäuschung für sie gewesen war. Aber Suzy hatte sich nicht darum gekümmert. Kaum war Maddy nach Milton St. John gezogen, schrieb Suzy bereits Bittbriefe an alle Trainer. Da die Leute im Ort Maddy kannten, hatte man allerhand Spekulationen darüber angestellt, ob Suzy überhaupt das zulässige Höchstgewicht für Jockeys würde einhalten können, worauf Maddy wohl oder übel zugeben musste, dass Suzy eindeutig spindeldürr war. So hatte bis jetzt alles sehr gut geklappt – und für Maddy bedeutete es eine komplette zweite Garderobe.

Sie ging eilig durch den Flur in ihr Zimmer. Da es zu spät war, um noch zu baden, und es um diese Uhrzeit sowieso nur anderthalb Zentimeter warmes Wasser geben würde, besprühte sie sich großzügig mit Deo. Sie beschloss, das Beste aus dem Schnürmieder zu machen, und zog einfach ihren schwarzen Rock dazu an, ehe sie sich in die rosafarbene Bluse zwängte.

Das Ergebnis war gar nicht so enttäuschend, wie sie befürchtet hatte. Peter würde ihr zwar bestimmt nicht hechelnd zu Füßen fallen – nicht dass sie sich das gewünscht hätte, versteht sich –, aber er würde auch nicht entsetzt zurückweichen. Nachdem sie Make-up aufgetragen hatte, blinzelte sie in den Spiegel. Irgendwie hatte sie fast etwas Glamouröses …

Als Maddy gerade Unmengen Rouge auflegte, kam Suzy mit einer Fleischpastete in der Hand ins Schlafzimmer spaziert. »Was soll ich mit meinen Haaren machen?«

»Steck sie hoch.« Suzy setzte sich aufs Bett. »Das strafft irgendwie dein Gesicht.«

»Herzlichen Dank!« Maddy türmte ihre üppigen, rostroten Locken hoch oben auf ihrem Kopf und befestigte sie mit mehreren Spangen. »Und? Wie sehe ich aus?«

»Überrascht.« Suzy rutschte vom Bett, um sich noch etwas zu essen holen. »Nein, ehrlich, Mad, du siehst toll aus. Richtig hübsch. Alle werden total auf dich abfahren. Ach ja, weißt du, was ich heute gehört habe? Endlich hat jemand Peapods gekauft.«

Bitte nicht Peter, dachte Maddy voller Panik. Sie hatte sich doch gerade erst an den Gedanken gewöhnt, dass Peter wieder in Milton St. John war. Ihn auch noch in unmittelbarer Nachbarschaft zu haben, wäre ihr jetzt wirklich zu viel.

»Wer denn?« fragte sie, während sie zu ihren schwarzen Wildlederstiefeln griff.

»Oh, irgendein fremder Typ. Ich weiß nicht, ein Waliser oder so. Er wird wieder einen Rennstall daraus machen. Er hat vorher wohl schon mal Galopper trainiert und will jetzt beides machen, Flachrennen und Hindernisrennen. Ich glaube, er heißt Dermot – Dermot MacAndrew.«

»Das klingt aber alles andere als walisisch.«Maddy schminkte sich die Lippen knallrot und bedauerte, dass sie nicht mehr genug Zeit hatte, sich passend dazu die Nägel zu lackieren. »Hört sich eher nach einem interessanten keltischen Mischmach an. Jedenfalls finde ich es gut, wenn Peapods wieder als Stall genutzt wird – die Gesundheitsfarm war ja wohl eine einzige Katastrophe.«

»Ja.« Suzy streckte ihren Kopf wieder durch die Tür. »Besonders, wenn da Leute wie Stacey gearbeitet haben …« Sie konnte gerade noch dem Lippenstift ausweichen, den Maddy Richtung Tür schleuderte. »Und nimm heute Abend das Auto, Mad. Verlass dich nicht darauf, dass Peter dich nach Hause bringt. Man macht immer so eine unglückliche Figur, wenn man hoffnungsvoll bis zum Schluss auf einer Party herumlungert.«

»Brauchst du's nicht?«

»Nee, ich geh mit Jason und Olly zu Fuß zum Pub. Da ist heute Karaoke-Nacht.«

»Okay.« Maddy schnappte sich den Autoschlüssel, der auf der Kommode lag. »Ich bin weg. Wünsch mir viel Glück.«

»Ich wünsch dir alles, was du dir selbst auch wünschst.« Suzy sah ihre Schwester liebevoll an. »Lass dir nur nicht das Herz brechen – nicht ein zweites Mal.«

Natürlich nicht, dachte Maddy, als sie den Weg entlangfuhr, der in Milton St. John als Hauptstraße galt. Peter hatte ihr tatsächlich das Herz gebrochen. Peter mit seinem goldenen Haar, seiner goldenen Haut und seiner honigsüßen Stimme. Peter Knightley, der sie vor fünfzehn Monaten, drei Wochen und zwei Tagen verlassen hatte – nicht, dass sie die Tage gezählt hätte –, um sich mit Stacey, dieser affigen Heuschrecke, zusammenzutun. Und er hatte es ihr nicht einmal gesagt. War einfach abgehauen – und hatte ihr zwei Wochen später einen Brief geschrieben.

Fran und Suzy hatten wohl Recht, sich wegen seiner

ebenso plötzlichen Rückkehr Sorgen zu machen, aber sie kannten ihn eben nicht so gut wie Maddy. Sie hatte sich auf der Stelle in Peter verliebt, und das zum ersten Mal in ihrem Leben. Es war eine heftige, glühende Leidenschaft gewesen. Fast vier Jahre lang hatte Peter Knightley ihr Leben bestimmt. Er war ihr wichtiger gewesen als ihre Arbeit, wichtiger als Suzy oder ihre Eltern, ja sogar wichtiger als Ihre Freunde. Als Peter ihre Beziehung beendet und Milton St. John verlassen hatte, hatte er Maddy nicht nur das Herz gebrochen, sondern nahezu ihre ganze Existenz zerstört. Deshalb war es auch so wichtig für sie, ihm heute Abend deutlich zu machen, dass sie die Sache überwunden hatte.

Sie fuhr wie immer sehr langsam, was im Übrigen alle Bewohner des Ortes taten, da jeder wusste, wie viele Pferdenarren es in Milton St. John gab und dass hinter jeder Kurve eine Gruppe von Rennpferden mit glänzendem Fell auftauchen konnte, die ein Vermögen wert waren. Maddy, der es beim Autofahren an Selbstvertrauen fehlte, nahm den Wagen nur für kurze Strecken innerhalb des Dorfes, wo man mit fünfzig Stundenkilometern vergleichsweise Formel-1-Geschwindigkeit erreichte. Für weitere Reisen nutzte sie die guten Busverbindungen oder stieg am Bahnhof von Didcot in den Zug.

Peter hatte über sie gelacht, als sie versucht hatte, ihm zu erklären, wie nervös sie unverständliche Straßenschilder und das aggressive Dröhnen auf der Autobahn machten. »Du bist en wandelnder Anachronismus, Maddy. Du hast etwas gegen schnellen Verkehr, du weißt nicht, wie das Videogerät funktioniert, und du hast noch nicht einmal richtig kapiert, wie man die Mikrowelle benutzt.« Peters zärtliche Stimme hatte seinen Worten die Spitze genommen. Er hatte es so klingen lassen, als wäre es ein Kompliment und keine Kritik. »Du wärst bestimmt in den fünfziger Jahren viel glücklicher gewesen als heute. Du musst dir Mühe geben, dass du irgendwann in der Gegenwart ankommst, Schatz, denn deinen einsamen Feldzug gegen den Fortschritt wirst du nicht überleben.«

Maddy bog in den von hohen Fliederbüschen gesäumten Weg ein, der zu Diana und Gareth James-Jordans Trainingsställen führte. Es war ihr noch in schmerzhafter Erinnerung, wie sie bei jenem Gespräch mit Peter protestiert hatte, dass sie wirklich gern in den Neunzigern lebte und nur ein bisschen Probleme damit hätte, technische Dinge zu verstehen, und wie Peter ihre Erklärung mit seinen Lippen und seinen Armen erstickt und ihr gesagt hatte, dass er sie trotzdem liebte – und immer lieben würde. Worauf sie wie eine leichtgläubige Idiotin vor Freude dahingeschmolzen war. Dann hatte er sie verlassen.

Und jetzt war er wieder da.

»Maddy, Liebes! Du siehst hinreißend aus.« Diana war selbst an die Tür gekommen, was Maddy ermutigend fand. Es bedeutete, dass dies hier vielleicht wirklich »nur ein kleines Treffen« war, »ehe die Saison losgeht, und wir wieder alle viel zu beschäftigt sind«, wie Diana es bei ihrer Einladung formuliert hatte.

Als Maddy ihre Wangen an die ihrer Gastgeberin presste, schlug ihr eine Wolke von Chanel entgegen. »Diana …« Aber das Begrüßungsritual war schon vorbei.

Sie folgte Diana in die Eingangshalle, wo das Nussbaumholz mit dem Rosenholz um die Wette glänzte, und der Parkettboden so aussah, als sollte darauf eine Eistanzshow stattfinden.

»Du siehst wirklich reizend aus, Maddy«, gurrte Diana ihr über die Schulter zu. »Neue Bluse!«

»Ja.« Na ja, war es ja auch. Für sie zumindest. Und Suzy hatte sie auch erst seit einem Monat oder so.

Diana war natürlich perfekt gekleidet und geschminkt. Gepflegt, elegant und wie geleckt sah sie wieder einmal aus. Maddy fragte sich, ob sie selbst wirklich die einzige Frau in ganz Milton St. John war, die sich mit molligen Oberschenkeln und einem Busen herumschlug, der ständig aus seiner Halterung zu platzen drohte. Nur weil der Ort ein Zentrum des Pferderennsports war, wo alle Pferde und gezwungenermaßen auch die meisten Männer schlank und muskulös waren, mussten doch nicht auch alle Frauen magersüchtig erscheinen! Sogar Kimberley Weston, Milton St. Johns Quoten-Frau unter den Trainern, die mindestens Kleidergröße 46 trug, sah so aus, als wäre bei ihr alles straff und muskulös und ohne eine einzige schwabbelige Stelle.

»Gareth kümmert sich um die Getränke – und ich glaube, du kennst hier alle«, plauderte Diana weiter.

Maddy lächelte. »Ja, natürlich.«

Nichts auf der Welt würde sie dazu bewegen, sich nach Peter zu erkundigen. Wenn er da wäre, würde sie es schon früh genug feststellen.

»Hallo, Maddy! Bildhübsch wie immer«, dröhnte ihr Gareth James-Jordan, der wie ein Hüne in der Tür stand, mit lauter Stimme entgegen. »Was trinken wir denn heute?« Was auch immer es war, dachte Maddy, Gareth hatte jedenfalls schon einiges davon intus.

»Nur ein Glas Mineralwasser, bitte.« Maddy wandte den anderen Gästen, deren Gemurmel sie im Hintergrund hören konnte, den Rücken zu. »Ich muss noch fahren, aber vielleicht trinke ich später ein bisschen Alkohol.«

»So ist's recht!«, brüllte Gareth und schielte auf die alkoholfreien Getränke auf der Anrichte. »Äh, siehst du, wo hier das Wasser steht, Maddy? Meine Augen haben sich ganz auf Brandy eingestellt.«

Lachend bediente sich Maddy selbst. Sie mochte Gareth. Er hatte zwar eine sehr laue Art, aber er war ein netter Mann und ein guter Trainer. Die Cleverness und das Geld kamen von Diana, die im Übrigen über Leichen ging, wenn sie etwas haben wollte. So war es auch zu der Sache mit Fran und Richard gekommen.

Maddy trat von der Anrichte zurück und suchte Zuflucht zwischen einem Bücherregal aus Ulmenholz und einem Tisch, den sie schon immer bewundert hatte – seine Beine endeten in geschnitzten Klauen, die verdammt schwierig zu putzen waren. Peter war nicht im Zimmer.

»Wie geht's?« John Hastings, der Trainer, der Suzy eingestellt hatte, hielt auf dem Weg zu den Getränken bei Maddy an und heftete seinen Blick auf ihr Dekolleté. Sie war darüber nicht empört. John Hastings warf immer ein professionelles Auge sowohl auf Pferde als auch auf Frauen, wobei Pferde ihn mehr erregten »Hat Ihnen Suzy die Sache mit Sir Neville erzählt? Duftes kleines Mädel.«

Maddy war sich nicht sicher, ob John damit ihre Schwester meinte oder das Pferd, tippte aber auf Letzteres. »Nein, wir hatten heute Abend gar keine Zeit, über die Arbeit zu reden. Es ist wirklich nett von Ihnen, dass Sie ihr für diese Saison ein paar gute Ritte versprochen haben, John. Ich weiß, wie sehr sie sich darüber freut.«

»Ich auch.« Sein anzügliches Grinsen war geübt. »Ich habe schon immer einen Blick für Jockeys gehabt, die es zu was bringen können. Ich hoffe, dass ich sie bis Ende des Monats auf der Rennbahn habe.«

Dann redete er weiter über Pferde und Renn-Nennungen, über Viren und Gewichtsklassen, und Maddy nickte und sagte im – wie sie hoffte – richtigen Moment »Oh, ja«, »Natürlich« und »Tatsächlich?«, wobei sie die Tür keine Sekunde aus den Augen ließ.

Diana hatte Recht. Sie kannte alle Leute hier im Kleinen Zimmer – übrigens eine gänzlich unzutreffende Bezeichnung, da der Raum sich zwischen getäfelten Wänden ins schier Unendliche erstreckte, und Maddys gesamtes Häuschen mit Leichtigkeit hineingepasst hätte. Trainer, Jockeys und Dorfbewohner sowie die Ehefrauen und Sekretärinnen der Trainer hatten sich hier versammelt. Alle waren Freunde oder flüchtige Bekannte aus Milton St. John, die über die letzten Hindernisrennen oder die ersten Flachrennen plauderten, deren Saison vor der Tür stand. Es war genauso wie bei den Dutzenden von Zusammenkünften, denen Maddy bereits beigewohnt hatte, seit sie in Milton St. John zu Hause war. Mit einer Ausnahme: Peter war nicht da.

Maddy gesellte sich zu den verstreut umherstehenden Grüppchen und unterhielt sich über das große Derby, über den neuen Chinesen in Newbury, über die Bungalowpreise im Nachbarort, über das Guineas-Festival und darüber, dass Richard aufs Abstellgleis geschoben worden war.

»Das ist ja nun wirklich nicht Dianas Schuld, oder?«, hob sich Barty Smalls Stimme vom mitleidvollen Gemurmel ab. »Der Besitzer wollte nun mal, dass dieser Goldjunge aus Newmarket reitet, was konnte Diana da schon groß machen?«

»Aber Richard ist doch ihr Stalljockey! Es ist seine erste Saison in ihrem Stall. Und er hatte fest damit gerechnet.« Maddys Loyalitätsgefühl war einfach stärker, obwohl sie Fran fest versprochen hatte, sich rauszuhalten. »Und Fran ist Ihre Sekretärin. Und …«

»Und die Pferdebesitzer zahlen die Gehälter. Die Besitzer sagen, wo's langgeht, Maddy, das wird Ihnen Ihre Suzy jederzeit bestätigen.« Small kam so dicht auf sie zu, dass seine Nase beinahe gegen ihren Busen stieß. »Aber Ihnen kann das doch eigentlich egal sein, oder? Schließlich liegt Ihnen der Pferderennsport ja nicht im Blut.«

Maddy widerstand der Versuchung, seine Nase von ihrer Brust wegzuschnipsen. Barty Small hatte ein Gesicht wie ein Wiesel, mit kleinen Schweineaugen und strohblonden Haaren, die an der Stelle, wo sonst sein Schlapphut auf seinem Schädel saß, platt gedrückt waren. »Vielleicht nicht im Blut, aber er liegt mir am Herzen«, beharrte Maddy. »Und jetzt sieht es so aus, als würden Richards Fähigkeiten in Frage stehen.«

»Überhaupt nicht«, erwiderte Barty aufgebracht. »Letztendlich geht es doch immer nur ums Geld.«

»Und was ist mit Freundschaft und Loyalität? Mit der Verpflichtung, sich für einen Gefallen auch mal zu revanchieren? Mit …«

»Das zählt längst nicht mehr.« Kimberley Weston strich sich das straff über ihrem Korsett sitzende Kleid glatt. »Leider hat Barty Recht, Maddy. Der Pferderennsport ist heutzutage, wo alle hinterm Geld her sind, ein Gewerbe wie jedes andere und damit auch genauso wenig gefeit.«

Maddy war verärgert. Nicht nur, weil sie ihren Gefühlen keinen freien Lauf lassen konnte, ohne ihre Gastgeberin zu beleidigen, nicht nur, weil Peter offenbar doch nicht kam, obwohl sie bis zum Umkippen geübt hatte, cool und desinteressiert zu sein, sondern auch, weil ihr das Mieder alles abschnürte, und sie umkam vor Hunger.

»Oh, großartig!« Kimberleys braune Augen fixierten plötzlich die Tür. »Das muss der sein, auf den wir alle gewartet haben. Diana sagte doch, dass sie eine Überraschung auf Lager hätte.«

Maddy erstarrte. Ihre Hände begannen zu schwitzen. Sie wünschte sich, sie hätte sie auch mit Deo besprüht. Sie wünschte sich, ihr letztes Glas hätte anstatt Mineralwasser eine ordentliche Portion Gin enthalten. Sie wünschte sich, sie wäre fünf Kilo leichter.

Sie versuchte, einen Ausdruck verhaltener Erwartung auf ihr Gesicht zu zaubern. Sie würde sich umdrehen, lächeln und ein erfreutes »Oh – nett, dich wiederzusehen. Wie lange ist das bloß her?« von sich geben Und ihre Beine würden nicht zittern, trotz seines goldblonden Haars, trotz seiner goldbraunen Haut und seiner großen, blauen, verletzlichen Kinderaugen, hinter denen sich der laserscharfe Verstand eines Geschäftsmannes verbarg.

»Maddy, Kimberley, Barty, ihr werdet euch bestimmt freuen …« Am anderen Ende des Raums hörte man ein lautes Poltern, dann ein Fluchen, gefolgt von Gareths wieherndem Gelächter. Diana runzelte die Stirn. »Entschuldigt mich für einen Moment …« Und fort war sie und ließ ihren Schützling einfach stehen.

Maddy kam sich vor, als wäre sie im falschen Film gelandet. Sie hatte sich dermaßen auf die atemberaubende Begegnung mit Peter Knightley eingestellt, dass der

Mann, der nun neben ihr stand, eine gewisse Enttäuschung für sie war. Nicht, dass er unattraktiv gewesen wäre, aber er war einfach nicht Peter.

Kimberley, die in ihrer Schulzeit bestimmt Klassensprecherin gewesen war, übernahm Dianas Part und machte die Anwesenden souverän miteinander bekannt. Der Mann nickte einem nach dem anderen zu, während er die Hände schüttelte und jedem kurz in die Augen sah. Er hatte ein nettes Gesicht, fand Maddy, nachdem sie seinen kräftigen Händedruck zur Kenntnis genommen hatte. Er schien viel zu lachen. Er hatte dunkles Haar, aber keine dunklen Augen. Er musste zwischen dreißig und vierzig sein, und offenbar kannte ihn niemand.

»Da Diana anscheinend anderweitig beschäftigt ist, muss ich mich wohl selbst vorstellen.« Er hatte eine ruhige und zugleich energische Stimme. »Ich bin Drew Fitzgerald.«

Maddys Enttäuschung darüber, dass der Mann nicht Peter war, hatte zur Folge, dass ihr Mund sich in Bewegung setzte, ehe sie ihr Hirn einschalten konnte.

»Oh, was für ein Zufall! Mischnamen keltischen Ursprungs scheinen ja gerade schwer in Mode zu sein … Sie merkte zwar, dass Kimberley und Barty die Luft anhielten, machte sich jedoch nichts daraus.

»Was sagten Sie?« Seine hellbraunen Augen blitzten.

»Ihr Name …«, fuhr Maddy unbeirrt fort. »Meine Schwester hat mir vorhin erzählt, dass ein schottisch-irischer Waliser den Stall gegenüber von unserem Haus gekauft hat. Er ist wohl Trainer und kommt von auswärts. Ich glaube allerdings kaum, dass er was Besonderes daraus machen kann.«

»Warum denn nicht?« Fitzgerald klang interessiert.

»Oh, das ganze Ding ist einfach zu heruntergekommen. Um es wieder auf Vordermann zu bringen und einen erfolgreichen Rennstall daraus zu machen, müsste schon ein richtiger Profi ran.« Maddy fing an, den Faden zu verlieren. Warum schalteten Kimberley oder Barty sich nicht endlich ins Gespräch ein? »Zwei Jahre lang hatte es leer gestanden, und meine Schwester erzählte, dass der neue Besitzer nicht nur Galopprennen, sondern auch Hindernisrennen machen will. Für jemanden, der gerade erst anfängt, ist das doch viel zu hoch gegriffen … Haben Sie auch etwas mit Pferden zu tun, Mr. … äh … Fitzgerald?«

»Ihr Lieben, es tut mir so Leid!« Diana tauchte wieder neben Maddy auf. »Gareth ist durch den vielen Glenfiddich ein bisschen in Fahrt geraten und hat beinahe die arme Mrs. Pugh ertränkt. Und? Habt ihr euch schon alle miteinander bekannt gemacht?«

Die anderen nickten beflissen.

Diana strahlte. »Prima. Du wirst Drew von nun an wohl ständig vor der Nase haben, Maddy, ihr seid nämlich bald direkte Nachbarn. Drew hat gerade Peapods gekauft.«

2. Kapitel

Es wäre einfach gewesen zu lachen, zu erröten oder sich überschwänglich bei Fitzgerald zu entschuldigen. Aber einfache Lösungen hatten Maddys noch nie gelegen.

»Oh, dann müssen Sie Dermot MacAndrew sein? Das heißt, der sind Sie ja nicht ... ich meine, Sie sind selbst derjenige, von dem ich Ihnen gerade erzählt habe. Aber ich bin sicher, Sie werden einen erfolgreichen Stall aus Peapods machen, ganz bestimmt. Man merkt doch gleich, dass Sie genau wissen, was Sie tun, und ...«

»Maddy«, unterbrach Diana sie ruhig, »vielleicht möchte Drew sich lieber mit Kimberly und Barty über dieses Thema unterhalten. Du hast doch bestimmt nichts dagegen, ein bisschen mit Mrs. Pugh zu plaudern, sie sieht gerade so verloren aus, die Arme.«

»Ja, natürlich.« Maddys Zunge schien plötzlich am Gaumen zu kleben. Sie schenkte Drew Fitzgerald zur Entschuldigung ein lahmes Lächeln. »Wir werden uns bestimmt häufig sehen, wo wir doch bald Nachbarn sind.«

»Das werden wir bestimmt.« Aus seinem Mund klang es wie die schlimmste Strafe.

Bronwyn Pugh, Mitbesitzerin des Dorfladens, wischte sich gerade die letzten Reste von Gareths Glenfiddich von ihrem karierten Kleid. Maddy ging mit einem mitleidvollen Lächeln auf sie zu. »Diana hat's mir schon erzählt. Meinen Sie, es wird trocknen?«

»Danke, es geht schon«, zischte Mrs. Pugh. »Aber ich werde stinken wie eine ganze Brennerei.«

»Ach, das riecht doch gar nicht so schlecht.« Maddys Lächeln wurde immer breiter und verkrampfter. »Ist Mr. Pugh nicht mitgekommen?«

»Nein.«

Auf der verzweifelten Suche nach einem ergiebigen Gesprächsstoff sagte Maddy: »Ich hoffe, er ist nicht krank. Ich habe ihn vorhin noch gesehen, und ...«

»Maddy ...« Bronwyn Pugh hörte auf, an ihrem Kleid herumzuwischen. »Bernie ist heute Abend nicht gekommen, weil er einen kleinen Unfall hatte. Und zwar einen, weil er fürchterlich ins Wanken gebracht worden ist.«

»O Gott, der arme Bernie! Was ist denn passiert?«

»Ich glaube, das wissen Sie nur allzu gut, Maddy Beckett. Sie waren aufgemacht wie eine Striptease-Tänzerin, hat Bernie gesagt. Das hat ihn so schockiert, dass er von seinem Rad fiel. Sie wissen, dass ich für Tratsch nicht zu haben bin, und was Sie in Ihren eigenen vier Wänden so treiben, ist ja Ihre Sache. Aber ...« – Bronwyn Pugh holte tief Luft – »ich wünsche nicht, dass Sie meinen Mann verführen, haben Sie verstanden?«

Maddy war wie vor den Kopf gestoßen. »Aber das wollte ich doch gar nicht! Die Türmatte war festgeklemmt, und ich wollte doch nur ...«

Bronwyn runzelte grimmig die Stirn. »Das mag ja alles sein. Aber mein Bernie ist schon vergeben.«

Maddy biss sich auf die Lippen. »Oh, ich versichere Ihnen, dass ich nicht hinter Ihrem Mann her bin. Ich würde ihn nicht einmal wollen, wenn er der letzte und einzige Mann in Milton St. John wäre. Nun ja, äh ... ich wollte damit nicht sagen ...«

Doch es war zu spät. Naserümpfend und mit finsterem Gesicht marschierte Mrs. Pugh auf die Tür zu. Sie hatte

Recht. Sie roch wirklich wie eine ganze Brennerei. Irgendwie passte der Geruch nicht zu Tweed. Maddy schloss die Augen. Das war vielleicht ein Tag!

»Antreten zum Essenfassen!«, brüllte Gareth. »Stellt euch ordentlich in einer Reihe auf! Und bitte kein Gedrängel!« Maddy knurrte der Magen. Selbst nachdem sie von einem Fettnäpfchen ins andere getreten war, hatte ihr Magen nicht vergessen, dass sie seit dem Frühstück so gut wie nichts gegessen hatte. Sie würde nur noch schnell etwas essen und dann schleunigst das Weite suchen. Es würde bestimmt niemandem auffallen.

Das Essen, ein verführerisches Aufgebot an Köstlichkeiten, war in dem kleinen Nebenzimmer aufgebaut. Maddy lungerte eine Weile davor herum, bis der erste Ansturm von Gästen mit gut gefüllten Tellern abgezogen war, um sich dann über die Reste herzumachen. Gareth James-Jordan hatte dieselbe Idee gehabt.

»Immer noch reichlich da für's Volk«, gröhlte er, den Mund voll gestopft mit einer gehörigen Portion Lachsroulade. »Siehst ziemlich mitgenommen aus, Maddy.«

»Danke«, sagte Maddy traurig, während sie sich Garnelen in Blätterteig und überbackenen Schafskäse, der auf gefährlich dünnen Roggenbrotscheibchen drapiert war, auf ihren Teller lud. »Ich bin in Ungnade gefallen.«

»Ich auch.« Gareth versuchte, eine Scheibe Hühnerleberparfait auf seinem Glas im Gleichgewicht zu halten. »Ich habe eine Flasche Whisky auf Mrs. Pugh fallen gelassen.«

»Und ich habe Mrs. Pugh verkündet, dass ich ihren Mann nicht haben wollte, selbst wenn er der einzige Mann auf der ganzen Welt wäre. Und ich habe dem neuen

Besitzer von Peapods gesagt, dass er keinen Erfolg haben wird, weil er zu wenig Erfahrung hat.«

Gareth sah beeindruckt aus. »Mein Gott, Maddy, das war ja ’n doppelter Hammer. Sieht dir gar nicht ähnlich. Sonst bist du doch immer so nett zu allen! Ich dachte, ich wäre der einzige Mensch in Milton St. John, der es schafft, in zwei Fettnäpfchen gleichzeitig zu trampeln.« Gareth klopfte ihr in einer Geste mitfühlender Solidarität auf die Schulter und steuerte dann wieder auf seine Getränke zu.

Maddy starrte in den Garten hinaus, in dem es langsam dunkel wurde, und griff gedankenverloren nach ein paar Lauchbrioches. Diana hatte viel zu viel Essen bestellt – schließlich lebte die Mehrzahl ihrer Gäste überaus kalorienbewusst. Das war das Schöne am Gesellschaftsleben in Milton St. John: Es gab immer haufenweise zu essen.

Nachdem Maddy ihren Teller gefüllt hatte, kauerte sie sich mit krummem Rücken auf die Fensterbank und versuchte, sich unsichtbar zu machen. Es war nicht das erste Mal, dass sie sich wünschte, in gewissen Katastrophenmomenten Suzys Reflexe zu haben. Suzy hätte mit Drew Fitzgerald geflirtet und ihm erklärt, dann müsse er ihr eben beweisen, dass sie sich täusche. Suzy hätte Mrs. Pugh versichert, dass ihr glatzköpfiger Bernie mit seinen Hasenzähnen der erotischste Mann von ganz Milton St. John sei. Suzy wäre niemals rot geworden und hätte keine stammelnde Entschuldigung hervorgebracht. Es war ausgesprochen demoralisierend, eine siebzehnjährige kleine Schwester zu haben, die sich schon von Kindesbeinen an wie eine Erwachsene benahm.

Und wie es nicht anders sein konnte, verdrückte

Maddy gerade mit vollem Mund ein Garnelentörtchen, als plötzlich Peter Knightley vor ihr stand.

»Maddy!« Seine verführerische Stimme drang wie aus einem Traum an ihr Ohr. »Maddy! Ich freue mich unheimlich, dich wiederzusehen. Wie geht es dir?«

»Gut ...«, murmelte sie und versuchte, das Garnelentörtchen herunterzuschlucken. »Hallo, Peter ...«

Die fünfzehn Monate, drei Wochen und zwei Tage waren spurlos an Peter vorbeigegangen. Er war immer noch genauso attraktiv, mit seinem goldblonden Haar und seiner herrlichen goldbraunen Haut ...

»Du hast abgenommen.« Peter nahm sich Salat, allerdings ohne Saucen. »Das steht dir gut. Du siehst toll aus.«

»Danke.« Hatte sie wirklich abgenommen? Sah sie wirklich gut aus? Vielleicht hatte das Slimfast ja doch gewirkt.

Maddy versuchte noch, sich die Mayonnaisereste aus den Mundwinkeln zu lecken, als Peter sich vom Tisch abwandte und sie wieder ansah. »Richtig aufreizend, Maddy.« Die Lachfältchen um seine Augen wurden tiefer, während es Maddy den Magen zusammenzog. Sie fand ihn immer noch toll. Und ihr ganzer Körper begehrte ihn mit einer Heftigkeit, die schon fast wehtat.

»Diana hat mir gesagt, dass du kommen würdest.« Ihre Stimme klang schrill, aber wenigstens hatte sie alles heruntergeschluckt. »Ist es für dich in London nicht gut gelaufen?«

»Doch, alles ist großartig gelaufen.« Peter setzte sich neben sie auf die Fensterbank. Nur ein paar Zentimeter trennten sie. »Darum bin ich auch wieder hier.«

Er wollte offenbar, dass sie nachfragte, doch sie schwieg. Er ließ ihr dreißig Sekunden Zeit, aber als die

Frage ausblieb, sagte er ohne den leisesten Anflug von Verärgerung: »Ich bin hier, um etwas von meinem Glück mit Milton St. John zu teilen. Schließlich war der Ort immer sehr nett zu mir. Jetzt will ich mich ein bisschen revanchieren.«

Er wollte offensichtlich erreichen, dass es ihr wie einem Schulmädchen die Sprache verschlug und sie anbetungsvoll an seinen Lippen hing, aber den Gefallen würde sie ihm ums Verrecken nicht tun.

»Nun ja, ich habe vor, einen Teil des Gewinns, den die Fitness-Clubs abgeworfen haben, in ein kleines Projekt zu stecken, von dem der ganze Ort profitieren kann.« Er sah sie an. »Willst du mich denn nicht fragen, in was für ein Projekt? Du warst doch immer so interessiert an allem, was ich gemacht habe.«

Sie griff zu einer Serviette, die in ihrer Nähe herumlag, und wischte sich die Finger ab. »Das war früher, als wir noch zusammen waren. Doch das ist lange vorbei. Und es gibt Dinge, die inzwischen weitaus wichtiger für mich sind.«

Uff! Suzy und Fran würden stolz auf sie sein.

»Das nehme ich dir einfach nicht ab, Maddy. Du nimmst mich auf den Arm.«

»Das habe ich noch nie getan.«

»Wie bitte? Du warst doch eine richtige kleine Hexe!«

Peter streckte einen seiner langen, schlanken Finger aus und streichelte ihr über die Wange. Maddys Haut ging in Flammen auf. Warum konnte ihr Körper sich nicht einfach an die Anweisungen halten, die er von ihrem Hirn bekam? Sie hatte seit über einem Jahr nicht mehr mit ihm geschlafen.

»Wir wollen alle einen Nachschlag«, bellte Kimberleys Stimme durch den kleinen Raum. »Ach, du liebe Zeit, hallo, Peter!«

Maddy schenkte Kimberley, Barty und Drew Fitzgerald ein erleichtertes Lächeln. Peter schüttelte eine Hand nach der anderen. Vielleicht konnte sie sich ja jetzt, während sich alle miteinander bekannt machten, davonstehlen. Sie stellte ihre Füße langsam wieder auf den Boden und konnte sie kaum spüren, da sie so lange derart verrenkt auf der Fensterbank gesessen hatte.

Peter versperrte ihr den Weg. »Du hast mir gar nicht erzählt, dass du einen neuen Nachbarn hast, Maddy. Und noch dazu einen so berühmten!«

»Wir sind ja noch gar nicht dazu gekommen, uns über das Neueste aus dem Dorf zu unterhalten. Und außerdem wusste ich nicht, dass er so … berühmt ist.«

»Das bin ich auch nicht.« Drew Fitzgerald schien keine Lust zu haben, sie anzusehen. Sie konnte es ihm nicht verübeln.

»O doch, das sind Sie wohl«, beharrte Peter. »Als ich Ihren Namen gehört habe, wusste ich sofort, wer Sie sind. Ich freue mich wirklich, dass Sie Peapods so sinnvoll nutzen wollen. Wissen Sie, es hat mir früher mal gehört. Ich habe dort das Knightley-Fitness-Center geführt.«

»Das hat man mir gesagt.« Drew wandte sich ab und nahm einen gefüllten Teller entgegen, den Kimberley ihm reichte. Sie schien schon richtig vernarrt in ihn zu sein. »Die kleineren Fitnessräume werde ich wahrscheinlich so lassen, damit ich sie selbst nutzen kann – und für meine Mitarbeiter, natürlich.«

»Siehst du!« Peter strahlte Maddy an. »Du brauchst nur schnell über die Straße, dann kannst du Drews Fitness-Geräte benutzen. Vielleicht lässt du dich von den

Stallburschen ja weniger einschüchtern. Als ich das Studio geleitet hab, hast du dich dort nie blicken lassen.«

»Und das habe ich auch jetzt nicht vor.« Maddy warf Drew wieder einen entschuldigenden Blick zu. »Dazu habe ich überhaupt keine Zeit. Ich gehe jetzt meinen eigenen Geschäften nach.«

Peter zog die Augenbrauen auf seiner goldbraunen Stirn hoch. Drew, der über lobenswerte gute Manieren verfügte, gelang es, interessiert auszusehen.

»*Die Feen*«, sagte Maddy voller Stolz. »Die Firma besteht jetzt seit zwölf Monaten und hat großen Erfolg.«

»Diana hat erwähnt, dass Sie irgendwie für Sie arbeiten.« Drew hatte für seinen Versuch, den höflichen Small Talk wieder zu beleben, glatt eine Medaille verdient. »Was bietet *Die Feen* denn an? Bürokräfte für die Ställe?«

»Maddy ist eine Perle!«, kicherte Kimberly wie eine Sechstklässlerin. Sie flirtete mit Drew, so viel war klar. »Und Elaine, Brenda und Kat auch. Sie arbeiten für Maddy und sind alle richtige Perlen.«

Drew und Peter warfen Kimberley zweifelnde Blicke zu.

»*Die Feen* stellt Reinigungspersonal zur Verfügung«, erklärte Maddy. »Die meisten Häuser in Milton St. John sind riesig, und Leute, die keine eigene Haushälterin haben – das können sich heutzutage ja nur noch wenige leisten –, sind Kunden bei uns. Mit manchen machen wir feste Verträge, für andere arbeiten wir bei Bedarf.«

»Dann bist du jetzt Putzfrau?« Peter erstickte fast an einem Rukolablättchen. »Das ist ja phantastisch, Maddy! Wer wäre besser dafür geeignet als du? Du warst doch mit deinen wechselnden Bürojobs nie glücklich. Und außerdem bist du dafür bestens geschult.«

»Genau«, fuhr Maddy schnell fort, ehe er den anderen erzählte, wie er sie kennen gelernt hatte. »Es ist ein Job, in dem ich gut bin, der mir Spaß macht und wo immer Bedarf besteht.«

»Und ich wette, du nimmst dir nie Arbeit mit nach Hause, es sei denn, du hast dich sehr verändert.« Peter grinste sie auf allzu vertrauliche Weise an. »Du hast doch immer in unbeschreiblichen Zuständen gehaust.«

»Das stimmt nicht!«, protestierte Maddy vehement. »Ich bin ein bisschen chaotisch, das ist alles.«

Die Rettung kam von unerwarteter Seite.

»Wenn ich den ganzen Tag damit zubringen würde, anderer Leute Häuser auszumisten«, sagte Drew, »dann hätte ich abends bestimmt auch keine Lust, noch bei mir anzufangen. Gibt's da nicht so einen Spruch, von wegen Schusterskinder laufen immer barfuß herum?«

Maddy strahlte Drew an. Peter nickte nachdenklich. »Das ist wohl wahr.« Er sah Maddy an. »Aber trotzdem, ich bin überrascht, dass du damit erfolgreich bist. Du warst immer so unorganisiert.«

»Vielleicht war ich das, und vieles andere mehr.« Maddy blickte Peter provozierend in die Augen. »Ich bin erwachsen geworden – ein bisschen spät, das gebe ich zu, aber ich konnte schließlich nicht zulassen, dass Suzy die einzige Karrierefrau in der Familie Beckett bleibt.«

»Diana hat mir erzählt, dass Suzy die anderen Jockeyanwärter an die Wand reitet – und das in vielerlei Hinsicht.«

»Suzy ist fest entschlossen, dieses Jahr die beste Jockeyanwärterin zu werden und in fünf Jahren Jockey-Champion. Wahrscheinlich wird sie es schaffen.« Sie wandte sich wieder Drew zu und wechselte schnell das

Thema, weil sie nicht zu viel Terrain an ihre Schwester abtreten wollte. »Vielleicht komme ich ja auch mal bei Ihnen vorbei, um Ihnen unsere Firma vorzustellen? Peapods ist ein riesiges Haus, vielleicht könnten wir Ihnen ja nützlich sein.«

Drew nickte. »Darüber werden Sie mit Catherine reden müssen. Sie wird alles organisieren, was den Haushalt betrifft, sobald sie hier ist. Im Moment ist sie noch auf der Insel.«

»Caroline? Auf der Insel?« Kimberley schaltete sich wieder in die Unterhaltung ein.

Drew lächelte freundlich, doch sein Lächeln war nur noch ein blasser Abklatsch dessen, was er zuvor auf seine Lippen gezaubert hatte. »Meine Frau ist noch auf Jersey. Von dort ziehen wir hierher.«

Jeder konnte sehen, was für ein Dämpfer diese Information für Kimberly war. Sie tat Maddy schrecklich Leid. Das war mal wieder typisch Diana, einfach nicht zu erwähnen, dass es eine Mrs. Fitzgerald gab!

»Das wäre toll.« Maddy gab sich jetzt ganz professionell. »Ich würde mich freuen, mit ihr über die Arbeitsbedingungen reden zu können. Wir haben vernünftige Preise. Sie können mein Haus übrigens gar nicht übersehen – es ist das mit dem schrägen Dach, gleich gegenüber von Ihrer Einfahrt.«

»Das Haus, das ein bisschen wie eine schmucke Wellblechbaracke aussieht«, lachte Peter.

Maddy sah ihn überrascht an. Dies war genau der Ausdruck, mit dem Diana ihr Häuschen immer umschrieb. Wie kam es, dass Peter, der so lange von der Bildfläche verschwunden war, plötzlich Diana James-Jordan zitierte? Trotzdem schloss sie sich mit Kimberly und Barty dem Gelächter ihres Ex-Freundes an. Drew beobachtete sie alle mit einer gewissen Distanz. Womöglich herrschte auf den Kanalinseln eine andere Art von Humor.

»Vielleicht werde ich eure Dienste ebenfalls in Anspruch nehmen.« Peter ließ nicht locker. »Wenn ich ein passendes Haus gefunden habe.« Er rückte Maddy noch dichter auf die Pelle. »Vielleicht könnten wir dann auch ein bisschen über die Arbeitsbedingungen reden?«

»Ja, natürlich. Dann willst du also nicht wieder in deine Wohnung ziehen?«

»Du lieber Himmel, nein! Das habe ich doch jetzt nicht mehr nötig. Ich hoffe, eins der Häuser in der Nähe der Kirche kaufen zu können.« Das war das Millionärsviertel. Maddy war ziemlich beeindruckt. Die Knightley-Fitness-Center hatten offenbar mit den wabbeligen Schenkeln und schlaffen Hintern der oberen Zehntausend ein Vermögen erwirtschaftet.

»Nun, sobald du festen Fuß gefasst hast, können wir gern übers Geschäft reden.«

»Nur übers Geschäft?« Sie spürte Peters warmen Atem auf ihrer Wange.

»Nur übers Geschäft.« Mit zitternden Knie wich sie zwei Zentimeter von ihm zurück. Diese verdammte, dumme körperliche Anziehung! Doch es war aus und vorbei. Im Kopf wusste sie es, und auch in ihrem Herzen. Nur ihre Hormone hatten leider eine ziemlich lange Leitung.

»Spielverderberin«, zog Peter sie auf, und in seinem Mund klang das Wort so, als würde er sagen: »Zieh dich aus, ich will dich – sofort.«

Glücklicherweise blieb es Maddy erspart, auf diese Attacke zu reagieren. In bewundernswertem Timing ließ

Drew seinen mit einem großen Stück Lauch-Pilz-Quiche gefüllten Teller auf Peters elegante, cremefarbene Hose fallen.

»Oh, das tut mir schrecklich Leid!«, sagte er, ohne dass seine Miene diese Worte auch nur im Mindesten bestätigte. »Ich weiß auch nicht, wie das passieren konnte. Kommen Sie, ich wische es Ihnen ab …«

»Nein, nein!« Peter wich vor ihm zurück und versuchte, die klebrige grau-grüne Füllung von seiner Hose zu schnippen. »Ich mache mich im Bad sauber. Wenn ich mich beeile, gibt's keinen Flecken.«

»Sie müssen mir aber bitte die Rechnung der Reinigung schicken.«

Drew lächelte, während Peter davoneilte. Er hatte wirklich ein reizendes Lächeln. Kimberley und Barty, die gerade erneut ihre Teller füllten, hatten von der ganzen Sache nichts mitbekommen. Maddy biss sich auf die Lippen. »Das haben Sie absichtlich gemacht.«

»Natürlich *nicht*! Es war ein Versehen. Ich war so gefesselt von seiner Unterhaltung, dass mir der Teller einfach aus der Hand gerutscht ist. Falls Sie zu ihm gehören, möchte ich mich auch bei Ihnen entschuldigen.«

»Das war einmal«, sagte Maddy, die voller Bewunderung zusah, wie Drew die Reste der Lauch-Pilz-Quiche geschickt von Dianas chinesischem Seidenteppich kratzte. »Peter hat Milton St. John – und mich – vor über einem Jahr verlassen. Dabei finden Sie wahrscheinlich, dass wir wunderbar zueinander passen – so wie ich mich Ihnen gegenüber benommen habe.«

»Das perfekte Paar«, sagte Drew zustimmend. »Ist er denn Ihretwegen zurückgekommen?«

»O Gott, nein! Nach dem, was mir zu Ohren gekommen ist, will er hier irgendein neues Unternehmen gründen.«

Drew stand auf und versenkte die Quichereste und eine teure Leinenserviette in einer prunkvollen Urne. »Ich hoffe, dass ihm da etwas Passenderes einfällt als sein Versuch mit dem Fitness-Center. Als ich mir Peapods das erste Mal ansah, dachte ich, die Inneneinrichtung würde von Cynthia Payne stammen.«

Maddys Lachen erstarb, als Stacey, die affige Heuschrecke, plötzlich hüftwackelnd in den Raum geschwebt kam. Sie trug ein Leopardenkleid aus Lycra, und ihre Beine, die in schwarze, hauchdünne Nylonstrümpfe gehüllt waren, mündeten in stelzenhohen Absatzschuhen.

»Hallo, Maddy. Wo ist Peter?«

»Er hatte einen Unfall – mit seiner Hose.« Drew verzog keine Miene. »Er ist ins Bad gegangen.«

»Oh!« Staceys glänzende Lippen verzogen sich kreisrund. »Ist er verletzt?«

»Nein, so ein Unfall war es nicht, eher ein Missgeschick.« Maddy lächelte. Sie hasste Stacey mit dem Ingrimm einer Frau, der man das Gefühl vermittelte, eine Speckrolle zu sein. »Ich hatte gar nicht gemerkt, dass ihr zusammen gekommen seid.«

»Natürlich sind wir zusammen hier! Petie und ich sind unzertrennlich. Ich war draußen im Stall. Ich habe Diana dazu überredet, mir mal ihre süßen kleinen Pferdchen zu zeigen.«

Drew hustete, und Maddy grinste. Dianas und Gareths' Millionen und Abermillionen teure Wettkampfpferde so zu betiteln, als handele es sich um Mietponys für Kinder, war nicht schlecht. Doch dann sah Maddy plötzlich Peters athletischen Körper vor sich, wie er Staceys zarten Leib im Moment höchster Leidenschaft umschlang, und ihr wurde schlecht.

»Entschuldigt mich für einen Moment.« Sie griff nach ihrem Glas lauwarmem Mineralwasser. »Ich will mir noch etwas zu trinken holen.«

Als hätte er nur darauf gewartet, tauchte in dem Augenblick Peter wieder auf. »Oh, geh doch noch nicht, Maddy! Wir müssen noch über so vieles reden.«

»Das glaube ich nicht.« Maddy versuchte es mit einer überheblichen Geste, warf den Kopf in den Nacken – und wünschte sich im nächsten Moment, sie hätte es sein lassen. Ihr Schnürmieder gab ein unheimliches Ächzen von sich. »Über *Die Feen* können wir reden, wenn du ein passendes Haus gefunden hast. Du weißt ja, wo du mich findest.«

Peter kniff seine blauen Augen zusammen. »Bist du mit jemandem zusammen hier?«

»Erspar mir deine schmeichelhaften Kommentare. Obwohl – es wäre doch immerhin möglich, oder nicht? Aber nein, heute Abend bin ich allein.« Langsam wurde sie wütend. »Weil ich es so wollte.«

»Wirklich?« Peters Augenbrauen bewegten sich wieder Richtung Haaransatz. Dann erblickte er Stacey. »Hallo, Schatzi.« Er schlang einen Arm um Staceys schlanke Taille. »Hast du mich vermisst?«

Das hatte sie offensichtlich, da sie gleich begann, an seinem Ohr herumzuknabbern. Mit unendlichem Vergnügen betrachtete Maddy den großen, feuchten Fleck, der mitten auf dem Schritt von Peters cremefarbener Hose prangte.

»Oh, wie nett!« Diana gesellte sich zu ihnen. »Lasst ihr die guten alten Zeiten wieder aufleben?« Sie wandte sich an Drew. »Wissen Sie, Peter und Maddy waren lange ein

Paar. Aber jetzt hat er die liebe kleine Stacey, und Maddy war so ein Schatz und hat sich richtig zivilisiert benommen! Ich sage immer, man sollte alles tun, um weiter auf freundschaftlichem Fuß mit seinen Ex-Partnern zu stehen. Besonders, wenn man in so einem Dorf lebt wie wir. Beziehungen sind eben so wie die Reise nach Jerusalem, was, Maddy?«

Maddy runzelte die Stirn. Diana tat gerade so, als könnten sich Sodom und Gomorrha von Milton St. John noch eine Scheibe abschneiden.

»O ja, da bin ich ganz Ihrer Meinung.« Drew nickte seiner Gastgeberin zustimmend zu. »Ich finde, man sollte miteinander befreundet bleiben und an Weihnachten die Kinder abwechselnd zu sich nehmen.«

»Haben Sie Kinder?« Stacey klimperte Drew mit ihren vier Zentimeter langen falschen Wimpern an. »Tut mir Leid, ich kenne Sie ja gar nicht ...«

»Nun, da haben Sie Recht.« Drew schüttelte den Kopf, setzte ein samtweiches Lächeln auf und machte keinerlei Anstalten, sie aufzuklären. Einen Moment lang war sein Blick kalt. »Nun, ich habe keine Kinder. Aber man sieht gleich, dass Peter ein Kindernarr ist.«

Stacey überhörte seine Ironie, aber Maddy sah Drew Fitzgerald mit immer größerer Bewunderung an.

»Oh, ja! Wir wollen hundert Kinder haben. Nicht wahr, Häschen?«

Häschen! Maddy biss sich auf die Lippen, bis ihr die Tränen kamen.

Peter und Stacey kuschelten sich noch enger aneinander. »Dann ist Maddy jetzt also deine Putzfrau, Diana? Äußerst löblich von dir, das Personal zu deinen Partys einzuladen.«

»Du unartiger Junge.« Diana schlug ihm neckisch auf den Arm. Plötzlich fragte Maddy sich, ob Diana und Peter mal etwas miteinander gehabt hatten. Und wenn ja, wann. »Du weißt ganz genau, dass Maddy eine meiner besten Freundinnen ist. *Die Feen* ist eine tolle Idee, die großen Anklang hier im Ort gefunden hat. Weißt du, Maddy hat sich unheimlich gemacht, seit du weggegangen bist.«

»Offensichtlich. Sie sieht hinreißend aus, und sie hat eine eigene Firma ... Wie sieht eure Arbeitskleidung aus, Maddy? Lockenwickler und Ziehharmonikastrümpfe?«

Stacey kicherte. Peter hatte seinen Griff gelockert, so dass Diana sich zwischen die beiden schieben konnte. Da knisterte doch eindeutig was, dachte Maddy und wünschte sich plötzlich, ganz weit weg zu sein.

»Nimm's mir nicht übel«, sagte sie zu Diana, »aber ich sollte mich jetzt wirklich aufmachen. Ich muss morgen früh raus.« Sie wandte sich zu Drew um. »Ich habe mich sehr gefreut, Sie kennen zu lernen – und bitte nochmals um Entschuldigung für dieses Missverständnis vorhin.«

»Keine Ursache.« Drew reagierte mit unverbindlicher Höflichkeit. »Sobald Caroline da ist, sage ich ihr, dass sie sich wegen *Die Feen* mit Ihnen in Verbindung setzen soll, in Ordnung?«

»Sehr gern.« Maddy schüttelte Drew die Hand. Sie spürte, wie ein vertrautes Kribbeln durch ihre Adern kroch, und zog sich schnell zurück.

»Sollen wir dich nach Hause bringen, Maddy?« Peter war die plötzliche Röte an ihrem Hals nicht entgangen. »Stacey und ich bleiben auch nicht mehr lange.«

»Nein, danke.« Sie traute sich nicht, Drew noch einmal anzusehen, der sich inzwischen mit Barty Small unterhielt. »Ich bin mit dem Auto da. Danke für die Einladung, Diana – es war wirklich ganz reizend.« Nachdem sie ihre Wangen erneut an die ihrer Gastgeberin gepresst hatte, machte sich Maddy, begleitet von den üblichen Abschiedsritualen, auf den Weg zur Tür.

Das war ja ein regelrechter Rekord, dachte sie, während sie sich durch die Gäste schlängelte, die sich immer noch durch das Kleine Zimmer schoben: Sie war also tatsächlich imstande, bei ein und derselben Party auf zwei Männer abzufahren – von denen keiner sich auch nur im Entferntesten für sie interessierte.

Maddy grinste immer noch, als sie schon vor ihrem Auto stand.

3. Kapitel

Um diese Uhrzeit war Milton St. John einfach wunderschön, dachte Maddy, als sie verträumt die kleine Straße mit der hohen Böschung entlangfuhr. Oberhalb des Flüsschens, das neben der Hauptstraße entlangplätscherte, bedeckte das grüne Dickicht von Goddards Spinney wie ein Spitzenbesatz den Hang, und aus dem torfigen Flachland ragte leuchtend wie eine Oase die weiße und rosafarbene Blütenpracht von Maynards Orchard. Irgendwie lag etwas Verheißungsvolles in der dunstigen Morgenluft, als würde die Lösung aller Probleme bald so klar und deutlich am Himmel stehen wie die Mittagssonne.

Die Pferde und Reiter arbeiteten schon hart. Auf der Kuppe des Hügels zeichneten sich ihre Silhouetten ab. Einige kehrten schon mit dampfenden Nüstern von den Trainingsbahnen zu ihren Ställen zurück, andere trabten gerade gemächlich und mit klappernden Hufen hinaus. Der April war in Milton St. John ein Übergangsmonat – die Springreiter feierten oder trauerten nach den Turnieren von Cheltenham und Aintree, während die Galoppreiter dem Guineas-Festival, dem Derby und Ascot entgegenfieberten.

Maddy winkte zum Gruß, als sie an St. Saviours und dem Dorfladen vorbeifuhr. Mrs. Pugh, die gerade den Abfall nach draußen brachte, ignorierte sie. Maddy, die zu ihrem ersten Reinigungsjob an diesem Tag unterwegs war, wusste, dass sie sich so bald wie möglich bei Bronwyn entschuldigen musste. Das Cat and Fiddle war geschlossen, und die Wettanahme ebenfalls.

Als Maddy vor dem Bungalow angekommen war, in dem Fran und Richard wohnten, sprang sie vom Fahrrad, nahm die Plastiktüte aus dem Korb und lief eilig den Weg hoch. Fran war ihre beste Freundin. Sie führte eine wundervolle Ehe mit Richard und war grenzenlos loyal.

Maddy öffnete die Küchentür. Wie Fran versprochen hatte, schienen die Kinder schon früh in die Schule gegangen zu sein. Sie hatten ein einziges Chaos aus Turnschuhen, ausrangierten Schulmappen und Bonbonpapieren hinterlassen. Ihr Vater, Frans erster Mann, war bei einem Reitunfall ums Leben gekommen, als sie noch ganz klein waren, und sie hatten sich sehr darüber gefreut, als Richard und Fran von zwei Jahren heirateten. Das ganze Dorf wusste, wie sehr sich Fran ein Baby von Richard wünschte, das ihre fröhliche, lautstarke Familie komplettieren sollte.

»Das Wasser kocht schon fast, und in der Dose sind Schokoladenkekse«, rief Fran, als Maddy in die Küche trat. »Gießt du mir bitte eine Tasse Kaffee ein, Mad? Ohne Milch und Zucker. Ich komme sofort.«

Maddy tat, wie ihr geheißen. Frans Küche war kleiner als ihre, hatte aber den Vorteil, wie eine Küche geschnitten zu sein. Maddys Küche bestand aus einer verwirrenden Ansammlung von Winkeln und dunklen Ecken. Fran, die mit nur einem Pumps am Fuß in die Küche gehopst kam, sah in ihrem schwarzen Rock und der gestreiften Bluse trotzdem überzeugend wie eine Sekretärin aus. Maddys Arbeitskleidung bestand im Sommer aus Leggins und weiten T-Shirts und im Winter aus Leggins und weiten Pullovern. Fran warf einen Blick in die Tüte. »Oh, danke, dass du an das Kleid und das Mieder gedacht hast. Ich habe schon alles über die Party gehört.«

»Das kann nicht sein.« Maddy reichte Fran ihren zweiten Schuh. »Dazu ist es noch zu früh.«

Fran nahm ihre Kaffeetasse in beide Hände. »Nicht für die Frau eines Jockeys. Richard reitet heute in Haydock dreimal für Diana und Gareth. Gareth hat angerufen und gefragt, ob er ihn mitnimmt – anscheinend hat er einen so furchtbaren Kater, dass er nicht fahren wollte. Diana hat sich natürlich das Prestige-Meeting in Kempton unter den Nagel gerissen. Jedenfalls hat Gareth dann die Katze aus dem Sack gelassen.«

Welche Katze?, fragte sich Maddy, während sie auf die Bank rutschte und anfing, aus den Schokoladenkeksen Brücken zu bauen. Fran flitzte kreuz und quer durch die Küche und klaubte ihren Autoschlüssel, Zigaretten, Make-up und die Einkaufsliste aus verschiedenen Ecken. »Weil er ein Mann ist, hat er natürlich die interessantesten Details ausgelassen. Zum Beispiel, wie Peter war, und vor allem, wie du reagiert hast.«

»Peter war genauso attraktiv wie immer. Aber es wird dich freuen zu hören, dass ich ihn eindeutig nicht mehr liebe – allerdings begehre ich ihn immer noch, und das wird dich weniger freuen.«

»O Gott. Aber hast du dich trotzdem an deinen Plan gehalten? Hast du ihn spüren lassen, dass du jetzt eine unabhängige Karrierefrau bist, die keinen Mann braucht?«

»Ich glaube schon. Er kam sowieso mit Stacey, da war es einfacher, cool und distanziert zu bleiben.« Sie sah Fran ins Gesicht. »Stacey sagt Häschen zu ihm und will die Mutter seiner Kinder werden.«

»Ach du großer Gott!« Fran warf Maddy einen prüfenden Blick zu. »Du hast noch nicht einen Keks angerührt, sondern spielst nur damit herum. Was ist los?«

»Nichts.« Maddy nahm die Keksbrücke schnell wieder auseinander. Fran, die bereits in ihre Kostümjacke schlüpfte, hielt plötzlich inne. »Gareth hat mir erzählt, wie du bei dem neuen Besitzer von Peapods ins Fettnäpfchen getreten bist. Wie ist er denn?«

»Sehr nett – sehr attraktiv – aber mit einer Karen oder Carol oder ich weiß nicht wem verheiratet, die noch auf den Kanalinseln wohnt, aber bald herziehen wird. Aber jetzt gehe ich lieber, sonst kommen wir noch beide zu spät zur Arbeit.«

»Du setzt dich sofort wieder hin! Dazu musst du mir mehr erzählen.« Fran nahm einen Schluck Kaffee. »Ich habe schon alles Mögliche über Drew Fitzgerald gehört – alle sind sich einig, dass er ungeheuer charmant ist und berühmt und dass er ein paar Pferde mit ziemlichem Prestigewert mitbringt und …«

»Peter hat auch behauptet, er wäre berühmt«, sagte Maddy nachdenklich. »Warum eigentlich?«

»Oh, Kimberley hat gesagt, dass er früher mal bei Hindernisrennen geritten ist, als Amateurjockey. Er hat bei ein paar wichtigen Wettkämpfen ziemlich spektakuläre Siege errungen. Das muss wohl im Ausland gewesen sein …«

»Und wann hat dich Kimberly angerufen?«

»Heute morgen, gleich nach Gareth.«

Maddy schüttelte den Kopf. Die Buschtrommeln hatten schon eifrig ihr Werk getan. Sie stand auf. »Ich muss jetzt wirklich los, Fran. Ach ja, hat Kimberley dir auch schon erzählt, dass Bronwyn Pugh glaubt, ich wolle ihr ihren Bernie ausspannen?«

Fran riss die Augen auf und schüttelte den Kopf.

Maddy lächelte. »Schön, dass ich wenigstens noch ein paar Geheimnisse habe.«

»Maddy! Was zum Teufel hast du mit Bernie angestellt?« Fran war hin und her gerissen zwischen dem Wunsch, jedes kleinste Detail über den vergangenen Abend zu erfahren, und der Angst, Barty auf die Palme zu bringen, weil sie zu spät kam. »Komm schon, Mad. Das mit Bernie kann warten – der taucht auf unserer Liste der Herzensbrecher doch eh nur als negative Größe auf –, aber erzähl mir wenigstens, wie du mit Drew Fitzgerald aneinander geraten bist. Wir erzählen uns doch sonst auch immer alles.«

»Ich habe dir doch schon alles gesagt. Er ist attraktiv, charmant, witzig – und er ist verheiratet. Und jetzt muss ich mich wirklich sputen ...« Maddy öffnete die Küchentür und stürmte hinaus. Dann sah sie noch einmal über die Schulter zum Haus zurück, wo Fran mit finsterem Gesicht im Türrahmen stand. »Oh, und er hat das erotischste Lächeln auf der ganzen Welt!«

Der Vormittag ging wie immer schnell vorüber. Donnerstags hatte Maddy drei feste Jobs, die jeweils zwei Stunden dauerten. Montags und Dienstags arbeitete sie nur für Diana James-Jordan und John Hastings, die die größten Häuser und Stallungen im Dorf besaßen. Mittwochnachmittags war sie ebenfalls voll ausgebucht, und den Freitag hatte sie sich für Büroarbeiten reserviert. Zeit für sich selbst hatte sie nur am Wochenende und Mittwochvormittags.

Sie war stolz auf *Die Feen* – und auf sich selbst. Anders als Suzy hatte der Ehrgeiz sie erst spät gepackt, aber jetzt war *Die Feen* ein richtiges kleines Unternehmen mit Briefkopf, Angestellten und einer Buchhalterin, und sie war eine Frau, die mit beiden Füßen im Leben stand. Genau das hatte sie Peter zeigen wollen. Jetzt war endlich die wahre Maddy Beckett zum Vorschein gekommen.

Während sie nach Hause radelte, um zum Mittagessen wie üblich irgendeinen Sandwich und Kaffee zu sich zu nehmen, ehe sie ihre Nachmittagsrunde drehte, lächelte sie in sich hinein. Seit es *Die Feen* gab, war ihr Leben ausgefüllt. Wenn sie einen Lover gehabt hätte, hätte sie sich nur Mittwochvormittags um ihn kümmern können. Aber da sie ja ohnehin keinen Lover hatte, dachte Maddy, als sie ihr Fahrrad an die struppige Hecke vor ihrem Haus lehnte, stellte sich dieses Problem gar nicht erst.

Während sie die Tür aufschloss, erinnerte sie sich an Peters Verwunderung darüber, dass sie noch Jungfrau war.

»Willst du damit sagen ...« – er drehte sich auf dem großen Bett zwischen den vielen cremefarbenen, spitzenbesetzten Kissen und riss seine Chorknabenaugen weit auf – »... dass es das allererste Mal ist, dass du mit jemandem ins Bett gehst?«

Maddy hatte versucht, es ihm zu erklären, hatte das dünne Laken um sich geschlungen, weil ihre Nacktheit sie plötzlich in Verlegenheit brachte. Oh, natürlich hatte es schon in der Schulzeit auf diversen Partys zaghafte Fummelversuche gegeben, und an der Uni war sie eine Zeit lang mit einem Geschichtsstudenten gegangen, der ein Auto hatte. Damals prangten lauter blaue Flecken von den Türgriffen auf ihren Beinen, weil seine Leidenschaft ein bisschen heftig gewesen war. Aber sie hatte noch nie mit einem Mann geschlafen, weil sie einfach noch nie verliebt gewesen war.

»Maddy …« Wenn er ihren Namen sagte, klang es immer wie eine Liebkosung. »Man muss dazu doch nicht verliebt sein! Heutzutage nicht mehr. Wenn du etwas willst, dann nimm es dir.«

Es war so schwierig gewesen! Sie hatte in dem Hotelzimmer an ihn gekuschelt auf dem Bett gehockt und versucht, ihm zu erklären, dass sie anders darüber dachte. Dass es etwas mit Liebe zu tun haben musste, wenn man miteinander schlief, so altmodisch das auch sein mochte. Dass es ein körperlicher Akt war, in dem sich reine und tief empfundene Gefühle ausdrückten. Dass sie nicht einfach mit irgendjemandem ins Bett hüpfen konnte, sondern verliebt sein musste.

Maddy knallte die Haustür hinter sich zu und trottete in die Küche, um Kaffee zu kochen. Jetzt war Peter wieder da, und er hatte offensichtlich beschlossen, sich in Milton St. John niederzulassen. Sie biss in ein Mars, das Suzy auf der Spüle liegen gelassen hatte. Doch nach dem gestrigen Abend wusste sie, dass sie mit Peters Gegenwart hier im Dorf würde umgehen können. Sie war endlich darüber hinweg.

Maddy seufzte. Natürlich wäre es nett gewesen, wenn es einen neuen Mann in ihrem Leben gäbe … als Freund, als Partner, als leidenschaftlicher Geliebter. Aber sie war sich ziemlich sicher, dass solche Männer nur in Liebesromanen existierten. Einen Rhett Butler würde sie in Milton St. John wohl kaum finden.

Entsetzt sah Maddy auf ihre leeren Hände: Sie hatte den ganzen Mars-Riegel vertilgt, ohne auch nur etwas davon zu schmecken. Das nächste Mal würde sie ein ernstes

Wörtchen mit sich reden. Während sie das Papier zu einer vorwurfsvollen Kugel zusammenknüllte, schüttete sie heißes Wasser auf die Nescafé-Körnchen in ihrem Becher und ging dann zum Mülleimer.

Weil das Haus so merkwürdig geschnitten war, bestand die Küche aus drei Bereichen: einem winzig kleinen, viereckigen Teil, in dem sich Spüle, Herd und drei Schränke befanden, und der in einen schlauchartigen Teil überging, wo Tisch, Stühle und ein alter Kühlschrank standen. Von da aus ging es um eine rechtwinklige Ecke herum in das, was früher einmal die Spülküche gewesen war – jetzt waren dort die Waschmaschine, der Trockner und der übellaunige Boiler untergebracht.

Maddy hatte das Häuschen von Diana angemietet, als sie nach Milton St. John gekommen war – eine ihrer klügsten Entscheidungen in jener Anfangszeit. Peter besaß damals eine Wohnung in der High Street, und an einem dieser berauschenden Nachmittage in seinem Hotelzimmer, in dem sie sich kennen gelernt hatten, hatte er sie gebeten, zu ihm zu ziehen. Maddy, die hoffnungslos verliebt war, hatte sich nichts sehnlicher gewünscht, als immer bei ihm zu sein, aber irgendein sechster Sinn hatte sie davor gewarnt, ihre Unabhängigkeit aufzugeben.

Schließlich hatten sie sich auf den Kompromiss geeinigt, dass Maddy dieses kleine Haus mietete. So würden sie im gleichen Dorf leben, hatte Peter mit seiner süßesten Stimme gesagt, während er sich ihre roten Locken um die Finger wickelte, und außerdem hätten sie so viel mehr Abwechslung. Zwei Schlafzimmer … zwei Betten …

»Natürlich kann ich keine hohe Miete von Ihnen verlangen«, hatte Diana James-Jordan bei ihrem ersten Treffen in überschwänglichem Ton gesagt. »Das Haus ist regelrecht heruntergekommen, aber ich werde auf keinen Fall Geld aus dem Fenster werfen, um es noch zu renovieren. Früher habe ich dort immer meine Stallburschen untergebracht, aber inzwischen …« Sie schüttelte den Kopf. »Heutzutage haben die doch die tollsten Vorstellungen von Bungalows mit Zentralheizung, Doppelscheiben und Einbauküchen …« Sie hatte eine Pause gemacht, in der Hoffnung, Maddy ein paar mitfühlende Worte zu den übertriebenen Träumen der Unterschicht zu entlocken. Als diese ausblieben, war Diana weiter vorangeprescht. »Also, wenn Sie es selbst ein bisschen auf Vordermann bringen wollen, ist das ganz Ihnen überlassen. Ich werde nur eine symbolische Miete verlangen. Ich nehme an, Sie arbeiten?«

Nun ja, noch nicht richtig, hatte Maddy zugeben müssen, aber sie hätte schon ein paar Verabredungen zu Vorstellungsgesprächen in Reading und Newbury, und bis dahin würden ihre Ersparnisse sicher reichen, um Dianas Miete zu zahlen.

»Oh!« Diana hatte wunderbar gewölbte Augenbrauen. »Ich dachte, Sie seien in Mr. Knightleys – Peters – Unternehmen tätig. Ist das nicht richtig?«

»Nein, hatte Maddy geantwortet, dies sei absolut nicht richtig. Mr. Knightley – Peter – und sie seien seit einiger Zeit zusammen, aber mit seinen Fitness-Studios hätte sie nicht das Geringste zu tun. Dann hatte sie einen Mietvertrag unterschrieben, der alle zwölf Monate verlängerbar war, hatte sich von einem Scheck getrennt, und schon war das Cottage ihr neues Zuhause.

Sie hob den Deckel des voll gestopften Mülleimers, nahm sich fest vor, ihn am Abend endlich zu leeren – und schrie dann plötzlich auf.

Unter dem Boiler lag ein toter Mensch.

Nun, eigentlich waren es nur zwei Beine in eng anliegenden, verwaschenen Jeans und zwei Füße, die in unansehnlichen Boots steckten. Der restliche Körper war unter den Innereien des Boilers versteckt, aber nicht mehr lange. Begleitet von einem Fluch, einem Geräusch, als würde ein Schädel gegen Metall schlagen, und einem weiteren, noch hörenswerteren Fluch, begann der Körper zu Maddys großer Erleichterung zu zappeln.

Die Frage, warum ein fremder Mann plötzlich an ihrem Boiler herumwerkelte, kam Maddy gar nicht in den Sinn. Dazu war sie viel zu fasziniert vom Anblick des starken, muskulösen, braun gebrannten Oberkörpers, der langsam auf ihrem nicht gerade sauberen Küchenboden zum Vorschein kam. Schließlich tauchte der ganze Drew Fitzgerald auf, zog sich den Pullover über seinen Körper und runzelte die Stirn.

»Du lieber Himmel!« Maddy war fassungslos. »Was in aller Welt tun Sie denn hier?«

Drew richtete sich auf, rieb sich den Kopf und untersuchte seine Finger auf Blutspuren. »Warum haben Sie so geschrien? Ich hätte mir den Kopf verletzen können.«

»Tut mir Leid. Ich dachte, Sie wären tot. Ich meine, ich konnte ja nur Ihre Beine sehen, und da dachte ich …«

»Dass ich das Opfer eines unfallflüchtigen Heizsystems wäre?«

Er kam auf die Füße und strich sich die Haare aus den Augen. Er sah viel jünger und zerzauster aus als am Abend zuvor, fand Maddy. Und wütend.

»Tut mir Leid, dass ich geschrien habe. Aber ich hatte nicht damit gerechnet, Sie auf dem Boden meiner Spülküche vorzufinden. Das ist nicht der Ort, an dem ich normalerweise Besuch empfange.«

»Ich bin kein Besuch. Ich repariere Ihren Boiler.«

Maddy versuchte sich zu erinnern. Hatte sie ihm auf der Party von dem Boiler erzählt? Hatte sie ihn irgendwie dazu aufgefordert, den Launen ihres Heizsystems auf die Schliche zu kommen? Hatte sie ihm gesagt, wo sie den Schlüssel für die Hintertür versteckte, so dass er ins Haus konnte? »Ich verstehe nicht ...«

»Ihre Schwester ist heute Morgen auf einen Sprung rübergekommen.« Drew stopfte sein professionell aussehendes Werkzeug in einen Kasten. »Sie hat sich vorgestellt. Ein sehr nettes Mädchen. Ist ihre Haarfarbe eigentlich echt?«

»Ich weiß nicht. Welche Farbe war es denn?«

»So ein Aprikosenton?«

»Nein, dann nicht. Also hat Suzy Sie darum gebeten, den Boiler zu reparieren?« Maddy war entsetzt. »Das tut mir wirklich Leid. Sie hätte nicht ...«

»Jetzt hören Sie doch auf, sich dauernd zu entschuldigen! Ich habe es ihr angeboten. Als sie kam, war ich gerade dabei, mir dieses merkwürdige Dampfbad anzusehen, das zum Fitness-Center gehörte. Ich fragte mich, ob ich das Saunabecken wohl für meine Pferde benutzen könnte. Sie, ich meine, Suzy hat gesagt, da hätten die Pferde aber mehr Glück als manche Menschen – die könnten wenigstens ein warmes Bad nehmen. So sind wir auf Ihren Boiler gekommen.« Drew ließ den Werkzeugkasten zuschnappen. »Ich habe ihr gesagt, dass ich eigentlich noch nicht viel zu tun habe. Meine Möbel kommen erst in ein paar Tagen, mit meinen Pferden kann ich sogar erst frühestens in zwei Wochen rechnen, und

Vorstellungsgespräche kann ich erst dann abhalten, wenn ich genau weiß, wer von meinem Personal auf Jersey rüberkommt. Im Moment habe ich nur ein paar Kleinigkeiten zu erledigen, und deshalb bot ich ihr an, mal nach Ihrem Boiler zu sehen. Sie hat mir verraten, dass der Schlüssel in der Glyzinie liegt. Tja« – er zuckte die Achseln – »da bin ich also – und übrigens, er funktioniert wieder.«

»Wirklich?«, strahlte Maddy. »Sie meinen, wir können wieder heizen, wann wir wollen, und jederzeit baden? Mein Gott, was für ein Luxus! Seit ich vor fünf Jahren eingezogen bin, hat das Ding noch nie funktioniert.«

»Ihr Vermieter hätte es für Sie reparieren lassen müssen.«

»Diana ist meine Vermieterin, und ich zahle so eine lächerlich niedrige Miete, dass ich es unverschämt fand, sie darum zu bitten. Doch als ich mir Kostenvoranschläge von Heizungsinstallateuren machen ließ, waren die so hoch, dass ich es mir nicht leisten konnte …«

Zum ersten Mal lächelte Drew. Es war ein überwältigendes Lächeln. »Ich nehme an, Sie haben auch schon hier gewohnt, als Sie und Mr. Knightley noch zusammen waren – warum konnte *er* den Boiler nicht für Sie reparieren?«

»Oh, Peter hat nie hier gewohnt – und er hat sich um praktische Dinge nie gekümmert. Er hat immer nur Ideen entwickelt, Termine vereinbart und Geld verdient. Er hat sich nicht gern schmutzig gemacht.«

»Das habe ich mir irgendwie gedacht. Jemand, dem es egal ist, wenn er sich schmutzig macht, würde in einem Dorf voller Pferdenarren niemals eine cremefarbene Designerhose anziehen. Wahrscheinlich wird er das auch nicht mehr tun – zumindest nicht, wenn wir uns weiter in denselben gesellschaftlichen Kreisen bewegen …«

»Sie können ihn nicht leiden, stimmt's?«

»Das ist ein bisschen übertrieben.« Drew lehnte sich an den Trockner. »Ich kenne ihn ja kaum. Natürlich hatte ich schon von ihm gehört, er war ja früher der Besitzer von Peapods. Irgendwie schien er gestern zu glauben, dass er einen Besitzanspruch auf Sie hat. Und da ich bereits beschlossen hatte, dass sie eine nette Frau sind, dachte ich, Sie könnten vielleicht ein bisschen Hilfe gebrauchen.«

»Nicht, was Peter betrifft.« Maddy hätte sich am liebsten die Zunge abgebissen. Jetzt klang es so, als wollte sie ihn verteidigen. »Ich meine, das macht er mit jedem so. Er hält sich für unwiderstehlich.«

»Das dachte ich mir.«

»Ich danke Ihnen wirklich vielmals, dass sie den Boiler repariert haben. Wie viel schulde ich Ihnen?«

»Nichts.« Drew ging auf die Hintertür zu. »Ich freue mich, wenn ich helfen konnte. Wenn die Pferde erst mal da sind, habe ich wahrscheinlich nicht mehr so viel Zeit, unsere Nachbarschaft zu pflegen. Aber das mit Ihrer Reinigungsfirma habe ich nicht vergessen. Ich habe heute Morgen mit Caroline telefoniert, und sie wird auf jeden Fall mit Ihnen reden, sobald sie hier ist.«

»Bringt sie auch die Möbel mit?«, fragte Maddy mit Unschuldsmiene. »Oder die Pferde?«

Drew zuckte die Achseln. »Wenn ihr danach ist, kann es genauso gut sein, dass sie schon heute Nachmittag hier auftaucht. Ich hoffe jedenfalls, dass sie möglichst bald kommt.«

Verflixt!, dachte Maddy. Er vermisste sie. »Ich freue mich schon darauf, sie kennen zu lernen. Hier im Dorf bilden sich ganz schnell irgendwelche Cliquen. Ich meine, wahrscheinlich wird Diana ihre Frau sofort belagern, aber Kimberley Weston wäre sicherlich eine bessere Freundin. Manchmal ist es ganz praktisch, solche Dinge gleich zu wissen.«

»Natürlich. Dann mögen Sie Diana wohl nicht besonders?«

»Nein … na ja, die Sache ist ein bisschen schwierig. Ich meine, sie war immer sehr nett zu mir – so als wäre ich ein herrenloser Hund, um den sie sich kümmert –, aber ich bin mir sicher, dass sie mich für viel zu wenig materialistisch und für zu naiv hält. Das war ich auch bestimmt, als ich nach Milton St. John kam. Aber weil ich in ihrem Cottage wohne und für sie arbeite, sollte ich sie eigentlich auch nicht schlecht machen. Es ist nur …«

»Ja?«

»Na ja … Der große Favorit für das Derby kommt aus ihrem Stall, das wissen Sie wahrscheinlich – Saratoga Sun. Und der Mann meiner Freundin, Richard, ist diese Saison Dianas Stalljockey. Er ist schon seit Ewigkeiten Jockey, aber jetzt hat er zum ersten Mal die Chance, richtig groß rauszukommen.« Die Entrüstung in Maddys Stimme wuchs. »In allen bisherigen Rennen hat er Saratoga geritten. Und jetzt will der Besitzer einen anderen Jockey, worauf Diana Richard einfach abserviert hat. Sie hat noch nicht mal versucht, mit dem Besitzer zu reden.«

»Trainer sind den Pferdebesitzern ziemlich ausgeliefert.« Genau das hatte Barty am Abend zuvor auch gesagt. »Ich glaube kaum, dass Diana etwas daran hätte ändern können.«

»Sie hätte doch ein Machtwort sprechen können! Sie hätte sagen können, dass Richard das Pferd hervorragend geritten hat – was der Besitzer selbst weiß –, und dass sie Saratoga nicht mehr trainiert, wenn Richard ihn nicht reiten darf. Das liegt doch alles nur daran, dass Richard keinen Glamour hat, ganz im Gegensatz zu Newmarkets Goldjungen.«

»Luke Delaney?«, fragte Drew. »Er ist schon ein paarmal für mich geritten. Er ist gut, und er lässt sich gut vermarkten. Kein Trainer würde zu diesem Zeitpunkt der Saison das Risiko eingehen, mit dem Favoriten das Derby zu verlieren. Ich denke, Diana hatte keine andere Wahl.«

»Da bin ich anderer Meinung«, beharrte Maddy ärgerlich. »Aber ich bin ja nur ein Laie, und ihr Trainer müsst natürlich zusammenhalten.«

»Autsch!« Drew grinste sie an. »Sie können aber ganz schön Krallen zeigen. Na, jedenfalls will ich Sie nicht länger aufhalten. Sie haben offensichtlich viel zu tun.«

Plötzlich wollte Maddy nicht, dass er schon ging. »Haben Sie noch Zeit für eine Tasse Kaffee? Das ist das Mindeste, was ich Ihnen anbieten kann, wenn Sie kein Geld haben wollen – als Dankeschön für die Reparatur des Boilers, und dafür, dass Sie so nett auf meinen gestrigen Schnitzer reagiert haben. Ich war einfach ziemlich nervös …«

»Weil plötzlich der anbetungswürdige Mr. Knightley wieder aufgetaucht ist?« Drews Lachfältchen wurden tiefer. »Absolut verständlich. Ich hätte mich in Ihrer Lage genauso gefühlt. Keine angenehme Geschichte.«

Maddy lachte. »Leider kann ich Ihnen nichts zum Mittagessen anbieten. Ich habe gar nichts Richtiges da. Aber vielleicht hat Suzy irgendwo noch ein Mars herumliegen lassen …«

Drew zögerte kurz, dann lächelte er. »Ein Mars wäre toll.«

Maddy bearbeitete gerade ihre kleine Wiese mit einem uralten, klapprigen Rasenmäher und genoss die Abendsonne, die durch die Efeuranken und den Jasmin in ihren Garten fiel, als Suzy nach Hause kam.

»Hat Drew den Boiler repariert, Mad?« Sie sah aus dem windschiefen Küchenfenster. »Kann ich baden gehen?«

»Ja und ja.« Maddy machte schnaufend eine Pause. »Aber du hättest ihn nicht damit belästigen sollen, Suzy. Ich bin fast in Ohnmacht gefallen, als ich heute Mittag nach Hause kam, und er der Länge nach auf dem Küchenfußboden lag.«

»Da hast du wohl gedacht, es wäre Geburtstag und Weihnachten in einem, was? Ich meine, er ist natürlich schon uralt, aber immer noch verdammt sexy.«

»Ich kann wirklich nicht sagen, dass mir das aufgefallen wäre«, log Maddy.

»Ach ja? Na, wie auch wenn du immer noch scharf auf Pete the Perv bist. Warum haben wir eigentlich nichts zu essen im Haus? Ich sterbe vor Hunger.«

»Oh, äh … Ich hab's heute nicht geschafft, einkaufen zu gehen«, sagte Maddy schnell. Mist. Sie hatte völlig vergessen, dass sie sich so schnell wie möglich bei Bronwyn Pugh entschuldigen musste. »Ich wollte dich fragen, ob du nicht nach Newbury fahren willst, um bei Sainsbury's ein paar Sachen zu kaufen. Wir könnten doch einen kleinen Vorrat anlegen, dann brauchen wir nicht ständig im Dorfladen ein Vermögen auszugeben.«

»Wenn du meinst«, erwiderte Suzy gutmütig. »Aber ich will erst in die Badewanne. Ist das nicht toll, Mad?

Wasser bis zum Hals, richtig heißes Wasser! Und das auch noch zu normalen Zeiten – ohne dass man mitten in der Nacht aufstehen muss! Ach ja, viele Grüße von John Hastings.«

Suzys Kopf verschwand aus dem Fensterrahmen, und fast im gleichen Moment wurde die angenehme Stille durch ein ohrenbetäubendes AC/DC-Konzert gestört. Maddy schob erneut den Rasenmäher vor sich her. Sie hatte Suzy wirklich sehr gern, sie freute sich über ihre Gesellschaft – und natürlich über die Kleidung ihrer Schwester, die ihr passte –, und sie wäre nicht im Traum darauf gekommen, sie rauszuschmeißen, aber manchmal wünschte sie sich einfach, Suzy wäre ein bisschen ruhiger.

»Das war geil.« Eine halbe Stunde später kaum Suzy, eingemummelt in zwei Handtücher und in Maddys Bademantel, in den Garten marschiert. »Absolut oberaffengeil.«

»Es freut mich sehr, dass du dein Bad genossen hast.«

»Sei nicht so empfindlich, Mad. Das steht dir nicht.« Suzy ließ sich auf den Baumstumpf sinken, der als Gartenstuhl diente. »Also, wie war denn der gute Mr. Twice-Knightley?«

Maddy fischte einen trockenen Grasfladen aus den verbogenen Klingen des Rasenmähers und atmete den berauschenden Duft ein. »Wir haben einen ganz zivilisierten Party-Small-Talk geführt, wie es sich gehört. Ich weiß immer noch nicht, warum er nach Milton St. John zurückgekommen ist. Ich habe ihn nicht gefragt. Du und Fran, ihr wärt stolz auf meine verächtliche Haltung und meine desinteressierte Distanz gewesen.

»Wirklich?« Suzy begann an ihrem lila Nagellack zu zupfen.

»Ja, wirklich. Ich bin tatsächlich und allen Ernstes über Peter Knightley hinweg. Es wäre mir völlig egal, wenn ich ihn nie widerstehen würde.«

»Oh, das ist gut.« Suzy zog sich das Handtuch von den Haaren. Ihr Kopf sah aus, als sei er von einem stacheligen, aprikosefarbenen Heiligenschein umhüllt. »Dann heißt das, dass du jetzt für den coolen Drew zu haben bist?«

»Nein.« Maddy spürte, wie ihr das Blut in die Wangen schoss. Würde sie eigentlich irgendwann alt genug sein, um nicht mehr rot zu werden wie ein Schulmädchen? »Er ist verheiratet. Und außerdem brauche ich keinen Mann.«

»Jede braucht einen Mann.« Suzy erhob sich anmutig und ging auf die Hintertür zu. »Du kannst dich nicht einfach von allen fern halten, bloß weil Pete the Perv dich so mies behandelt hat. Du bist verdammt hübsch, Mad. Hier und dort hast du ein bisschen zu viel Speck auf den Knochen, und natürlich bist du so schrecklich alt, aber die meisten finden dich immer noch attraktiv.«

»Ach ja? Wer denn genau?«, fragte Maddy, aber Suzy war schon außer Hörweite. Mit einem ironischen Grinsen wandte sich Maddy wieder ihrem Rasenmäher zu. Vielleicht war es ja besser, es gar nicht zu wissen.

4. Kapitel

Caroline Fitzgerald traf drei Wochen später in Peapods ein. Sowohl die Pferde als auch die Möbel waren zu diesem Zeitpunkt bereits an Ort und Stelle. Die meisten Dorfbewohner, die gespannt auf die Ankunft von Drew Fitzgeralds Frau warteten, hatten dies zur Kenntnis genommen, kommentiert und gutgeheißen.

Da es ein Freitag war, hockte Maddy stirnrunzelnd über ihrem Bürokram: Sie musste Elaines, Brendas und Kats Wochenlohn ausrechnen. Mit halbem Ohr verfolgte sie dabei das Frühstücksfernsehen. Die Sonne schien durchs Fenster, und die Staubkörnchen, von denen es in Maddys Küche etliche gab, tanzten lustig im goldenen Licht. Maddy spielte mit ihrem Stift. Wenn die Sonne schien, sah alles so schön aus, sogar der Staub. Es wäre ein Jammer gewesen, ihn zu entfernen.

Sie achtete nicht auf die vielen Autos, die gegenüber vorfuhren. Es war dort stets ein ständiges Kommen und Gehen. Seit zehn Tagen hatte Drew jetzt schon die Handwerker in Peapods, deshalb fiel Maddy der dunkelblaue Mercedes nicht weiter auf.

»Ob ich hier wohl einen Kaffee bekomme wie in guten alten Zeiten?« Die aalglatte Stimme riss Maddy unsanft aus ihren Gedanken. Sie ließ den Stift fallen und war schon halb auf den Füßen, als die Stimme die Küche erreicht hatte. »Maddy? Wo bist du?«

Seit Dianas Party hatte sie Peter nicht gesehen. Den Gerüchten zufolge hatte er ein Angebot für Milton St.

John Manor gemacht, das große Landgut. Den Gerüchten zufolge hatte er außerdem vor, ein Fast-Food-Restaurant daraus zu machen, ein Laserdrom, eine Schlittschuhbahn und eine Bowlingbahn. Welchem dieser Gerüchte man nun Glauben schenkte, hing von der Lebhaftigkeit der eigenen Phantasie ab und davon, ob man Peter Knightley für den größten Megaunternehmer seit Richard Branson oder für einen unerfreulichen Störfaktor hielt.

»Ich hätte vorher anrufen sollen.« Peter lächelte in der Annahme, dass Maddy ihm sein unangekündigtes Kommen selbstverständlich verzeihen würde. »Aber ich hatte so viel zu tun! Und da ich heute Vormittag zwischen meinen Terminen ein bisschen Luft habe und zufällig vorbeikam ...«

»Ich wollte sowieso gerade eine Kaffeepause machen«, log Maddy und ließ Wasser in den Kessel laufen. »Freitags erledige ich die Buchhaltung – das ist der einzige Tag in der Woche, an dem du mich zu Hause erwischen kannst.«

»Ich weiß. Ich habe meine Nachforschungen angestellt.«

Sie wusste nicht, ob sie sich geschmeichelt oder belästigt fühlen sollte.

»Wir können doch weiter Freunde sein, oder?« Peter hatte sich einen der bunt zusammengewürfelten Stühle geschnappt und unaufgefordert Platz genommen. »Du bist mir nicht mehr böse?«

»Überhaupt nicht.« Maddy spülte zwei Tassen mit heißem Wasser aus. »Und ich wüsste auch nicht, warum ich Theater machen sollte, wenn sich unsere Wege kreuzen. Bist du deshalb gekommen?«

»Mehr oder weniger. Aber ich habe dich auch vermisst.«

»Nein, das hast nicht«, zischte sie mit trockenem Mund. »Hör auf, Süßholz zu raspeln, Peter! Ich kenne dich zu gut. Wenn du dich wieder hier im Dorf niederlassen willst, dann werde ich das gern akzeptieren. Und wir können natürlich höflich miteinander umgehen, wenn wir uns treffen. Aber das ist auch alles.« Nickend nahm er die Kaffeetasse entgegen. Maddy hätte sich in den Hintern beißen können – sie hatte sich daran erinnert, dass er ihn schwarz und ohne Zucker trank. Es wäre viel cooler gewesen, ihn erst zu fragen.

»Du hast dich wirklich verändert, Maddy. Du bist irgendwie erwachsen geworden. Diana hat mich schon gewarnt, dass ich dich ganz anders erleben würde. Und ich habe dich wirklich vermisst, Maddy. Noch nie hat mich jemand so zum Lachen gebracht wie du.«

»Dann wirst du wohl einen Hofnarren engagieren müssen.« Sie lehnte sich mit dem Rücken an den Kühlschrank. »Als Ersatz. Schließlich hast du doch vor, Gutsherr zu werden, nach allem, was man so hört.«

Die goldblonden Augenbrauen wanderten nach oben. Mist. Das klang so, als würde sie sich dafür interessieren, was er so tat. Maddy zuckte die Achseln. »Jetzt hast du ja wohl dein neues Zuhause gefunden, wolltest du dir für die Gebäudereinigung ein Preisangebot einholen?«

»Das habe ich doch nicht ernst gemeint! Ich könnte dich niemals bei mir beschäftigen, nicht nachdem …«

»Warum denn nicht, du liebe Zeit? Wir sind doch jetzt Freunde, oder? Ich sehe nicht, wo das Problem liegt.«

Peter spreizte in einer hilflosen Geste die Hände. »Stacey und ich werden heiraten.«

»Ist sie schwanger?« O Gott, jetzt klang sie schon genau wie ihre Mutter.

»Nein.« Peters Lachen prallte von den Wänden ab. »Noch nicht. Vielleicht hätten *wir* heiraten sollen, Maddy ...«

»Um in Rekordzeit in die Scheidungstatistik einzugehen? Wohl besser nicht. Ich erinnere mich auch nicht, dass jemals vom Heiraten die Rede war.« Maddy hoffte nur, dass der Ausdruck von höflichem Zynismus noch nicht aus ihrem Gesicht gewichen war. Leider war sie nämlich kurz davor, in Tränen auszubrechen. »Also dann ...« Sie stellte ihre halb volle Kaffeetasche auf den Tisch. »Danke, dass du vorbeigekommen bist, um mir deine Neuigkeiten zu berichten. Sag Stacey, dass ich ihr viel Glück wünsche – das wird sie bestimmt brauchen. Wann ist denn der große Tag?«

»Frühestens im September. Du bekommst eine Einladung. Ich wollte es dir selbst sagen, ehe du es von anderer Seite erfährst. Das bin ich dir wohl schuldig – besonders, nachdem ich dich auf diese Weise verlassen habe.«

»Vergiss es, Peter. Was vorbei ist, ist vorbei. Wir haben uns inzwischen beide verändert.« Insgeheim freute Maddy sich darüber, dass er es ihr erzählt hatte. Vielleicht war Peter ja auch erwachsen geworden.

»Maddy ...«

Er stand auf. Sie hatte vergessen, wie groß er war, wenn er dicht vor ihr stand. Und wie faszinierend seine großen blauen Augen waren. Sie konnte ihn riechen – der warme, saubere Geruch seines teuren Rasierwassers ließ plötzlich viele Erinnerungen in ihr hochkommen. Seine Hände lagen auf ihren Schultern. Maddy spürte den fordernden Druck seiner Finger durch ihr dünnes T-Shirt.

»Um der alten Zeiten willen …«

»Ich dachte, du wärst wegen einer Tasse Kaffee gekommen?« Sie versuchte, lustig zu klingen, doch es gelang ihr nicht. »Nicht, Peter …«

»Nicht«, war immer noch ein Wort, das in Peters Vokabular nicht vorkam. Er küsste sie. Maddys überrumpelte Sinne registrierten erleichtert, dass es ein rein freundschaftlicher Kuss war, dass seine Lippen ihre Lippen nur leicht berührten. Einen Moment lang. Dann zog er sie plötzlich an sich, und sie konnte nicht verhindern, dass ihr Mund sich öffnete, während seine Lippen alles taten, um auch noch das letzte Fünkchen ihrer Entschlossenheit auszulöschen. O Gott! Es war herrlich, von ihm geküsst zu werden. Es war schon immer herrlich gewesen. Und sie war seit Monaten nicht mehr richtig geküsst worden …

Seine Hände vergruben sich in ihren Locken, und sein Knie schob sich langsam zwischen ihre Schenkel.

»Entschuldigung? Ist jemand zu Hause? Ich hab's an der Vordertür versucht, aber da hat niemand geantwortet. Oh!« Ein dunkles, attraktives Frauengesicht war in Maddys windschiefem Fenster aufgetaucht. »Es tut mir schrecklich Leid.« Ein Lachen lag in der Stimme, aber das schöne Gesicht blieb bewegungslos. »Ich habe vorn an der Tür geklingelt, aber die Klingel scheint nicht zu funktionieren. Vielleicht sollte ich zu einem, äh … passenderen Zeitpunkt wiederkommen? Ich suche Maddy – Maddy Beckett.«

»Und Sie haben sie auch schon gefunden.« Peter hatte seinen Charme unvermittelt auf die Frau draußen vor dem Küchenfenster gerichtet.

»Die Hintertür ist auf«, sagte Maddy, schluckte und

strich sich das Haar aus den Augen. »Bitte kommen Sie doch rein.«

»Ich kann auch später noch mal kommen, wenn es jetzt nicht passt ...«

»Nein, ich wollte sowieso gerade gehen.« Peters Stimme klang wieder verführerisch heiser, während er Maddy ansah. »Oder?«

»Ja, natürlich!« Sie war zutiefst empört über sich selbst. Er hatte es immer geschafft, sie rumzubekommen – aber das war das letzte Mal gewesen. Das allerletzte Mal.

Die Frau mit dem dunklen Teint stand unentschlossen an der Ecke, die zur Spülküche führte.

»Ich bin Maddy Beckett.« Maddy streckte ihr eine feuchte Hand entgegen.

»Caroline Fitzgerald.« Ein kühler Händedruck umschloss ihre Finger.

»Peter Knightley«, sagte Peter lächelnd, »und jetzt bin ich auch schon weg.« Er drehte sich zu Maddy um. »Ich ruf dich bald mal an.«

»Nein, lass es lieber. Richte nur Stacey mein herzliches Beileid aus.«

Peter lachte noch, als er schon die Tür hinter sich zumachte.

»Es tut mir schrecklich Leid.« Maddy wies auf die Stühle. »Bitte setzen Sie sich doch. Darf ich Ihnen einen Kaffee anbieten?«

»Wäre es sehr unhöflich, wenn ich Sie um einen Tee bitten würde?« Caroline ließ sich anmutig auf den Stuhl sinken, den Peter soeben geräumt hatte. »Ich habe solche Lust auf Tee, und bei uns haben sie das Wasser abgestellt! Oh, ich glaube, die haben alles abgestellt. Darum bin ich auch einfach rübergekommen. Überall wimmelt es nur so von Handwerkern, Drew rennt aufgeregt durch die Gegend, um die Pferde zu beruhigen, und ich kann nichts finden.«

Maddy lächelte sie verständnisvoll an. Sie mochte Caroline Fitzgerald auf Anhieb.

Während sie den Tee machte, erzählte Caroline, dass Drew ihr in der Küche einen ganzen Packen Zettel mit diversen Botschaften an die Pinwand geheftet hatte. Eine lautete: »*Die Feen* – Reinigungsfirma – Maddy Beckett – Cottage gegenüber – grünes Dach.« Ich habe das in dem ganzen Chaos für eine gute Idee gehalten. Obwohl es offensichtlich nicht der ideale Zeitpunkt war vorbeizukommen.«

»Es war absolut der richtige Zeitpunkt«, sagte Maddy heftig, während sie die Teekanne auf den Tisch stellte. »Peter war hier, um mir zu sagen, dass er heiratet.« Sie fand, dass sie Caroline eine Erklärung für ihr schamloses Verhalten schuldig war. Beim Tee darüber zu plaudern, wirkte doch sehr zivilisiert. Caroline würde niemals merken, dass Maddys Körper sich immer noch nach diesem Mann verzehrte.

»Oh, dann ist das hier im Dorf wohl die traditionelle Art, jemandem zu gratulieren?«

»Sie halten mich jetzt bestimmt für lasterhaft.« Maddy verschüttete Tee auf ihre Untertasse. »Normalerweise mache ich so etwas wirklich nicht. Aber wir sind alte Freunde ...«

»Sie schulden mir doch keine Erklärung! Ich hätte nicht durchs Fenster schielen dürfen.«

»Und ich hätte Peter Knightley auf keinen Fall küssen dürfen. Er ist absolut tabu.«

»Aber ausgesprochen attraktiv.« Caroline krümmte

wie selbstverständlich den kleinen Finger, als sie ihre grüne Tasse zum Mund führte. »Wie alle verbotenen Früchte. Sagen Sie, Maddy, sehen Sie meinen Mann häufig?«

»So gut wie nie«, antwortete Maddy schnell. »Wir haben uns kennen gelernt, als er gerade angekommen war, aber seit er sich um den Umbau und die Pferde kümmert, habe ich ihn nur noch aus der Ferne gesehen. Äh, möchten Sie, dass regelmäßig jemand zum Putzen zu Ihnen kommt?«

Caroline nickte. »Ich denke, das wäre das Beste. Ich möchte, dass das Ganze endlich gut organisiert wird. Drew ist ein hoffnungsloser Fall, was Haushaltsfragen betrifft.«

Maddy wollte schon sagen, dass er ihr bereitwillig den Boiler repariert hatte, aber dann überlegte sie es sich schnell anders. Sie lächelte. »Ich hole nur den Terminkalender.«

Sie einigten sich auf eine Stunde pro Vormittag und zwei Stunden jeden Freitagnachmittag. Die Vormittage würde Maddy auf Brenda, Elaine und Kat verteilen, den Freitag konnte sie selbst übernehmen, sobald sie ihren Schreibkam erledigt hatte, weil das Haus ja gleich gegenüber lag.

Caroline schien sehr erfreut über diese Regelung und die Höhe der Kosten zu sein.« Ich werde nicht immer hier leben.« Sie ließ sich Tee nachschenken. »Ich weiß nicht, ob Drew Ihnen das schon erzählt hat. Ich habe auf den Kanalinseln noch eigene Geschäfte, um die ich mich kümmern muss. Ich werde natürlich so oft wie möglich nach Peapods kommen, aber ich bin trotzdem erleichtert zu wissen, dass er nicht bis zu den Knien im Dreck steckt, wenn ich nicht da bin.« Aus ihren grünen, schräggestellten Augen sah sie sich kurz in Maddys Küche um und lächelte dann wieder.

»Ich bin gerade selbst ein bisschen in Verzug ... Peter ... er hat mich überrascht ...«

»Natürlich.« Caroline lächelte und schloss dabei wie eine schläfrige Katze leicht die Augen. »Verständlich.«

»Werden Sie denn dieses Mal lange bleiben?«

»So lange wie möglich. Ich will Drew helfen, Fuß zu fassen. Ich möchte auch gern seine neuen Mitarbeiter auf Herz und Nieren prüfen. In Jersey habe ich mich nie richtig um seinen Stall gekümmert – uns war lieber, dass jeder sein eigenes Berufsleben hat. Irgendwann war dann klar, dass er auf den Kanalinseln alles erreicht hatte, was möglich war, und er wollte unbedingt weiter expandieren. Deshalb schien das hier eine ideale Lösung zu sein.«

»Und es macht Ihnen nichts aus, von ihm getrennt zu leben? Maddy konnte sich nicht vorstellen, dass eine Frau nicht freiwillig bei Drew leben würde, wenn sie die Möglichkeit dazu hätte. Caroline lachte. »Nein. Sie wissen wirklich nicht viel über Drew. Wenn man ein bisschen Distanz zu ihm hat, ist er am angenehmsten. Er lebt und atmet für seine Pferde, er isst und schläft für seine Pferde, und das war schon immer so.« Sie unterbrach sich. »Jedenfalls habe ich mich gefreut, Sie kennen zu lernen. Wenn wir bei uns alles fertig haben, müssen Sie einmal auf ein Glas Wein rüberkommen.«

»Wir wär's erst mal mit einem Abendessen bei mir?« Maddy hatte keine Sekunde lang nachgedacht. »Zusammen mit Drew? Morgen Abend? Um acht?«

»Sind Sie sicher? Ich meine ...«

»Aber ja. Morgen ist das ganze Dorf in Newbury auf

der Rennbahn. Da findet doch das Greenham statt, die Qualifikation fürs Derby. Ich werfe einfach was in den Schmortopf, stelle den Backofen auf kleine Hitze, und wenn wir zurück sind, ist alles schon fertig. Wollen Sie Drew fragen und mir dann Bescheid sagen?«

»Nicht nötig.« Caroline stand auf. Sie war schlank und elegant und bewegte sich mit katzenhafter Anmut. »Drew wird froh sein, an Stelle der Mikrowellen-Pizza mal was Richtiges zu essen. Danke – wir freuen uns sehr. Das ist wirklich nett von ihnen.«

»Ich werde noch ein paar Freunde dazubitten.« Maddys Gedanken überschlugen sich. »Wir machen eine kleine Party.«

Sie wartete, bis Caroline die Straße überquert hatte, und rief dann Fran im Büro an. Peters Besuch und seine Neuigkeiten erwähnte sie nicht.

»Wunderbar, Maddy! Richard wird es bestimmt total runterziehen, wenn er sieht, wie Luke Delaney auf Saratoga reitet. Ich reiße mich wirklich nicht darum, morgen den ganzen Abend deprimiert mit ihm zu Hause rumzusitzen, und außerdem brenne ich darauf, mir Drew Fitzgerald mal anzusehen. Ich kümmere mich um einen Babysitter – wir kommen.«

Der Kühlschrank bot keinen großen Anlass zur Hoffnung. Es war nicht einmal genug da, um eine anständige Mahlzeit für eine Person auf die Beine zu stellen, geschweige denn, mehrere Gäste zu bewirten. Maddy seufzte. Sie würde nach Newbury fahren müssen. Sainsbury's hatte immer lange geöffnet. Doch sie wollte die Rushhour abwarten.

Brenda und Elaine kamen, um ihren Lohn abzuholen. Kat, die erst neunzehn war und schon zwei Kinder hatte, holte sich ihr Geld immer Samstagmorgens ab. Die beiden Frauen mittleren Alters, die sich mit ihren Dauerwellen und den bunten Kitteln ähnelten wie ein Ei dem anderen, waren zwei regelrechte Putzteufel und das Rückgrat von *Die Feen.* Maddy erzählte ihnen von ihrem neuen Auftrag, gab ein bisschen Tratsch über Diana zum Besten, bestätigte, dass sie Wischtücher und einen Karton Putzmittel bestellt hatte und beglückwünschte die Frauen zu ihrer Entscheidung, am nächsten Tag ein paar Mark auf Saratoga zu setzen. Als Brenda und Elaine wieder davongeradelt waren, ging Maddy zu ihrem Auto. Es war eine recht alte, unzuverlässige Kiste, der man immer erst gut zureden musste. Ohne den Motor zu zünden, setzte sie sich auf den Fahrersitz und umklammerte das Lenkrad. Ihre Gedanken schweiften ab.

Peter ... Sie fuhr mit dem Finger über ihre Lippen. Sie hätte das nicht zulassen dürfen, aber es war himmlisch gewesen. So unabhängig und glücklich sie mit ihrem Beruf war – sie hatte sich bisher nicht eingestanden, wie sehr es ihr fehlte, geküsst zu werden. Und Peter Knightley war im Küssen ein absoluter Profi ...

Auf Staceys und Peters Hochzeit gab sie nicht viel – nicht, solange Peter immer noch bereit war, bei jeder Gelegenheit den Verführer zu spielen. Merkwürdigerweise verspürte sie keinerlei Eifersucht. Sie wollte Peter wirklich nicht wiederhaben, und es war ihr egal, ob er Stacey oder wen auch immer heiratete. Aber er hatte immer die Fähigkeit gehabt, sie zu erregen, und das würde sich auch nicht ändern, wenn sie weiterhin so blöd war, ihn nahe genug an sich ranzulassen. In Zukunft würde sie vorsichtiger sein müssen.

Maddy stützte ihr Kinn auf die Hände und ließ ihre

Gedanken zu den Geschehnissen in Peapods weiterschweifen. Carolines Haltung war sonderbar gewesen, fand Maddy. Aber sie wusste schließlich überhaupt nichts über die Fitzgeralds. Vielleicht war Drew in Wahrheit ein Mistkerl. Vielleicht war er launisch und lieblos. Vielleicht war er jemand, der seine Ehefrau schlug. Maddy schüttelte den Kopf. Nein, dazu hatte er viel zu liebe Augen. Und außerdem war er so freundlich gewesen, ihr den Boiler zu reparieren Aber man wusste ja nie …

Sie drehte den Zündschüssel. Nichts. Sie versuchte es noch einmal. Der Motor gab keinen Mucks von sich, man hörte nur ein komisches Summen. Maddy legte ein Ohr ans Armaturenbrett und fluchte. Suzy hatte über Nacht das Radio angelassen. Die Batterie war leer.

»Scheiße!«

Es gab niemanden, den sie um Hilfe bitten konnte. Sie war sich nicht sicher, ob sie ein Ladegerät brauchte oder ein Starthilfekabel, aber selbst wenn sie beides besessen hätte, hätte sie keinen blassen Schimmer gehabt, wie man damit umging. Sie konnte schlecht rübergehen und die Leute in Peapods in ihrem ganzen Chaos um Hilfe bitten, und Suzy würde erst spät nach Hause kommen. Und sie hatte Caroline Fitzgerald ein großes Abendessen versprochen! Mit zwei Hamburgern, einer kleinen Pizza und einer Packung Räucherheringen …

Natürlich gab es eine Lösung, aber würde sie es wagen, Bronwyn Pugh unter ihre eisigen Augen zu treten, nachdem sie sich bisher dort nicht hatte blicken lassen? Sie hätte sich wirklich sofort entschuldigen sollen. Während Maddy aus dem Auto stieg und wütend die Tür hinter sich zuknallte, schwor sie, dass sie Suzy umbringen würde. Sie würde nur den Mut dazu aufbringen müssen …

Bronwyn Pugh war gerade dabei, in ihrer Kühltruhe frisch geschnittene Käsestücke zu stapeln, als Maddy die Tür öffnete.

»Eine Sekunde«, rief Bronwyn. »Ich bin fast fertig. So, das wär's.« Sie richtete sich auf, und sofort erstarb ihr Begrüßungslächeln. »Oh! Gibt es Sie auch noch? Wir haben Sie seit Ewigkeiten nicht ...«

»Ja«, sagte Maddy schnell. »Ich wollte eigentlich sofort vorbeikommen, um mich bei Ihnen zu entschuldigen, aber je länger ich es vor mir herschob, desto schwerer fiel es mir. Das ist genauso, wie wenn man einen Termin beim Zahnarzt immer weiter hinauszögert ...«

Bronwys finsterer Blick war tödlich. Maddy schluckte. »Nein, ich wollte nicht ... O bitte, jetzt glauben Sie mir doch, es tut mir wirklich Leid! Ich wollte wirklich niemanden beleidigen, weder Sie noch Bernie. Irgendwie hatte ich die Kontrolle über meinen Mund verloren.«

»Wohl nicht nur über Ihren Mund.« Von Bronwyns Lippen war kaum noch ein Strich zu sehen.

»Mrs. Pugh – Bronwyn ...«

»Unter den gegebenen Umständen bleiben wir bitte bei Mrs. Pugh.«

»Bitte hören Sie doch, Mrs. Pugh! Ich gebe ein Essen. Morgen Abend, und ...« Plötzlich kam Maddy der rettende Gedanke. Fast hätte sie in die Hände geklatscht. »Ein Abendessen für Sie und Mr. Pugh. Um Sie wegen meines Verhaltens um Verzeihung zu bitten.« Und dann schleuderte sie Bronwyn ihren Trumpf entgegen. »Ich habe auch die beiden Fitzgeralds aus Peapods eingeladen.«

»Beide?« Bronwyns Augen funkelten. »Dann ist sie inzwischen eingetroffen? Das wusste ich nicht.«

Maddy spürte, dass sie gewonnen hatte. »Caroline ist erst heute Morgen angekommen. Ich habe ihr erzählt, dass Sie und Mr. Pugh der Mittelpunkt unseres Dorfes sind, und dass sie Sie unbedingt kennen lernen muss. Sie war begeistert. Sie können sie doch nicht enttäuschen, Mrs. Pugh!«

Maddy hielt die Luft an. Bronwyns Blick wurde weicher. Die Strichlippen lösten sich.

»Nun ja, wenn das so ist …«

Maddy hätte am liebsten gejauchzt vor Freude. Als sie nach großzügiger Überschreitung ihres Kreditlimits das Geschäft verließ, hatte sie alles, was sie brauchte – sowie zwei Gäste, von denen man dasselbe nicht gerade behaupten konnte.

»Wir sind um acht bei Ihnen«, rief Mrs. Pugh Maddy noch nach, während diese schwer beladen auf ihrem Fahrrad davonbalancierte. »Und damit Sie sehen, dass ich nicht nachtragend bin – Sie können mich Bronwyn nennen.«

Maddy lud ihre Einkäufe aus und stürzte sich in einen ausführlichen Hausputz. Seit Ewigkeiten hatte sie keine Gäste mehr empfangen, und nun hatte sie sich einen bunt zusammengewürfelten Haufen ins Haus geladen. Außerdem würde sie wieder mal das fünfte Rad am Wagen sein. Sie musste unbedingt Suzy bitten, ihr Beistand zu leisten.

Das Esszimmer diente ihr gleichzeitig als Büro, und es dauerte fast den ganzen restlichen Tag, bis sie es in einen einigermaßen vorzeigbaren Zustand gebracht hatte. Es war eigentlich kein richtiges Zimmer, sondern nur eine Ecke im Wohnzimmer, die durch einen Vorhang abgetrennt war. Maddy begutachtete das Ganze. Sie würde den Küchentisch mit den nicht zueinander passenden Stühlen herüberschieben, und wenn sie noch die beiden Hocker und die Polstertruhe dazunahm, hatten sie genug Sitzmöglichkeiten. Nur die Deckenlampe war vielleicht ein Problem, vor allem ihr krummer Schirm, der solch einen obszönen Schatten warf. Hatte sie nicht irgendeine sanftere, romantischere Lichtquelle? Kerzen natürlich, dachte Maddy erleichtert, Kerzen in leeren Weinflaschen. Davon standen haufenweise draußen neben der Hintertür. Sobald Suzy nach Hause kam, würde sie sie dazu nötigen, ein paar Flaschen zu waschen – das war sie ihr für die leere Batterie mindestens schuldig – und dann das Besteck, die Teller und die Gläser. Schließlich war es Suzys Schuld, dass die Pughs zum Abendessen kamen.

Wenn sie heute Abend schon das Gemüse putzen und morgen früh alles in den Schmortopf geben würde, ehe sie mit Fran nach Newbury aufbrach, müsste sie nur noch die Vorspeise und einen Nachtisch machen. Irgendein Dip wäre gut – dann müsste sie nur ein bisschen mehr Gemüse putzen, und zum Nachttisch würde es einen Apfelkuchen geben. Genau. Und damit wäre auch schon alles organisiert. Sie konnte wirklich nicht verstehen, warum die Leute immer so in Panik gerieten, wenn sie mal Gäste einluden. Das Klingeln des Telefons hinderte Maddy daran, sich weitere Gedanken über eine Tischdecke und Servietten zu machen.

»Maddy?« Sie erkannte die Stimme nicht. »Maddy, hier ist Drew. Es ist wirklich nett, dass Sie uns für morgen eingeladen haben. Ich rufe nur an, um zu hören, welches Gemüse Sie als Beilage zu Ihrem Mars vorgesehen haben.« Drew lachte, als Maddy losprustete. Es war ein raues, anziehendes Lachen, und Maddy konnte beim besten Willen nicht nachvollziehen, warum Caroline es freiwillig nicht hören wollte.

»Ich wollte auch fragen, ob wir ein bisschen Wein mitbringen sollen? Ich weiß allerdings, dass so etwas in den höheren Ebenen absolutes Tabu ist.«

»Oh, bringen Sie nur mit, was Sie wollen. Wenn man so pleite ist wie ich, ist einem jede kleine Spende willkommen.«

»Prima, genauso sehe ich das auch. Caroline ist übrigens sehr glücklich über Ihre Abmachung, was *Die Feen* betrifft. Sie fand Sie sehr nett.«

»Das ging mir genauso. Fahren Sie morgen auch nach Newbury?«

»Ich denke schon. Natürlich habe ich zwar kein Pferd im Rennen, aber es wäre eine gute Gelegenheit, sich mal die Konkurrenz anzusehen. Vielleicht sehen wir uns ja dort, ansonsten morgen Abend um acht. Und nochmals danke, Maddy.«

Maddy stand noch da und starrte verträumt auf den Telefonhörer, als Suzy hereinstürmte und dabei die Tür fast aus den Angeln riss.

»Mad!« Suzy hielt Maddy aufgeregt die *Evening Post* unter die Nase. »Du musst die Seite über die Pferderennen lesen!« Maddy fing gehorsam an, aber Suzy tippte ungeduldig mit ihrem silbernen Fingernagel auf die Bekanntgabe zum Rennen in Newbury am nächsten Tag. »Zum Teufel, Mad! Da! Der Große Preis von Arlington! Das vierte Pferd von unten! Was steht da?«

»Dancing Feet, trainiert von John Hastings ... Na und?«

»Na und? Für Dancing Feet ist kein Jockey aufgeführt!«

»Nein, aber bei vielen Galoppern steht der Jockey erst am Tag des Rennens fest.«

»Dancing Feet hat seinen Jockey gefunden!« Suzy grinste von einem Ohr zum anderen. »Mich! John wird mich einsetzen. Er hat es mir gerade gesagt. Meine erste richtige Teilnahme an einem Rennen, Maddy! Zum allerersten Mal werde ich ein Rennen reiten!« Plötzlich brach sie in Tränen aus.

Maddy schloss ihre lachende und weinende Schwester in die Arme und verscheuchte jeden Gedanken an leere Batterien.

»Ich bin so stolz auf dich, Suzy! Mensch, das wird großartig. Ich werde mir die Kehle aus dem Hals schreien. Das hast du prima hingekriegt, Suzy.«

Suzy wischte sich mit dem Ärmel ihrer Wildlederjacke die Augen trocken, was eine schwarze Kajalspur auf ihren Wangen hinterließ, und umarmte Maddy. »Soll ich Mum und Dad anrufen? Oder soll ich lieber bis morgen Abend damit warten, falls ich alles total vermassele?«

»Oh, nein. Erzähl es ihnen sofort.« Maddy konnte sich vorstellen, wie aufgeregt ihre Eltern sein würden. »Dann können sie dich im Fernsehen bewundern, und Dad wird bestimmt einen hohen Einsatz auf deinen Sieg wagen. Die werden sich vielleicht freuen! Ruf sie sofort an. Ich mach uns einen Tee.«

Zehn Minuten später kam Suzy immer noch freudestrahlend in die Küche geschlendert.

»Und? Werden Sie dafür sorgen, dass morgen alle Fernseher in ihrer näheren und weiteren Umgebung angestellt sind? Und werden sie das Familiensilber verpfänden, damit sie einen Rieseneinatz zu Stande bringen?«

»Sie kommen nach Newbury, um mich reiten zu sehen!« Suzy packte Maddy an den Händen. »Sie sind so stolz auf mich, Mad! Sie werden morgen früh direkt nach Newbury fahren. Ich habe ihnen gesagt, dass es zu weit ist, um noch am gleichen Tag wieder zurückzufahren, deshalb werden sie morgen Abend bei uns übernachten! Ist das nicht super?«

5. Kapitel

So schlimm ist das doch auch wieder nicht.« Fran sah von ihrer Startliste auf. »Es sind doch schließlich nur deine Eltern.«

Sie lehnten am Geländer des Führrings in Newbury. Der Große Preis von Arlington würde bald anfangen. Die Pferde, deren Fell in der Nachmittagssonne glänzte, stolzierten vor ihnen im Kreis herum.

»Sind sie denn schon hier?«

»Da drüben.« Maddy deutete mit dem Kopf zur Tribüne. »Sie reden gerade mit John Hastings und Kimberley Weston. Plötzlich wird nicht mehr nur in gedämpftem Flüsterton darüber gesprochen, dass Suzy Jockey ist. Sie glauben jetzt, dass sie einen neuen Lester Piggot gezeugt haben.«

Fran lachte und sah über die Köpfe der Menge zu Maddys Eltern hinüber. »Deine Mutter hat einen verdammt vornehmen Hut auf! Und dein Vater sieht richtig nervös aus. Ich habe deine Eltern schon immer gut leiden können.«

»Ich weiß. Sie sind beide sehr nett. Ich habe nur keine Lust, heute Abend ihre Gastgeberin zu spielen. Ganz egal, was Suzy gleich fabriziert, ich werde wieder mal als Beispiel dafür herhalten müssen, wie man es im Leben zu nichts Rechtem bringt.«

»Maddy? Du bist doch nicht etwa eifersüchtig auf Suzy?«

»Nein … na ja, eigentlich schon. Ein bisschen. Das war

ich schon immer. Natürlich liebe ich sie mittlerweile heiß und innig. Aber ich war eine verwöhnte kleine Göre, als sie auf die Welt kam. Zehn Jahre lang war ich Einzelkind. Als Suzy noch klein war, schenkte meine Mutter ihr ihre ganze Aufmerksamkeit, und dann wurde dieses furchtbare, entschlossene Kind aus ihr. Sie wusste immer ganz genau, was sie wollte – und setzte es auch durch. Ich dagegen war ständig dabei, abzuwägen und zu zaudern, und am Ende habe ich immer alles Wichtige verpasst. Mum und Dad meinen immer, sie müssten Vergleiche anstellen, und heute Abend bestimmt ganz besonders.«

»Was der bunten Truppe, die du eingeladen hast, sicher herzlich egal ist. Wahrscheinlich werden deine Eltern sowieso nicht zu Wort kommen, weil Richard über Luke Delaney herzieht und die Pughs den neuesten Dorfklatsch zum Besten geben. Das alles wird Caroline Fitzgerald bestimmt irrsinnig interessieren. Ist sie eigentlich hier?«

»Ich habe die beiden noch nicht gesehen.« Maddy blätterte eifrig durch die Startlisten. Sie hatte keine Lust, Caroline und Drew zusammen zu sehen. Sie hatte sich daran gewöhnt, dass Drew allein war. Die hinreißende Caroline würde sie nur daran erinnern, dass er nicht zu haben war. Maddy konzentrierte sich auf die Pferde. »So wie Dancing Feet aussieht, hat er alles andere als ›tanzende Füße‹. Welches Pferd reitet eigentlich Richard?«

»Wenn man ihn reden hört, müsste jedes Pferd, das er heute reitet, ›Deppengaul‹ heißen«, seufzte Fran. »Zu Hause herrscht im Moment die reinste Hölle. Ich bin es einfach nicht gewöhnt, dass er so grantig ist. Und die Kinder machen sich schreckliche Sorgen um ihn.«

»Kannst du ihn nicht zum Trost verführen? Ich dachte, das wäre euer Allheilmittel.«

»Dieses Mal funktioniert es nicht. Er wendet sich immer nur ab und starrt zur Decke. Er ist richtig deprimiert. Der Ritt bei diesem Derby war wahrscheinlich seine letzte Chance, sich doch noch von der Masse der ›Ferner-liefen-Jockeys‹ abzuheben und groß rauszukommen. Er wollte unbedingt gewinnen, damit ich aufhören kann zu arbeiten und wir das mit dem Baby versuchen.« Sie seufzte. »Aber danach sieht's ja im Moment nicht gerade aus.«

Maddy drückte Fran die Hand. Wie konnte sie ihrer Freundin nur helfen? Sie ertrug es kaum, andere Leute so unglücklich zu sehen. Es war typisch Diana, solch ein Problem zu schaffen.

»Wenn man vom Teufel spricht ...«, murmelte sie, da Diana gerade in einem prachtvollen gelb-schwarzen Outfit aus der Mitglieder-Bar geschwebt kam. »Wen hat sie denn da im Schlepptau?«

»Der Große ist der Besitzer von Saratoga Sun, Mitchell D'Arcy«, sagte Fran nach einem kurzen Seitenblick. »Und der Zwerg daneben wird mich noch ins Grab bringen – das ist dieser verdammte Luke Delaney.«

»Du kannst ihn doch nicht als Zwerg bezeichnen!« sagte Maddy lachend. »Er ist ziemlich groß für einen Jockey, der Flachrennen reitet – größer als Richard.«

»Ich weiß, das kotzt Richard ja auch besonders an. Luke Delaney sieht verdammt gut aus. Was man von meinem Richard – auch wenn ich ihn über alles liebe – nicht gerade behaupten kann.«

»Die beiden sind sehr attraktiv«, stimmte Maddy widerwillig zu, während sie beobachtete, wie die beiden dunklen, gut aussehenden Männer um Diana James-

Jordan herumscharwenzelten. »Sie sehen so aus, wie man sich in Hollywood Mafigangster vorstellt. Kein Wunder, dass Diana sich bei Saratogas Besitzer so einschleimt. Und wenn sie auf diesem Weg auch noch Luke bekommt, ist das wie ein doppelter Hauptgewinn.«

»Sei nicht so ordinär«, lachte Fran. »Ich bin mir sicher, dass Diana sich nur von den reinsten Motiven leiten lässt.« Plötzlich ging ein Raunen durch die Menge. Die Jockeys, deren Trikots in allen Regenbogenfarben schillerten, waren in den Führring getreten. Maddy kamen beinahe die Tränen, als sie Suzy voller Stolz auf John Hastings und den Besitzer von Dancing Feet zugehen sah, die in der Mitte des Rasens standen. Sie sah so zerbrechlich aus, so winzig in ihren weißen Reithosen und dem roten Trikot! Von diesem Moment hatte Suzy seit zehn Jahren geträumt. Plötzlich keimte jedoch wieder ein gewisser Neid in Maddy auf. Sie würde niemals solch einen Traum verwirklichen können.

»Sie sieht gar nicht aus wie ein Mädchen«, sagte Fran und schluckte, überwältigt von ihren Gefühlen. »Sie sieht genauso aus wie Richard und die anderen.«

»Mein Gott, sie sieht noch so jung aus!«

Maddy und Fran hielten sich fest an den Händen. Als die Glocke erklang, führten die Stalljungen die Pferde in die Mitte, und die Jockeys wurden mit Schwung in ihre Sättel gehoben. Als die Pferde und Jockeys im Kreis durch den Führring liefen, wischte sich Maddy die Tränen aus den Augen und lächelte zu Suzy hoch, die gerade vorbeikam. Suzy erwiderte mit bleichem Gesicht und verbissenem Mund Maddys Blick. Von dem übersprudelnden, selbstbewussten, cleveren Teenager, den Maddy kannte und liebte, war nichts mehr zu sehen.

»Sie hat Angst.«

»Natürlich hat sie Angst.« Fran warf Richard eine Kusshand zu, der gelassen auf seinem ebenso ruhig wirkenden Ross vorbeigeschaukelt kam. »Sie wäre ja nicht normal, wenn sie keine Angst hätte. Wie viel hast du auf sie gesetzt?«

»Zwei Pfund, auf Sieg und Platzierung.«

»Du hast aber Vertrauen in sie!«, lachte Fran. »Sag ihr bloß nichts davon.«

»Du lieber Himmel, Dancing Feet ist dreiunddreißig zu eins gesetzt!«, protestierte Maddy. »Wir wissen alle, dass sie eine Chance hat.«

Als die Pferde hintereinander aus dem Führring marschierten, um in den Startboxen ihre Plätze für das Galopprennen einzunehmen, strömte die Menge am Zaun sofort in Richtung Haupttribüne.

»Wir sehen uns gleich auf der Tribüne«, sagte Fran lächelnd. »Ich verschwinde mal kurz. Deine Eltern rücken gerade an.«

»Geh nicht weg!«, rief Maddy verzweifelt, aber Fran war schon auf und davon.

»Ist das nicht herrlich?« Mrs. Beckett schielte unter der Krempe des Hutes hervor, den sie bei Hochzeiten trug, seit Maddy denken konnte. »Ich war in meinem ganzen Leben noch nie so stolz wie heute. Du siehst nett aus, Maddy. Du hast abgenommen. Ich hoffe, du isst vernünftig, Liebes.«

»Hallo, Mum, hallo, Dad.« Maddy küsste ihre Eltern zur Begrüßung. »Ich freue mich, euch zu sehen.«

»Das konnten wir uns ja nun wirklich nicht entgehen lassen!« Mr. Beckett drückte seiner Tochter die Schultern. »Außerdem war es mal wieder Zeit, dich zu besuchen. Du schaffst es ja irgendwie nicht, zu uns zu kommen.«

»Nein.« Maddy hatte sofort ein schlechtes Gewissen. »Ich habe so viel zu tun. Vielleicht im Sommer …«

»Wir verstehen das doch, Liebes.« Ihre Mutter lächelte. »Wir sind sehr stolz auf euch beide.«

»Ja, wirklich?«

»Natürlich«, sagte Maddys Vater. »Du hast eine kleine Firma, die nach allem, was man so hört, gut läuft, und jetzt auch noch Suzy … Wir finden, dass wir zwei tolle Töchter haben.«

Wieder spürte Maddy, wie ihr die Tränen kamen. Warum war sie bloß so leicht aus der Fassung zu bringen? Sie umarmte ihre Eltern. »Wir sollten uns jetzt lieber ein bisschen beeilen, damit wir auch gute Plätze haben, wenn Suzy mit ihrem ersten Sieg in die Geschichte eingeht.«

Sie drängelten sich zur Bühne durch, die für die Pferdebesitzer, Trainer und diverse Ehrengäste reserviert war. Fran saß inzwischen neben John Hastings und Kimberley Weston. Diana klebte an dem gut aussehenden Gangster, dem Saratoga gehörte. Von Luke Delaney war nichts zu sehen. Irgendwo in der Menge konnte sie Gareths' wieherndes Gelächter hören. Armer Gareth.

Ganz Milton St. John schien nach Newbury geströmt zu sein, um die Tribünen zu okkupieren, nur von Peter und Stacey war keine Spur zu sehen. Natürlich war das keine Überraschung. Peter interessierte sich nicht für Pferderennen. Das Einzige, was ihn schon immer interessiert hatte, war der Kontostand der Leute, die mit Pferden zu tun hatten.

»Da ist sie!« Mr. Beckett reichte seiner Frau das Fernglas. »Da oben, hinter der Startmaschine! Unsere Suzy!«

Maddy merkte, dass sie schon wieder den Tränen nahe war. Die Gefühle schnürten ihr die Kehle zu.

Plötzlich stand Drew Fitzgerald neben ihr. »Ich dachte schon, wir würden alles verpassen. Caroline konnte sich nicht entscheiden, was sie anziehen sollte.«

Maddy lächelte beiden zu, und als Drew zurücklächelte, tat ihr Herz einen Sprung.

»Drew hat mir gesagt, dass ihre Schwester am Rennen teilnimmt«, sagte Caroline. »Wer von denen ist sie denn?«

»Das rote Trikot. Sie reitet auf Dancing Feet.«

Caroline hob ihr teures Fernglas an die Augen und blickte suchend hindurch. Maddy senkte die Augen. Bis vor wenigen Sekunden war sie sich in ihrer weiten, schwarzen Flatterhose, der langen, schwarzen Jacke und dem smaragdgrünen Seidenhemd ganz flott vorgekommen. Aber Carolines marineblauem und fuchsrotem Outfit sah man zehn Meilen gegen den Wind an, dass es Designer-Klamotten waren.

»Wir warten nur noch auf zwei Pferde«, bellte der Kommentator. »So, alle sind fertig – und los geht's!«

Maddy schloss die Augen. Das Gebrüll auf den Tribünen ging ihr durch Mark und Bein. Sie hörte die anfeuernden Schreie ihrer Eltern und spürte, wie die Spannung um sie herum nur so knisterte. Dann öffnete sie ihre Augen wieder. Der winzige rote Punkt, der sich wippend auf das Hauptfeld zu bewegte, schien hoffnungslos zurückzuliegen.

O Gott, betete Maddy stumm. Bitte lass sie nicht als Letzte ins Ziel kommen. Bloß nicht als Letzte.

»Die haben noch mehr als eine Meile vor sich«, sagte Drew in beruhigendem Ton. »Und sie ist gut platziert.«

Wie ein bunter Fluss rauschten die Pferde mit ihren Reitern über die Kuppe des Hügels, nahmen die Kurve und donnerten unaufhaltsam voran. Die Stimme des Kommentators ging im Gebrüll der Zuschauer unter. Maddy konnte den roten Punkt nirgendwo mehr sehen.

»Sie ist gestürzt!«, schrie sie. »Wo ist sie denn nur?«

»Mitten in der Verfolgergruppe.« Drew war völlig gelassen. »Sie rückt langsam vor. Ihre Schwester hat wirklich Stil.« Maddy strahlte. Es war zwar nur ein Kompliment aus zweiter Hand, aber sie nahm es gern für Suzy entgegen. Vielleicht würde Drew eines Tages das Gleiche über sie sagen.

Jetzt waren die Jockeys wieder gut zu sehen. Drei Achtelmeilen lagen noch vor ihnen, dann nur noch zwei. Der rote Punkt flog nur so durch das Feld.

»Du liebe Zeit!« Maddy umklammerte den Ärmel von Drews dunkelgrüner Jacke. »Sie ist großartig!«

Drew legte seine Hand auf Maddys Finger, die sich weiter in seinen Ärmel gruben. Das Gebrüll der Zuschauer war ohrenbetäubend. Suzy kam als Dritte ins Ziel.

Maddy presste ihr Gesicht an Drews Schulter. Dann sah sie langsam auf. Überwältigt vor Freude strahlte sie ihn an und gab ihm einen Kuss.

Erst schienen seine Lippen überrascht, aber nur eine Sekunde lang. Dann erwiderte Drew Fitzgerald ihren Kuss mit einer Leidenschaft, zu der eigentlich Champagner, Kerzen und ein Himmelbett gehört hätten. Zitternd löste sich Maddy von ihm. Er lächelte – ganz im Gegensatz zu Caroline.

Zu irgendwelchen erklärenden Worten kam es nicht, weil Maddy von Mr. und Mrs. Beckett, John Hastings und

Fran mitgerissen wurde, die so schnell sie konnten zum Sattelplatz rannten, wo sich jetzt die Sieger feiern ließen.

»Richard hat gewonnen!« Fran strahlte von einem Ohr zum anderen, während sie sich durch das Gedränge wühlte. »Er hat gewonnen! Das gibt Hoffnung für unser Liebesleben! Und Suzy war einfach umwerfend – dieses Pferd war eine völlige Niete! Jetzt komm schon, Maddy! Lauf!«

Und Maddy lief.

Eingeklemmt stand sie kurz darauf zwischen ihren Eltern und sah mit unbändigem Stolz zu, wie John Hastings auf dem Platz die schlanke, rot-weiße Gestalt umarmte. Trunken von dem altbekannten Cocktail aus Adrenalin und Erfolg lächelte Suzy in die klatschende Menge. Maddy klatschte kräftig mit, obwohl es ihr so vorkam, als stünde sie neben sich. Sie sah sich selbst zwischen ihren Eltern, voller Stolz auf Suzys Sieg, während sich ihr gleichzeitig vom erregenden Nachgeschmack des Kusses noch alles drehte.

Innerhalb von vierundzwanzig Stunden war Caroline nun Zeugin gewesen, wie sie zwei Männer küsste, die beide definitiv einer anderen Frau gehörten. Und sie hatte Caroline zum Essen eingeladen …

Der restliche Nachmittag ging einigermaßen harmlos über die Bühne. Drew und Caroline waren gelegentlich in der Menge zu sehen, kamen aber nie näher. Maddy glaubte inzwischen den Grund zu kennen, warum Caroline nicht ständig mit Drew zusammenleben wollte. Drew Fitzgerald war ein Schürzenjäger ersten Grades – dagegen spielte Peter allenfalls in der zweiten Liga. Sie grinste vor sich hin. Und was das Küssen betraf, machte Drew Peter zum krassen Außenseiter. Er war eine regelrechte Offenbarung.

Nachdem Suzy wieder in ihre Jeans und ihr T-Shirt geschlüpft war, hatte sie alle Leute überschwänglich geküsst, ihre Familie umarmt und war dann mit Jason und Olly und den anderen Jockeyanwärtern losgezogen, um ihren Erfolg zu feiern.

»Die ist auf diesem Pferd verdammt gut geritten, deine Suzy!« Brenda und Elaine mit ihren absolut austauschbaren Ehemännern und Kindern packten Maddy am Arm. Sie stand am Toto-Gewinn-Schalter Schlange. »Wir haben auf sie gesetzt, auf Sieg und Platzierung.«

»Das habe ich auch«, sagte Maddy und kassierte zweiunddreißig Pfund, die ihr überaus willkommen waren. Offensichtlich hatten die Toto-Wetter Dancing Feet keine großen Chancen ausgerechnet. »Große Feier heute Abend im Cat and Fiddle?«

»Und wie.« Brenda nickte heftig unter ihrer Dauerwelle. »Vor allem, wenn Saratoga das Greenham gewinnt.«

Maddy hoffte für Fran und Richard, dass dies nicht eintreffen würde. Sie hoffte, dass Luke Delaney wie ein Sack Kartoffeln reiten und dem Pferd die Schnauze zerreißen würde. Natürlich war diese Hoffnung vergeblich.

»Verdammte Scheiße«, seufzte Fran, als sie wieder auf der Tribüne standen, diesmal, um die Derby-Qualifikation zu sehen. »Er sieht nicht nur sensationell gut aus, er reitet auch noch wie ein Gott. Ich hasse ihn wie die Pest.«

»Aber Richard macht seine Sache auch gut. Er ist ein zweiter Position.«

»In zweiter Position auf dem zweiten Eisen, das Diana und Gareth im Feuer haben«, sagte Fran trübselig. »Und er fällt immer weiter zurück.«

Damit war er nicht der Einzige. Luke Delaney flog

über die grünen, sanften Hügel der Rennstrecke, fast ohne seine Hände und Fersen einzusetzen und ohne auch nur einmal die Gerte anzurühren. Saratoga Sun war ein herausragendes Pferd, und Luke Delaney war ein herausragender Jockey. Diana hatte einen Punkt gemacht, dachte Maddy widerwillig.

Saratogas Sieg wurde heftig gefeiert. Jeder in Milton St. John schien die Hypothek auf sein Haus eingelöst zu haben. Maddy hatte nicht gewettet, aus Solidarität mit Fran und Richard, und jetzt standen die Chancen für das Derby hoffnungslos schlecht. Diana küsste Mitchell D'Arcy und Luke Delaney und jeden, der ihr in die Quere kam. Gareth schielte schon wieder.

»Wir haben gewonnen!« Er versuchte, Maddy die Wange zu tätscheln, traf aber nicht. »Mensch, wir haben gewonnen! Ich glaube, wir haben eben den Derby-Gewinner gesehen.«

»Das glaube ich auch.« Maddy warf Fran einen kurzen Blick zu. »Ich gratuliere.«

»Du hast es aber schön bei dir, Maddy.« Mrs. Beckett sah sich in dem voll gestopften Wohnzimmer um. »Vielleicht ein bisschen, äh … unkonventionell, aber das hast du ja immer schon gern gemocht.«

»Ja, ich mag es so. Möchtest du einen Drink, Mum? Und du, Dad?«

Beide schüttelten den Kopf und baten stattdessen um einen Tee.

»Und wir machen dir auch wirklich keine Umstände? Ich meine, obwohl wir auch noch bei dir schlafen?«

»Überhaupt nicht. Ihr schlaft in meinem Zimmer. Da steht ein Doppelbett.« Sie hatte bis in die Morgenstunden geschuftet, damit alles anständig aussah. »Und ich schlafe bei Suzy.«

»Aber wo heute Abend auch noch all deine Freunde kommen ... Wir wollen doch nicht stören, wenn du Gäste hast.«

Maddy lachte. »Es ist ganz zwanglos. Ich möchte nur das Ehepaar, das seit neuestem gegenüber wohnt, willkommen heißen.« Einen herrlichen Moment lang genoss sie die Erinnerung an Drews Kuss, dann schluckte sie. Wahrscheinlich würde er jetzt anrufen und absagen. »Ansonsten kommen nur noch Fran und Richard und Mr. und Mrs. Pugh vom Dorfladen. Die sind aus eurer Generation. Du wirst sie mögen.«

»Und Suzy? Wird sie auch dabei sein?«

»Eventuell. Wenn wir es schaffen, sie aus ihrem siebten Himmel runterzuholen. Also, wollt ihr jetzt zuerst ein Tässchen Tee oder lieber erst ein Bad? Es gibt heißes Wasser ohne Ende.«

Ihre Eltern entschieden sich für den Tee. Maddy tänzelte in die Küche und füllte den Wasserkessel. Irgendetwas fehlte. Irgendetwas ... Warum duftete es denn gar nicht nach ihrem köstlichen Gericht? Mit einem Schrei hob sie den Deckel des Schmortopfs hoch.

Sie hatte vergessen, ihn anzustellen.

Fest entschlossen, nicht in Panik zu geraten, zumindest nicht hörbar, kaute sie auf ihren Fingern herum. Wenn sie die Möhren, vielleicht sogar die Zwiebeln und etwas von dem anderen Grünzeug aus dem Topf fischte und abwusch, konnte sie damit vielleicht die Crudités verlängern. Der Apfelkuchen stand wohlbehalten im Speiseschrank. Sie fragte sich, ob Caroline Fitzgerald in den besseren Kreisen von Jersey jemals zu einem Abendessen eingeladen worden war, bei dem der Hauptgang übersprungen wurde. Irgendwie zweifelte sie daran. Es war kurz nach sechs. Ihr blieben zwei Stunden, um einen Rettungsversuch zu starten.

Während sie ins Wohnzimmer ging, um ihren Eltern den Tee zu bringen, arbeitete ihr Hirn auf Hochtouren. Mr. und Mrs. Beckett sahen sich gerade Suzys Rennen in Zeitlupe auf Video an und schauten nicht auf.

»Mum ...«

»Ja, Liebes?«

»Mum, diese Pasteten, die du früher immer gemacht hast ... wie lange braucht man dafür?«

Während Maddy kurz darauf das Fleisch und Gemüse aus der eiskalten, grauen Sauce fischte und in wilder Entschlossenheit in Würfel schnitt, sah sie immer wieder auf die Uhr. Sie hatte eine Menge Teig zusammengerührt, der jetzt im Kühlschrank ruhte, und in der Mikrowelle zwei Brote aufgetaut. Zum Kartoffelschälen würde sie bestimmt nicht mehr kommen. Fette Pasteten mit dicken Brotscheiben ... Sie wollte es als ländliche Spezialität verkaufen. Caroline war ja sozusagen von auswärts – sie würde den Unterschied niemals merken. Wenn sie überhaupt auftauchte.

»Kann ich dir helfen, Liebes?«

»Nein!«, schrie Maddy ihre Mutter an. »Äh ... nein, danke. Wollt ihr beiden nicht einfach schon mal ins Bad gehen und euch fertig machen? Ich habe hier alles unter Kontrolle.« Mrs. Beckett warf einen professionellen Blick auf die Verwüstung, die inzwischen in der Küche herrschte, war aber so klug, keinen Kommentar abzugeben.

»Ja, gut, wie du meinst.« Plötzlich küsste sie Maddy auf die Wange. »Gut gemacht, Maddy, Liebes. Ich freue mich richtig, dass du alles so gut machst, dass du so erfolgreich mit deiner Firma bist. Und dabei auch noch so prima aussiehst.«

Maddy hätte vor Freude am liebsten geweint.

Bei Tageslicht sah das Esszimmer schon halbwegs passabel aus, und wenn sie sich gegen neun an den Tisch setzen würden, wären die Vorhänge zugezogen und die Kerzen würden flackern. Da ihre einzige Tischdecke schmutzig war, hatte Maddy ein viereckiges Stück Tüllgardine darüber gelegt und war sehr zufrieden mit dem Effekt. Aus dem Schlafzimmer hatte sie zwei zusätzliche Stühle für ihre Eltern herübergezogen. Jetzt sah zwar alles ein bisschen eng aus, aber sie hoffte, dass alle essen konnten, ohne sich ständig anzurempeln.

Um Viertel vor acht, schenkte sich Maddy einen mindestens vierfachen Whiskey ein und eilte ins Bad. Es war zu schade, dass sie keine Zeit hatte, sich genüsslich in den heißen Wassermassen zu aalen, die jetzt aus dem Hahn sprudelten, aber sie tauchte nur schnell in den duftenden Schaum, wickelte sich in das einzige trockene Handtuch, das noch auf dem Halter hing, und rannte dann in Suzys Zimmer.

Ihr langes, grünes Samtkleid lag ausgebreitet auf dem Bett. Da es ziemlich weit ausgeschnitten war, legte sie eine Kette aus grünen Glasperlen an, fuhr sich mit den Fingern durchs Haar, damit die Locken noch wallender über ihre Schultern fielen, zog zwei schwarze Striche um jedes Auge, tuschte sich hastig die Wimpern, kippte den Whisky herunter und saß um eine Minute nach acht im Wohnzimmer.

»Du siehst aus wie eine Zigeunerprinzessin.« Ihr Vater grinste von einem Ohr zum anderen. Er hatte bereits die halbe Whiskykaraffe geleert. »Und welchen jungen Mann wirst du uns heute Abend vorstellen?«

»Keinen.« Maddy goss sich einen weiteren Whisky ein und schenkte ihrer Mutter Sherry nach. »Eure beiden Töchter sind im großen Rennen um einen Schwiegersohn ein bisschen langsam, tut mir Leid, Dad.«

»Oh, Suzy kann sich noch einige Jahre Zeit lassen.« Mrs. Beckett sah in ihrem königsblauen Kleid wunderbar aus. »Aber wenn du Kinder haben willst, Maddy, solltest du dich ranhalten. In null Komma nichts bist du dreißig, und von da an geht's nur noch bergab.«

»Danke. Dann sollte ich wohl besser gleich anfangen, per Anzeige nach einem Mann zu suchen.«

»Was ist eigentlich aus Peter geworden? Ich habe ihn gern gehabt.«

»Oh, er ist ...«, fing Maddy stockend an. Sie wollte nicht sagen, dass er wieder in Milton St. John war und vorhatte, die affige Heuschrecke zu heiraten. Sie wollte mit ihren Eltern überhaupt nicht über Peter reden. »Weißt du, er ist immer noch groß im Geschäftemachen.«

Ein plötzlicher Lärm im Flur verhinderte weitere Fragen.

»Die ersten Gäste.« Maddy leerte ihr Glas in einem Zug.

»Höchstens, wenn alle deine Freunde einen Haustürschlüssel haben«, wandte ihr Vater klugerweise ein. »Vielleicht ist es ja unsere Suzy?«

»Ich seh mal nach.« Maddy kam bis zur Wohnzimmertür.

Unsere Suzy stand schwankend im Flur, das T-Shirt war ihr tief über eine Schulter gerutscht, und unter beiden Ohren prangten rote Knutschflecken.

»Hi, Mad …« Sie strahlte wie ein Honigkuchenpferd. »Wir haben ein bisschen gefeiert. Ich bin doch nicht zu spät, oder?«

»Nein, du kommst gerade richtig. Aber zieh dir um Gottes Willen irgendwas mit Rollkragen an. Mum und Dad kriegen einen Anfall!«

Suzy sah auf ihre nackte Schulter, und ein sentimentales Lächeln trat auf ihre Lippen. »Luke ist mitgekommen. Er ist ein bisschen besoffen. So kann er nicht nach Newmarket zurückfahren, und da habe ich ihm gesagt, er könnte noch mit uns zu Abend essen …«

6. Kapitel

Bloß nicht in Panik geraten, dachte Maddy. Im Badezimmer gab es noch einen gepolsterten Hocker. Und Luke war so dünn, dass er bestimmt nicht mehr als eine Pastete essen konnte.

Sie streckte ihm die Hand entgegen. »Ich freue mich, Sie kennen zu lernen, Luke. Kommen Sie doch rein. Vielleicht möchten Sie schon etwas trinken, während sich Suzy umzieht?«

Lukes Hand war kühl, und er lächelte sie offen an. »Danke, sehr gern, aber ich werde nicht bleiben, wenn ich ungelegen komme. Suzy hat gesagt, dass Sie Gäste erwarten. Ich möchte wirklich nicht stören.«

»Das tun Sie doch nicht! Es kommen nur ein paar Freunde vorbei.«

Wenn das so weiterging, würde sich bald ganz Milton St. John wie Ölsardinen in ihrem Wohnzimmer quetschen. Maddy schenkte Luke einen kräftigen Gin Tonic ein und stellte ihn ihren Eltern vor, die sofort dachten, er sei Suzys »junger Mann«, und ihn mit Fragen bombardierten.

Ein Klappern an der Haustür kündigte die nächsten Gäste an. Während Maddy die Tür öffnete, ermahnte sie sich, endlich einmal daran zu denken, die Klingel reparieren zu lassen. Es war ziemlich lästig für Besucher, dass sie immer erst in die Hocke gehen und am Briefkastenschlitz klappern mussten.

Fran hatte das graue Minikleid an, das Maddy bei Dianas Party nicht anziehen konnte, und sah toll aus. Mit einem ziemlich bedrückt dreinschauenden Richard im Schlepptau trat sie in den Flur. Maddy gab beiden einen Begrüßungskuss.

»Er ist immer noch niedergeschlagen wegen Saratoga«, zischte ihr Fran zu. »Ich konnte ihn nicht mal ins Bett kriegen.« Hier lag offensichtlich eine ernsthafte Depression vor. Fran und Richard waren im ganzen Dorf für ihr sensationelles Liebesleben bekannt.

»Du warst heute großartig, Richard. Du hast einmal gewonnen – und bist zweiter beim Greenham geworden.«

»Was mir auch beim Derby passieren wird, wenn ich Glück habe.«

Richards sonst so fröhliches, sommersprossiges Gesicht war bleich. »Hoffentlich hast du heute Abend genug zum Saufen da, Maddy. Ich will meine Sorgen ertränken.«

»Oh, jede Menge. Das meiste ist noch von Weihnachten übrig, ist aber alles noch trinkbar.« Maddy lächelte ihn strahlend an. »Komm doch rein und begrüß meine Eltern – mein Vater wird dir berichten, wie viel Geld er deinetwegen im Laufe der Jahre gewonnen hat. Das wird dich aufmuntern.«

»Das Einzige, was mich aufmuntern könnte, wäre die Neuigkeit, dass dieser scheiß Delaney sich die Beine gebrochen hat.« Richard ging auf die Tür zu.

Maddy schluckte. Sie drehte sich hektisch um und sah Fran an.

»Was ist?«

»Es gibt da ein gewisses Problem … Luke Delaney … sitzt im Wohnzimmer.«

Fran stürzte hinter Richard her und hakte sich bei ihm ein. »Bleib doch noch einen Moment hier und unterhalte dich mit Maddy. Ich hol uns was zu trinken.«

»Du willst, das ich im Flur bleibe?«

»Ja.« Fran hatte ihn vor die Badezimmertür gedrängt. »Maddy wollte dich etwas fragen.«

»Ach ja? Oh, ja ... ich ... äh«, stammelte Maddy, während Fran im Wohnzimmer verschwand. »Ich wollte dich fragen, wie du Suzy heute gefunden hast.«

»Hervorragend.« Richard zuckte. »Aber warum müssen wir hier draußen darüber reden, Mad? Können wir uns nicht hinsetzen, und bei einem Drink weiterreden?«

»Ist ein bisschen voll da drin. Meine Eltern – ich, ähm ... weißt du, ich wollte nicht, dass sie es hören, falls du Suzys Ritt schlecht gefunden hättest ...«

»So, da bin ich wieder.« Fran strahlte wie eine Mutter, die ein aufsässiges Kind mit einem Eis zu beruhigen versucht. »Gin. Und zwar ein doppelter.«

Richard lehnte sich an die Badezimmertür und stürzte das erlösende Getränk herunter, während Fran über seinen Kopf hinweg tödliche Blicke in Maddys Richtung abschoss. Maddy zuckte hilflos die Achseln. Da begann der Briefkastenschlitz erneut zu klappern, und befreite sie aus ihrer Lage. Bronwyn und Bernie Pugh hatten ihre Ausgehkleider angezogen. Außerdem hatten sie zwei Flaschen süßen Sherry und eine Schachtel Pralinen dabei. Maddy stürzte sich auf sie.

»Wie nett von Ihnen, danke! Ich freue mich so, Sie beide zu sehen.« Sie sah schnell an sich hinab, um sicherzugehen, dass ihr Busen noch an Ort und Stelle war. Schließlich wollte sie keine weitere Szene riskieren. »Gehen Sie doch bitte schon durch ins Wohnzimmer, zu meinen Eltern.« Die Pughs zwängten sich an Fran und Richard vorbei.

»Warum dürfen die reingehen und wir nicht?« Richard schielte durch sein Ginglas.

»Sie sind doch eine Generation – die Pughs und meine Mutter und mein Vater.« Maddy schwitzte. »Sie wollen sich bestimmt über Rentenversicherungen unterhalten. Fran, geh doch noch mal los und schenk Richard nach …«

Suzy kam in roten Doc Martens und einem schwarzen Rollkragenpullover, der ihr nur bis knapp über den Hintern reichte, aus ihrem Zimmer gestolpert. Sie lächelte Fran und Richard benommen zu und tappte ins Wohnzimmer.

»Und die will sich auch über Rentenversicherungen unterhalten?« Richard sah verwirrt aus.

»Wahrscheinlich«, nickte Maddy, während sie sich fragte, ob Suzy unter ihrem Rollkragenpullover noch irgendetwas anderes anhatte. »Sie, äh … macht sich viele Gedanken über ihre Zukunft.«

Es war fast halb neun. Drew würde nicht kommen. Maddy wusste, dass sie ihre merkwürdige Ansammlung von Gästen früher oder später durch den Vorhang führen und zu Tisch bitten musste. Richards ginverhangenes Lächeln versprach Gutes. Ihr wäre allerdings noch lieber gewesen, er hätte sich bereits in einen komagleichen Zustand befördert.

Der Briefkastenschlitz klapperte erneut. Maddy machte mit zitternden Händen die Tür auf.

»Es tut mir Leid, dass wir zu spät kommen.« Drews Lächeln war distanziert. »Caroline wusste wieder nicht, was sie anziehen sollte.«

»Kein Problem.« Maddy hielt die Tür weit auf. Drew trug ein hellblaues Hemd und eine schwarze Hose und sah phantastisch aus. »Ich freue mich, dass Sie gekommen sind. Und außerdem war es mein Fehler – ich hätte deutlich sagen sollen, dass es eine zwanglose Einladung ist.«

»Ob zwanglos oder förmlich« – Drew zuckte die Achseln – »sie hätte in jedem Fall nicht gewusst, was sie anziehen soll. Ihr Frauen seid doch alle gleich.«

Maddy hätte gern erwidert, dass das nicht stimmte. Sie besaß für Pferderennen den schwarzen Hosenanzug und für Partys den schwarzen Rock und das Samtkleid. Ihre Entscheidungen, was Kleidung betraf, wurden aus blanker Notwendigkeit getroffen. Es musste herrlich sein, so viele Kleider zu besitzen, dass dies ein Problem war.

Sie küsste Carolines hingestreckte Wange. Die Verspätung hatte sich gelohnt. Caroline trug ein Kleid, dessen elegante Schlichtheit auf den Preis schließen ließ. Der feine Stoff war so fragil wie ein Spinnennetz im Morgentau.«

»Tut mir Leid.« Caroline lächelte. »Ich treibe Drew immer in den Wahnsinn, wenn wir ausgehen.«

Drew überreichte Maddy zwei Flaschen Glenfiddich, eine Flasche Krug und drei Flaschen Valpolicella. »Ich wusste nicht, was es zu essen geben wird. Hiermit müsste eigentlich alles abgedeckt sein.«

»Oh, Sie sind toll! Ich meine, die Getränke. Vielen Dank. Sie hätten doch nicht so viel ... äh ...«

Drew lachte. »Stellen Sie sie doch einfach erst mal an einen sicheren Ort. Sollen wir reingehen?«

Caroline fragte weder nach, warum die Party im Flur stattfand, noch warum Richard zusammengesackt an der Badezimmertür lehnte, sondern schüttelte nur höflich die Hände.

»Also, das hier sind ...« Man stellte sich vor. Erleichtert stellte Maddy fest, dass Caroline und Drew Luke bereits kannten. Vielleicht würde das später noch nützlich sein.

Um Viertel nach neun, als sie es nicht länger hinauszögern konnte, führte sie ihre Gäste ins Esszimmer. Es sah einladend und gemütlich aus, und irgendwie romantisch.

Richard, der Fran eng umschlungen hielt, schielte zu Luke hinüber. »Ich habe zu viel getrunken. Ich habe schon Halluzinationen und sehe diesen verdammten Delaney vor mir.«

»Halt den Mund!«, zischte Fran. »Es *ist* Delaney. Suzy hat ihn mitgebracht. Du brauchst ja nicht mit ihm zu reden.«

Maddy bat ihre Eltern und die Pughs an die beiden Tischenden, und Caroline, Fran und Richard an die eine Längsseite. Luke, Suzy, sie selbst und Drew setzten sich an die andere. Es war gegen die Konventionen, und sie hatte Drew wirklich nicht extra neben sich platziert, aber es war die einzige Möglichkeit, wie sie die volle Tischdiagonale zwischen Richard und Luke bringen konnte.

Die Dips waren ein Geistesblitz gewesen. Ein richtiger Eisbrecher. Im Kerzenlicht fuhrwerkten alle auf dem Tisch herum, kamen sich mit Möhrenstäbchen in die Quere und sagten höflich »Bitte nach Ihnen«, oder »Ist das der mit dem Knoblauch, Maddy?« Das Licht der Kerzen funkelte auf den Gläsern, die plötzlich aussahen wie aus Kristall und gar nicht mehr wie die Gratisgläser von der Tankstelle, die sie tatsächlich waren. Maddy füllte sie, sooft sie konnte. Ihre Gäste entspannten sich zusehends.

»Sie sehen hinreißend aus.« Drew kaute ungehemmt an einem Möhrenstäbchen herum.

»Caroline auch. Das mit heute Nachmittag, Drew …«

»Was ist mit heute Nachmittag?« Er wandte sich zu ihr

um und sah sie mit trügerischer Unschuldsmiene an. Durch die drangvolle Enge am Tisch war er so nah, dass sie die Sommersprossen auf seinem gebräunten Nasenrücken sehen konnte. »Es war doch ein ausgesprochen angenehmer Nachmittag. Saratoga Sun ist ein großartiges Pferd, und aus Suzy wird bestimmt mal ein Star. Vielleicht habe ich ja sogar in der nächsten Saison, wenn ich mit meinen Galoppern so weit bin, ein paar Rennen für sie.«

Wollte er sie nur beruhigen, oder hatte ihm der Kuss gar nichts bedeutet? Maddys leidenschaftliche Gefühle ebbten genauso schnell ab, wie sie über sie gekommen waren.

Voller Entsetzen sah sie dann, dass Luke und Suzy auf das Gemüse verzichteten, um sich stattdessen gegenseitig die Dips von den Fingern zu lecken, und zwar genüsslich. Sie versuchte, ihre Mutter abzulenken.

»Mum, hat Caroline dir schon erzählt, dass sie und Drew von Jersey hergezogen sind? Da habt ihr beide doch mal die Ferien verbracht, oder?«

Bald war das Gespräch mit Caroline in vollem Gange, und Maddy konnte wieder aufatmen. Richard wedelte wie wild mit einer Frühlingszwiebel in Lukes Richtung, aber das Zielen fiel ihm so schwer, dass er keine Bedrohung darstellte.

Mrs. Pugh beugte sich zu Maddy vor. »Es ist wirklich reizend von Ihnen, dass Sie sich uns zuliebe so viel Mühe gemacht haben. Bernie und ich freuen uns wirklich sehr. Nicht wahr, Bernie?« Bernie starrte mit glasigen Augen zu Suzy und Luke hinüber und nickte.

Caroline wandte Maddy den Kopf zu. »Oh, ich hatte ja gar nicht gewusst, dass diese Feier schon länger geplant war. Ich dachte, Sie hätten uns gestern ganz spontan eingeladen. Ich hoffe, wir haben uns nicht aufgedrängt.«

»Überhaupt nicht.« Mr. Beckett goss Valpolicella in alle Gläser. »Ich habe vielmehr angenommen, der Abend wäre Ihnen zuliebe organisiert worden. Weil Sie doch neu im Dorf sind.«

»Nein, nein.« Bronwyn Pugh saugte geräuschvoll an einem Grissini. »Maddy wollte sich damit für ein kleines Missverständnis entschuldigen. Nicht wahr, Maddy?«

»Äh … ja …« Maddy hätte sich am liebsten unter der Tischdecke verkrochen.

Alle Blicke waren auf sie gerichtet. Sie schüttelte den Kopf.

»Je weniger man darüber spricht, desto besser«, sagte Mrs. Pugh selbstgefällig. »Das Ganze war ein Versehen, nicht wahr, Maddy?«

»Mad ist in Strumpfhaltern und Mieder vor die Tür gegangen.« Suzy grinste ihre Eltern an. »Ich wisst doch, wie vergesslich sie ist. Dann kam Bernie auf seinem Rad vorbei, wurde ganz aufgeregt und fiel runter. Ich glaube, Bronwyn hat darin einen Verführungsversuch gesehen.«

Die Stille war eindrucksvoll.

Dann fingen alle plötzlich wieder an zu reden. Maddy, die bis unter die Haarwurzeln errötet war, schnappte sich ein paar Teller und stürzte in die Küche. Sie würde Suzy umbringen, dieses Aas. Und zwar langsam und genüsslich.

»Kann ich Ihnen helfen?« Drew tauchte mit den restlichen Tellern in der Tür auf.

»Nein! Gehen Sie. Oh, ich meine, danke, dass Sie den Tisch abgeräumt haben – und jetzt gehen Sie.«

»Dann stimmt die Geschichte mit Bernie Pugh?«

»Ja. Mehr oder weniger. Sie wissen nicht, wie ich bin. Mir passieren alle möglichen Sachen.«

»Da scheint was dran zu sein …« Drew hatte die Teller auf die Spüle gestellt. »Das ist schon okay, Maddy. Alle lachen darüber. Sie finden es urkomisch. Außer Richard natürlich. Der kann nicht einmal mehr lachen. Ich habe wirklich gedacht, Suzy würde Spaß machen, als sie sagte, dass Sie … äh … draußen herumgetollt wären und dass Bronwyn Anstoss daran genommen hätte.«

Maddy zog die Backbleche mit den Pasteten aus dem Ofen, richtete sich auf und strich sich ihre üppige Haarmähne aus dem geröteten Gesicht.

»Ich bin kein Flittchen.«

»Ich wüsste nicht, dass irgendjemand so etwas behauptet hätte.«

»Nein, aber nach dem, was heute Nachmittag passiert ist, müssen Sie ja denken …«

»Wenn ich aussprechen würde, was ich denke«, Drew sah sie fest an, »würde dies wahrscheinlich dazu führen, dass ich mich vor der Tür wiederfinde. Warum gibt es eigentlich Pasteten? Sagten Sie nicht was von einem Schmortopf?«

»Ich habe vergessen, ihn anzumachen.«

Drew lachte. Es war kein unangenehmes Lachen. Maddy wandte sich von ihm ab. »Wenn Sie helfen wollen, können Sie die Brotkörbe reintragen.« Sie griff oben in den Schrank, um frische Teller herauszuholen. »Das wird die anderen vielleicht darauf einstimmen, dass das nächste Gericht ein bisschen unkonventionell ist. Ob es Caroline etwas ausmachen wird?«

»Warum denn das?«

»Weil sie so perfekt ist. So elegant. Sie ist genau so, wie ich gern wäre – sollte ich jemals erwachsen werden.«

»Tun Sie das bloß nicht. Zumindest nicht, wenn das heißt, dass Sie sich verändern. Und Caroline würde es nicht mal stören, mit einem Löffel Chips zu essen. Sie kann überhaupt nicht kochen – und selbst wenn sie es könnte, würde sie es nicht tun.«

Maddy stellte den Stapel Teller langsam auf dem niedrigen Schrank ab. In der Küche war jede Menge Platz, seit der Tisch im Esszimmer stand. Vielleicht konnten sie später ja ein bisschen tanzen. Es war schön zu hören, dass auch die vollkommene Caroline nicht vollkommen war. »Ich wollte Sie nicht küssen.«

»Doch, das wollten Sie wohl.« Drew stellte den Brotkorb wieder hin. »Zumindest hoffe ich das. Ich wollte Sie nämlich sehr wohl küssen.«

Sie hatte Recht gehabt. Er war ein Schürzenjäger. Und zwar ein herzloser.

»Es lag nur an der aufregenden Situation. Ich habe mich mitreißen lassen.«

»Aber nicht genug. Wobei die Tatsache, dass wir von Tausenden von Menschen umringt waren, Sie wahrscheinlich gehemmt hat. Aber hätten Sie mich geküsst, Maddy Beckett, wenn wir allein gewesen wären, sagen wir zum Beispiel in einer Küche …«, er tat einen Schritt auf sie zu. »… dann wäre alles ganz anders gewesen.«

Drew strich Maddy das Haar aus dem Gesicht. Seine Fingerspitzen glitten wie eiskalte Wassertropfen über ihre heiße Haut. Sie schauderte. Und dann küsste er sie, genauso langsam und geschickt wie Stunden zuvor, öffnete mit seinen Lippen, mit seiner Zunge ihre Lippen.

Der Kuss war nicht das Vorspiel zu einem Liebesakt – er war schon der Liebesakt selbst.

Seine Finger streichelten durch den Samt über ihre Brüste. Noch nie hatte sie eine so köstliche Qual erlitten. Sie wollte, dass er mit ihr schlief. Nicht langsam, verführerisch, sondern schnell und grob, um dem anschließenden Verzicht mit einem Schlag ein Ende zu bereiten.

Drew riss sich von ihr los. »Mein Gott, Maddy … Was tun wir hier?«

»Wir spielen ein gefährliches Spiel. Und zwar eins, dessen Regeln Sie offenbar besser beherrschen als ich. Ich habe zu viel getrunken, und Sie wahrscheinlich noch nicht genug.«

Drew fuhr mit den Fingern durch sein dunkles Haar. Seidig fiel es zurück in die Stirn, wodurch er sehr jung aussah. »Ich kann nicht genug von Ihnen kriegen.«

»Sie sind verheiratet. *Verheiratet.*« Es war ein qualvolles Flüstern. »Ich mag Ihre Frau. Sie sitzt im Zimmer nebenan. Um Himmels willen, Drew, es ist doch alles nur Begierde oder so was!«

»Eher oder so was! Obwohl ich glaube, dass tatsächlich auch ein bisschen Begierde dabei war.« Er atmete jetzt wieder leichter. »Was soll ich tun?«

Maddy entschloss sich zu einer kalten Wortdusche. »Bringen Sie das Brot rüber, bitte. Ich – jetzt sehe ich wirklich aus wie ein Flittchen …« Sie sah an sich hinab. Ihre Brustwarzen drückten wie Eicheln durch den Samt.

Drew nahm die Brotkörbe und lächelte. »Sie sehen absolut hinreißend aus.«

Die Pasteten waren ein voller Erfolg. Irgendwann waren alle dazu übergegangen, sie mit den Fingern zu essen und sich große Brotstücke abzubrechen, die mit reichlichen Schlucken Alkohol – welcher auch immer gerade in Reichweite war – heruntergespült wurden. Luke und Suzy fütterten sich gegenseitig. Maddy warf ihren Eltern verstohlene Blicke zu, aber die beiden waren selbst schon angesäuselt und schienen nichts zu merken.

»Wir haben über Kinder geredet, als du in der Küche warst, Maddy.« Mrs. Becketts Stimme war schwer vom Sherry. »Ich habe gesagt, dass ich schon jede Hoffnung aufgegeben habe, einmal Großmutter zu werden.«

Lass Suzy und Luke noch ein paar Minütchen Zeit, dachte Maddy missmutig, dann werden sie das schon für dich erledigen.

»Ich habe erzählt, dass wir schon sieben haben«, trillerte Bronwyn Pugh. »Vier Jungen und drei Mädchen, und jetzt ist unsere Natalie wieder in anderen Umständen.«

»Wirklich?« Fran stützte Richard, der sich schwankend durch seine Pastete hindurchfutterte. »Wir hoffen ja auch, die Familie noch zu vergrößern. Chloe und Tom wünschen sich sehnlichst ein kleines Geschwisterchen. Wir hoffen, dass wir es uns leisten können, jetzt, wo Richard bei Diana und Gareth ist. Vielleicht nächstes Jahr …«

»Füriiher.« Richard richtete sich mit einem Ruck auf und wäre beinahe von der Polstertruhe gekippt. Ich hätte ihm einen Stuhl mit Rückenlehne geben sollen, dachte Maddy. »Wenn ich das Derby gewinne. Dann hamwa nämlich genug Geld, dann kann Fran aufhörn zu arbeiten.«

»Trotzdem, nächstes Jahr ist noch früh genug.« Frans

Augen glänzten vor Enttäuschung. »Ich mag meinen Job, und ...«

»Aber ich hab je eh keine Chance, das verdammte Derby zu gewinnen, solange dieser ... dieser scheiß Delaney um die bepisste Diana Kuhgesicht-James-Jordan herumscharwenzelt.« Richard tröstete sich mit einer weiteren Pastete.

»Also, wirklich!«, entrüstete sich Bronwyn Pugh. »So etwas sagt man doch nicht!«

Maddy biss sich auf die Lippen und traute sich nicht, auch nur irgendjemanden anzusehen. Drew drückte beruhigend seinen Oberschenkel an ihren.

»Es tut mir Leid«, sagte Fran mit dünner Stimme. »Tut mir schrecklich Leid.«

»Also eigentlich« – Lukes Kopf tauchte hinter Suzys Hals hervor – »bin ich gar nicht derjenige, den Sie sich vorknöpfen sollten, Rich. Sondern Mitchell D'Arcy. Dem gehört Saratoga. Und er sucht sich seinen Jockey aus. Ich würde zurücktreten, wenn er Sie nehmen will.«

»Oh, das würdest du tun?« Suzy riss angesichts dieser großmütigen Geste die Augen auf. »Wirklich?«

»Ja.« Luke machte sich wieder daran, sich unter ihrem Rollkragen vorwärtszuarbeiten. »Die Entscheidung liegt beim Besitzer – und ich würde mich genauso fühlen wie Richard, wenn ich in seiner Lage wäre.«

»Ihr Mick ... Migge ... Miggefühl brauch ich nich.« Richard starrte ihn zornig an. »Sie sind ein Scheißkerl.«

»Wir hatten *so* gehofft, Maddy würde ihren letzten Freund heiraten!« Mrs. Becketts Stimme übertönte das verlegene Gemurmel.

»Dann hätte sie jetzt natürlich Kinder.«

»Ich will keine Kinder.«

»Natürlich willst du Kinder, Maddy, Liebes. Jede Frau will Kinder haben. Du und Peter, ihr wart ein wunderbares Paar.«

»Oh, *Peter*?« Caroline blickte Maddy über den Tisch hinweg an. »Das ist doch der, den ich gestern kennen gelernt habe, oder?«

»Ja.«

Frans Augen funkelten vor Zorn. Suzys ebenfalls. Drew hatte seinen Oberschenkel zurückgezogen.

»Er war hier, als ich gestern kurz hereinschaute«, fuhr Caroline fort und zog die Schlinge um Maddys errötenden Hals immer enger. »Er sieht sehr gut aus. Wie der junge Robert Redford.«

»Er und Maddy waren jahrelang zusammen.« Mr. Beckett nahm sich noch eine Pastete. »Sie haben sich bei uns kennen gelernt, wussten Sie das?«

»Nein, das wusste ich nicht.« Drew sah Maddy an. »Ich glaube nicht, dass Sie schon mal erzählt haben, wie Sie sich kennen gelernt haben.«

»Wir führen ein kleines Hotel«, tönte Mr. Beckett weiter. »Peter hat ein paar Tage bei uns gewohnt. Er war auf einer seiner Geschäftsreisen. Maddy hatte gerade die Universität abgeschlossen und arbeitete als Zimmerpflegerin bei uns. Sie war dabei, Peters Zimmer sauber zu machen, und …«

Maddy sprang wankend von ihrem Stuhl auf. »Ich mache jetzt mal den Apfelkuchen warm.« Ihre Eltern würden vermutlich jeden Moment verraten, dass sie im vorderen Gästezimmer ihre Jungfräulichkeit verloren hatte. »Entschuldigt mich bitte.«

»*Daher* haben Sie also Ihr Können.« Drews Stimme klang scharf wie ein Laserstrahl. »Ihr Können im Reinigungsgewerbe, natürlich. Darum sind Sie so tüchtig mit *Die Feen.*«

»Ja.« Suzy sah ihre Schwester aus zusammengekniffenen Augen an. »Aber ich habe ihr schon immer gesagt, sie sollte sie lieber *Die Feger* nennen.«

7. Kapitel

Meine Güte!« Mrs. Beckett sah vom Tisch auf, als Maddy, ein wackeliges Tablett mit dem Apfelkuchen und mehreren Sahnekännchen vor sich hertragend, wieder aus der Küche kam. »Was hast du denn so lange gemacht? Oh, Maddy, schon wieder Gebäck? Bist du sicher, dass das bei den vielen Jockeys hier das Passende ist?«

Maddy biss die Zähne zusammen und ließ einen prüfenden Blick über die Runde schweifen. Alle sahen glücklich und zufrieden aus – ziemlich betrunken, aber glücklich. Luke und Suzy waren immer noch ganz bekleidet. Richard schlief. »Aber sicher, Mum. Richard und Suzy können essen, so viel sie wollen, sie werden trotzdem immer ein Strich in der Landschaft bleiben. Und Luke«, sie warf ihm über den Tisch hinweg einen stechenden Blick zu, »Luke wird es bestimmt abarbeiten.«

Luke grinste sie an, und Maddy wurde rot, während sie sich hinsetzte. Drew hatte seinen beruhigenden Schenkel noch immer zurückgezogen und nahm seinen Nachtisch nickend entgegen. Sie hätte so gern sein Gesicht in die Hände genommen und den Ärger fortgeküsst!

»Ihr Kleid ist hübsch, Maddy.« Bronwyn Pugh beugte sich vor. Sie hatte einen Sahneschnurrbart im Gesicht. »Ich sagte gerade zu Ihrer Mutter, wie schade es ist, dass Sie nicht öfter weibliche Sachen anziehen.«

»Ich bin nicht so wählerisch, was Kleider betrifft. Das war ich noch nie.«

»Oh, ich *liebe* Kleider!« Caroline legte den Löffel aus der Hand.

»Ja«, nickte Bronwyn. »Das sieht man. Das Kleid, das Sie anhaben – ist das gehäkelt oder geknüpft?«

»Es ist handgestrickt. Aus Seide.«

»Ich glaube, ich habe das Muster gesehen.« Bronwyn nahm sich noch ein Stück Kuchen. »War es nicht in der letzten Ausgabe von *People's Friend*?«

Drew lachte. Maddy war sich seiner Nähe sehr bewusst. Sie schob ihr Bein näher an ihn heran, und sofort hörte er auf zu lachen. Fran schien plötzlich irgendetwas Interessantes auf Richards Kuchenteller gefunden zu haben, was dazu führte, dass sie sich mit bebenden Schultern tief darüber beugte.

»Nein.« Caroline verzog keine Miene. »Es ist von einem von Drews Pferdebesitzern, Kit Pedersen. Er ist Designer. In Jersey.« Sie lächelte zu Maddy hinüber. »Ich kaufe fast nur bei Designern.«

»Oh, natürlich«, sagte Maddy, die fast nur in Second-Hand-Läden kaufte. »Wer tut das nicht?«

Als sie plötzlich Drews Oberschenkel spürte, der wie eine Brieftaube zu ihr heimgekehrt war, hätte sie fast laut gequiekt. Sie ließ ihren Löffel fallen.

»Ich hebe ihn auf.« Drew war unter dem Tisch verschwunden. Auch Maddy bückte sich. Es war sehr dunkel. Sein Gesicht war sehr nah.

»Jetzt seien Sie bloß nicht sauer auf mich«, flüsterte sie. Das Blut schoss ihr in den Kopf. »Nicht wegen Peter. Bitte.«

Als Drew ihr den Löffel reichte, streiften seine Finger ihre Hand. Sie wollte ihn schmecken.

Beide richteten sich wieder auf. Löffel kratzten über

Teller. Gläser wurden nachgefüllt. Richard war auf der Polstertruhe zusammengesackt.

»Mad?« Suzy gelang es, ihren Mund von Lukes Lippen loszueisen. »Spielen wir jetzt irgendwas?«

»Wir sind doch nicht auf einem Kindergeburtstag, Suzy«, mahnte Mrs. Beckett und hickste vornehm. »Ich glaube nicht, dass irgendjemand hier Ochs … äh … schlagen oder Topf am Berg … äh … nein, ich meine Ochs am Berg …«

»Ich dachte nicht an …«

»Ich weiß genau, woran du dachtest.« Maddy versuchte, zornig zu funkeln, bekam den Gesichtsausdruck aber nicht richtig hin. »Hilfst du mir bitte, den Tisch abzuräumen, Suzy? Und vielleicht könnte ja jemand ein bisschen Musik anmachen …?«

»Prima Idee.« Maddys Vater erhob sich schwankend. »Ein bisschen Musik zur Entspannung, damit das Essen auch gut runterrutscht. Hast du was von James Last?«

Man einigte sich auf Nirvana, während Maddy und Suzy alle Hilfsangebote ausschlugen und die Teller allein in die Küche trugen.

»Du hättest mir sagen sollen, dass Pete the Perv hier war.« Suzy ließ die Nachtischlöffel klappernd in die Spüle fallen. »Warum hast du mir das nicht erzählt?«

»Weil es nicht wichtig war.« Maddy wischte sich Sahne von den Fingern.

»Was ich eben gesagt habe, von wegen *Die Feger* – es tut mir Leid.« Suzy kaute an ihren ebenholzschwarzen Fingernägeln. »Ich will doch nur nicht, dass er dir noch mal wehtut.«

»Das wird er auch nicht – und diesmal werde ich dir verzeihen.« Maddy lächelte. Dies alles hatte jetzt keine Bedeutung. »Schließlich bist du doch heute ein Star, oder?«

»Heute war der schönste Tag in meinem ganzen Leben!« Suzy verdrehte verzückt die Augen. Der Rollkragenpullover war hochgerutscht, und Maddy nahm erfreut zur Kenntnis, dass sie wenigstens einen Slip trug. »Ich war noch nie so glücklich.«

»Es war wirklich ein herrlicher Tag«, stimmte Maddy zu, während sie auf die Stapel schmutzigen Geschirrs starrte. Zum Teufel damit. Sie würde am nächsten Morgen spülen. »Ist das da auf deinem Oberschenkel ein Knutschfleck?«

»Wahrscheinlich.« Suzy strich zärtlich darüber. »Er ist umwerfend! Ich bin verliebt, Mad.«

»Wie kannst du verliebt sein? Du kennst ihn doch noch keine fünf Minuten.«

»Ich habe ihn schon immer gekannt. Wir sind füreinander geschaffen. Luke Delaney ist meine Bestimmung.«

»Du liebe Zeit! Du hast doch im Pub nichts zu dir genommen, oder?« Maddy sah in Suzys verdächtig erweiterte Pupillen. Der Chef des Cat and Fiddle stand im Ruf, ausgewählte Gerichte mit seinen besten Cannabispflanzen zu garnieren.

»Ich brauche keinen Stoff. Die Liebe macht mich high. Wart's nur ab, Maddy, eines Tages wirst du auch wieder jemanden kennen lernen, und – peng! Das wird's sein.«

»Wirklich? Glaubst du, dass das mit der Liebe so gehen kann? Ich meine, so schnell?«

»War es denn bei dir und Pete the Perv nicht genauso? Oder ist das schon so lange her, dass du dich nicht mehr erinnerst?«

Maddy schüttelte den Kopf. So ein Gefühl war es bei

Peter nicht gewesen. Weder am Anfang, noch in der Mitte, und schon gar nicht am Schluss.

»Na, bei mir ist es jedenfalls so.« Suzy umarmte ihre Schwester. »Kopf hoch, Mad. Eines Tages wird es dir auch passieren. Irgendwo gibt es jemanden, der nur darauf wartet ...«

Mr. Becket hatte Harry Connick ausgegraben, und als sie wieder ins Wohnzimmer kamen, herrschte dort eine schmalzige, friedliche Stimmung. Das Sofa und die Stühle waren vor die Wände geschoben worden, und Bernie Pugh drehte gerade noch eine Runde, um die Gläser nachzufüllen.

Caroline sass allein auf der Armlehne des Sofas und beobachtete Fran und Richard, die im Kreis herumstolperten. Maddy setzte sich neben sie. »Tanzen die beiden? Oder ist Richard umgekippt?«

»Sie tanzen.« Caroline wandte Maddy im Kerzenlicht ihr Gesicht zu. »Es war ein wunderschöner Abend, Maddy. Wir machen so etwas so selten! Es war sehr nett, dass Sie uns eingeladen haben. Es beruhigt mich, dass Drew sich in Milton St. John wohl fühlen wird. Ich fände es schrecklich, wenn ich das Gefühl hätte, dass er einsam ist, während ich auf Jersey bin.«

»Wir werden unser Bestes tun, damit er sich wie zu Hause fühlt. Caroline ...« Sie musste etwas sagen. Unbedingt. »Heute Nachmittag, beim Rennen, als ich Drew geküsst habe ... Ich möchte mich dafür entschuldigen.«

»Drew hat es wahrscheinlich genossen.« Carolines Blick war sanft. »Er küsst gern. Ich nicht.«

Maddy stand der Mund offen. Caroline betrachtete ihre Finger. Ihre Hände waren schlank und ihre Nägel tadellos. »Ich mache mir nicht so viel aus Küssen und Berührungen. Es kommt mir so sinnlos vor! Drew ist …« – sie zuckte die Achseln – »ein Mensch, für den Körperkontakte eine große Rolle spielen. Ich bin sicher, dass er darauf brannte, Sie zu küssen. Er hat es gern, in den Arm genommen zu werden und zu schmusen und über seine Gefühle zu reden. Ich nicht, wie schon gesagt. Wir verstehen uns, nicht wahr?«

Das war eine Warnung. Vorgebracht in einem sehr freundlichen, erwachsenen Ton, aber nichtsdestotrotz eine Warnung. Maddy sah zu Drew hinüber, der auf der anderen Seite des Zimmers lachend neben ihrer Mutter stand. Er war unglaublich sexy. Was für eine Verschwendung, das er beschlossen hatte, sein Leben mit dieser eiskalten Caroline zu verbringen!

»Aber haben Sie denn nie Angst, dass er – na ja, Sie wissen schon … eine andere kennen lernen könnte? Jemanden, der gern küsst und schmust? Er ist ein attraktiver Mann und …«

»Du liebe Zeit, nein!« Caroline sah schockiert aus. »Oh, ich akzeptiere, das er andere Leute küsst und in den Arm nimmt und berührt, wenn er mit ihnen redet – so ist er eben. Aber ich kann mir nicht vorstellen, dass Drew es gern mit einer anderen … nun ja … machen würde. Diese ganze Sache wird doch sehr überschätzt, finden Sie nicht? Eigentlich ist es doch nur schmutzig und langweilig und peinlich. Wir haben uns beide nie viel daraus gemacht. Weder Drew noch ich sind besonders an diesem Aspekt einer Beziehung interessiert …« Sie kicherte. »Meine Güte, ich muss zu viel getrunken haben! Sonst würde ich doch nicht im Traum darauf kommen, so zu reden!«

»Ich glaube, auf meinen Partys reden die Leute immer

so.« Maddy tätschelte Carolines Hand, doch dann fiel ihr ein, dass Caroline ja nicht gern berührt wurde, und sie zog ihre Hand hastig wieder zurück. »Vielleicht ist es besser, jetzt nichts mehr zu sagen.«

Maddy sah wieder zu Drew hinüber. Jetzt redete er mit Fran. Entweder war sie selbst noch unerfahrener, als sie gedacht hatte, oder Caroline kannte ihren Ehemann nicht besonders gut. Drew Fitzgerald hatte sie in der Küche sozusagen verführt. Drew Fitzgeralds Küsse waren blanker Sex.«

»Maddy ...« Bronwyn Pugh ließ sich langsam aufs Sofa sinken. Suzy hatte Harry Connick gerade durch Metallica abgelöst. Bernie Pugh tanzte trotzdem weiterhin Walzer mit Maddys Mutter. »Ich möchte ein paar vertrauliche Worte mit Ihnen wechseln.«

»Soll ich vielleicht gehen?«, fragte Caroline.

»Nein, meine Liebe. Das könnte Sie auch betreffen. Sie gehören ja jetzt zum Dorf, könnte man sagen. Ich wollte eigentlich heute Abend nicht davon anfangen. Ich wollte im Geschäft einen Aushang machen und eine Versammlung einberufen, aber jetzt, wo ich ein unfreiwilliges Publikum um mich habe, denke ich wirklich, dass ich Sie ins Bild setzen sollte. Dann können wir entscheiden, was zu tun ist.« Maddy wurde immer mulmiger zu Mute, während sich Bronwyn genüsslich aufblähte. »Ich habe gehört, dass Goddards Spinney und Maynards Orchard vernichtet werden sollen. Mit dem Bulldozer sollen das ganze Wäldchen und die ganzen schönen Obstbäume einfach dem Erdboden gleichgemacht werden! Und wofür? Für einen Golfplatz! Einen gottverdammten Golfplatz! Was sagen Sie dazu?«

»Sind Sie sicher, dass es nicht wieder mal ein Gerücht

ist, Bronwyn? So wie die Sache mit diesem Laserdingsda und dem McDonald's Drive-in?«

»Dieses Mal nicht, Maddy. Ich habe von Herrn Stadtrat Campbell gehört, dass schon ein Bauantrag vorliegt. Das Angebot an die Maynards ist sensationell hoch, und Goddards Spinney gehört zu Dianas und Gareths' Grund und Boden. Und man hat mir gesagt, dass alle dafür sind.«

»Aber sie können doch diese wunderschöne Landschaft nicht einfach mit dem Bulldozer kaputtmachen!« Maddy war entsetzt. »Das ist unmoralisch. Dieses Dorf ist so friedlich – was in aller Welt soll bloß daraus werden, mit einem Golfplatz mittendrin? Nichts als Autos hätten wir dann hier, und ein Clubhaus! Der ganze Krach ... Wer weiß, wie die Pferde darauf reagieren würden. Das kommt doch bestimmt nicht durch, oder?«

»Vielleicht schon, leider.« Bronwyn strich ihr kariertes Kleid glatt. Es roch immer noch leicht nach Glenfiddich. »Sehen Sie, Peter Knightley steckt dahinter, und wir wissen doch alle, wie vertraut er mit Diana ist, nicht wahr? Maddy wusste das nicht, aber langsam fing sie an, einiges zu begreifen.«

»Außerdem ist der Vater der kleinen Stacey sehr wohlhabend. Und er wird Peters Partner werden ...«

Und die kleine Stacey würde Peters Frau werden! Maddy hätte am liebsten aufgeschrien. Plötzlich ergab alles einen Sinn. Für das Land hatte Peter Diana verführt – und für das Geld würde er Stacey heiraten. Er hatte sich keinen Deut verändert.

»Aber was können wir tun?«

»Einiges.« Bronwyn nickte grimmig. »Wir werden eine Bürgerinitiative gründen und uns diesen Leuten in den Weg stellen. Wir werden kämpfen, Maddy, und wenn ich sage kämpfen, dann meine ich auch kämpfen. Im ganzen Land protestieren und kämpfen Leute gegen solche Entwicklungen. Gegen Häuser, Straßen, Golfplätze – alles, was dazu beiträgt, unser natürliches Erbe zu dezimieren! Wir müssen für die Erhaltung von Milton St. John kämpfen!«

Maddy sah Bronwyn Pugh voller Bewunderung an. »Dann können Sie auf mich zählen. Sagen Sie mir Bescheid, sobald Sie Ihr erstes Treffen haben. Ich werde kommen.«

»Könnten Sie mit Suzy darüber reden? Und mit Fran und Richard?«

»Ja, aber Fran und Richard werden nicht eindeutig Stellung beziehen. Ich meine, bei ihren Verbindungen mit den James-Jordans.«

»Tun Sie Ihr Bestes.«

»Ich möchte mich anschließen.« Caroline sah Maddy aus ihren Katzenaugen an. »Zumindest wenn ich hier bin. Und ich bin sicher, dass Drew Sie auch unterstützen wird. Ihm liegt sehr viel an der Landschaft.«

»Gutes Mädchen«, sagte Bronwyn anerkennend. »Je mehr Leute wir dazu bringen, mitzumachen, desto lauter wird unsere Stimme sein – und desto größer unsere Schlagkraft!«

Maddy war überwältigt. Bronwyn Pugh musste in einem früheren Leben einmal mobiler Streikposten gewesen sein.

»Lassen Sie uns heute nicht weiter darüber reden, Maddy. Ich möchte ihnen diesen reizenden Abend nicht verderben. Aber ich werde versuchen, so bald wie möglich das Gemeindehaus zu reservieren. Und ich freue mich wirklich sehr, dass Sie auf unserer Seite sind. Ich hatte mich schon gefragt, ob Sie wegen Ihrer … äh … Beziehung zu Peter nicht vielleicht ein bisschen skeptisch sein würden.«

»Absolut nicht. Kein Wunder, dass er dabei ist, den Manor zu kaufen. Das würde ihm so passen. Hausherr im Manor und Besitzer eines Golfplatzes! O nein, in dieser Sache werde ich es mit dem größten Vergnügen mit Peter aufnehmen.«

Bernie Pugh kam herübergeschlendert und bat Caroline um einen Tanz. Maddy sah einen Anflug von Panik in ihrem Gesicht, den sogleich ein leises, zustimmendes Lächeln überdeckte. Caroline hielt sich steif auf Abstand zu Bernie, während sich die beiden zu einer Melodie von Led Zeppelin durchs Zimmer bewegten. Sie musste frigide sein. Maddy erinnerte sich nicht, dass sie dieser Krankheit jemals begegnet war. Es war wirklich ziemlich interessant. Darüber musste sie später unbedingt mit Suzy reden.

»Maddy, schnell!« Fran schaute gequält drein. »Ich glaube, im Badezimmer ist irgendwas los! Ich hab da ein Fluchen gehört und …«

Maddy lief durch den Flur und riss die Tür auf. Richard hatte die Hände fest um Luke Delaneys Hals gelegt.

»Mein Gott!« Fran drängte sich an Maddy vorbei und zerrte an ihrem Mann. »Was zum Teufel machst du da?«

»Mir den Ritt auf Scharatoga Schun beschorgen«, lallte Richard. »Lasch uns allein!«

»Oh, Richard!«, stöhnte Fran. »Du bist ja verrückt. Das ist es nicht wert.« Sie zog ihn zurück, bis er in ihren Armen zusammenklappte.

Maddy schüttelte den Kopf. So weit hatte Dianas Gier den freundlichen, umgänglichen Richard getrieben! Falls wirklich etwas zwischen Diana und Peter Knightley war –

wie Bronwyn angedeutet hatte –, waren die beiden ein absolutes Traumpaar.

Luke richtete sich langsam auf. »Ich wollte doch nur mal pinkeln …«

»Sind Sie verletzt?«

Luke schüttelte den Kopf. »Ein bisschen überrascht, mehr nicht. Zuerst dachte ich, es wäre Suzy, dachte, sie wollte ein bisschen herumalbern.« Er sah Richard an. »Wenn es so schlimm für Sie ist, werde ich morgen mit Mitchell D'Arcy reden, und mit Mrs. James-Jordan. Ich trete zurück.«

»Nein, das werden Sie schön bleiben lassen«, sagte Fran wütend. »Richard reitet auf Saratoga, wenn man sich für ihn entscheidet – auf Grund seiner Leistungen –, sonst nicht.« Dann packte sie Richard am Ärmel und zerrte ihn aus dem Bad, wie sie es mit Chloe oder Tom getan hätte.

Maddy setzte sich auf den Badewannenrand. Es war eine heikle Situation, mit der sie besser zurechtgekommen wäre, wenn sie nicht ganz so viel Whisky getrunken hätte. »Luke, Sie wollen das Derby doch genauso gern reiten wie Richard. Eigentlich möchten Sie nicht zurücktreten, oder?«

»Natürlich nicht.« Luke schüttelte den Kopf. Sein schwarzes Haar war seidig. »Aber ich bin dreiundzwanzig – und Rich ist schon über dreißig. Ich weiß, wie viel es ihm bedeutet. In seiner ganzen Karriere war er bisher immer nur Mittelmaß. Ich habe noch viel mehr Derbys zu reiten als er.«

Maddy seufzte. Luke war nicht nur schön, sondern auch nett. Eine begehrenswertere Kombination gab es nicht. Sie konnte Suzys Begeisterung verstehen. »Glauben Sie denn, dass Mitchell d'Arcy Sie austauschen würde?«

»Im Moment nicht. Er vögelt mit Diana. Beide wollen, dass ich reite. Es hat überhaupt nichts damit zu tun, dass Richard nicht gut genug wäre. Er ist ein toller Pferdekenner und ein erstklassiger Jockey. Es ist ...« Luke zuckte verlegen die Achseln. »Es ist nur eine Frage der Publicity. Die denken, dass ich ein gutes Image habe, und beim Pferderennen geht's einfach hart her. Je mehr Aufmerksamkeit sie von den Medien bekommen, desto besser.«

»Nun, Sie sehen wirklich gut aus«, stimmte Maddy zu. »Im Fernsehen kämen Sie toll rüber. Wahrscheinlich würden Sie alle Fußballer und Rennfahrer von den Schlafzimmerwänden der Teenager vertreiben. Und wer wollte schon auf das schöne Geld verzichten, das man damit verdienen kann? Außerdem sind Sie ein hervorragender Jockey. Aber hart ist es schon – Richard darf nicht reiten, weil er rote Haare und Sommersprossen und ein verlebtes Gesicht hat.«

»Genauso ist es«, sagte Luke mit düsterer Miene.

»Dann lassen Sie es.« Maddy erhob sich von der Badewanne. »Ich glaube nicht, dass Sie irgendwas tun können.« Ganz im Gegensatz zu mir, dachte Maddy. Angefangen bei Diana James-Jorden. Wenn es ihr gelänge, zuerst mit Mitchell D'Arcy zu reden, könnte das vielleicht einen gewissen Druck auf sie ausüben. »Ich werde jetzt mal versuchen, Richard zu beruhigen ...«

»Sie sind noch netter, als Suzy mir erzählt hat.« Luke beugte sich vor. Seine Augen waren auf einer Höhe mit ihren. »Sie hat mir auch gesagt, dass Sie 'ne verdammt tolle Frau sind. Danke, Maddy.«

Er küsste sie auf die Stirn, drehte sich um und stieß in der Tür mir Drew zusammen.

Drew sah Maddy an. »Störe ich?«

»Nein. Wir haben etwas Geschäftliches zu bereden.«

»Sie vergessen, wie gut ich Luke kenne. Wenn Luke sich auf einer Party mit einer hinreißenden Frau allein in einem Raum aufhält, kann das meistens nur eins bedeuten.«

Maddy strahlte. Er hatte hinreißend gesagt ... Obwohl er wahrscheinlich mit seinen Komplimenten genauso großzügig umging wie mit seinen Küssen.

»Sie wollen doch nicht schon gehen?« Bitte nicht. »Ich hoffe, Caroline langweilt sich nicht?«

»Caroline scheint ganz entzückt von der Gesellschaft zu sein. Ihr Vater bringt ihr gerade bei, wie man Poker spielt. Nein, ich wollte mich mit ihnen unterhalten, und ich dachte mir, wenn wir tanzen, wäre das vielleicht der unauffälligste Weg.«

»Ich tanze nicht zu Motorhead oder was Suzy jetzt schon wieder aufgelegt hat.«

»Hört sich an wie Luther Vandross. Na, wenn das nichts für die gesetzteren Gäste ist ...« Er lächelte sie an, und schon stand für Maddy die Welt Kopf.

Sie tanzten in der freigeräumten Mitte des Zimmers, umgeben von Möbeln und schrillem Gelächter, aber Maddy hatte das Gefühl, als seien sie völlig allein unter tausend Kronleuchtern inmitten eines prachtvollen, verspiegelten Ballsaals. Außer ihnen gab es niemanden. Das Einzige, was sie wahrnahm, war Drews Körper, der ihren Körper streifte, seine Hände, die durch den Samt hindurch auf ihrem Fleisch brannten, sein warmer Atem auf ihrer Wange.

Sie redeten über den geplanten Golfplatz, über die Bürgerinitiative, über das Gerangel um den Derby-Ritt. Sie kicherten über Mrs. Pugh und Maddys Mutter, die beide veilchenblau waren. Über Caroline sagten sie nichts.

»Ich habe mich vorhin schlecht benommen«, murmelte Drew. »Wegen Peter. Blöd von mir, ich habe kein Recht dazu.«

»Nein, das haben Sie nicht.« Maddy lächelte an seiner Schulter.

»Ich war eifersüchtig.« Sie spürte, dass auch er lächelte. »Eifersüchtig, mein Gott! Mich hat der Gedanke geärgert, dass er einfach wieder in ihr Leben hereinspazieren und alles erneut auf den Kopf stellen kann.«

»Da sind Sie sich ja mit Suzy einig«, murmelte Maddy und sagte dann laut: »Das wird ihm nicht gelingen. Und es zeigt, dass Sie mich nicht sehr gut kennen.«

»Nein, wirklich nicht.« Er ließ seine Hände über ihren Rücken gleiten. »Wir wissen so wenig voneinander. Glauben Sie, dass wir uns jemals richtig kennen werden?«

Maddy hörte auf zu tanzen und sah zu ihm hoch. Aus seinen goldbraunen Augen sprachen tausend Fragen. Carolines Warnung hallte in ihrem Kopf. Sie stellte sich auf die Zehenspitzen und küsste ihn auf die Wange. »Ja, ich denke schon.«

Sie brannte darauf, ihn zu küssen. Richtig. Aber der verspiegelte Ballsaal verschwand, und sie stand wieder in ihrem überfüllten Wohnzimmer und löste sich von Drew.

Die Party ging langsam zu Ende.

»Wir beide brechen morgen ganz früh auf, Maddy.« Mrs. Beckett schwankte. »Carl und Marcie tragen die ganze Verantwortung, da müssen wir möglichst bald zurück. Wir schleichen uns einfach weg, ohne euch zu stören.« Sie umarmte ihre Tochter. »Es war ein wunderschöner Abend. Ich rufe dich an, wenn wir zu Hause sind.«

Maddy versprach, sie so bald wie möglich zu besuchen. Sie gab beiden einen Gutenachtkuss und lächelte, als sie aufeinander gestützt in ihr Schlafzimmer wankten.

Fran war schon mit schmalen Lippen abgezogen und hatte Richard, der ganz grün im Gesicht war, praktisch tragen müssen. Auch die Pughs stolperten nun aus der Tür, nicht ohne sich in für sie gänzlich untypischen Umarmungen und Küssen zu ergehen.

»Es war sehr schön.« Caroline drückte ihre kühle Wange flüchtig an Maddys gerötetes Gesicht. »Ich weiß nicht, wann ich das letzte Mal einen so unterhaltsamen Abend verbracht habe. Ich sagte schon zu Drew, wir müssen uns unbedingt revanchieren. Vielleicht, wenn ich das nächste Mal hier bin.«

»Dann fahren Sie schon bald wieder nach Jersey?« Maddy versuchte, die Hoffnung in ihrer Stimme zu unterdrücken, aber sie war zu müde, um etwas vorzutäuschen.

»Ja, ziemlich bald. Ich muss. Bei uns fängt demnächst die Hochsaison an – mit all den Touristen und so weiter.«

Maddy nickte, während ihr bewusst wurde, dass sie keine Ahnung hatte, was Caroline auf den Kanalinseln eigentlich trieb, und dass es ihr außerdem herzlich egal war. Selbst wenn es Unrecht gewesen wäre – sie wollte nur, dass es Caroline zwang, wieder hinzufahren. Und zwar schnell.

»Danke für den reizenden Abend.« Drew beugte sich

zu ihr herab. Er streifte ihre Wange mit seinen Lippen, und in Maddys Magengrube tat sich ein sehnsüchtiges Loch auf. »Ich werde ihn nie vergessen.«

Kläglich sah Maddy zu, wie die beiden die Straße überquerten und in Peapods dunkler Auffahrt verschwanden. Drew ging nach Hause und würde mit Caroline ins Bett gehen – auch wenn es ein noch so kaltes und keusches Bett war.

Maddy machte die Tür zu und beschloss, über die Verwüstung in ihrem Cottage hinwegzusehen. Am nächsten Morgen würde sie alles in Angriff nehmen. Jetzt wollte sie nur noch schlafen. Sie löschte nur schnell die Kerzenstummel, riss sich die Schuhe von den Füßen, trottete durch den Flur und öffnete Suzys Schlafzimmertür.

»Jetzt rutsch mal rüber, Superstar. Mach Platz für deine Lieblingsschwester. Oh …«

Luke und Suzy sahen aus wie die Inkarnation der weltlichen und der heiligen Liebe. Lukes junger, schlanker, wunderschöner Körper mit der dunklen Haut schien im Gewirr der Laken mit Suzys blasser, zerbrechlicher Gestalt zu verschmelzen.

Unsicher, ob sie aus Empörung, aus Eifersucht oder aus beiden Gründen zitterte, schloss Maddy leise die Tür und zerrte das letzte Laken aus dem Wäscheschrank. Nachdem sie die Flaschen, die Aschenbecher und Gläser weggeräumt hatte, kuschelte sie sich ermattet auf das Sofa.

8. Kapitel

Es regnete in Strömen. Triefnass lag das Dorf unter seinem Baldachin aus Kastanienbäumen, und der Fluss, der aufgewirbelt an der Hauptstraße entlangströmte, war schäumend braun. Maddys Arbeit dauerte im Moment doppelt so lange wie sonst, da man in jedem Haus mindestens drei Labradors mit ständig verschmutzten Pfoten zu halten schien

Dem Dauerregen folgte eins der heißesten Guineas-Festivals, an das man sich erinnern konnte. Maddy hatte Suzy im letzten Moment doch nach Newmarket begleitet. Nachdem es ihr in der Woche nach ihrer Party tapfer gelungen war, Drew aus dem Weg zu gehen, hatte sie gehofft, dass er dort sein würde. In der Menschenmenge würde sie sicher mit ihm reden können. Den Gerüchten zufolge war er jedoch mit Caroline nach Yorkshire gefahren, um sich dort mit einigen Pferdebesitzern zu treffen, und als Maddy dies erfuhr, war es zu spät, ihre Pläne noch zu ändern. So hatte auch sie Milton St. John übers Wochenende wohl oder übel den Rücken gekehrt.

»Wir können den Regen immerhin gut gebrauchen.« Kimberley Weston stand traurig in ihrem nassen Garten. Sie hatte den Regenmantel aus Gabardine an, den sie schon in ihrer Schulzeit besessen haben musste, und sah zu, wie Maddy diverse Putzutensilien in ihrem Fahrradkorb verstaute. »Der Boden ist hart wie Beton, und vielleicht wird ja in einem Rutsch auch ein bisschen Ungeziefer weggeschwemmt. Du siehst übrigens schrecklich aus,

Maddy. Hast du zu viel Arbeit? Manchmal habe ich ein richtig schlechtes Gewissen, wenn ich beobachte, wie du meine Teppiche von all den festgetretenen Hundehaaren zu säubern versuchst.«

»Ich habe nicht genug geschlafen«, erwiderte Maddy und lehnte sich im Regen an ihr Fahrrad. »In Newmarket ging es hoch her. Und ich bin zu alt, um das ganze Wochenende durchzufeiern.«

»Red bloß nicht davon – ich bin wirklich neidisch. Es ist ein halbe Ewigkeit her, dass ich mich mal amüsiert habe.« Kimberley wischte sich mit einem großen, roten Taschentuch übers Gesicht. »Ich wäre auch gern dabei gewesen.«

»Das hätte ich schön gefunden.« Maddy spürte, wie der Regen ihre billige Baumwolljacke durchdrang. »Ich hätte eine Freundin gebrauchen können. Ich kam mir vor wie das fünfte Rad am Wagen. Fran war mit Richard zusammen, und Suzy klebte nur so an Luke.«

»Ernste Sache, was?« Die Regentropfen auf Kimberleys rundem Gesicht sahen aus wie Tränen.

»Unerträglich ernst. Nicht gerade ein schöner Anblick für partnerlose Frauen wie wir, so Leid es mir tut. Wir dürfen zusehen, dass wir uns bei Gelegenheiten wie heute Abend unseren Spaß holen. Kommst du auch zu Bronwyns Versammlung?« Maddy zitterte. »Anscheinend hat sie die ganze Gemeindehalle reserviert.«

Kimberley nickte. »Auf jeden Fall. Im Gegensatz zu manchem anderen bin ich hier aufgewachsen. Ich bin als Mädchen im Goddards Spinney auf Bäume geklettert, und in Maynards Orchard habe ich Äpfel geklaut. Es ist ein wunderschönes, unversehrtes Stück Waldland, und ich werde bis aufs Blut dafür kämpfen, dass es so bleibt.

Wenn es nach mir geht, muss der verdammte Peter Knightley seine Pfoten davonlassen!«

»Oh, gut.« Maddy lächelte, während sie Regentropfen von ihrem Sattel wischte. »Dann können wir ja wohl damit rechnen, dass einige Funken fliegen werden.«

»Nur ein paar. Also, ich habe wirklich ein Gedächtnis wie ein Sieb! Ich wusste doch, dass ich dir die ganze Zeit noch den neuesten Dorftratsch erzählen wollte. Anscheinend ist Caroline Fitzgerald gestern Abend nach Jersey zurückgefahren.«

Als Maddy kurz darauf aus Kimberley Westons Garten radelte, strahlte sie von einem Ohr zum anderen. Plötzlich war die ganze Einsamkeit der letzten Tage wie weggefegt.

Gerade als sie schlenkernd vor ihrem Cottage zum Stehen kam, ging Drew, den Kopf im Regen gebeugt, über den gepflasterten Hof von Peapods. Maddy warf ihm einen begehrlichen Blick zu. Anders als die anderen Trainer in Milton St. John trug Drew nicht die übliche Uniform aus Barbour-Jacke und karierter Mütze. Sein Haar, das im Regen schwarz glänzte, klebte ihm an der Stirn, die langen Beine steckten in engen, verwaschenen Jeans, und den Kragen seiner braunen, ramponierten Fliegerjacke hatte er hochgeschlagen. Maddy fand, dass er phantastisch aussah.

Er sah auf, und als er das Fahrrad erblickte, änderte er seine Richtung. »Seit der Party haben Sie mich gemieden.« Seine Augen blitzten, während er auf Maddy zukam. »Oder?«

»Natürlich nicht«, log sie lächelnd. »Unsere Wege haben sich einfach nicht gekreuzt. Wir waren beide beschäftigt. Ich hörte, Sie wären nach Yorkshire gefahren. Ich war in Newmarket, und …«

»Erzählen Sie keinen Blödsinn. Es war doch abgemacht, dass Sie Freitagnachmittags in Peapods sauber machen. Ich habe letzte Woche auf Sie gewartet. Gekommen ist dann eine dünne Blonde.«

»Jackie.« Maddy nickte. »Sie springt manchmal für mich ein. Ich … äh … hab's zeitlich nicht hingekriegt. Sie hat doch gut gearbeitet, oder?«

»Ausgezeichnet. Aber sie war nicht Sie. Ich will keine Ersatzleute.« Er sah zum stahlgrauen Himmel hoch. »Mit dem Wetter scheint es heute nichts mehr zu geben. Kommen Sie doch auf einen Kaffee rein – oder sind Sie dafür auch zu beschäftigt?«

»Na ja …« Maddy brauchte Ewigkeiten, um die Lenkstange gerade zu drehen. Ihre Hände zitterten. »Ich habe nur ein paar Minuten Zeit. Eins von Kats Kindern ist krank, und ich vertrete sie heute Nachmittag, und ich muss wirklich …«

»Und Sie sind zum Mittagessen nach Hause gekommen. Mein Wasserkessel steht schon auf dem Herd, und ich habe einen ganzen Schrank voller Mars.«

Maddy sah ihn an und lachte. Sie konnte ihm nicht widerstehen.

Im Regen, der unerbittlich von den nebelverhangenen Hügeln herabpeitschte, rannten sie über die Straße. So hatte ich das nicht geplant, dachte Maddy, während sie durch die Pfützen platschte. In ihren Drew-Fitzgerald-Phantasien war alles sonnenbeschienen und rosenumflort, und sie selbst sah hinreißend aus in einem duftigen, hauchzarten Kleid.

Nach Maddys Party hatte Caroline eine teure Dankeschönkarte durch den Briefkastenschlitz geschoben. Maddy hatte sie auf den Kaminsims gestellt, neben

Bronwyns Karte, auf der mit Wollknäueln spielende Kätzchen abgebildet waren, und Richards kurzen Entschuldigungsbrief.

»Kimberly hat gesagt, dass Caroline abgereist ist.« Unter dem Vordach zog sie sich ihre Stiefel von den Füßen und ließ die Second-Hand-Jacke auf den Boden fallen, wo sie wie ein nasses Häufchen liegen blieb. »Ich wollte sie eigentlich anrufen, nachdem sie die Karte bei mir eingeworfen hatte …«

Drew hielt ihr die Tür auf, und sie holte tief Luft, ehe sie Peapods betrat.

»Oh!« Sie sah sich erfreut um. »Wie schön, Drew. Ich hätte nie gedacht, dass es hier so aussehen könnte.«

Die wenigen Male, als sie das Anwesen in seiner früheren Funktion als Knightley-Fitness-Center besucht hatte, war es ein Zusammenspiel von Glas und Chrom, Spiegeln und Lichtern und leuchtend blauem Lack gewesen. Jetzt war Peapods liebevoll zu einem viktoranischen Bauernhaus restauriert worden.

»Das hat gar nicht lange gedauert.« Drew führte sie in die Küche. »Peter hatte an der Grundkonstruktion nichts verändert, sie nur überdeckt. Deshalb brauchten wir eigentlich nur den ganzen Verputz abzureißen und die Räume wieder ihrer eigentlichen Bestimmung zuzuführen.«

»Und das alles haben Sie selbst mitgebracht?« Maddy deutete auf die Anrichten aus Ulmenholz, die Nussbaumchiffoniere, die Eichentische und die Unmengen von Aquarellen, die die Wände schmückten. »Aus Jersey?«

»Das meiste. Das gehörte alles meinen Eltern. Caroline mochte es nicht. Sie hat lieber moderne Möbel. Sie war froh, die Sachen endlich los zu sein. Setzen sie sich doch ...«

Aber Maddy war zu beeindruckt von der Küche, um sich hinzusetzen. Sie war schon immer neidisch auf anderer Leute Küchen gewesen, weil ihre so eigentümlich war. Die hier war gemütlich – mit einem Holzkohleofen, dem Kieferntisch, auf dem riesige Tranchiermesser lagen, und all den alten, französischen Kochutensilien, die von Haken und Balken herabhingen.

»Alles nur Show.« Drew goss Kaffee in zwei Becher. »Ich benutze die Mikrowelle zum Auftauen und esse auf einem Tablett vor dem Fernseher. Ich kann mich einfach nicht dafür begeistern, nur für mich allein zu kochen. Zucker?«

»Zwei – äh, einen, bitte.«

Drew gab zwei gehäufte Löffel in den Becher, goss Milch dazu und rührte für sie um. Maddy setzte sich, um ihren Kaffee zu trinken, und sah zu, wie er allerhand schmutziges Geschirr in die Geschirrspülmaschine einräumte. Irgendwie hatte ein Mann, dem der Umgang mit häuslichen Dingen so vertraut war, etwas liebenswertes Erotisches. Als ihr das bewusst wurde, lief ihr ein Schauer über den Rücken.

»Frieren Sie? Wollen Sie näher am Ofen sitzen?«

Maddy schüttelte den Kopf. Er setzte sich auf den Stuhl ihr gegenüber. »Das mit dem Mars war gelogen. Aber mir ist nichts Besseres eingefallen, um Sie in mein Haus zu locken. Ich habe noch Schokoladenkekse ...«

»Danke, mir reicht der Kaffee.« Maddys Kehle war wieder wie zugeschnürt. »Äh ... haben Sie sich gut eingelebt?«

»Ja, ich habe fast mein ganzes Personal aus Jersey hergeholt und ein oder zwei Stallburschen von hier eingestellt. Und nächste Woche fängt eine nette Frau aus Wantage als Sekretärin bei mir an.« Sie heißt Holly.

Ein paar Minuten lang saßen sie schweigend da. Da Maddy wusste, dass er sie ansah, studierte sie die unregelmäßige Oberfläche des Holztischs.

»Maddy …«

»Haben Sie Ihr Haus in Jersey verkauft?«

»Nein. Maddy …«

»Dann wohnt Caroline weiter dort, während sie sich um ihre Geschäfte kümmert?«

»Nein. Maddy, hören Sie …«

»Oh, dann haben Sie jetzt also zwei Häuser. Meine Güte, wie …«

»Maddy!« Dieses Mal brüllte Drew. Er beugte sich über den Tisch und packte sie an den Schultern. Sein dunkles Haar, das wieder getrocknet war, hing ihm zerzaust in die Stirn. »Maddy, jetzt halten Sie endlich die Klappe, und hören Sie auf, sich über meine Pferde und über Caroline auszulassen! Ich will mit Ihnen reden.«

»Wir reden ja.« Sie versuchte gar nicht erst, sich von ihm zu lösen.

»Aber nicht so wie früher. Sie haben mich die ganze Zeit gemieden, und jetzt weichen Sie unablässig aus und stellen Fragen, die eher aus Bronwyn Pughs Mund stammen könnten. Sehen Sie mich an.«

Maddy sah ihn an, und ihr Herz tat einen Sprung. Sie konnte die Sehnsucht in ihren Augen nicht verbergen. Drew lockerte seinen Griff und setzte sich wieder. »So ist es besser. Ich denke, wir sollten ein paar Dinge klarstellen.«

»Die Grundregeln festlegen?« Sie nippte an ihrem Kaffee. »Sie sind verheiratet, ich bin mit Ihrer Frau befreundet. Ein paarmal habe ich mich hinreißen lassen – was nicht wieder vorkommen wird. Wir sind Nachbarn und Freunde und haben wegen *Die Feen* auch geschäftlich miteinander zu tun. Es scheint doch alles ziemlich klar zu sein. Oder wollten Sie noch etwas hinzufügen?«

Drew sah sie unverwandt an. Dann zuckte er hoffnungslos die Achseln. »Entspricht das wirklich Ihren Gefühlen?«

»Ja.«

»Also gut.« Drew schob den Stuhl so heftig zurück, dass seine Beine quietschend über die gerade erst wieder freigelegten Fliesen schrammten. »Nehmen Sie Ihren Kaffee mit. Wir machen einen Besichtigungsrundgang. Ich nehme an, dass Sie künftig das Putzen übernehmen, jetzt, wo Sie wissen, dass ich mich nicht auf Sie stürzen werde.«

Maddy stand kläglich auf und folgte ihm aus der Küche. In Wahrheit wünschte sie sich nichts mehr, als dass er sich auf sie stürzen würde.

Der Rest des Hauses war nicht minder beeindruckend. Das Mobiliar war alt und liebevoll zusammengestellt, die Gardinen ergossen sich in zarter Fülle, die Gemälde waren Originale. Das ganze Haus sah aus wie das komfortable Zuhause einer ganzen Familie. Es war schade, dass nur dieser einsame Mann darin lebte, dachte Maddy, denn es hätte von lachenden Stimmen widerhallen sollen.

»Und?« Sie hatten die Besichtigung im Wohnzimmer beendet. Drew setzte sich auf die Kante eines abgewetzten, dunkelgrünen Sofas. »Denken Sie immer noch, dass Ihr Honorar für den Job angemessen ist? Caroline war glücklich darüber, aber wenn Sie finden, dass Sie mehr verlangen müssten ...«

»Nein. Der Preis ist fair. Es sind nicht mehr Räume, als wir besprochen hatten.«

Maddy ging zu einer Vitrine aus Nussbaumholz hinüber. Bloß nicht länger voller Sittsamkeit der Versuchung namens Drew Fitzgerald ins Auge blicken. Die Vitrine war voll gestopft mit Pokalen. Maddy las die Aufschriften. Der Regen peitschte gegen die Fensterscheiben. Sie wandte sich wieder zu ihm um. »Sie haben einiges gewonnen. Ich wusste gar nicht ...«

»Vor langer Zeit.« Drew stand auf. »Die meisten Pokale vor zehn Jahren oder noch länger. In meiner Zeit als Amateurjockey. Kurz nach meiner Hochzeit mit Caroline habe ich damit aufgehört.«

»Warum? Hat es ihr nicht gefallen, dass Sie Springreiter waren?«

»Im Grunde ihrer Seele nicht. Es ist ja auch nicht gerade glamourös. Und es bedeutete, häufig getrennt zu sein, weil sie ihren eigenen Beruf hatte. Ich fing damals gerade erst an. Und ich hatte mir schon so viele Knochen gebrochen, dass ich selbst wusste, dass es Zeit war, mich mit einer etwas geruhsameren Tätigkeit zufrieden zu geben. So bin ich Schmalspurtrainer geworden.«

»Und jetzt werden Sie groß einsteigen?«

»Nun, sicher eine Nummer kleiner als Diana oder John Hastings – oder sogar als Kimberley und Barty. Aber ich hoffe schon, ein paar Erfolge zu verbuchen, wenn ich nächste Saison ernsthaft anfange. Die Pferdebesitzer, mit denen ich zusammenarbeite, sind sehr loyal, und ich habe auch schon neue Anfragen vorliegen. Bis Herbst müsste ich die Ställe voll haben.«

»Schön.« Maddy wandte sich wieder den Pokalen zu. »Was ist das hier?«

Er sah ihr über die Schulter. Sie konnte ihn riechen. Wenn sie sich nur einen Zentimeter bewegte, würde sie ihn berühren. Sie hörte, wie er Luft holte.

»Oh, den habe ich 1985 gewonnen. In dem Jahr, in dem Caroline und ich geheiratet haben. Es war sozusagen mein Schwanengesang.«

»Das ist keine englische Trophäe. Ich meine, ich weiß nicht so viel über Pferderennen, aber ...«

»Das ist der Pokal von Pardubice. Dem großen Tschechoslowakischen ...«

»Du lieber Himmel!« Maddy vergass, dass sie eigentlich distanziert sein wollte. »Das ist doch dieses Rennen, das über drei Tage geht und bei dem man über gigantische Hürden springen muss, oder? Ist das der Grund, warum Peter und alle möglichen Leute gesagt haben, dass Sie berühmt sind?«

»Nun ja, ich betrachte es als das ruhmvolle Viertelstündchen, das mir in meinem Leben bestimmt war.«

Drew war einen Schritt zurückgetreten. »Damals habe ich mich über den Sieg natürlich sehr gefreut. Jetzt kommt es mir so vor, als wäre all das schon Ewigkeiten her. Seitdem ist vieles anders geworden.«

Maddy sah ihn an, diesen starken, athletischen Mann, dessen Seele ihr so unergründlich erschien. »Caroline muss sehr stolz auf Sie gewesen sein. Ich hätte mich wahrscheinlich monatelang im fremden Glanz gesonnt.«

»Caroline war froh, dass ich gewonnen hatte, weil sie wusste, dass ich den Sattel danach an den Nagel hängen würde. Ich hatte es ihr versprochen.«

»Dann muss sie verrückt gewesen sein!« Das war nicht

gut, aber Maddy konnte nicht länger heucheln. »Sie hätte Sie ermutigen sollen, daraus Kapital zu schlagen! Weiterzumachen und immer besser zu werden – wenn es das war, was Sie wollten. Ist das nicht der Sinn einer Ehe?«

»Man merkt, dass Sie noch nie verheiratet waren. Durch die Ehe verändert sich der andere nicht – so sehr man in der ersten, überschwänglichen Zeit auch denkt, dass er es tun wird. Und wenn man dann gemerkt hat, dass dem nicht so ist, ist es zu spät ... Die Beziehung zwischen Caroline und mir war nie so, dass wir uns besonders unterstützt hätten. »Drew sah bedrückt aus. »Zum Teufel, Maddy, wenn wir nur Freunde sein sollen, dürfen wir über solche Dinge nicht reden. Es ist nicht loyal gegenüber Caroline, und Ihnen gegenüber ist es auch unfair.«

Maddy wusste, dass er ihr etwas sehr Wichtiges gesagt hatte. Sie wusste, dass sie vorsichtig vorgehen musste. »Ist es ihr denn nicht egal, wenn Sie untreu sind? Gehört das nicht auch zu Ihrem Spiel?«

Zu ihrer großen Überraschung lachte Drew. »Ich spiele nicht. Und weil Sie danach fragen – ich war Caroline noch nie untreu.«

Maddy sah auf den Teppich. Sie glaubte ihm nicht. »Es tut mir Leid. Sie haben Recht. Das geht mich überhaupt nichts an. Wissen Sie, ich sollte jetzt gehen.«

Drew sah auf seine Uhr. »Sie haben noch eine Viertelstunde Mittagspause. Ich wünschte, dieses Gespräch hätte nie stattgefunden. Ich möchte wieder da anfangen, wo wir ursprünglich waren.«

Ich auch, dachte Maddy traurig. Sie wollte nicht gehen, aber sie konnte auch nicht mit ihm in diesem Raum bleiben, dazu begehrte sie ihn zu sehr. »Würden Sie mir die Ställe zeigen?«

»Jetzt? Sind Sie sicher? Es gießt noch immer.«

Vielleicht würde ein beißend kalter englischer Regenguss die heiße Begierde löschen, die in ihr wach geworden war. Maddy nickte. Drew lächelte sie verblüfft an. »Gut. Ich hole meinen Mantel.«

Die Pferde sahen gepflegt aus und machten den Eindruck, als würde man sich gut um sie kümmern. Drew hatte für jedes einen Spitznamen, und sie wieherten freudig, als er auf sie zutrat. Die Stallburschen flitzten zwischen den Boxen hin und her, lächelten Drew zu und begrüßten Maddy. Die Jungs aus dem Ort waren Freunde von Suzy und schienen sich bei Drew absolut wohl zu fühlen.

»Reiten Sie?«

Sie waren am Ende des gepflasterten Hofs stehen geblieben und hatten unter dem Torbogen mit der Uhr Schutz vor dem peitschenden Regen gesucht.

»Nein. Ich glaube, sogar ein Bierbrauerpferd wäre dazu nicht groß genug.«

»Jetzt hören Sie bloß auf, nach Komplimenten zu gieren! Ich werde Ihnen nicht sagen, welche Wirkung Ihr Körper auf mich hat. Würden Sie es gern lernen? Ich meine, reiten?«

»Oh, ich kann reiten. Ich hab's nur seit Ewigkeiten nicht gemacht. Und in Milton St. John wird niemand das Risiko eingehen, dass ich eins seiner teuren Schätzchen zum Krüppel mache.«

»Nun, wenn Sie es sich anders überlegen, hätte ich ein Pferd, das zu Ihnen passen würde. Salomo. Ich habe ihn selbst mitgebracht. Hätten Sie Lust?«

»Ja«, nickte Maddy. »Große Lust. Aber an einem warmen Sommertag – ich bin nur bei schönem Wetter eine Reiterin.«

»Okay, abgemacht.« Drew blinzelte in den dichten Regen. »Ich glaube, seit ich auf meinen zwei Beinen stehe, habe ich nicht einen einzigen Tag aufs Reiten verzichtet – von meiner Zwangspause, als ich mir die Knochen gebrochen hatte, natürlich abgesehen.«

»Sind Sie auf Jersey geboren?«

»Ja. Mein Vater kam aus dem Mayo County zur Arbeit auf die Insel. Er hat meine Mutter, die von dort stammte, kennen gelernt, als er auf dem Bauernhof ihrer Eltern zur Kartoffelernte eingestellt wurde. Die beiden haben den Hof geerbt und die Ställe angebaut.«

»Und Sie haben ihn dann von Ihren Eltern geerbt?« Maddy wollte alles ganz genau wissen.

Drew nickte. Seine Augen waren traurig. »Meine Mutter ist vor fünf Jahren gestorben. Sie hatte eine Krankheit mit fortschreitender Lähmung. Es war entsetzlich.« Er schwieg und sah Maddy an. »Eine solche Qual sollte niemand erdulden müssen. Sie war erst dreiundfünfzig …«

Maddys Augen füllten sich mit Tränen. Sie streckte ihre kalte, feuchte Hand aus und berührte Drews Arm. »Das tut mir schrecklich Leid. Ich habe schon von so was gehört … aber ich kann mir bestimmt nicht vorstellen, wie schlimm es für Sie gewesen sein muss. Sie müssen sich sehr hilflos gefühlt haben.«

»Dad und ich haben getan, was wir konnten, aber die Sache machte mich so wütend! So etwas sollte niemandem passieren, und schon gar nicht meiner Mutter. Sie liebte das Leben. Dad konnte sich nie damit abfinden … Er konnte ohne sie nicht leben. Achtzehn Monate, nachdem sie gestorben war, hatte er sich zu Tode gesoffen.«

Es gab nur noch das Klatschen des Regens und das Heulen des Windes, der von den Hügeln herabfegte und dessen wehmütiger Klang mit den fröhlichen Rufen der Stallburschen und dem Schnauben der Pferde in ihren Boxen verschmolz.

»Oh, Drew ... Ich wünschte, ich wäre bei Ihnen gewesen.«

»Ich auch, Maddy.« Er sah zu ihr hinab, und seine Augen glänzten feucht vom Kummer, der plötzlich wieder in ihm hochgestiegen war. Er schluckte und wandte den Kopf zur Seite. »Damals brauchte ich wirklich einen Freund.«

»Aber Caroline hat doch bestimmt ...«

»Caroline kann mit Gefühlen nicht umgehen. Mit keiner Art von Gefühlen.«

»Aber es waren doch Ihre Eltern! Das konnte sie doch bestimmt verstehen!«

»Nicht jeder ist so wie Sie, Maddy. Mit Ihrer Herzlichkeit ziehen Sie die Menschen an sich. Caroline zeigt den Leuten die kalte Schulter.«

»Sogar Ihnen?«

»Sogar mir.« Er sah wieder zu ihr hinab. »So ist sie eben.«

Dann hättest du sie schon vor Jahren verlassen sollen, dachte Maddy aufgebracht. Sie schüttelte den Kopf. »Ich verstehe wirklich nicht, warum Sie noch verheiratet sind. Oh, ich weiß, dass es mich nichts angeht, aber ...«

»Nein, es geht Sie nichts an.« Die Worte klangen nicht schroff. »Maddy, was meine Ehe betrifft, gibt es unendlich viele Dinge, die Sie nicht wissen.«

»Stimmt. Es tut mir Leid.«

Drew starrte eine Sekunde lang auf ihre Finger, die

noch auf seinem Arm lagen, dann legte er seine Hand darauf. Die Zärtlichkeit dieser Berührung ließ sie schaudern.

»Eines Tages werde ich es Ihnen erzählen.« Sein Griff wurde fester. »Vielleicht werde ich Ihnen mein Herz ausschütten, wenn wir einen Ausritt machen – kommt das nicht Ihrer romantischen Ader entgegen?« Seine Augen blitzten schon wieder ironisch, während die Traurigkeit langsam verschwand.

»Das wäre wunderbar.« Sie gab sich Mühe, mit seinem Stimmungsumschwung Schritt zu halten. »Jedes Mal, wenn ich runterfalle, können Sie ein neues schmutziges Detail zum Besten geben.«

Sie brachte ihn wieder zum Lachen. Das war vermutlich alles, was in ihrer Macht lag.

»Haben Sie in Jersey alles aufgegeben, als Sie hergezogen sind?«

»Ich habe das Haus in Bonne Nuit behalten, weil es das Einzige ist, was mir von meinen Eltern blieb. Aber ich verpachte das Land und die Hofgebäude.«

»Wohnt Caroline jetzt dort? Kümmert sie sich von, äh … von Bonne Nuit aus um ihre Geschäfte?«

»Nein. Caroline hatte schon immer ihre eigene Wohnung, auch als wir in Jersey lebten. Sie arbeitet mit ihren Eltern in St. Lawrence, und da wohnte sie auch die meiste Zeit. Das war praktischer. Bonne Nuit ist ziemlich abgelegen. Kennen Sie Jersey?«

»Nein. Meine Eltern waren mal in den Ferien dort, da war ich schon an der Uni. Ich weiß aber, dass es sehr schön dort ist.«

»Es ist einfach himmlisch.« Drews Stimme klang wieder warm. »Sie sollten es mal kennen lernen. Ich würde Ihnen die Insel so gern zeigen!«

Maddy schloss die Augen. Es gab nichts, was sie sich mehr gewünscht hätte. Sie seufzte. »Was macht Caroline eigentlich dort?« Sie gingen jetzt wieder zurück Richtung Haus.

Drew zog die Augenbrauen hoch. »Hat sie Ihnen denn nichts davon erzählt? Sie haben sich doch auf Ihrer Party lange unterhalten, also war ich mir sicher, dass sie es erwähnt hat.«

Maddy schüttelte den Kopf. Sie würde nicht zugeben, dass sie und Caroline lieber in den Tiefen des fitzgerald'schen Sexlebens herumgewühlt hatten – oder besser gesagt, den Untiefen.

»Caroline ist Geschäftsführerin der Winzerei De Courcey.«

»Du lieber Himmel!« Maddy war beeindruckt. »Das hört sich nach einem Spitzenjob an.«

»Oh, es ist ein recht kleiner Konzern, aber mit beachtlichem Wachstum. Viele Bauern mussten sich umorientieren, als sich die Kanalinseln gegen die Mitgliedschaft in der Europäischen Wirtschaftsunion entschieden. Bis dahin hatten sie Gewächshäuser und verkauften ihre Tomaten und andere Erzeugnisse auf Märkten. Einige gingen in die Blumenbranche – und Carolines Familie fing mit dem Weinbau an. Es ist eine ziemliche Touristenattraktion, und der Wein ist erstaunlich genießbar. Sie macht ihre Sache sehr gut. Oh, Scheiße!«

Maddy folgte seinem Blick und wiederholte seinen Fluch leise. Bronwyn Pugh, fest eingemummt im Kampf gegen die Elemente, kam rasant über die Pflastersteine von Peapods auf sie zugeradelt.

»Wie schön, dass ich Sie beide zusammen erwische«, trällerte sie, während sie im dichten Sprühregen vom

Fahrrad stieg. »Ich wollte nur Werbung für heute Abend machen. Sie kommen doch beide, oder?«

Maddy nickte. Drew lächelte höflich. »Ja, natürlich. Um wie viel Uhr fängt die Versammlung an?«

»Um acht. In der Gemeindehalle«, schnaufte Bronwyn. »Wir haben viel Unterstützung. Ich habe eine Einladung an Peter und Stacey und Staceys Vater geschickt, aber sie haben nicht geantwortet.«

»Wahrscheinlich ist es sowieso besser, wenn sie nicht gleich beim ersten Treffen dabei sind.« Maddy wischte sich den Regen aus dem Gesicht. »Vielleicht sollten wir ein paar Dinge ohne sie klären.«

»Mir wäre lieber, sie würden kommen«, schnaubte Bronwyn wütend. »Die sollen ruhig wissen, gegen wen sie antreten. Nehmen Sie Maddy mit dem Auto mit, Drew?«

»Oh, nein, ich ... äh ...« Maddy wurde rot. »Wenn es nicht mehr regnet, kann ich zu Fuß gehen, und sonst nehme ich das Auto, wenn Suzy da ist.«

»Ist doch unsinnig, die Straße mit so vielen Autos zu blockieren, finden Sie nicht?« Drew lächelte gewinnend. »Gute Idee, Bronwyn. Ja, ich werde Maddy um Viertel vor acht abholen.«

9. Kapitel

In der Gemeindehalle war es erfreulich voll. Etliche Besucher von Milton St. John waren gekommen, und nun saßen all diese Leute dicht gedrängt auf den stapelbaren Stühlen, dampften vor Nässe und warteten auf das große Ereignis. Maddy, die neben Drew in der dritten Reihe saß, warf mit unverhohlenem Erstaunen einen Blick in die Runde. Mit solch einer Reaktion hätte sie niemals gerechnet, zumal man sich in den Ställen auf Hochtouren auf das Derby vorbereitete. Es zeugte von Bronwyns Organisationstalent, dass es ihr gelungen war, so viele Leute von ihrer Arbeit wegzulocken. Kimberley Weston und Barty Small saßen mit ein paar anderen Trainern in der ersten Reihe. Von Diana und Gareth James-Jordan war nichts zu sehn. Auch nicht von Peter oder Stacey.

»Eine so rege Teilnahme hat es hier wahrscheinlich seit der letzten öffentlichen Hinrichtung nicht mehr gegeben«, flüsterte Drew. »Und einige von denen sehen wirklich so aus, als wären sie dabei gewesen.«

Maddy kicherte. »Wahrscheinlich fühlen sich die älteren Dorfbewohner am meisten betroffen. Mit einem Golfplatz können sie sowieso nichts anfangen, und womöglich hatten sie in dem Wäldchen ihre ersten Stelldicheins.«

»Bestimmt haben Sie da auch gleich angefangen, ihre Familien zu gründen – so entfesselt, wie die Libido in diesem Dorf zu sein scheint ...«

Maddy wurde heiß. In diese Richtung wollte sie nicht

weiterdenken. Nicht neben Drew, dessen jeansverhülltes Bein sich an ihrem Bein rieb. Wieder hatte sich die Sitzordnung gegen sie verschworen.

»Ich dachte, ich würde noch alles verpassen.« Fran entschuldigte sich murmelnd für diverse platt getretene Zehen, während sie sich durch die Reihe schob. »Hat's schon angefangen?«

»Nein. Bronwyn wartet offenbar bis zur letzten Sekunde.« Maddy war hocherfreut, Fran zu sehen. »Ich hatte schon gedacht, du würdest nicht kommen, wo Richard doch für Diana reitet.«

»Richard kommt tatsächlich nicht.« Fran zog ihren Mantel aus. »Aber er nimmt großen Anteil an der Sache. Ich habe gesagt, dass ich uns beide vertreten werde. Es musste ja sowieso einer von uns bei Chloe und Tom bleiben. Barty und ich haben den ganzen Tag lang über nichts anderes geredet. Man könnte meinen, es stünde überhaupt kein Derby bevor – oh, hallo, Drew.«

Drew strahlte Fran an. Fran näherte sich Maddys Ohr. »Ich dachte, du wolltest einen großen Bogen um ihn machen? In Newmarket hast du mir doch erzählt, dass ihr von jetzt an nur noch befreundet seid. Ich dachte, du wärest ihm seit der Party aus dem Weg gegangen!«

»Bin ich ja auch«, flüsterte Maddy zurück. »Wir haben die Grundregeln geklärt. Wir sind nur noch befreundet.«

»Und ich bin Joan Collins Oma«, prustete Fran. »Ihr strahlt beide wie Honigkuchenpferde. Vergiss nicht was ich gesagt habe. Er ist verheiratet, und du wirst dir wehtun.«

»Möglich.«

»Sehr wahrscheinlich. Bestimmt. Mit absoluter Sicherheit.« Fran linste zu Drew hinüber, der mit unschuldigem Blick die leere Bühne betrachtete. »Du glückliche Kuh.«

»Er hat schon so viele traurige Dinge erlebt«, zischte Maddy. »Da werde ich nicht auch noch etwas dazu beitragen.«

Fran lachte. »Dann ist Drew Fitzgerald wohl deine barmherzige Tat für diesen Monat?«

»Für mein ganzes Leben«, murmelte Maddy, während sie auf ihrem Sitz zurückrutschte.

Drew beugte sich dichter zu ihr herüber. »Sagen Sie Fran, dass sie sehr laut flüstert.«

»Oh, Gott.« Maddy spürte, wie ihr die Röte vom Hals ins Gesicht stieg. »Sie haben zugehört?«

Drew grinste von einem Ohr zum anderen. »Sie glückliche Kuh …«

Glücklicherweise traten just in diesem Moment die Pughs in Erscheinung. Wichtigtuerisch betraten sie die Bühne und setzten sich hinter den Mikrofonen in Position, als hätten sie ihr Leben lang nichts anderes getan. Bronwyn, die ein braunes Trägerkleid aus Kordsamt trug, hatte ein Klemmbrett dabei. Bernie in seinem Sonntagsanzug war mit einer ledernen Aktenmappe bewaffnet. Und sie waren nicht allein.

»Ach du liebe Zeit!«, murmelte Fran hinter vorgehaltener Hand. »Die haben noch wen zur Unterhaltung mitgebracht.«

Drew lachte leise in sich hinein. Maddy starrte geradeaus. Sie hatte Angst, seinem Blick zu begegnen. Die Bewohner von Milton St. John glotzten verdattert auf den kunterbunten Rattenschwanz von Individuen, die Bronwyn und Bernie auf die Bühne gefolgt waren.

»Wer zum Teufel sind denn die?«, zischte Drew. »Die sehen aus wie Adge Cutler and the Wurzels.«

»Die kenne ich nicht.« Maddy biss sich auf die Lippen. »aber ich bin auch viel jünger als Sie.«

Drews Hand schob sich langsam über den Sitz und umschloss ihr Handgelenk. Schon waren ihre Finger ineinander verschlungen, und Maddy erschauderte vor Wonne.

Fran sah mit vernichtendem Blick auf ihre verschlungenen Hände. »Gut gemacht, Maddy. Für dein Durchhaltevermögen kriegst du ’ne glatte Eins.«

»Sehr geehrte Damen und Herren«, brüllte Bronwyn ins Mikrofon. »Wir sind heute Abend zusammengekommen, um für eine gemeinsame Sache einzutreten. Wir wollen die Schönheit und den Frieden unseres Dorfes schützen. Wir wollen verhindern, dass Milton St. John verschandelt und missbraucht wird!« Kollektives Füßestampfen und Pfeifen signalisierte die Zustimmung des gesamten Dorfs.

»Kein schlechter Start«, flüsterte Drew.

»Hallo, Maddy!« Brenda und Elaine saßen in der Reihe hinter ihnen und hatten sich, immer noch klatschend, vorgebeugt. »Die gute alte Bronwyn ist ganz schön rege, nicht? Verdammt gut, wie die brüllen kann.«

Maddy nickte.

»Aber ehe wir weitermachen«, schrie Bronwyn, »möchte ich Ihnen meine Freunde vorstellen.« Sie wandte sich dem schludrigen Haufen neben ihr zu. »Das sind Sandra und Barry von den Twyford-Down-Demonstranten, Joe und Nicky von Batheaston, und Peanut, den Sie bestimmt alle aus den Zehnuhrnachrichten kennen.«

Die Dorfbewohner reckten die Hälse und glotzten. Peanut sah kein bisschen wie der schwarze Nachrichtensprecher Trevor McDonald aus.

Bronwyn brüllte weiter: »Peanut war beim Protest gegen die Umgehungsstraße in Newbury häufig im Fernsehen zu sehen. Er ist Rekordhalter im Anketten an einen Baum. Sechs Tage waren es, Peanut, nicht wahr?«

Peanut ließ seine Dreadlocks zustimmend wippen. Milton St. John reagierte mit Beifallsrufen und zustimmendem Geschrei. Auch die Umgehungsstraße in Newbury stieß im Dorf auf heftige Ablehnung.

»Das alte Mädchen hat seine Hausaufgaben wirklich gut gemacht.« Bewunderung klang aus Drews Stimme. »Die hat ja richtig schweres Geschütz aufgefahren.«

»Mir gefällt der mit der Bommelmütze«, flüsterte Fran.

»Ist das Peanut?«

»Nein, Sandra«, informierte sie Drew.

Bernie hielt jetzt eine anfeuernde Rede, die einem wahren Aufruf zu den Waffen glich. Er führte andere, vergleichbare Fälle an und zeigte auf, wie sie aus diesen Erfolgen und Fehlschlägen lernen konnten. All das war sehr beflügelnd. Sandra und Barry, Joe, Nicky und Peanut sicherten allesamt ihre Unterstützung und Sachkenntnis zu. Man entschloss sich, in diesem Stadium noch keine richtige Bürgerinitiative zu gründen. Stattdessen wurde vorgeschlagen, die Kollektivkräfte des Dorfes zu nutzen. Die Pughs würden versuchen, die Familie Maynard dazu zu bewegen, sich nicht von großen Geldsummen beeinflussen zu lassen.

»Und …« – Bronwyn hatte endlich herausgefunden, wie man richtig mit dem Mikrofon umging – »ich schlage vor, dass Maddy Beckett mit den James-Jordans über Goddards Spinney redet.«

Alle Blicke richteten sich auf Maddy. Mit puterrotem Gesicht schüttelte sie den Kopf. Drew drückte ihre Hand. »Sie werden es schaffen, Maddy! Diana mag Sie, und Gareth wäre Wachs in Ihren Händen.«

»Also, Maddy?« Bronwyn strahlte.

»Äh, ja ... nun ...ja.«

Wieder wurde geklatscht, mit den Füßen gestampft und gepfiffen. Die Bewohner von Milton St. John kamen offensichtlich nicht viel vor die Tür.

»Also treffen wir uns in zwei Wochen wieder – kurz vor dem Derby. Bronwyn hatte jetzt alles unter Kontrolle. »Und sollten die friedlichen Verhandlungen keinen Erfolg zeigen, wissen wir, was wir zu tun haben, nicht wahr?«

Milton St. John wusste es nicht. Sandra und Barry, Joe, Nicky und Peanut erhoben ihre geballten Fäuste und schrien: »Kampf! Kampf! Kampf!«

Milton St. John hatte schnell kapiert und stimmte in den Kampfruf mit ein. Fran putzte sich geräuschvoll die Nase. Die Pughs und ihre kleine Armee marschierten von der Bühne, Stühle wurden gerückt, und die Dorfbewohner begaben sich einer nach dem anderen aus der Halle in die feuchte Nacht hinaus.

Die Stimmung auf der dunklen Straße war euphorisch. Angefeuert von Bronwyns Schmährede, standen die Leute in kleinen Grüppchen zusammen, lachten und redeten.

»Haben Sie Lust, noch mit ins Cat and Fiddle zu kommen?«, fragte Drew Fran. »Ich finde, es ist noch zu früh, um nach Hause zu gehen, und ich könnte was zu trinken vertragen – nach all der Aufregung.«

»Nein, danke. Es ist eine gute Idee, aber ich gehe lieber nach Hause. Richard wird selbst zum Kind, wenn man ihn mit meinen beiden allein lässt. Wahrscheinlich kann man inzwischen vor lauter Barbie-Klamotten und Carrera-Bahn nicht mehr treten, und Tom und Chloe kleben vor der Glotze und gucken alle Erwachsenen-Kanäle.«

»Habt ihr immer noch nichts wegen dem Derby gehört?« Maddy drückte Fran den Arm. »Ist er noch genauso deprimiert deswegen?«

»Er ist deprimiert und wird es auch bleiben. Nicht einmal die Tatsache, dass er beim Guineas-Festival so gut war, kann ihn aufheitern, vor allem, weil Luke auf Saratoga das Blaue Band gewonnen hat – dieses Schwein.« Sie seufzte. »Ich meine das eigentlich gar nicht so. Ich weiß, dass Luke nichts dafür kann, aber das Derby steht vor der Tür, und in den Zeitungen wird ständig davon geredet, dass Saratoga seit Jahren der heißeste Favorit ist – mit dem heißesten Jockey.«

»Das ist jedenfalls eindeutig Suzys Meinung von ihm.« Maddy grinste. »Ich habe noch nicht mit Diana gesprochen – sie war nicht zu Hause, als ich bei ihr sauber gemacht habe –, aber jetzt, wo Bronwyn mich eingespannt hat, um mich für den Wald stark zu machen, kann ich auch gleich den Derbyritt erwähnen.«

»Mach dir darüber keine Gedanken.« Fran öffnete ihre Autotür. »Es ist nett, dass du das anbietest, aber es hat wirklich überhaupt keinen Sinn. Richard wird sich einfach damit abfinden müssen. Und wenn Diana eine Affäre mit Mitchell D'Arcy hat, wüsste ich sowieso nicht, warum sie ihre Meinung ändern sollte.« Sie stieg ein. »Ihr könnt ja einen für mich mittrinken. Amüsiert euch schön, und macht euch heute Abend keine Gedanken mehr über das

Derby oder den verdammten Golfplatz.« Fran ließ den Motor an und beugte sich aus dem Fenster. »Ich finde immer noch, dass du mit dem Feuer spielst, Mad. Das weißt du. Aber ich bin deine Freundin – und ich habe ziemlich gute Pflaster für verbrannte Finger.«

Sie fuhr winkend davon, und Drew entriegelte seinen Mercedes. »Wollen Sie ein Bier im Cat and Fiddle riskieren, oder geht das für unsere Freundschaft zu weit?«

»Eine Zerreißprobe ist es schon, aber was soll's.« Maddy ließ sich auf den Beifahrersitz sinken. »Man hat uns schon den ganzen Abend zusammen gesehen, da wird das auch nicht mehr schaden.«

In einer Wagenkolonne fuhren sie die nasse Straße entlang, denn alle hatten dieselbe Idee. Maddy war froh, dass Frans und Richards Ehe wieder im Lot zu sein schien. Als Paar, das fest zusammenhielt, waren die beiden immer ihr Fels in der Brandung gewesen, ihre kleine Insel der Stabilität. Es hatte sie ziemlich erschüttert, auf ihrer Party all die Wut und Verbitterung mitzuerleben.

Wenn sie an die Auseinandersetzung mit Diana und Gareth dachte, die ihr nun selbst bevorstand, drehte sich ihr allerdings der Magen um. Sie war von Natur aus ein friedfertiger Mensch, der jede Art von Streit hasste, und Diana würde sich wegen Goddards Spinney streiten, das wusste sie. Wenn Bronwyn Pugh sich nicht täuschte, und Diana wirklich in irgendeine Form von Beziehung zu Peter verwickelt war, dann wäre es ein fast unmögliches Unterfangen. Und Maddy hatte auf der Cocktail-Party selbst ganz deutlich gespürt, dass etwas zwischen den beiden war … Aber war Diana dazu fähig, ein doppeltes Spiel mit Peter *und* Mitchell D'Arcy zu spielen?

»Sie sind so schweigsam.« Drew steuerte den Mercedes gekonnt in eine Lücke auf dem Parkplatz des Cat and Fiddle. »Sind Sie dabei, es sich anders zu überlegen?«

»Allerdings. Aber nicht das hier.« Maddy lächelte ihn an. »Das haben wir uns beide verdient.«

Im Pub war es brechend voll, aber sie fanden einen Tisch in einem entlegenen Eckchen, so weit wie möglich von der Musikbox entfernt. Drew brachte Maddy einen doppelten Whisky.

»Meine Trinkgewohnheiten scheinen ja ein offenes Geheimnis zu sein.«

»Auf ihrer Party schien er Ihnen zu schmecken.« Drew kippte die Hälfte seines Biers in einem Zug herunter. »Maddy, wollen Sie mit mir ausgehen?«

Sie sah sich im Cat and Fiddle um. »Das tun wir doch gerade.«

»Ausgehen. Richtig. Zum Abendessen oder ins Theater oder ins Kino.«

»Ein Date?« Sie kicherte hinter ihrem Whisky. »Sie bitten mich um ein Date?«

»Ja, sieht so aus. Lachen Sie nicht.«

»Ich lache ja nicht. Nicht über Sie. Nur über die Idee. Ich habe seit Jahren kein Date mehr gehabt. Seit der Universität nicht mehr.«

»Aber Peter Knightley hat doch bestimmt …«

»Ausgeführt hat er mich eigentlich nie. Wir waren einfach zusammen. Er hat mich nie gefragt.«

»Und seitdem?«

»Niemand.« Maddy schüttelte den Kopf. »Ehrlich. Letztes Jahr habe ich mich nur für meine Firma engagiert, und keiner hat mich ausführen wollen – und wenn, dann wäre ich sowieso nicht mitgegangen.«

»Warum?« Drew hatte sein Glas geleert.

»Weil ich mir selbst beweisen musste, dass ich auch allein kann. Das war wichtig. Von zu Hause, wo meine Eltern hinter mir her waren, bin ich gleich ans College, um mich da schikanieren zu lassen, und dann direkt in die Beziehung mit Peter. Ich hatte nie die Chance, ich selbst zu sein.«

»Jetzt sind Sie's. Und Sie machen Ihre Sache verdammt gut. Also – werden Sie mit mir ausgehen?«

»Nein.«

Drew stand auf und griff nach den Gläsern. »Ich hole uns noch was. Wenn ich zurück bin, will ich Ihre Antwort hören.«

»Ich habe Ihnen doch gerade eine Antwort gegeben ...« Maddy hielt inne, als er sich über den Tisch zu ihr herabbeugte. »Drew, nicht ... nicht hier in ...«

Er küsste sie. Da die Gläser seine Hände okkupiert hatten, schien sein ganzes Körpergewicht auf seinen Lippen zu ruhen. Keiner von beiden schloss die Augen.

»Wenn ich zurück bin.« Er richtete sich wieder auf und schlängelte sich zur Bar durch. Maddy schluckte. Dieser Mann war absolut gefährlich. Sie sah sich verstohlen im Pub um, aber in dem dichten Zigarettennebel schien niemand bemerkt zu haben, dass Maddy Beckett soeben heftigst von einem verheirateten Mann attackiert worden war.

»Sie grinsen ja«, sagte sie vorwurfsvoll, als Drew sich wieder hinsetzte. »Und ist das hier noch ein Doppelter?«

»Ich grinse nicht, und es ein Doppelter. Also, wie lautet die Antwort?«

»Immer noch nein.«

»Warum? Weil ich verheiratet bin?«

»Genau. Mein Gott, Drew! Sie wissen genau, was Sie

hier mit mir treiben. Wenn wir zusammen ausgehen würden …«

»Ich gebe Ihnen mein Ehrenwort, dass der Abend nicht im Bett enden würde.«

Maddy starrte ihn an. Einen Abend mit ihm zu verbringen, wäre herrlich. Ihn am Ende des Abends allein zu lassen, wäre unmöglich …

»Maddy! Drew! Euch hab ich gesucht!« Kimberly ragte über dem Tisch auf. Maddy hörte Drew stöhnen und fragte sich, ob Kimberley es auch gehört hatte. »Die Versammlung war großartig, nicht?« Offensichtlich hatte sie nichts gehört. »Hoffen wir nur, dass wir die Kerle matt setzen können. Wen Bronwyn das mit den Maynards hinkriegt und du deine Beziehungen zu Diana und Gareth nutzen kannst, wette ich, dass wir Peter Knightley mit seinem verfluchten Golfplatz in die Flucht schlagen werden.«

Drew stand auf, um Kimberley seinen Stuhl anzubieten. Sie schüttelte den Kopf und lächelte mädchenhaft. Offensichtlich war sie immer noch verknallt in ihn.

»Nein, ich wollte nicht bleiben. Ich bin nur kurz rübergekommen, weil ich euch zu einer kleinen Feier einladen möchte. Oh, nicht so was Feudales, wie Diana und die anderen immer veranstalten. Das liegt mir nicht, das weißt du ja, Maddy. Nur ein kleines Barbecue. Wegen diesem verdammten Virus kann ich im Moment überhaupt nichts mit meinen Pferden machen, und alle anderen sind beschäftigt. Ich dachte, nächsten Mittwochabend … sofern es nicht regnet, natürlich.« Sie lachte laut. »Wenn es doch regnet, können wir uns alle in meiner Hütte aneinanderkauern. Passt euch das?«

Maddy sagte, dass es ihr sehr gut passen würde, und

Drew nickte zum Dank. Kimberly strahlte. »Super. Dann merke ich euch schon mal vor.«

Drew wartete, bis sie sich wieder einen Weg zu Barty und den anderen Trainern gebahnt hatte, die an die Bar gelehnt einen nach dem anderen kippten. Dann ergriff er Maddys Hände.

»Maddy Beckett, o holdes Fräulein dieser edlen Gemeinde, würde es Ihre jungfräuliche Tugendhaftigkeit verletzen, wenn ich Sie um die Gunst bäte, Sie zu Kimberleys Grillparty zu begleiten?«

»Und danach keine Bettgeschichten?«

»Mein Gott, Maddy, Sie haben's vielleicht raus, einen Mann in die Knie zu zwingen!« Drew grinste. »Aber gut, und danach keine Bettgeschichten.«

»Dann wäre es mir ein Vergnügen.«

Drew brachte das Auto vor ihrem Cottage zum Stehen. Kein Licht brannte. Es goss auch nicht mehr in Strömen, aber ein nebelverhangener Sprühregen hatte eingesetzt. Maddy drehte sich zu ihm um. »Danke. Es war ein schöner Abend. Und ich hoffe wirklich, dass wir den Golfplatz verhindern können.«

»Das hoffe ich auch, obwohl es mich überrascht, dass Peter nicht aufgetaucht ist.«

»Mich nicht. Peter hasst jede Konfrontation. Er wird im Hintergrund wirken – Leute schmieren und diverse Geschenke machen. Es wäre ihm sehr peinlich gewesen, sich vom ganzen Dorf anbellen zu lassen wie von einem Rudel Wölfe.«

»Ganz zu schweigen von der Truppe aus Twyford Down und Bath, und erst von dem Klammeraffen aus Newbury, der so gern Bäume umarmt!«

Beide mussten lachen. Dann hielt Drew inne. »Also ist Ihr Kampf gegen den Golfplatz keine persönliche Sache?«

»Nein. Ganz egal, wer dahinter steht, ich hätte in jedem Fall etwas unternommen. In gewisser Weise ist es sogar schwieriger, dass Peter und Stacey davon betroffen sind. Und wie steht's bei ihnen?«

»Eine zutiefst persönliche Sache.«

»Das dachte ich mir.« Maddy machte die Tür auf und stieg aus dem Auto. »Jetzt kommen Sie schon.«

»Was?« Drew musste sich ducken, um Maddy sehen zu können. »Ich lade Sie zu einem Kaffee ein. So läuft das doch, oder?«

»Was weiß denn ich?« Er schlug die Autotür zu. »Ich bin in diesen Dingen genauso eingerostet wie Sie. Wenn man in meiner Jugend zu einem Kaffee ins Haus gebeten wurde, war das eine Drei-Sterne-Einladung, so weit ich mich erinnere.«

»Nun, jetzt sind wir nicht mehr jung, und hier ist auch nicht die lüsterne Wildnis von Jersey. Außerdem waren Sie sowieso schon mal auf einen Kaffee bei mir. Und sollten Sie einen Fauxpas begehen, werde ich die Nachbarn zu Hilfe rufen.«

»Die Nachbarn bin ich.«

Maddy schloss lächelnd die Tür auf. »Stimmt. Dann werde ich wohl nicht sehr laut schreien müssen. Gehen Sie ruhig schon ins Wohnzimmer. Ich bin sofort fertig.«

Als sie die Kaffeetassen hereinbrachte, hockte Drew zwischen zwei riesigen Wäschestapeln auf dem Sofa.

»Ach, du liebe Zeit! Tut mir Leid!« Sie stellte die Tassen auf den Boden und raffte die Sachen zusammen. »Weg mit dem Zeug.«

Sie machte es sich neben Drew auf dem Sofa bequem.

Das sanfte Licht der Stehlampe verbreitete eine sehr intime Atmosphäre. Doch wie üblich dauerte auch dieser Moment kaum eine Millisekunde. Die Tür flog auf, und Suzy – mit einem T-Shirt am Leib, auf dem »Luke Delaney reitet nur Winner – Ich bin ein Winner«, prangte – stand vor ihnen. »Dachte ich mir doch, dass ich euch gehört hatte! Hallo, Drew. Störe ich bei irgendwas?«

»Nur beim Kaffee, leider. Ihre Frisur ist schön.«

»Danke. Das habe ich in Newmarket machen lassen. Von meinem Gewinn. Wie findest du's, Mad?«

Maddy betrachtete den weißblonden, kurz geschnittenen Schopf, der Suzys Elfengesicht sanft umrandete.

»Es sieht hübsch aus – besser als die Stachel –, und die Farbe gefällt mir gut. Wie viele Flaschen Bleichmittel waren denn nötig?«

»Oh, massenweise. Luke findet, dass ich damit sexy aussehe.«

»Luke würde bei allem finden, dass du damit sexy aussiehst. Wo ist er denn eigentlich? Ist er im ... äh... Schlafzimmer?«

»Nein, leider. Er ist noch in Newmarket. Ich bin seit einer Stunde zurück.«

»Und hast wahrscheinlich gerade eine Stunde lang am Telefon gehangen ...«

»Woher weißt du das? Aber eigentlich bin ich nicht reingeplatzt, um dir dein Liebesleben zu vermasseln. Ich wollte dir nur das hier geben. Es lag auf der Fußmatte, als ich kam. Ich dachte, es könnte wichtig sein.« Zögernd nahm Maddy den Umschlag entgegen. »Maddy – Dringend«, war in dicker, schwarzer Schrift darauf gekritzelt. Sie sah Drew an.

»Es ist von Peter.«

10. Kapitel

»Ach, du dicke Scheiße, Mad.« Suzy verzog das Gesicht. »Ich wusste nicht, dass es von Pete the Perv war, sonst hätte ich es dir gar nicht gegeben – nicht solange Drew hier ist.«

»Ist schon okay.« Maddy riss den teuren Umschlag auf. »Drew und ich haben keine Geheimnisse voreinander. Jedenfalls kaum welche.« Sie überflog das Blatt Papier und reichte es Drew.

»Und?« Suzy hopste von einem Fuß auf den anderen.

»Er sagt, dass er mit mir reden will. Wegen dem Golfplatz. Dringend.«

»Und das ist alles?« Suzy rümpfte die Nase. »Was für ein armer Irrer. Warum kann er nicht anrufen wie jeder normale Mensch – und was glaubt er eigentlich, was du machen kannst?«

»Was weiß denn ich?« Maddy nahm Drew das Papier wieder ab und zerknüllte es. »Wahrscheinlich wird er seine Um-der-alten-Zeiten-willen-Platte wieder auflegen.«

»Dann werden Sie ihn kontaktieren?« Drew nahm seine Kaffeetasse hoch.

»Kommt gar nicht in Frage. Ich stehe klar auf Bronwyns und Bernies Seite.«

»Und Peanuts.«

Suzy schüttelte den Kopf. »Ihr seid ja einer verrückter als der andere! Das muss der beginnende Altersschwachsinn sein. Wer zum Teufel ist Peanuts?«

»Fran fand ihn toll.«

»Fand sie nicht«, verbesserte Drew. »Fran fand Sandra toll.«

»Meine Güte!« Suzy drehte sich in der Tür um und stellte dabei die blauen Flecken zur Schau, von denen ihr Oberschenkel übersät war und die verdächtig nach Fingerabdrücken aussahen. »Ich gehe ins Bett, und wenn ich Albträume kriege, dann seid ihr Schuld.«

Während Suzy im Badezimmer herumfuhrwerkte, nahm Drew den zerknüllten Briefbogen wieder in die Hand. »Wollen Sie wirklich nicht mit reden?«

»Natürlich nicht. Das ist wieder typisch Peter, auf diese Weise an mich heranzutreten. Er glaubt, dass er mich immer noch so weich klopfen kann wie früher. Aber da hat er sich getäuscht. Außerdem sehe ich sowieso nicht, welchen Einfluss ich groß ausüben soll. Wenn er Diana und Gareth in der Hand hat, warum zum Teufel braucht er dann noch mich?«

»Weil Sie im Dorf beliebt sind.« Drew sah ihr forschend ins Gesicht. »Weil die Leute Ihnen zuhören. Sie gehören viel mehr zu denen als die James-Jordans. Wenn Sie sagen würden, dass der Golfplatz eine gute Sache ist, würde man auf Sie hören.«

»Ach, Quatsch. Kein Mensch hört auf mich.«

»Unterschätzen Sie sich nicht, Maddy. Weil Sie freundlich und nett zu den Leuten sind und zuhören, hört man Ihnen auch zu. Peter weiß das wahrscheinlich selbst am besten. Er ist ja nicht dumm. Er weiß, dass Sie sehr wichtig sein könnten.«

Drew stand auf. »Ich gehe jetzt lieber. Um fünf klingelt mein Wecker, und er hat langsam genug davon, ständig gegen die Wand geknallt zu werden. Außerdem war das doch Teil unserer Abmachung, oder? Kaffee und getrennte Betten …«

Maddy begleitete Drew die paar Schritte durch den Flur. Nicht um sich in der Eingangstür romantisch an ihn zu schmiegen, sagte sich Maddy, sondern wegen des festgeklemmten Türvorlegers.

In Suzys Zimmer war noch Licht an. AC/DC war Michael Bolton gewichen. Suzy war ernsthaft verliebt.

»Und?« Drew drehte sich zu Maddy um. »Dann haben Sie also einen Abend in meiner Begleitung überlebt, ohne dass Ihnen das Dorf HURE auf die Stirn tätowiert. Herzlichen Glückwunsch.«

»Es war ein schöner Abend. Ein *sehr* schöner.« Maddy sah in seine weit geöffneten, goldbraunen Augen. »Gute Nacht, Drew.«

»Gute Nacht, Maddy.«

Er küsste sie zurückhaltend auf die Stirn, schlug den Jackenkragen hoch und eilte durch den stürmischen Wind zu seinem Mercedes. Maddy sah ihm nach, bis die Rücklichter sich in der Auffahrt von Peapods verloren, dann schloss sie mit verträumtem Blick die Tür.

*

Das Klingeln des Telefons riss sie aus einem merkwürdigen Traum, in dem sie und Kimberley in einer Einöde Golfschläger wie Speere auf Fran und Bernie Pugh schleuderten. Sie öffnete kurz die Augen, registrierte, dass es gerade erst hell geworden war, und kuschelte sich zufrieden wieder unter ihre Daunendecke.

»Für dich.« Suzy kickte die Tür mit ihrem Reitstiefel auf.

»Drew.«

»Oh, Gott.« Maddy richtete sich blinzelnd auf und fuhr mit den Fingern durch ihr Haar. »Wie viel Uhr ist es denn?«

»Halb sechs.« Suzy mampfte ein Schinkensandwich. »Ich bin auf dem Weg zur Arbeit – und deine Haare kannst du ruhig erst mal in Ruhe lassen, Mad.«

Während sie stolpernd aus dem Bett stieg, zog sie das Nachthemd herunter, das Suzy ihr letztes Jahr zu Weihnachten geschenkt hatte. Auf der Vorderseite war ein lüstern dreinschauendes Kaninchen abgebildet, und am Saum prangten in Pink die Worte: »Midnight Swinger«. Maddy hob den Hörer vom Boden auf.

»Drew? Was ist denn passiert?«

»Nichts.« Seine Stimme ging ihr durch Mark und Bein.»Ich wollte mich nur verabschieden.«

Ihr Herz hörte auf zu schlagen. Ihr war schlecht.

»Maddy? Sind Sie noch dran? Ich breche in etwa einer Stunde nach Jersey auf. Ich wollte, dass Sie das wissen.«

Sie schüttelte den Kopf. Das war noch schrecklicher als ihr Albtraum mit den Speeren.

»Gestern Abend hatte ich eine Nachricht auf meinem Anrufbeantworter«, fuhr Drew fort, ohne dass ihm ihr Entsetzen auffiel. »Ich muss sofort zurück.«

»Aber Sie können doch nicht …«

»Ich muss! Es ist phantastisch! Maddy, was ist los?«

»Nichts. Werden Sie Peapods verkaufen?«

»Was?« Er lachte. »Maddy, ich werde mich ein paar Tage lang mit einer meiner Pferdebesitzer zusammensetzen. Ich wollte nur nicht, dass Sie denken, ich würde Ihnen aus dem Weg gehen – ich weiß, was für ein Gefühl das ist.«

Maddy bekam die ironische Spitze nicht mit, so sehr klammerte sie sich an das »ein paar Tage lang«. »Dann kommen Sie wieder zurück?«

»Natürlich komme ich zurück. Wahrscheinlich schon übermorgen, wenn alles gut geht. Kit Pedersen hat ein Pferd, das er beim Rennen in Epsom dabeihaben will. Er will, dass ich es mit nach Milton St. John nehme. Natürlich werde ich es beim Derby noch nicht melden, wahrscheinlich erst beim Großen Preis von Woodcote, aber es wird auf jeden Fall mein erstes Rennpferd in dieser Saison und in Epsom sein.«

»Oh, Drew, das ist ja wirklich phantastisch!«

»Zu Kimberleys Grillparty bin ich wieder zurück, wenn es irgendwie geht. Wenn nicht, müssen wir ein anderes Date ausmachen.«

»Und ... Caroline, kommt sie mit Ihnen zurück?«

Es folgte ein Schweigen. Dann hörte sie ihn seufzten. »Ich weiß es ehrlich gesagt nicht. Bisher dachte ich, sie würde frühestens Mitte Juni zurückkommen. Maddy, ich muss los. Ich muss nach Southampton fahren. Ich rufe heute Abend noch mal an.«

»Drew ... »Sie schluckte. »Pass auf dich auf.«

»Du auch.«

Sie legte den Hörer auf. Sie vermisste ihn jetzt schon.

Der Vormittag schleppte sich dahin. Maddy hatte so viele matschige Fußspuren von Parkettböden gewischt, dass die traurige Neuigkeit geradezu im Schlamm untergegangen war. Sie hatte keine Lust, zum Mittagessen nach Hause zu fahren. Sie hatte nicht den geringsten Appetit. Wenn Suzy nicht da wäre, würde sie ihr später das Michael-Bolton-Band stibitzen.

Der Regen hatte aufgehört. Es wehte ein frischer Wind, und die Pfützen dampften in der Sonne, die jetzt kräftig vom Himmel schien. Entschlossen, in den sauren Apfel zu beißen, steuerte Maddy mit ihrem Rad auf Dianas und Gareths' Hof zu. Als sie fast vor dem Tunnel aus Fliederbäumen angelangt war, kam ein weißer Porsche aus der Einfahrt geschossen. Maddy schwankte. Das Auto hielt quietschend an.

»Maddy! Maddy! Warte doch mal!«

Das Auto setzte zurück, bis es wieder auf ihrer Höhe war, und Maddy spürte, wie der Ärger in ihr hochstieg, als Stacey ihr strahlendes Gesicht aus dem Fenster streckte. »Tut mir Leid, wenn ich dich erschreckt habe. Ich fahre immer zu schnell. Ich war gerade auf dem Weg zu dir.«

»Warum?«

»Wir sind doch gestern Abend bei dir gewesen. Peter hat dir eine Nachricht dagelassen. Er hat damit gerechnet, dass du ihn sofort zurückrufst.«

»Ich wüsste nicht warum.« Maddy fühlte sich in ihrer Second-Hand-Jacke samt Leggins, das Haar mit einem Kopftuch zurückgebunden, zwanzig Jahre älter und fünfzig Kilo schwerer als die affige Heuschrecke in ihrer hautengen Jeans und der eleganten Seidenbluse.

»Es geht um den Golfplatz.« Stacey zog einen Schmollmund. »Peter war ja *so* enttäuscht, dass du zu dieser Versammlung gegangen bist.«

»Mein Gott, Stacey! Was Peter tut oder denkt, interessiert mich nicht im Geringsten.«

»Aber das ist doch albern. Ich meine, was wollen so ein paar alte Tanten schon dagegen unternehmen? Und warum eigentlich? Durch den Golfplatz wird es mehr Arbeitsplätze geben und mehr Geld und …« Offensichtlich hatte Stacey eine kräftige Dosis knightler'scher Argumente verabreicht bekommen.

»Tut mir Leid«, unterbrach Maddy sie, »aber da kann ich dir nicht zustimmen. Ich weiß, dass Peter und dein Vater drauf und dran sind, einen Haufen Geld in diesen Golfplatz zu stecken, aber Milton St. John braucht ihn nicht. Meine Güte, um uns herum wimmelt es nur so von Golfplätzen! Sag Peter, dass ich mich nicht auf die andere Seite schlagen werde, und dass ich in Zukunft nur noch von ihm hören möchte, wenn er ein Angebot von *Die Feen* haben will.«

»Ich glaube, du bist eifersüchtig.« Stacey klimperte mit ihren falschen Wimpern. »Du tust das aus reiner Boshaftigkeit, weil Peter mich dir vorgezogen hat. Ich bin nicht nachtragend, Maddy, aber du scheinst nicht akzeptieren zu können, dass er dich meinetwegen verlassen hat. Ich habe Peter gesagt, dass du es nicht ertragen kannst, uns zusammen zu sehen. Besonders jetzt, wo wir den Manor gekauft haben. Was hast *du* dagegen schon? Ein kleines Cottage, das dir noch nicht einmal gehört, und keinen Mann. Ich kann es dir nicht mal zum Vorwurf machen, dass du eifersüchtig bist.«

Maddy hatte noch nie in ihrem Leben jemanden geschlagen – hatte niemals auch nur im Entferntesten den Wunsch verspürt, im Zorn die Hand zu erheben –, aber in diesem Moment hätte sie Stacey gern mit einer Blutrünstigkeit den Kopf vom Hals gerissen, die sogar Quentin Tarantino schockiert hätte.

»Deine gönnerhafte Tour kannst du dir sparen, du dumme Kuh!« Sie umklammerte die Lenkstange so fest, dass ihre Fingerknöchel weiß durchschimmerten. »Du liebe Zeit, ich bin doch nicht eifersüchtig auf dich! Das mit Peter und mir war schon längst gelaufen – aus und vorbei –, als du angefangen hast, mit deinen schmalen Kinderhüften und deinem platten Busen um ihn herumzuscharwenzeln! Eifersüchtig? Das soll ja wohl ein Witz sein! Im Gegenteil – ich habe aufrichtiges Mitleid mit dir. Du und Peter, ihr habt euch gegenseitig verdient. Und ich hoffe …« – sie starrte zornig ins Auto – »… dass du ihm das auch sagst. Du kannst ihm auch sagen, dass er mich nicht mehr belästigen soll, es sei denn, es geht um meine Arbeit. Und da du ja wahrscheinlich inzwischen selbst herausgefunden hast, dass er im Bett ein Versager ist, kannst du ihm das auch gleich sagen. Auf Wiedersehen.«

Es war nicht gerade ein würdevoller Abgang, auf einem abgenutzten Fahrrad davonzueiern, aber Maddy war stolz auf sich. Sie schäumte noch derart vor Wut, als sie in die Zufahrt der James-Jordans einbog, dass sie gar nicht sah, wie Richard auf sie zukam.

»Mein Gott, Maddy!« Richard konnte ihr gerade noch aus dem Weg springen. »Dass Luke Delaney versucht, mir meine Zukunft kaputtzumachen, ist schon schlimm genug – da brauchst du nicht auch noch zu kommen und mir die Beine zu brechen!«

»Es tut mir Leid.« Sie ließ das Fahrrad fallen. »Ich war nicht bei der Sache. Ich hatte gerade eine kleine Brüllarie mit Stacey.«

»Auf der Straße?« Richard klang überrascht. »Das ist doch sonst nicht deine Art. Fran tut so was, aber du doch nicht.«

»Ich habe keinen Augenblick nachgedacht. Sie hat mich einfach aufgeregt. Es ging um den Golfplatz. Sie hat gesagt, ich wäre dagegen, weil ich eifersüchtig auf sie und Peter wäre.«

»Und das bist du nicht?«

»Natürlich nicht, verdammt noch mal! Jetzt fang du nicht auch noch an …« Gerade noch rechtzeitig sah sie, dass Richard lachte, und sofort musste sie auch grinsen. »Hör auf, mich zu ärgern, bloß weil Suzy mit Luke Delaney geht.«

»Hauptsächlich *liegt*, nach dem, was ich so gehört habe.«

Maddy hievte ihr Fahrrad wieder hoch und lehnte es an die Stallwand. »Jedenfalls hat mich Stacey genau in die richtige Laune versetzt, Diana wegen Goddards Spinney anzuschreien. Ist sie da?«

»Ich habe sie noch nicht gesehen. Gareth ist irgendwo auf dem Hof. Wir haben mit Saratoga Sun trainiert. Dazu bin ich immer noch gut genug, während Luke in Newmarket anderweitig beschäftigt ist.«

»Oh, Richard!« Maddy hatte sofort Mitleid mit ihm. »Das ist wirklich eine beschissene Situation. Aber vielleicht ändert sich ja noch etwas. Es ist doch noch Zeit.«

»Ich habe nicht die geringste Hoffnung mehr.« Richard zuckte die Achseln. »Ich bin gut genug, um Saratoga im gesamten Training zu reiten. Gut genug, ihn als Zweijährigen zum Sieg zu führen. Gut genug, mich um ihn zu kümmern, als wäre er mein eigenes Baby. Aber sobald das Derby kommt, wird Luke ihn besteigen.«

So viel Verbitterung ließ Maddy zusammenzucken. Richards sonst so heiteres Gesicht war vom Zorn gezeichnet, und er hatte dunkle Ringe unter den Augen. Sie wünschte, sie hätte etwas für ihn tun können.

»Ich werde mich für dich einsetzen, das weißt du.«

»Das ist totale Zeitverschwendung. Gareth würde sich

ja vielleicht noch überzeugen lassen, aber er hat ja auch nicht seinen Spaß mit Mitchell D'Arcy ...«

»Weiß er eigentlich nichts davon?«

»Er weiß nie etwas von Dianas Männern – und selbst wenn er's wüsste, was könnte er schon tun? Diana gehört der Hof. Ach, was soll's, Maddy. Aber du wirst ihm doch nichts sagen, oder?«

»Natürlich nicht – aus demselben Grund wie du. Er ist ein netter Mann, und es würde ihn sehr verletzen. Ich dachte anfangs, dass ich es vielleicht ausnutzen könnte, aber ich glaube nicht, das das eine Lösung wäre.« Sie sah Richard an. »Auf wem sollst du denn das Derby reiten?«

»Jefferson Jet. Er ist ganz gut, aber an Saratoga kommt er nicht im Entferntesten heran. Ich würde dieses Jahr einfach so gern gewinnen! Dann könnten Fran und ich es uns leisten, noch ein Kind zu bekommen. Sie sagt, dass es nicht eilt, aber sie ist siebenunddreißig. Wir können wirklich nicht länger warten ... Ach, das Leben ist einfach Mist.«

Maddy sah zu, wie er in sein Auto stieg, und kam sich ganz hilflos vor. Richard hatte wahrscheinlich Recht. Das Leben war Mist. Sie war in einen verheirateten Mann verliebt, Dianas Ausschweifungen waren der Grund, warum ihren besten Freunden das Leben ruiniert wurde, Peter Knightley hatte sich in den Kopf gesetzt, das Dorf zu zerstückeln; und die affige Heuschrecke hatte Mitleid mit ihr. Herrgott noch mal!

»Hallo, Maddy.« Gareth kam um die Ecke geschlendert. »Warum runzelst du so die Stirn?«

»Ich denke gerade über den Sinn des Lebens nach.«

»Oje. Klingt so, als wäre das viel zu tiefsinnig für

mich.« Gareth schob sich den Schlapphut aus der Stirn. »Kann ich helfen?«

»Das glaube ich kaum. Es sei denn, du nimmst Luke aus dem Rennen und lässt Richard beim Derby auf Saratoga reiten.«

»Nichts zu machen, Maddy. Tut mir Leid. Mitchell ist unnachgiebig. Es muss Luke Delaney sein. Er ist wirklich ein Arschloch. Richard ist ein verdammt guter Jockey. Ich wäre mehr als glücklich, wenn er Saratoga reiten könnte. Ich habe keinerlei Zweifel an seinem Können. Aber außer den Arabern ist Mitchell D'Arcy einfach der reichste Pferdebesitzer. Diana wird nicht das Risiko eingehen, ihn zu verlieren.«

Und das in vielerlei Hinsicht, dachte Maddy verdrießlich. »Ist Diana da? Ich muss trotzdem mit ihr reden – na ja, mit euch beiden, aber ich fange lieber mit Diana an.«

»Wie die meisten Leute.« Er zuckte die Achseln. »Verdammter Nachteil, eine bankrotte Familie zu haben und vollständig auf die eigene Frau angewiesen zu sein. Ein Glück, dass wir so eine gute Ehe führen. Ich weiß überhaupt nicht, was ich ohne sie tun würde.«

Maddy lächelte zaghaft. »Kann ich mit ihr reden?«

»Du musst sie suchen. Ich bin gerade erst mit Richard von den Trainingsbahnen zurückgekommen. Ihr Auto steht draußen, irgendwo wird sie schon sein. Sieh dich einfach ein bisschen um. Ich gehe jetzt ins Cat and Fiddle, um mir ordentlich einen zu genehmigen.«

Maddy wartete, bis Gareth davongeschlendert war, trat dann zu der messingbeschlagenen Tür und zog an der Klingel. Als keine Reaktion folgte, machte sie einen Schritt in den Flur. »Diana?« Stille. Nur das Ticken der alten Standuhr. Maddy rief noch einmal Dianas Namen.

Das Haus war leer. »Verdammt!« Gerade jetzt, wo sie sich überwunden und all ihren Mut zusammengenommen hatte …

Sie seufzte. Staceys Worte wurmten sie immer noch. Ihr war wirklich nach einer handfesten Auseinandersetzung zu Mute. Vielleicht war Diana ja im Büro.

Im Flur zog Maddy ihre Turnschuhe aus – warum sollte sie dafür sorgen, dass sie am Dienstag noch mehr Arbeit hatte? – und lief die gewundene Treppe hoch. Dianas Büro lag versteckt am Ende der Galerie. Ihre Bürotür war ziemlich oft abgeschlossen, und als Maddy wegen des Putzens nachgefragt hatte, hieß es, dass sie sich nicht darum kümmern sollte, Diana würde selbst kurz mit dem Staubtuch durchgehen, wenn es mal nötig sei. Maddy und Fran vermuteten, dass Diana eine Auswahl von Fotos der Chippendales in ihren Aktenschränken versteckt hatte.

»Diana? Bist du hier oben?« Immer noch keine Antwort. Sie wollte gerade umkehren, als ein leises Geräusch sie innehalten ließ. Jemand war im Büro.

»Prima. Dann werde ich mich also doch in die Höhle der Löwin wagen – sofern sie überhaupt die Tür aufmacht.« Aber es war nicht abgeschlossen. Lautlos ließ sich der Griff umdrehen, und die Tür schwang auf gut geölten Angeln auf. Maddy fiel die Kinnlade herunter.

Sie hätten diesen Hintern überall wiedererkannt. Schlank, mit straffen Muskeln, und dann gleich über dem Steißbein der sternförmige Leberfleck. Sie hatte ihn etliche Male gesehen. Genauso wie den restlichen karamellbraunen Körper – die gleichmäßige Färbung schrie förmlich »Sonnenbank!« Sie erkannte sogar die athletischen Stöße wieder.

Was sie nicht wiedererkannte, war Diana. Mit gespreizten Armen und Beinen lag sie unter Peter auf dem Bürotisch und war splitterfasernackt, bis auf ein Paar Reitstiefel. Sie hatte ein Muttermal auf dem Oberschenkel, und ihre Augen waren fest geschlossen. Im Rhythmus der Stöße wurde ihr Kopf von einer Seite auf die andere geschleudert. Maddy wusste, dass sie simulierte.

Während sie den Raum wieder verließ und die Tür genauso leise hinter sich schloss, wie sie sie geöffnet hatte, biss sie sich auf die Lippen. Schamesröte bedeckte sie überall, und der erste klare Gedanke, den sie fassen konnte, galt Gareth. An Stacey verschwendete sie keinen einzigen Gedanken. Stacey hatte es verdient.

Maddy holte tief Luft und lehnte sich an die Leinentapete. Es war so, als hätte sie vier Asse in der Hand – das Dumme war nur, dass sie keine Ahnung hatte, wie sie sie ausspielen sollte. Wenn sie das nette, wohlerzogene Mädchen war, das ihre Mutter sich als Tochter wünschte, würde sie die Treppe hinabschleichen und nach Hause radeln und niemals ein Wort über die ganze Sache verlieren. Wenn sie ein hinterhältiges Miststück war, das Diana und Peter Knightley mit allen Mitteln dazu zwingen wollte, ihren Wünschen zu entsprechen, würde sie sich die Kamera schnappen, die zusammen mit ein paar Regenmänteln und Feldstechern im Flurschrank lag, die beiden fotografieren und anschließend genüsslich erpressen. Aber Maddy war weder das eine noch das andere.

Sie lächelte und machte die Tür wieder auf. Peter stieß immer noch zu. Diana hatte mit ihrer Heuchelei aufgehört und die Augen geöffnet.

»Raus!« Diana richtete sich so schnell auf, dass Peter beinahe vom Tisch gerutscht wäre. »Raus!«

Mit wildem Blick wandte sie sich zu Peter und brüllte:

»Ich habe dir doch gesagt, dass du die verdammte Tür abschließen sollst!«

Peter schnappte sich verwirrt einen Bogen Papier, um seine Blöße zu bedecken, und glotzte Maddy an.

»Mach dir meinetwegen keine Gedanken«, sagte sie ruhig. »Das habe ich alles schon gesehen.«

Diana zwängte sich hastig in ihren schlammfarbenen Rock und die cremefarbene Bluse, wobei sie ins Stolpern geriet. »Verpiss dich!«, kreischte sie. »Was zum Teufel machst du eigentlich hier?«

»Ich habe dich gesucht. Gareth riet mir, im Haus nachzusehen.«

»Gareth?«

»Dein Mann.« Maddy lächelte immer noch. »Erinnerst du dich?«

»Verdammt noch mal, natürlich weiß ich, wer Gareth ist! Ich meine, wo ist er? Er sollte eigentlich bei den Pferden sein.«

»War er auch. Ist er aber nicht mehr.« Maddy fragte sich, ob sie das Ganze noch weiter forcieren sollte, entschied sich aber dagegen. »Ich … äh … warte dann unten, in Ordnung?«

»Hau bloß ab!« Diana versuchte, sich die Reitstiefel von den Füßen zu schütteln. »Geh weg! Wie kannst du es wagen!« Peter, der seine Hose auf links angezogen hatte, wich Maddys Blicken aus. Sie lächelte. »Es tut mir Leid, dass ich euch gestört habe. Das kam ja offensichtlich sehr ungelegen. Ich komme später noch mal.« Dann kehrte sie den beiden aufgelösten Gesichtern den Rücken und schloss leise die Tür hinter sich.

Als sie die Treppe hinunterlief, wurde ihr entsetzlich übel. O Gott, sie musste sich übergeben, sie musste in den

Waschraum! Maddy presste beide Hände vor den Mund. Hoffentlich würde sie es noch schaffen.

Sie schaffte es. Gerade noch. Sie spritzte sich eiskaltes Wasser ins Gesicht und lehnte sich nach Luft schnappend zwischen den Bücher- und Flaschenregalen an die Wand. Peter und Diana … O Gott.

Mit zitternden Händen öffnete sie die Tür des Waschraums. Oben war nichts zu hören. Nie wieder konnte sie den beiden unter die Augen treten.

»Hi! Di, Schätzchen! Bist du zu Hause?«

Ein Schatten tauchte in der Wölbung der Eingangstür auf. Maddy wollte sich schnell wieder in den Waschraum zurückziehen, aber es war schon zu spät. Der Schatten trat in den Flur und wurde Wirklichkeit.

»Hi. Ich bin Mitchell D'Arcy. Der Besitzer von Saratoga Sun – aber das wissen Sie ja vielleicht. Gehören Sie zum Personal?«

»Ich bin … äh … die Putzfrau …«, stieß Maddy hervor, während sie die ausgestreckte Hand schüttelte. »Maddy Beckett.«

Mitchell D'Arcy hob ihre Hand an seine Lippen und küsste sie. Maddy hoffte inständig, dass sie nicht nach Erbrochenem roch.

»Freut mich, Sie kennen zu lernen. Ist Di zu Hause?«

»Nein …ja … ich weiß es nicht genau. Erwartet sie Sie?«

»Nein.« Mitchell D'Arcys Lächeln war der Inbegriff kosmetischer Zahnmedizin. Ich dachte, ich mache einen Überraschungsbesuch.«

»Oh, da wird sie sich bestimmt freuen.« Maddy fragte sich, wie viele Überraschungsbesuche Diana an diesem Nachmittag noch verkraften würde. »Das heißt, wenn sie da wäre … was sie nicht ist, glaube ich.«

Mitchell D'Arcy nickte. Er sah aus wie ein Dandy. Alles an ihm glitzerte: die ungewöhnlich weißen Zähne, die schweren Goldornamente auf seiner Krawatte und an den Manschetten, die klobigen Armbänder an beiden Handgelenken.

Maddy trat einen Schritt zurück. »Ich geh dann mal.«

»Hören Sie mal, Süße ...« Mitchell D'Arcy hatte die Stimme eines amerikanischen Diskjockeys. »Könnten Sie nicht mal schnell für mich nachsehen, ob sie da ist? Ich habe es etwas eilig, und wenn sie nicht zu Hause ist, mache ich mich lieber gleich wieder auf.«

»Ähm ... nun ja, Gareth ist im Dorf.« Maddy schluckte. »Ich meine, wenn Sie über Saratoga reden wollen. Ich bin sicher, er ist gleich zurück.«

Mitchell D'Arcy schüttelte mit strahlendem Lächeln den Kopf. »Nein, ich möchte nicht *Gareth* sehen, Marnie, Süße.«

»Maddy.« Sie merkte, wie sie trotzig wurde. »Dann gehe ich mal nachsehen, ob Di, äh, Diana oben ist, in Ordnung?«

»Ja, gern. Ich warte hier.«

Maddy ging langsam die Treppe hoch und hoffte nur, dass Diana und Peter inzwischen ihre Kleider sortiert hatten. In der Galerie kamen sie ihr entgegen.

»Raus hier«, knurrte Diana. »Hör auf, in meinem Haus herumzuschleichen. Geh nach Hause. Sofort!«

Peter grinste verlegen.

»Mitchell D'Arcy ist unten.« Maddy sah auf Dianas Füße. Die Reitstiefel waren edlen italienischen Schuhen aus weichem Leder gewichen. »Er glaubt, dass ich zum Personal gehöre. Er hat mich losgeschickt, um dich zu suchen.«

»Herrgott noch mal!« Diana fummelte an ihren Haaren herum.

»Was hast du ihm gesagt?«

»Natürlich nichts. Was soll ich ihm denn sagen?«

»Nichts.« Dianas Mund klappte auf und zu wie eine wild gewordene Mausefalle. »Ich rede mit ihm.«

Maddy drehte sich auf dem Absatz um und marschierte mit Diana und Peter im Schlepptau wieder die Treppe hinunter. Mitchell D'Arcy sah ein bisschen aus wie Rhett Butler, wie er so am Geländerpfosten lehnte.

»Da ist sie!«, sagte Maddy strahlend und mit schriller Stimme. »Sie ist doch zu Hause!«

»Di – mein Engel!« Mitchell D'Arcy zog Diana an seine Gaultierjacke. »Ich dachte schon, ich hätte dich verpasst.«

»Ich war nur gerade dabei ... äh ..., mit Mr. Knightley über ein paar Dorfangelegenheiten zu reden.« Diana deutete auf Peter. »Darf ich vorstellen: Mr. Knightley, er wohnt im Manor und ist an einem Projekt beteiligt, das ich unterstütze.«

Peter und Mitchell D'Arcy schüttelten sich die Hände. Maddy lächelte Diana lieb an. »Du bist so beschäftigt, Diana, da kann unsere kleine Unterhaltung ruhig warten. Aber ich komme bestimmt bald wieder. Auf Wiedersehen, Mr. D'Arcy, Peter ...«

Diana und Peter starrten sie zornig an. Mitchell D'Arcy strahlte. »Auf Wiedersehen, Marnie. Hat mich gefreut, Sie kennen zu lernen.«

Während Maddy ihr Fahrrad vom Stallgebäude wegschob, summte sie vergnügt. Es war ein Stück von Suzys Michael-Bolton-Kassette. Vielleicht war das Leben ja doch nicht solch ein Mist.

11. Kapitel

Kimberley rief an, um über die Grillparty zu reden, Fran kam auf einen Kaffee vorbei, Suzy ging ein und aus, aber Maddy erzählte niemandem von Peter und Diana. Die lieblose Paarungsszene hatte sie zutiefst erschüttert. Zu ihrem Dienstags-Termin bei Diana war sie erst nach langem Zögern aufgebrochen. Sie hatte schon überlegt, Jackie zu bitten, für sie einzuspringen, weil sie weder Diana noch Gareth unter die Augen treten wollte, aber glücklicherweise waren beide nicht zu Hause.

»Die sind nach Newmarket gefahren«, hatte Belinda, die Sekretärin, ihr gesagt. »Soweit ich weiß, wollten sie ein bisschen herumspionieren. Das Pferd von Henry Cecil, das mit diesem unaussprechlichen Namen, scheint in Bezug auf das Derby eine echte Bedrohung zu sein, wenn man *Sporting Life* Glauben schenkt. Ich glaube, sie wollen sich vergewissern, dass Saratoga Sun immer noch die Nummer eins ist.«

Da Drew, mit dem sie hätte reden können, nicht da war, tigerte Maddy ziellos im Haus herum, nahm Dinge in die Hand, legte sie wieder hin und starrte endlos aus dem Fenster zu Peapods hinüber. Wenn Drew da gewesen wäre, hätte sie ihm von der Szene in Dianas Arbeitszimmer erzählt. Für ihn hätte sie es lustig klingen lassen, und sie hätten beide gelacht. Sie vermisste das Lachen. Das Lachen und Reden und Zusammensein. Sie seufzte.

Am Mittwoch, dem Tag von Kimberleys Grillparty, war Drew immer noch nicht zurück.

»Ich werde versuchen, bis morgen alles zu erledigen«, hatte er am Telefon gesagt. »Durch den Transport des Pferdes hat sich nur alles ein bisschen verzögert. Ich gebe mir alle Mühe, zu kommen, das weißt du.« Er hatte nicht gesagt, dass er sie vermisste, und sie hatte ihn nicht nach Caroline gefragt.

»Luke will auch versuchen, heute Abend mit zum Grillen zu kommen.« Suzy tanzte in ihrem Höschen durch den Flur. »Er reitet im letzten Rennen in Lingfield – genauso wie Richard. Er will fragen, ob die ihn im Hubschrauber mitnehmen können.«

»Richard wird ihn über der Autobahn rauschmeißen.« Maddy grinste. »Es gibt bestimmt eine sicherere Transportmöglichkeit für ihn.«

»Aber wenn er mit dem Auto fährt, ist er nie im Leben rechtzeitig hier. Es ist doch okay, wenn er hier übernachtet und morgen früh erst zurückfährt, oder?«

»Reitet er morgen auch?«

»Ja, in Brighton. Aber er kann zurückfliegen. Emilio ist es egal.«

Emilio Marquez war Lukes Trainer, der vor Stolz auf seinen Stalljockey beinahe platzte.

»Okay.« Maddy verschwand im Bad. »Aber wenn Luke heute Abend nicht auftaucht, wissen wir, was passiert ist. Dann kannst du gleich anfangen, die Grenze von Surrey nach seinen Einzelteilen abzusuchen.«

Sie schaffte es gerade noch, die Badezimmertür zu schließen, ehe Suzy ihren einzigen Föhn dagegen schleuderte.

Es war ein so herrlicher Abend, dass Maddy beschloss, zu Fuß zu Kimberley zu gehen. An der Ecke, wo die Hauptstraße zum still dahinplätschernden Fluss hinabführte, traf sie auf die Pughs.

»Hat es mit Diana und Gareth geklappt?« Bronwyn hatte einen so forschen Schritt, dass Maddy traben musste, um mitzuhalten. »Haben Sie die Sache schon angesprochen?«

»Nein. Ich hatte noch keine Gelegenheit.« Sie wurde rot. »Wie sieht's denn mit den Maynards aus?«

»Der alte Bert Maynard ist hinter dem Verkauf her wie der Teufel hinter der armen Seele«, knurrte Bronwyn. »Dieser blöde alte Kerl. Die haben ihm eine sechsstellige Summe für die Obstplantage geboten. Und da wir eigentlich nur noch französische Äpfel kaufen sollen, sind seine Einnahmen natürlich seit zwei Jahren quasi gleich null. Man kann ihm also keinen Vorwurf daraus machen. Seine Söhne sind sich allerdings nicht so sicher. Sie wollen die Plantage lieber behalten, weil sie ihr Erbe ist, und dort englische Äpfel für den englischen Markt anbauen. Ausnahmsweise scheint die jüngere Generation mal mehr Verstand zu haben als die ältere.«

»Aber Bert werden wir überzeugen müssen.« Bernie, der auf der anderen Seite neben Maddy hertrabte, warf verstohlene Blicke auf ihr Dekolleté Sie hatte ihren Schrank durchwühlt und eine Bluse gefunden, die in der Taille geknotet wurde. Sie hatte sie zu ihrer ausgebeulten schwarzen Hose angezogen. Ein Wonderbra hätte kaum mehr bewirkt. »Die Maynard-Jungs haben gesagt, dass sie zur nächsten Versammlung kommen wollen. Ich hoffe, wir haben keine Familienfehde ausgelöst.«

»Das hoffe ich doch«, Bronwyns Stimme klang leidenschaftlich. »Ich sehe schon, wie uns alles entgleitet. Vielleicht können Sie ja heute Abend mit Diana sprechen, Maddy.«

»Kommt sie etwa auch?« Maddy war entsetzt. Es war ihr gar nicht in den Sinn gekommen, dass Diana bei einer »Arme-Leute-Veranstaltung« wie einem Barbecue erscheinen könnte.

»Oh, normalerweise schon. Mitchell D'Irgendwas ist den Gerüchten zufolge ihr Hausgast. Gestern Abend hat sie ihn von Newmarket mitgebracht. Irgendwie wird sie ihn ja unterhalten müssen.«

O Gott, dachte Maddy, die im Geiste schon vor sich sah, welche Form von Unterhaltung Diana ihm bieten würde. Vielleicht würde sie ja mit Mitchell D'Arcy zu Hause bleiben und Gareth allein zur Grillparty schicken.

Sie bogen um die Ecke und gingen durch das Viehgitter am Ende von Kimberleys Zufahrt zum Haus. Überall standen Autos herum, und eine dünne Rauchfahne, die hinter dem Haus aufstieg, deutete darauf hin, dass die Grillparty schon in vollem Gange war. Barty Small, der seinen Schlapphut gegen einen Panamahut eingetauscht hatte, teilte von einer Tischplatte auf Böcken Getränke aus.

»Es gibt Obstbowle mit Gin, Obstbowle mit Wodka, Obstbowle mit Brandy, Obstbowle mit Rum«, zählte er auf, indem er auf vier riesige Kessel zeigte, die alle bis zum Rand mit Obstsalat gefüllt waren.

Sie entschieden sich für Rum, und Barty tauchte mit seiner schmuddeligen Hand drei Ovomaltine-Becher in den Kessel.

»Fran ist hier, Richard nicht.« Er zwinkerte Maddy zu. »Da werden noch die Fetzen fliegen, wenn der hier aufkreuzt, das sage ich Ihnen. Ich hab ihm extra ein bisschen

Gin zur Seite gestellt. Das wird ihn schön aufmöbeln. Dann kann er Diana und D'Arcy ja sagen, was Sache ist.«

»Halten Sie das für eine gute Idee?«

»Sehen Sie« – Barty beugte sich über die Kessel nach vorn – »ich habe immer gesagt, dass der Pferdebesitzer das letzte Wort hat. Das war schon immer so. Aber Fran arbeitet für mich, und es bricht mir das Herz, sie so verzweifelt zu sehen. Ich finde, zwischen Richard und Luke gibt's nicht viel zu wählen, und die friedliche Tour hat ja bis jetzt auch nichts genutzt, oder? Übrigens – ganz allein heute?«

»Nicht ganz.« Maddy lachte leise. »Ich bin mit vielen Leuten im Allgemeinem und mit niemand Bestimmtem hier.«

Zum Glück machte sich in der Schlange hinter ihr Unruhe breit, und Barty musste sich wieder seinen Kesseln widmen. Er fingerte an seinem Panamahut herum. »Vielleicht komme ich später nach.«

Maddy musste immer noch lächeln und ging schnell weg. Stand es wirklich so schlecht um sie, dass sie am Ende des Abends damit zu tun haben würde, Barty Small abzuwehren? Er war schon drei Mal verheiratet gewesen. Alle drei Frauen hatten als Scheidungsgrund Erschöpfung angegeben.

Die Pughs waren in der Menge verschwunden, und Maddy konnte sich noch nicht entschließen, es ihnen gleich zu tun. Sie atmete den Duft der Fliederbäume und der schattigen Kastanien ein, deren wächserne Kerzen sich dem strahlend blauen Himmel entgegenstreckten. Kimberleys Garten war der Inbegriff einer Landhausidylle – mit seinem Wirrwarr aus Blumen, hochragenden Bohnenstangen und von Geißblatt überwucherten Spalieren um die Wiese herum. Kimberley weigerte sich, einen Gärtner einzustellen, und abgesehen von den Pferden war der Garten ihre einzige Leidenschaft. Maddy liebte ihn.

Sie hätte ihre Freude so gern mit Drew geteilt! Irgendwie hatte es etwas Erotisches, wie sich der Duft nach gegrilltem Fleisch mit den parfümierten Gerüchen des Gartens vermischte.

Kimberley, die auf einem Hot Dog herumkaute, kam über die Wiese auf sie zu. Maddy lächelte. »Du siehst hübsch aus. Wie schön du dich zurechtgemacht hast!«

Kimberley hatte sich wirklich Mühe gegeben. Sie war eine großzügige und beliebte Gastgeberin, aber sie machte sich nur äußerst selten fein. Jetzt aber war sie kaum wiederzuerkennen in ihrer marineblauen Hose und dem langen, weißen Hemd. Das schulterlange Haar war passend dazu mit einem blau-weißen Tuch dekoriert.

»Danke. Ich dachte, es wäre mal wieder Zeit, mir etwas Gutes zu tun«, sagte sie. »Und du siehst auch toll aus. Da haben wir uns heute Abend ja beide richtig in Schale geworfen. Äh … bist du allein? Ist Drew nicht mitgekommen?«

Maddy schüttelte den Kopf. Kimberley hatte sich wahrscheinlich für Drew so zurechtgemacht. Genauso wie sie selbst. »Er hatte vor, heute im Laufe des Tages zurück zu sein. Aber da er ein Pferd mitbringen will, hat es wohl einige Verzögerungen gegeben.«

»Er wird einen Stalljockey engagieren müssen, es sei denn, er will freiberufliche Jockeys nehmen.« Kimberley schluckte den Rest ihres Hot Dogs herunter. »Für seine Springpferde wäre Charlie Somerset gar nicht so schlecht – jetzt, wo der alte Pettigrove in den Ruhestand geht. Das muss ich Drew mal sagen.«

»Ja, tu das.« Maddy hörte nicht richtig zu. Sie hatte gerade durch eine Lücke in den Rosenbüschen Peter und Stacey entdeckt. »Ich bin sicher, dass ihn das interessieren wird. Jetzt entschuldige mich bitte, Kimberley.«

»Ja, natürlich. Und, Maddy, wenn Drew noch auftaucht, sagst du ihm dann, dass er mal mit mir reden soll? Über Charlie Somerset natürlich.«

Arme Kimberley, dachte Maddy traurig. Sie war wie ein großes Kind, das sein Herz auf der Zunge trug. Maddy versteckte sich hinter dem Geißblatt. Peter hatte wieder seine cremefarbene Hose an. Sie hoffte, Drew würde noch kommen, dann konnten sie zusammen darüber lachen. Stacey hatte die blonden Löckchen wie ein Pudel hoch auf dem Kopf getürmt. Sie trug einen weißen Minirock und ein schwarzes Oberteil, das knapp unter ihrem nicht existierenden Busen endete. Maddy wollte keinem von beiden ins Gesicht sehen.

Mit eingezogenem Kopf schlich sie rund um die Wiese und gelangte durch eine Lücke im Bohnenspalier zum Grill. Mehrere Gäste sahen sie überrascht an, als sie plötzlich mit lauter Zweigen im Haar vor ihnen auftauchte.

»Hallo, Maddy!«, brüllte Brenda, die an jeder Hand ein lockiges Kind festhielt. »Haste 'n bisschen im Garten gearbeitet?«

»Ich hatte mich etwas verlaufen. Kümmerst du dich um das Essen?«

»Ich und Elaine«, antwortete Brenda strahlend und ließ die Kinder einen Moment los, um geschickt ein Dutzend Brötchen aufzuschneiden. »Was willste essen?«

»Oh, nichts, danke.« Von den überbackenen Zwiebeln

lief ihr das Wasser im Mund zusammen, aber das Risiko konnte sie nicht eingehen. »Ich hole mir später was. Anscheinend ist ja genug da.«

»Haufenweise«, sagte Brenda. »Du weißt doch, Kimberley ist nicht knauserig.«

Würstchen und Burger, Hühnerschenkel und Steaks, Lachs und Tunfischstücke brutzelten verlockend über den rot glühenden Kohlen, und auf drei Beistelltischen türmten sich Salate, Pickles und Brot. Maddy knurrte der Magen.

»Oh, sieh mal, da sind Peter und Stacey.« Brenda nickte mit wippender Dauerwelle über Maddys Schulter. »Die sind ja aufgetakelt wie 'ne ganze Fregatte, findest du nicht, Maddy? Ich hab gesagt …«

Aber Maddy, die sich langsam vorkam wie eine Statistin in einem Klamaukfilm, war schon wieder zwischen den Bohnenstangen verschwunden.

»Du lieber Himmel! Wo kommen Sie denn her?« Barty Small wäre vor Überraschung fast in den Obstbowle-mit-Gin-Kessel gefallen, als Maddy plötzlich aus den Staudenrabatten hinter ihm auftauchte. »Sie wollen sich doch nicht vordrängeln, oder?«

Sie schüttelte den Kopf. »Ich wusste gar nicht, dass Kimberleys Garten so ein Labyrinth ist. Zwischen den ganzen Blumenbeeten gibt es lauter kleine Wege!«

»Die alte Mrs. Weston, Kimberleys Mutter, hat sie angelegt.« Barty kippte diverse Ladungen Rumbowle in die Tom-und-Jerry-Becher, die ihm von Dianas Stallburschen entgegengestreckt wurden. »Die war ein richtiges Teufelsweib. Den einen Teil der Wege benutzte sie dazu, ihre Liebhaber ins Haus zu befördern, und den anderen, um vor ihren Gläubigern wegzulaufen.« Er wandte sich wieder den Knaben zu, die vor ihm standen. »Bitte schön, Jungs. Davon werdet ihr groß und stark. Obwohl ihr ja eigentlich nicht zu groß werden solltet, sonst verliert ihr euren Job.«

Er brüllte vor Lachen über seinen eigenen Witz, und die Menge vor dem Tisch kicherte mit. Anscheinend hatte er sich schon den ganzen Abend großzügig bedient, stellte Maddy fest, während sie sich nachschenken ließ. Die Bowle war sehr stark. Noch ein Becher, und sie würde in der Lage sein, es mit Diana aufzunehmen …

Diesmal nahm Maddy den konventionellen Weg zurück zur großen Wiese. Es war wirklich ein herrlicher Abend. Kein Windchen rührte sich, und die Sonne, die schon tief am Abendhimmel stand, war immer noch warm. Die vermischten Essens- und Blumendüfte reizten alle Sinne. Es schien, als wäre ganz Milton St. John auf Kimberleys Wiese zusammengekommen, um zu feiern. Maddy schlürfte durch einen Berg Obstsalat hindurch an ihrer Bowle. War sie mutig genug – oder gemein genug, um genau zu sein –, Diana wegen des Golfplatzes zu erpressen? Konnte sie ihr Wissen um die Affäre mit Peter tatsächlich nutzen, um Diana dazu zu bringen, es sich anders zu überlegen? Konnte sie überhaupt etwas tun, ohne Gareth zu verletzen? Sie wünschte sich Drew herbei. Drew hätte gewusst, was sie tun sollte.

»Maddy!« Fran schlängelte sich durch eine Menge Hamburger kauende Leute auf sie zu. »Ich habe dich schon überall gesucht. Du hast Richard auch noch nicht gesehen, oder?« Maddy schüttelte den Kopf. Fran grinste. »Ich war beim Buchmacher, um mir das letzte Rennen in Lingfield anzusehen. Richard hat gewonnen! Es war toll!«

»Richard gewinnt häufig ein Rennen.«

»Ja, aber diesmal hat er Luke Delaney in einem Fotofinish geschlagen. Man konnte richtig sehen, wie die beiden sich anknurrten. Gott sei Dank liegen heute Abend mindestens hundert Meilen zwischen ihnen. Was ist denn los, Maddy?«

»Luke wollte sich im Hubschrauber mit hierher nehmen lassen.«

»Im selben Hubschrauber wie Richard …?«

»Wahrscheinlich hat er es doch nicht gemacht«, sagte Maddy hoffnungsvoll. »Wenn die Stimmung zwischen den beiden so schlecht war, wird er ja wohl solch ein Risiko nicht eingehen, oder?«

»Wer weiß? Was steht auf eine Schlägerei im Hubschrauber?«

»Wahrscheinlich die Todesstrafe.«

»Na denn, prost Mahlzeit.«

Beide schwiegen für einen Moment.

»Du liebe Zeit! Ist das Suzy?« Fran riss die Augen auf. »Was um alles in der Welt hat sie da an?«

»Das nennt man Kleid.« Auch Maddy verrenkte sich den Hals.

»Ist Luke bei ihr?«

»Nein. Soweit ich sehe, nicht. Suzy trägt doch keine Kleider …«

»Jetzt, wo sie verliebt ist, anscheinend doch.« Maddy lächelte ihrer Schwester nachsichtig zu. Suzy trug ein rotweißes Tupfenkleid, das ihr gerade bis auf die Oberschenkel reichte. Dazu hatte sie ihre roten Doc Martens an. Mit dem frisch gebleichten Elfenhaar sah sie aus wie die junge Paula Yates.

Fran blinzelte in die helle Abendsonne. »Ich sehe alle

Leute mindestens doppelt. Was hat Kimberley nur in dieses Zeug getan?«

»Keine Ahnung.« Maddy nahm noch einen Schluck. »Aber ich hoffe inständig, dass es hilft, Hemmungen abzulegen. Bronwyn verlässt sich darauf, dass ich heute wegen Goddards Spinney mit Diana rede.«

Sie leerte ihren Becher in einem Zug und stülpte ihn über einen Gartenzwerg. Den würde sie später wieder abholen. Doch jetzt musste sie mit Diana reden, solange die Bowle ihr noch den Heldenmut durch die Adern pumpte.

»Drück mir die Daumen.«

»Ich würde ja mitkommen, um die Handtaschen festzuhalten«, sagte Fran, »aber ich habe Chloe und Tom bei Brendas und Elaines Kindern gelassen, und wahrscheinlich haben die sich schon gegenseitig die Bäuche aufgeschlitzt. Ich komme später nach.«

Maddy schlängelte sich durch die Dorfbewohner, die sich in verstreuten Grüppchen auf der Wiese ausgestreckt hatten. Durch die Bowle waren heute alle ausgesprochen freundlich zueinander. Maddy hoffte, dass Diana eine Gallone davon getrunken hatte, bis sie bei ihr angelangt war.

Plötzlich tauchte Richard zwischen den Lupinen auf, und Maddy seufzte erleichtert. Wenigstens war mit ihm alles in Ordnung. Sie winkte. »Fran ist dahinten bei den Kindern. Am Grill. Gratuliere zu deinem Sieg!«

Richard schob sich durch die Menge näher. Seine Lippen waren geschwollen, und er schien ein blaues Auge zu haben. Maddy sank das Herz in die Hose.

»Ich hasse ihn!«, brüllte Richard. »Luke Delaney ist ein Scheißkerl!«

»Hat *er* dir das angetan? Im Hubschrauber?« Maddy

geriet langsam in Panik. Wenn Luke derart zur Gewalt neigte, war Suzy bei ihm dann überhaupt in Sicherheit?

Richard schüttelte den Kopf. Es war ein herzzerreißender Anblick. »Ich wünschte, er wär's gewesen! Dann hätte ich das Arschloch verdreschen können. Nein, ich bin beim Aussteigen auf der Treppe gestolpert.«

Maddy war sehr erleichtert. »Warum bist du dann so wütend? Wenn er dich doch nicht geschlagen hat?«

»Er hat mir beim Aufstehen geholfen!«, explodierte Richard. »Und ich musste mich auch noch bedanken, verdammt noch mal!«

12. Kapitel

Die bacchantischen Festivitäten gingen weiter. Jeder umarmte jeden, und alle waren sich einig, dass es die schönste Party war, die Kimberley jemals gegeben hatte. Die Sonne, die über den Hügeln unterging, färbte den Himmel orange und rosarot. Drew kam nicht.

Maddy, die für einen Moment allein sein wollte, um diese schreckliche Einsicht zu verdauen, kroch um den Flieder herum und fand sich plötzlich Aug in Auge mit Diana wieder.

»Maddy! Liebes!« Dianas Lächeln reichte nicht bis zu ihren Augen. »Wie schön, dich zu sehen!«

Maddy stöhnte innerlich auf. Gareth sah an seiner Nase entlang zu ihr herab und grinste. Offensichtlich hatte er sich schon wieder mehr als einmal von der Bowle nachgeschenkt. Er hatte sich einen Fliederzweig ins Knopfloch gesteckt, der ihm bis dicht unters Ohr reichte. Mitchell D'Arcy, der mit seinem schweren Schmuck für einen so zwanglosen Anlass völlig overdressed war, runzelte kurz die Stirn und schenkte Maddy dann ein Lächeln, das der Traum aller Zahnpastawerbefachleute gewesen wäre.

»Marnie! Schön, Sie wiederzusehen!«

Maddys Erwiderung war nur ein Zucken.

Diana legte ihre eleganten, scharlachrot lackierten Finger auf Maddys Arm und sagte: »Ich müsste dich mal kurz sprechen, Maddy …«

O Scheiße, dachte Maddy, jetzt schmeißt sie mich raus.

Auch trotz des neuen Auftrags, Peapods zu reinigen, konnte sie es sich nicht leisten, Diana als Kundin zu verlieren. *Die Feen* warf zwar Profit ab – wenn auch nur wenig –, aber Diana war eine ihrer besten Kundinnen.

»Unter vier Augen, Maddy.« Die spitzen, scharlachroten Nägel gruben sich in Maddys Arm. Diana bedachte die beiden Männer über die Schulter mit einem sorglosen Lachen. »Es dauert nur ganz kurz, Jungs.«

Gareth strahlte. Mitchell sah ein wenig verwirrt aus. Diana zerrte Maddy regelrecht in die Büsche.

»Ich glaube, wir müssen endlich darüber reden, nicht wahr, Maddy?« Dianas Zähne waren fast so weiß wie die von Mitchell. Sie mussten denselben Zahnarzt haben, dachte Maddy. »Was willst du von mir?«

»Nichts ... oh ... na ja, Bronwyn hat mich gebeten, mit dir über Goddards Spinney zu sprechen. Wir möchten wissen, ob du deine Entscheidung, das Wäldchen wegen des Golfplatzes an Peter und Jeff Henley zu verkaufen, nicht noch mal überdenken kannst, aber ich bin sicher, darüber können wir auch ein anderes Mal reden.«

»Nein, das können wir nicht.« Dianas Augen funkelten wie Feuersteine. »Wir werden sofort darüber reden. Ein für alle Mal. Denn ich will nicht, dass du in meinem Haus herumschleichst – bei dem, was du jetzt weißt – und womöglich jeden Moment etwas rausplapperst.«

»Du meinst, du willst, dass ich weiter für dich arbeite?«

»Natürlich«, schnauzte Diana. »Du bist eine verdammt gute Putzfrau. Außerdem müsste ich mir eine Erklärung aus den Fingern saugen, wenn ich dich vor die Tür setzte – und das könnte ich nicht. Und schließlich waren wir immer Freundinnen.« Sie versuchte zu lächeln. Unter den gegebenen Umständen war es ein ziemlich gelungener Versuch. »Maddy, du weißt besser als jede andere, wie ... ähm ... überzeugend Peter sein kann. Wir sprachen über den Golfplatz, und da ...« – sie lachte leise – »... ist es einfach über uns gekommen. Nun ja, er ist ein sehr attraktiver Mann, und er scheint mich unwiderstehlich zu finden. Das Ganze war völlig improvisiert.«

So improvisiert, dachte Maddy, dass du noch Zeit genug hattest, alle Kleider aus- und ein paar sexy Reitstiefel anzuziehen. Sie sah Diana an. »Ich will nicht über meine Beziehung zu Peter reden – und auch nicht über deine. Das Einzige, was ich wissen will, ist, ob du bereit bist, in Sachen Golfplatz deine Meinung zu ändern.«

»Auf gar keinen Fall. Wir werden sogar einen Teil der Aktien kaufen. Genau das braucht Milton St. John – etwas, das ein bisschen was hermacht. Ich meine, sieh dir doch nur den heutigen Abend an, Maddy. Eine *Grillparty!* Du liebe Zeit, das ist so was von billig. Nein, was den Golfplatz angeht, da stehe ich hinter Peter.«

»Und was deinen Schreibtisch angeht, da liegst du unter ihm, nicht wahr?«

»Oh, wenn das deine Haltung ist, dann tut es mir Leid, Maddy. Da kannst du dich noch so sehr anstrengen, ich werde nicht nachgeben.«

»Und Gareth hast du noch mit keiner Silbe erwähnt.«

Diana schnipste ein unsichtbares Stäubchen von ihrer cremefarbenen Kostümjacke und lachte. »Gareth würde dir um nichts auf der Welt glauben, Liebes. Und die süße kleine Stacey schon gar nicht, da bin ich mir sicher. Du kannst nichts beweisen. Ich will nur, dass du mir zusicherst, dass du den Vorfall als das akzeptierst, was er war: Zwei Gleichgesinnte, die sich in der Hitze des Gefechts haben gehen lassen. Eine Situation, in die du zufällig hineingestolpert bist und die du damenhaft niemals erwähnen wirst.«

»Warum sollte ich meinen Mund halten?« Maddy war jetzt beinahe alles gleichgültig. »Und wie kannst du dir so sicher sein, dass niemand mir glauben wird? Staceys Vater zum Beispiel?«

»Weil du schon vorher genau weißt, wie Peter im Adamskostüm aussieht, meine Liebe. Allen ist das bekannt. Du könntest überhaupt nichts beweisen.«

Plötzlich sah Maddy Peter und Diana wieder vor sich. Peter mit seiner Rundumbräune und dem sternförmigen Leberfleck. Diana mit ihren weit gespreizten Beinen …

»Das ist richtig. Aber vielleicht wären Gareth oder Mitchell D'Arcy ja interessiert an meiner Beschreibung der Reitstiefel und des weinroten Fleckens genau unter deinen Hüften …« Diana wurde bleich und schien zu schwanken. Sie tat Maddy Leid. Eine Drossel zwitscherte fröhlich über ihren Köpfen. Dianas Mund wurde schmal. »Du würdest doch nicht … Doch nicht Mitchell …?«

Maddy schüttelte den Kopf. Sie konnte das nicht durchhalten. Sie wollte Diana nicht verletzen. »Ach, vergiss es. Wir werden weiterkämpfen, um den Wald zu retten. Ich werde Bronwyn Pugh sagen, dass du nach wie vor die Absicht hast, ihn an Peter und Jeff Henley zu verkaufen. Ich werde vergessen, was ich gesehen habe, und wir werden nie wieder davon anfangen. Ist es das, was du willst?«

»Und du wirst Mitchell ehrlich nichts sagen?«

Diana sah so entsetzt aus, dass Maddy sie am liebsten in den Arm genommen hätte. Sie musste Mitchell D'Arcy wirklich lieben. Maddy, der ihre eigene Liebe zu Drew so wehtat, empfand nur noch Mitgefühl. »Nein. Das überlasse ich dir.«

»Was?« Diana runzelte die Stirn. »Wenn du weißt, dass ich vom Verkauf des Waldes nicht absehen werde, dann wüsste ich nicht, was du sonst noch von mir erwarten könntest … oh! Ja, natürlich. Das wird kein Problem sein. Danke, Maddy – oh, ja, ich danke dir!« Und nachdem sie Maddy auf die Wange geküsst hatte, stürzte Diana durch die Fliederbüsche davon.

Maddy folgte ihr, ohne auch nur ein Wort verstanden zu haben. Die ganze Situation war absurd. Sie kam sich vor wie in einem Film, zu dem sie das falsche Drehbuch hatte. Aber da Diana jetzt fröhlicher aussah und sie auch nicht rausgeworfen hatte, musste sie wohl irgendwann das Richtige gesagt haben.

Gareth schlenderte auf die Bar zu, und Diana hatte sich bei Mitchell eingehängt. Sie lächelte strahlend und zwinkerte Maddy verschwörerisch zu. »Mitchell und ich werden uns mal kurz unterhalten, während Gareth noch ein paar Getränke holt.«

»Wir sehen uns, Marnie.« Mitchells Augen funkelten, und er schmiegte sich an Diana.

Plötzlich stand Maddy einsam und verlassen in der fröhlichen Menge. Kimberley redete mit Barty, Bernie und Bronwyn standen ins Gespräch vertieft vor dem Rosenbeet, Richard und Fran hatten sich mit Tom und Chloe im Schlepptau zu einer Gruppe von Jockeys gesellt, die lachend am Steingarten zusammenstanden, Suzy plauderte angeregt mit John Hastings. Sogar Stacey und Peter lächelten, wenn auch Peters Lächeln misstrauisch wirkte. Jeder hatte jemanden, der zu ihm gehörte.

»Möchtest du noch was trinken, Maddy?« Charlie Somerset, Springreiter und Herzensbrecher, grinste sie an. »Oder wartest du auf jemanden?«

»Nein, ich steh einfach nur in der Gegend herum.«

Charlie trug eine schmuddelige weiße Jeans und ein marineblaues Hemd, und sein Haar hatte die Farbe von einem Fuchspelz. Er und Suzy waren eine Zeit lang aufeinander geflogen, kurz nachdem sie nach Milton St. John gekommen war. Maddy mochte ihn.

»Danke, ich würde gern noch was trinken.« Sie ging neben ihm her. »Ich glaube, Kimberley hatte vor, sich heute Abend für deine Sache stark zu machen.«

»Ja, bei Drew. Schade, dass er nicht gekommen ist. Kimberley hat versprochen, ihm gegenüber zu erwähnen, dass ich nächste Saison gern für ihn reiten würde.« Er schwieg für einen Moment. »Ich habe Gerüchte gehört, du und Mr. Fitzgerald, ihr hättet was miteinander.«

»Du liebe Zeit, nein!« Maddy lachte. Langsam wurde sie Meisterin darin, ihre wahren Gefühle zu verbergen. Außer vor Drew natürlich – und leider auch vor Caroline. »Wir sind nur Freunde. Er ist schließlich verheiratet.«

»So?« Charlies Grinsen entblößte seine schiefen Zähne, die durch Zusammenstöße mit diversen Hürden im ganzen Land angeschlagen waren. »Seit wann ist das denn bei uns ein Hindernis?«

Maddy grinste zurück. Charlie war im Dorf mit fast jeder Frau über sechzehn im Bett gewesen – mit Ausnahme von Maddy und wahrscheinlich, obwohl auch das keineswegs definitiv war, Bronwyn.

Geübt bahnte er sich mit seinen Schultern einen Weg zur Bar und kam mit zwei randvollen Batman-Bechern zurück. »Menschenskinder! Da müssen ja hundert Prozent Alkohol drin sein. Kein Wunder, dass Kimberley es schafft, immer noch so heiter zu sein. Sie sollte das mal ihren Pferden geben – dann würden sie wohl aufhören zu husten.«

»Wahrscheinlich würden sie sogar aufhören zu atmen!« Maddy tränten die Augen. »Was soll das eigentlich sein?«

»Gin, hat Barty gesagt. Auf Obst …« Charlie rührte in seinem Becher und fischte ein Stückchen Apfel heraus. »Das muss es sein.«

So lustig war das Ganze wirklich nicht, aber die Mischung aus Alkohol und Verzweiflung wegen Drew führte dazu, dass Maddy loskicherte. Charlie, der in ihr Lachen eingestimmt war, ließ seinen freien Arm über ihre bebenden Schultern gleiten.

»Tut mir wirklich Leid, dass ich die fröhliche Runde stören muss.« Drews Stimme hätte den Felsen von Gibraltar zerteilt. »Charlie, wenn Sie Zeit hätten, würde ich gern mal mit Ihnen reden.«

»Oh, ja, sicher.« Während Charlie sich langsam von Maddy löste, ließ er seine Fingerspitzen träge über ihre Brüste gleiten.

Vor lauter Verblüffung über Drews Ankunft fiel Maddy der Unterkiefer herunter. »Wann, äh … ich meine, wie lange bist du schon hier?«

»Lange genug.« Drews Augenbrauen berührten sich. »Ich habe dich gesucht.«

Oh, welche Freude! Maddy fragte sich, ob Drew hören konnte, wie ihr Herz schneller schlug. »Und jetzt hast du mich gefunden. Und … ähm … Caroline?«

»Redet gerade mit Kimberley.« Er wandte sich an Charlie. »Könnten wir wohl jetzt miteinander reden?«

»Dann lass ich euch mal allein«, sagte Maddy, bemüht, ihre Lippen zu kontrollieren. »Wenn ihr über Pferde reden wollt.«

Er war gekommen! Caroline war auch da, aber das war jetzt wirklich egal. Drew war wieder in Milton St. John. Mit einem glückseligen Lächeln auf den Lippen schwankte Maddy zurück Richtung Wiese. Plötzlich erschienen ihr die Farben leuchtender, die Geräusche lauter, und ihre Zunge war viel zu groß für ihren Mund.

Diana schlenderte mit Mitchell vorbei und winkte kokett. »Alles ist geregelt, Maddy, Liebes.«

»Prima.« Maddy zwang sich, nicht allzu stürmisch zurückzuwinken. »Was denn?«

»Unser kleines Geschäft.« Diana zwinkerte. »Mitchell ist ein Engel. Ein absoluter Engel.«

»Denk niemals, du wüsstest besser Bescheid als eine Frau, Marnie.« Sein Lächeln hätte sie fast geblendet. »Und schon gar nicht eine Frau wie Di. Die kennt ihr Geschäft. Ich höre immer auf sie.«

Maddy sah den beiden nach, ohne auch nur den blassesten Schimmer zu haben, wovon eigentlich die Rede war. Wahrscheinlich würde in Kürze das Drogendezernat bei dieser Grillparty erscheinen und die Bowlekessel beschlagnahmen. Gerüchten zufolge war Kimberleys Mutter so etwas wie eine Kräutersammlerin gewesen. Vielleicht hatte Kimberleys Familie ja Verbindungen zum Chef vom Cat and Fiddle.

Maddy leerte ihren Batman-Becher und ließ sich im Steingarten neben einen verdrießlich dreinschauenden, aus Stein gemeißelten Dachs plumpsen. Da Caroline und Drew gemeinsam gekommen waren, durfte sie sich für den Abend wohl nichts Besseres mehr erhoffen.

»Sollen wir als Trio auftreten?« Luke ließ sich neben Maddy auf den Boden fallen. »Das ist hier wohl die Selbstmörderecke! Ich weiß nicht, wer von uns dreien am meisten so aussieht, als hätte er die Schnauze voll, aber ich glaube, der Dachs schießt den Vogel ab.«

»Hast du Krach mit Suzy?« Maddy hatte ihn noch nie so unglücklich gesehen. »Was ist denn los, Luke?«

»Oh, es ist nicht wegen Suzy. Zumindest glaube ich das nicht. Ich habe sie nämlich noch gar nicht gesehen, dabei bin ich schon seit Ewigkeiten hier.« Er seufzte. »Ich bin abserviert worden.«

Maddy versuchte, sich zu konzentrieren. »Was soll das heißen?«

»Saratoga Sun.« Luke atmete geräuschvoll ein. »Ich weiß, ich habe allen erzählt, dass es mir nichts ausmachen würde, aber es tut trotzdem verdammt weh.«

»Wann denn? Und wer hat es dir gesagt?«

»Mrs. James-Jordan und Mitchell D'Arcy. Gerade eben. Sie haben gesagt, dass sie sich alles noch mal überlegt haben und dass Richard mit seinem Alter und seiner Erfahrung vielleicht doch besser wäre. Sie haben mir Jefferson Jet angeboten.«

»O Gott, Luke, es tut mir Leid – aber ich freue mich auch so für Richard! Und du hast doch selbst gesagt, dass du in Zukunft noch so viele Chancen beim Derby haben wirst. Außerdem ist Jefferson zweiter Favorit.«

»Ja, ich weiß. Aber jetzt weiß ich auch, wie mies Richard sich gefühlt hat.«

»Ich bin sicher, dass er sich noch viel mieser gefühlt hat als du.« In Maddys Kopf ging alles durcheinander. Fran und Richard würden begeistert sein. »Wie kommt es nur, dass sie es sich anders überlegt haben?«

»Keine Ahnung.« Luke wandte sich um und sah Maddy in die Augen. »Ich fühle mich wie ein kleiner Junge, dem man sein Lieblingsspielzeug weggenommen hat.«

»*Suzy* ist dein Lieblingsspielzeug, und es gibt überhaupt keinen Grund, warum du sie verlieren solltest. Außerdem könnte Jefferson das Derby mit Leichtigkeit gewinnen.«

»Nicht gegen Saratoga.« Lukes Augen leuchteten auf. »Aber mit Suzy hast du Recht. Wenn ich sie verlieren würde, wüsste ich nicht, was ich tun sollte.«

Maddy lächelte. Wenn sie selbst schon keine Liebesgeschichte erleben konnte, war ihr das hier am zweitliebsten. Sie kam sich ziemlich mütterlich vor.

»Haben die beiden es Richard schon gesagt?«

»Nein. Mrs. James-Jordan sagte, dass sie ihm morgen Bescheid geben will. Ich freue mich für ihn, ehrlich.«

»Das ist sehr nett von dir, Luke. Suzy hat großes Glück. Warum suchst du sie nicht, und dann lasst ihr euch zusammen so richtig schön voll laufen?«

Luke grinste. Er sah wirklich schrecklich gut aus, mit seinen schokoladenbraunen Augen und seinen markanten Wangenknochen. »Okay. Und wenn ich Suzy nicht finden kann, komme ich zurück, und dann lassen *wir* beide uns zusammen so richtig schön voll laufen.«

»Wann immer du willst.« Maddy umarmte ihn. Sie war schwerer als er, und viel angesäuselter. Kichernd kippten die beiden rückwärts über den Dachs.

»Ich scheine ja heftig in deine Jockey-Phase geplatzt zu sein«, donnerte Drews Stimme irgendwo über den beiden. »Wenn du mit deinen Probeläufen fertig bist, kannst du mir vielleicht Bescheid geben.«

Maddy rappelte sich wieder auf, und Luke stand auf und ging weg, um Suzy zu suchen.

»Hör auf zu brüllen.« Maddy zupfte sich ein paar Aubrietienblätter aus den Haaren. »Ausgerechnet du.«

»Ich habe nur meine Frau mit ins Spiel gebracht.« Drews Stimme war eisig.

»Du hörst dich an, als wärst du eifersüchtig. Charlie war nett zu mir, weil ich völlig allein da herumstand, und ich war nett zu Luke, weil er Saratoga jetzt doch nicht reiten darf.« Sie blinzelte zu ihm hoch. »So sind wir hier in Milton St. John nun mal. Nett zueinander.«

»Das habe ich gemerkt.« Drew setzte sich neben den Dachs. »Und ich bin tatsächlich eifersüchtig.«

Sie starrten einander an. Drew streckte langsam die Arme aus und zog Maddy an sich. Er roch nach Pferden und Sonne, nach Hitze und Heu.

»Caroline«, quiekste Maddy. »Wir können doch nicht … Caroline …«

»Ist gerade mit Bronwyn und Bernie in paramilitärische Diskussionen vertieft. O Gott, Maddy …«

Er gab ihr einen langen, langsamen, gekonnten Kuss, der wieder nach Kaminfeuer und Fellteppichen schmeckte, nach aufgestauter Leidenschaft. Es war nicht der Kuss eines Mannes, der Sex abstoßend fand.

»Du siehst hinreißend aus, und ich habe dich vermisst«, sagte er einfach. »Ich bin so froh, wieder hier zu sein! Es tut mir Leid, dass Caroline mitgekommen ist. O Gott, ist eigentlich die ganze Welt heute Abend hier? Gibt es kein Plätzchen, wo wir ein bisschen allein sein können?«

Die lachende, lärmende Menge schien sich in alle Ecken des Gartens zu ergießen. Maddy wurde plötzlich bewusst, dass einige Dorfbewohner sie mit unverhohlener Neugier anstarrten.

»Die glauben, dass wir die Entertainer sind.«

»Kommt gar nicht in Frage.« Drew legte seinen Arm um ihre Schultern. »Ich bin kaputt. Die kriegen keine Zugabe.«

Und ich auch nicht, dachte Maddy verschlafen, aber die Ouvertüre war absolut himmlisch gewesen.

»Willst du was essen?« Sie stellte fest, dass ihre Finger den Ärmel seines schwarzen Sweatshirts bearbeiteten. »Das Essen ist phantastisch – äh, ich meine, probiert habe ich's noch nicht.«

»Wirklich nicht?« Drew zog eine Augenbraue hoch. »Bist du krank?«

Sie gingen gemeinsam zum Grill. Drew erzählte ihr von dem Pferd, Dock of the Bay, das er von Jersey hertransportiert hatte und das ihm jetzt in Peapods die Haare vom Kopf fressen würde. Er erzählte ihr von dem Haus in Bonne Nuit, von dem aus man einen Blick aufs Meer hatte, und wie er dort allein im Mondlicht gesessen und die Scheinwerfer der Autos an der französischen Küste beobachtet hatte. Er erzählte ihr von Kit und Rosa Pedersen, seinen Freunden, denen das Pferd gehörte und die nach Epsom kommen würden, um es rennen zu sehen. Er sagte nichts über Caroline.

»Drew, bitte sag mir, was los ist. Wir können nicht so tun, als würde sie nicht existieren, wenn es uns gerade passt.«

»Also gut. Wir haben jeden Abend zusammen gegessen, wir haben über unsere jeweiligen Geschäfte geplaudert, ich habe ein paarmal was mit ihren Eltern getrunken und einmal einen Vormittag im Gewächshaus geschwitzt, weil sie und ihre Mutter ein Treffen mit einem potenziellen Kunden hatten. Wir haben uns genauso verhalten wie in den letzten zehn Jahren.«

»Oh.« Das Messer der Eifersucht rammte seine scharfe Klinge in Maddys Magen. »Das ist schön.«

»Du wolltest es ja unbedingt wissen.« Drew griff nach ihrer Hand. »Caroline und ich sind sehr gute Freunde. So ist unser Leben immer gewesen, seit …« Maddy hielt die Luft an. Er seufzte. »… unser Leben eben so ist, verstehst du?«

Er würde ihr nichts verraten. Doch Maddy, die nicht mehr nüchtern genug war, um vorsichtig zu sein, wollte mehr. »Und hast du – na ja, nach dem Essen, am Ende des Abends …«

»Ob ich mit ihr geschlafen habe?« Ein Schleier fiel über Drews Augen. »Ist das wichtig?«

»Natürlich ist das wichtig, verdammt noch mal! Oh, ich weiß, dass es mich nichts angeht, aber es ist wichtig.«

»Also gut: ja. Nicht in Bonne Nuit. In ihrer Wohnung auf dem Weingut in St. Lawrence. Bitteschön, ist es das, was du hören wolltest?«

Maddys Augen füllten sich mit Tränen. Sie zog ihre Hand aus seiner.

Drew schüttelte den Kopf. »Wir haben zusammen geschlafen. Wir haben uns nicht geliebt.«

»Ich glaube dir nicht.«

»Mein Gott, Maddy, ich bin zu müde für solche Diskussionen. Ich dachte, du würdest es verstehen.«

»Ich verstehe überhaupt nichts. Wie kannst du mich so küssen, wie du mich küsst, dich so verhalten, wie du dich verhältst, und weiterhin mit Caroline schlafen?«

Drew blieb am Rand der Menge, die den Grill umlagerte, stehen, und drehte Maddy zu sich herum, damit sie ihn ansah.

»Ich habe dich nie belogen. Du hast immer gewusst, dass ich verheiratet bin. Ich habe versucht, dir meine Ehe zu erklären. Oh, Maddy, ich habe dich so vermisst! Ich dachte, du würdest mich einfach akzeptieren, mit meinen Fehlern und allem, was dazugehört.«

»Mit deiner Frau und allem, was dazugehört«, murrte Maddy. »Das tue ich ja auch. Es tut mir Leid – ich wollte mich nicht wie eine zickige Geliebte aufführen.«

»Da ich noch nie eine hatte, würde ich das sowieso nicht merken.« Drew sah sie jetzt wieder frotzelnd an. »Ich weiß nur, dass ich, so sehr ich Jersey auch liebe, jede einzelne Stunde gezählt habe, bis ich dich wieder sehen würde. Jede neue Verzögerung bei der Verschiffung von Dock of the Bay hat mich total verrückt gemacht. Als Caroline mir sagte, dass sie mitkommen würde, hätte ich sie erwürgen können. Was ist jetzt, essen wir was oder sollen wir den restlichen Abend hier rumstehen und uns zanken wie Schulkinder?«

Maddys Magen fing erneut an zu knurren. Drew lachte und zog sie in seine Arme. »Also, diese Entscheidung wäre wohl getroffen.«

Sie fischten sich ein bisschen von allem vom Grill und ließen sich dann neben dem Steingarten ins Gras sinken. Die Teller auf den Knien balancierend, lächelten sie sich an. Die Krise war vorbei. Für dieses Mal.

»Und was ist denn so passiert, während ich weg war?« Drew spießte einen köstlich aussehenden, rosafarbenen Brocken Lachs auf seine Gabel. »Am Telefon hast du mir gar nichts erzählt.«

»Es war ziemlich ruhig. Ach ja, ich habe Mitchell

D'Arcy kennen gelernt … das war kurz nachdem ich Diana und Peter in Dianas Büro beim Sex überrascht hatte …«

Drew verschluckte sich geräuschvoll an einem Hühnerschenkel. »Das gibt's doch gar nicht!« Er riss die Augen auf. »Erzähl weiter …«

Und Maddy erzählte. Er saß stumm da, eine mit Salat gefüllte Gabel in der erhobenen Hand. »Ich bin sicher, Peter denkt, dass ich ihn erpressen will«, schloss Maddy. »Aber das hat keinen Sinn. Ich könnte es außerdem gar nicht. Ich bin ihm und Stacey den ganzen Abend aus dem Weg gegangen.«

»Und Diana?«

»Diana und ich haben uns heute Abend kurz unterhalten. Wir wissen jetzt, woran wir miteinander sind. Sie hat keine Angst mehr vor mir. Ich brauche sie als Kundin.«

»Und wie hast du dich gefühlt, als du die beiden so gesehen hast?«

»Schlecht. Ich habe mich übergeben. Ich habe es bisher weder Fran noch Suzy oder sonst jemandem erzählt. Ich war nicht etwa eifersüchtig, mir war einfach nur schlecht … Es war schrecklich!«

»Und sie hatte außer Reitstiefeln nichts an? Hat Peter denn irgendeinen Tick mit Stiefeln?«

»Soweit ich weiß, nicht. Oh, du meinst, ob ich Gummistiefel und eine Kapuzenmütze anziehen musste, wenn wir zusammen waren?« Maddy lachte. »Nein, absolut nicht. Vielleicht ist es Dianas Fetisch.«

»Weißt du, du könntest das schon ausnutzen.« Drew biss in eine Frikadelle. »Du könntest Peter dazu bringen, vom Kauf des Waldes abzusehen, und damit wahrscheinlich den Golfplatz verhindern. Bronwyn würde dich dafür bis in alle Ewigkeit lieben.«

»Nein, das könnte ich nicht. Das würde ich nie tun. Und außerdem würde deren Wort gegen mein Wort stehen. Ich möchte es einfach vergessen. Ich würde es nicht einmal Stacey erzählen, so wenig ich sie auch leiden kann. Sie wird selbst rausfinden müssen, dass Peter eine Ratte ist. Das musste ich schließlich auch.«

»Du bist zu nett, Maddy.« Drew rückte näher an sie heran. »Ich bin froh, dass du es mir erzählt hast. Jetzt stehen die beiden für mich in ganz neuem Licht da. Ich bin so glücklich, dass ich nach Milton St. John gekommen bin.«

Maddy schmiegte sich an ihn und begann seinen Salat zu essen. »Ich auch ...«

Barty hatte Brendas und Elaines Männern seine improvisierte Bar übergeben und machte mit einem großen Metallkrug voller Bowle am Grill die Runde. Als er Maddy und Drew ohne Getränke dasitzen sah, arbeitete er sich eilig zu ihnen vor und schenkte ihnen zwei große Becher ein.

»Alles in Ordnung?« Der Panamahut thronte verwegen auf seinem Kopf, und seine Augen zwinkerten heftig, während er versuchte, sich auf Maddys Dekolleté zu konzentrieren. »Dank der Bowle sind alle in richtiger Partystimmung.« Er klopfte auf den Krug und blinzelte Maddy zu. »Besonders Richard – er hat fast zwei Liter intus und hält sich für Mike Tyson.«

Alarmiert blickte Maddy auf. »Wo ist er? Ich dachte, er wäre bei Fran und den Kindern! Er prügelt sich doch nicht mit Luke Delaney?«

»Du lieber Himmel, nein!« Barty wippte auf den Fersen. »Luke ist in einem Zustand, in dem er sich gar nicht mehr prügeln kann. Er ist mit deiner Suzy im Gewächshaus. Nein, Richard durchstreift das Gelände auf der Suche nach Diana. Ich würde sagen, ihre Chancen stehen nicht gerade gut. Viel Spaß noch.« Barty torkelte davon zu seinen nächsten Opfern.

»Soll ich Luke und Suzy suchen und einen Eimer Wasser über die beiden kippen?« Drew grinste. »Oder … aber, Maddy, wo gehst du denn hin?«

Sie war schwankend aufgestanden. »Wir müssen Richard finden, ehe er Diana findet. Sie hat beschlossen, dass er jetzt doch auf Saratoga reiten soll.«

»So?« Drew erhob sich. »Vielleicht will er sich bei ihr bedanken.«

»Er will sie umbringen!« Maddy sah über ihre Schulter zurück. »Er weiß noch nicht, dass er das Rennen machen darf. Er wird alles total vermasseln. Komm!«

Kapitel 13

Sie liefen bis ans andere Ende des Gartens, hinter das Gewächshaus. Charlie Somerset schleppte Fran gerade huckepack um den Zierteich herum, während Kimberley und John Hastings von einer Gruppe Stallburschen Wetten entgegennahmen.

Drew machte ein entsetztes Gesicht. »Ich habe ihn als Jockey eingestellt! Ich hoffe, Fran verletzt ihn nicht. Und was machen denn John und Kimberley? Versuchen sie, die beiden zu stoppen?«

»Wahrscheinlich wetten sie drei zu eins, ob einer oder beide reinfallen werden«, erklärte Maddy ihm. »Wetten anzunehmen ist so eine Art Hobby von Kimberley und John – die würden jedem Geld abnehmen. Wo zum Teufel steckt bloß Richard?«

»Da.« Drew deutete mit dem Finger nach links. »Er läuft gerade durch den Steingarten. Wer hat ihn denn verprügelt?«

»Niemand. Er ist aus dem Hubschrauber gefallen.« Maddy sah Drews Gesicht. »Als er schon gelandet war. Oh, verdammt! Er steuert auf Diana und Mitchell D'Arcy zu! Fang du die beiden ab.«

»Maddy …«

»Ja?«

»Ist das Leben mit dir immer so?«

»Du meinst, so merkwürdig? Ja, meistens.«

»Gut. Dann werde ich wenigstens nicht vor Langeweile sterben.«

Richard war sternhagelvoll. Maddy vergewisserte sich, dass Drew lächelnd auf Diana zuschlenderte, dann holte sie tief Luft. Richard besaß wie alle Jockeys eine Kraft, die in keinem Verhältnis zu seiner Größe stand. Sie hoffte, sie würde mit ihm fertig werden.

»Richard! Ich habe dich schon überall gesucht!«

Seine Antwort war unverständlich. Schon allein auf Grund seines Bowlekonsums wäre es schwer gewesen, ihn zu verstehen, aber mit seinen dick geschwollenen Lippen war es gänzlich unmöglich. Seine Augen flackerten. Maddy schnappte eine Menge Vulgärausdrücke auf, die mit viel Spucke an Lukes, Dianas und Mitchells Adresse gerichtet waren. Sie packte ihn an den Schultern.

»Richard! Du wirst im Derby auf Saratoga Sun reiten! Du! Nicht Luke. Du, Richard!«

»Diana … umbringen.« Plötzlich lächelte er. »Und Luke. Sofort.«

»Richard! Sie haben es sich anders überlegt. Sie haben Luke den Laufpass gegeben. Sie wollen, dass du Saratoga reitest!«

»Hä?«

Endlich. Maddy seufzte und lockerte ihren Griff. Langsam erklärte sie es ihm noch einmal.

Richard grinste schief. »Ährlisch?«

»Ährlisch – ich meine, ja, wirklich.«

Richard zog Maddy fest an sich. »Und Fran kann ein Baby bekommen?«

»Nun, vielleicht nicht sofort. Ihr solltet besser warten, bis ihr zu Hause seid. Oder bis du das Derby gewonnen hast, wenn du wirklich sichergehen willst.«

Richard, der immer noch an ihr klebte, schwankte. »Ich werde gewinnen.«

Als er mit unsicherem Schritt auf die Ställe zusteuerte, seufzte Maddy erleichtert. Sie kam sich ziemlich erwachsen vor und war schon wieder dabei, stocknüchtern zu werden. Sie musste schnellstens Barty finden, damit er ihr von der Bowle nachschenkte. Die Bowle machte alles so schön verschwommen. Bedauerlicherweise traf sie zuerst auf Caroline. »Ich habe gerade Drew gesehen. Er stand mit Diana James-Jordan und diesem schrecklich attraktiven, braun gebrannten Mann zusammen. Dieser Mann sieht aus wie ein Gangster. Das ist alles so lustig hier! Deine Freundin ist mit einem Mann im Teich, der wirklich sexy aussieht. Sie scheinen sich gegenseitig die Kleider auszuziehen.«

Maddy war dankbar, dass Richard dieses kleine Szenario entgangen war. »Ich freue mich, dass du dich amüsierst.«

Auf dieser Party war es offenbar gar nicht anders möglich, als sich zu duzen.

Caroline nippte vorsichtig an ihrer Obstbowle. »Oh, ja. Ich hatte das Gefühl, Drew wollte gar nicht, dass ich mit ihm herkomme. Jetzt verstehe ich auch, warum. Zu Hause tun wir so was einfach nicht.« Caroline verstummte und fuhr dann fort: »Ich wollte dir eigentlich etwas vorschlagen.« Sie fuhr sich mit den Fingern durch ihr glänzendes, wallendes Haar. »Sag bitte einfach Nein, wenn du nicht willst. Ich fahre übermorgen zurück nach Jersey. Es tut so gut, mal auf dem Festland zu sein, und ich würde gern nach London fahren, aber ich hasse es, allein einzukaufen. Würdest du mich begleiten?«

Maddy hatte mit allem gerechnet, aber bestimmt nicht damit. Sie hätte fast losgelacht. Caroline musste verrückt sein! Da hatte sie noch einen ganzen Tag, den sie mit

Drew verbringen könnte, und sie wollte einkaufen gehen!

»Vielleicht willst du ja selbst nichts kaufen, aber ich hätte gern deinen Rat. Und ich würde mich sehr freuen, wenn du mir Gesellschaft leisten würdest. Schließlich haben wir so viel gemeinsam.«

Nur eins, dachte Maddy. Aber trotzdem, sie könnte Jackie bitten, morgen für sie einzuspringen. Kat könnte bei den leichteren Aufgaben aushelfen – sie war wieder schwanger. Das schien unter den Jockeyfrauen ziemlich verbreitet zu sein. Es war Ewigkeiten her, dass sie sich mal einen Tag freigenommen hatte, und vielleicht würde sie ja noch etwas über Drew erfahren – oder wenigstens über seine Ehe. Und überhaupt, warum eigentlich nicht?

»Ja, gut, sehr gern. Fährst du mit dem Auto?«

»Bis Didcot. Dort nehmen wir den Zug, das ist bequemer. Oh, Maddy – das wird bestimmt lustig!«

Lustig würde es wohl kaum werden. Maddy fragte sich, wie ihr Konto einem Angriff auf die Oxford Street gewachsen sein würde. Es kam ja kaum mit ihren Second-Hand-Läden zurecht.

»Hallo, Schatz.« Drew tauchte neben Caroline auf. Maddy und Caroline sahen ihn an, blickten sich dann wieder gegenseitig an und lachten. Drew schüttelte den Kopf. »Ich würde sagen, Auftrag erfolgreich ausgeführt. Richard hat sich in lautstarker Dankbarkeit auf Diana gestürzt und Mitchell fletscht seine weißen Zähne – ich gehe also davon aus, dass alle glücklich sind. Aber ich mache mir ein bisschen Sorgen um meinen neuen Jockey. Ich hoffe nur, Fran nimmt ihn nicht vollkommen auseinander. Sind sie … ähm, du weißt schon …«

»Nein! Fran liebt Richard sehr. Charlie ist nur ein Flirt.«

»Oh, so was nennt man also flirten?« Drew sah skeptisch aus. »Was soll's. Und ihr beide, wessen Ruf ruiniert ihr gerade?«

»Werd bloß nicht zynisch, Drew.« Caroline funkelte ihn an. »Maddy und ich haben über morgen geredet. Wir fahren zusammen nach London. Zum Großeinkauf.«

Maddy hörte, wie Drew tief Luft holte. Caroline hörte es offensichtlich nicht. Sie lächelte. »Es ist so schade, dass ich nicht länger bleiben kann! Bronwyn hat für übermorgen Abend ein kurzfristiges Treffen der DGGs einberufen. Es ist alles so spannend hier.«

Oh, bitte mach, dass sie nicht ständig herkommen will, betete Maddy.

»DGGs?« Drew sah Maddy an, die nur den Kopf schüttelte.

»Dörfler Gegen Golf«, informierte Caroline sie. »Bronwyn meint, es sei an der Zeit, dass das Dorf Stärke zeigt.«

»Ich dachte, die nächste Versammlung wäre nächste Woche vor dem Derby?«

»Anscheinend denkt Bronwyn, dass das zu spät ist. Sie findet, dass mehr getan und weniger geredet werden sollte.«

»Klingt ganz wie eine von Peanuts Parolen.« Drew lächelte Maddy an. Sie hätte ihn so gern geküsst!

»Ihr beide könnt doch hingehen, oder?«, sagte Caroline fröhlich. »Und vergiss nicht, mich danach anzurufen, Drew. Ich will wissen, was passiert ist. Bronwyn ist eine Furcht einflößende alte Dame, und mir ist lieber, ich stehe auf ihrer Seite.«

»War Diana überrascht, als du auf sie zukamst, Drew?«, fragte Maddy, um das Gespräch vom Thema gemeinsame Erlebnisse wegzulenken.

Drews Lachfältchen wurden tiefer. »Diana hat mir unentwegt versichert, was für ein wunderbarer Mensch du bist. Ich konnte gar nicht verstehen, warum. Sie erklärte mir, dass sie und Mitchell deinetwegen beschlossen hätten, Richard wieder auf Saratoga zu setzen.«

»Meinetwegen?«

»Anscheinend ja. Sie sei dir einen riesigen Gefallen schuldig, hat sie gesagt.«

»Ach so – dann hat sie also gedacht, das sei der Preis, den sie mir für mein Schweigen zahlen muss!« Maddy lachte über diese Erkenntnis. »Ich sollte vielleicht zur Erpresserin mit Samthandschuhen werden. Ich bin überhaupt nicht auf die Idee gekommen, von ihr zu verlangen, Richard seinen Platz auf Saratoga wieder zu geben.«

Dann hatte Diana wohl doch ein Gewissen? Und Mitchell D'Arcy musste es arg erwischt haben, wenn er so bereitwillig zugestimmt hatte. Maddys Niedergeschlagenheit wuchs, und sie fühlte sich noch einsamer als zuvor. Jeder hatte jemanden, der zu ihm gehörte …

Langsam wurde es dunkel. Tiefblaue und fliederfarbene Streifen zogen sich über den Himmel, und Caroline, die sich offensichtlich aus dem Gespräch ausgeschlossen fühlte, schauderte leicht. »Drew, wenn du nichts dagegen hast, würde ich jetzt gern nach Hause gehen.«

Drew wandte sich widerwillig zu Maddy um, die plötzlich auf der Wiese etwas Hochinteressantes entdeckt zu haben schien. Sie konnte ihn nicht ansehen. Sie wollte nicht, dass er die Verzweiflung in ihren Augen sah.

»Ja … nun, ich sollte wirklich mal nachsehen, wie

Dock of the Bay sich eingewöhnt hat. Maddy, sollen wir dich mitnehmen?«

»Nein, danke. Ich bleibe noch ein bisschen und warte auf Suzy und Luke.« Die wahrscheinlich auch nichts von ihr wissen wollten. »Aber danke für das Angebot. Caroline, wir sehen uns morgen früh.«

Caroline lächelte. »Gegen acht, dann haben wir den ganzen Tag für uns. Gute Nacht, Maddy.«

Maddy sah zu, wie die Fitzgeralds im Zwielicht über die Wiese davongingen. Dass mindestens fünfzehn Zentimeter Abstand die beiden trennten, löste bei Maddy nur einen Hauch von Befriedigung aus.

14. Kapitel

Was denkst du, Maddy?« Caroline kam in Scharlachrot und Schwarz aus der Umkleidekabine gerauscht und wirbelte um die eigene Achse. »Ist das mein Stil?«

Maddy seufzte. Auf den Stühlen verteilt lagen mindestens ein Dutzend ähnlicher Kleider. Sie waren alle Carolines Stil – gepflegt, elegant und maßlos teuer.

»Es ist wunderschön, genau wie die anderen. Ist es für einen besonderen Anlass?«

»Vor allem, um die Kunden auszuführen. Und ich kaufe einfach liebend gern Kleider.« Caroline sah Maddy an. »Du hast überhaupt noch nichts anprobiert, und es ist schon fast Mittag. Los, es gibt doch bestimmt etwas, das dir gefällt.«

Das stimmte, und sogar mehr als genug. Schon in der Oxford Street gab es Kleider, von denen sie nicht einmal zu träumen wagte, und hier in Knightsbridge, wohin Caroline einen Vorstoß gestartet hatte, waren die Preise fast obszön.

»Dann nehme ich das hier.« Caroline strahlte die Verkäuferin an, deren Arbeitskleidung mehr gekostet haben musste als Maddys gesamte Garderobe. »Und das türkisfarbene – oh, und das nette fliederfarbene Kostüm nehme ich auch. Und über das grüne und das cremefarbene denke ich beim Mittagessen nach …« Glücklich verschwand sie wieder in der Umkleidekabine. »Du solltest an das Derby denken, Maddy!«, rief sie hinter dem Vorhang. »Dafür brauchst du doch bestimmt etwas Besonderes, oder?«

»Vielleicht.« Es hing davon ab, was Maddys Second-Hand-Laden zu bieten hatte. »Normalerweise mache ich mich nicht so fein, nicht einmal für Epsom.«

»Oh, das solltest du aber.« Caroline schob den Vorhang zur Seite und stand unbefangen lächelnd in ihrer Unterwäsche da. »Mach schon, tu dir mal was Gutes.«

Maddy war übel. Caroline trug einen schwarzen Spitzenbody mit dunklen Strümpfen und Strapsen. Ihre Figur war einmalig, mit zarten, weichen Brüsten, die ihre schlanke Taille betonten, einem flachen Bauch und festen, makellosen Schenkeln.

Das also war es, was Drew heute Morgen gesehen hatte, als Caroline sich anzog. Was er gestern Abend gesehen hatte, als sie in Peapods zu Bett gingen. Womit er in jenen Nächten in Jersey geschlafen hatte. Drews Frau hatte einen perfekten Körper.

»Ich sehe mich mal um.« Maddy wandte der Umkleidekabine den Rücken zu. Tränen brannten in ihren Augen. Wie konnte sie nur so blöd sein? Warum sollte Drew, der etwas so Perfektes gewöhnt war, ihre Kurven attraktiv finden? Caroline musste mindestens zehn Jahre älter sein als sie, aber ihr Körper war gepflegt und genauso so in Form wie der eines Teenagers.

Maddy zog ein grünes Kleid von der Stange und hielt es sich an.

»Wunderschön zu Ihren Haaren und Ihrem Teint«, sagte die Verkäuferin nickend. »Und sehr vorteilhaft. Schlüpfen Sie doch einfach mal hinein?«

»Ich … oh, nein, ich könnte doch niemals …«

»Ihre Freundin braucht sowieso noch eine Weile.« Die

Überredungskünste hätten penetranter nicht sein können. »Sie werden bestimmt überrascht sein, wie gut es Ihnen steht.«

Stirnrunzelnd trug Maddy das Kleid in die Kabine. Sie schälte sich aus ihrem Hosenanzug. Auch die schmeichelnde Beleuchtung konnte nur wenig aus ihrem Baumwoll-BH und dem Supermarkt-Schlüpfer machen. Seufzend glitt sie in das Kleid.

Es war elegant geschnitten: vorn durchgeknöpft und mit einer schmalen Taille, unter der sich der Stoff in weichen, sinnlichen Falten bis fast zu den Knöcheln ergoss. Die Ärmel reichten bis zu den Ellbogen. Maddys Busen kam wunderbar zur Geltung. Sie starrte sich im Spiegel an. Der grüne, im Licht changierende Stoff, der an das glänzende, spiralförmige Muster auf einem Pfauenschwanz erinnerte, ließ ihre Augen smaragdgrün leuchten und gab ihrem zerzausten Haar einen rostfarbenen Schimmer. Es war schlichtweg das Schönste, was sie jemals am Leib gehabt hatte.

»Jetzt komm schon raus, Maddy!«, rief Caroline. »Ich sage dir ehrlich meine Meinung.«

Und Maddy, die sich zum ersten Mal in ihrem Leben schön fand, trat aus der Kabine ins Geschäft.

»Das musst du nehmen«, sagte Caroline sofort. »Es ist einfach göttlich. Maddy, du siehst phantastisch aus!«

»Wunderschön, Madam.« Das Lächeln der Verkäuferin war zum ersten Mal aufrichtig. »Eine komplette Verwandlung.«

»Und dazu noch die richtigen Schuhe, Maddy«, sagte Caroline. »Grüne Wildlederpumps vielleicht, und Opalschmuck ... ja, genau. Es ist einfach absolut phantastisch. Gefällt es dir?«

»Sehr, aber ...«

»Dann ist ja alles klar. Oh, ich wünschte, Drew wäre hier! Er würde dir auch sagen, wie hinreißend du aussiehst. Männer wissen doch immer ganz genau, was einem gut steht, nicht wahr?«

Maddy hatte keine Ahnung. Sie hatte Peter zu ihrer fast gänzlich aus zweiter Hand erworbenen Garderobe nie befragt. Und sie wünschte sich keinesfalls, dass Drew hier wäre, um Carolines schlanken, durchtrainierten Körper mit ihren üppigen Rundungen zu vergleichen.

»Ich glaube nicht ...«

»Sei nicht albern.« Caroline zückte schon ihre Kreditkarte. »Zieh dich um, dann springen wir rüber zu Harvey und essen zu Mittag.«

O Gott, dachte Maddy, während sie den Vorhang der Kabine wieder zuzog. Konnte sie es sich überhaupt leisten, bei Harvey Nicholls Mittag zu essen? Würde sie sich überhaupt jemals wieder ein Mittagessen leisten können? Sie blickte auf das Preisschildchen am Kleid und wäre fast in Ohnmacht gefallen. Es war mehr, als sie sich in zwei Monaten an Gehalt auszahlte. Sie ließ die weichen Falten durch ihre Finger gleiten und sah wieder in den Spiegel. Vielleicht würde Drew sie lieben, wenn sie sich so anzöge. Vielleicht war es ja das, was er wollte – eine Frau, die sich anzog wie Caroline. Wenn sie das Kleid in Epsom tragen würde ...

Blitzschnell überschlug sie die Sache im Kopf. Es bedeutete für die Zukunft: keine Hobnobs, keine Besuche im Cat and Fiddle, keine Reserveflasche Glenfiddich für kleine Momente der Verzweiflung, und wahrscheinlich weder Strom, Gas noch Telefon.

Sie schlenderte zur Kasse, als hätte sie ihr Leben lang

in exklusiven Boutiquen eingekauft, und lächelte die Verkäuferin an. »Ja, danke. Ich nehme es. Kann ich mit Visa bezahlen?«

Sie schafften es gerade noch rechtzeitig zurück nach Paddington. Caroline, noch ganz high von ihrem Einkaufsrausch, ließ sich umringt von Tüten in eine Ecke des Erste-Klasse-Wagens plumpsen. Maddy, die ihre Kreditkarte auch noch für den Kauf von grünen Schuhen und falschen Opalohrringen verwendet hatte, schlich hinter Caroline ins Abteil, überwältigt von jenem Schuldgefühl, das einen so heiß überkommt, wenn man sich maßlos verausgabt hat. Morgen früh würde sie als Erstes den Filialleiter ihrer Bank anrufen müssen. Caroline hatte darauf bestanden, das Mittagessen zu bezahlen und auch das Taxi nach Paddington, das Maddy ohnehin als schrecklichen Luxus empfand, wo die U-Bahn doch so praktisch war.

Caroline lehnte sich in ihrem Sitz zurück und zog sich die Schuhe aus. »Was für ein herrlicher Tag! Ich kann es gar nicht erwarten, meiner Mutter das Kleid zu zeigen, das ich bei Harrods gekauft habe. Wir versuchen gerade, die Betreiber einer spanischen Ferienanlage dazu zu bewegen, unseren Wein zu ordern. Damit sollte das Geschäft wohl besiegelt sein. Europäische Männer achten immer sehr darauf, wie man angezogen ist.«

»Und was ist mit Drew?« Maddy taten die Füße höllisch weh, aber sie konnte ihre Halbschuhe nicht ausziehen, weil ihre Zehennägel nicht geschnitten waren. »Wird ihm das, was du gekauft hast, gefallen?«

»Wahrscheinlich. Er sagt nie besonders viel dazu. Manchmal schleppe ich ihn mit, wenn ich einkaufen gehe, weil ich finde, dass es ihm gut tut, sich ab und zu klar zu machen, dass sich nicht alles nur um Pferde dreht. Aber er macht eigentlich ziemlich viele Komplimente.«

»Warum lebst du nicht mit ihm zusammen?« Der Zug rumpelte aus London hinaus, vorbei an verrußten Häuserreihen und hohen Wohnblocks. »Wie erträgst du es, von ihm getrennt zu sein?«

Caroline streckte sich wie eine Katze. »Ich weiß, wie sehr du in Drew vernarrt bist, Maddy. Aber jetzt mal ehrlich, du kennst ihn nicht. Ich habe dir ja schon gesagt, dass Drew und ich auf Distanz besser miteinander auskommen.«

»Und du hast nie daran gedacht, ihn für immer zu verlassen?« In Maddys Kopf hämmerte es. Sie musste es wissen. »Diese Vereinbarung zwischen euch wirkt so seltsam! Ja, ich mag ihn, Caroline. Sehr sogar. Ich bin sicher, wenn er mein Mann wäre, würde ich nicht das Risiko eingehen, ihn zu verlieren.«

Caroline beugte sich vor. »Ich habe nie darüber nachgedacht, ihn zu verlassen – genauso wenig, wie er darüber nachgedacht hat, mich zu verlassen –, weil unsere Beziehung so gut funktioniert. Es gibt unterschiedliche Auffassungen von einer Ehe. Drew und ich glauben einfach nicht, dass man ständig aufeinanderhocken muss.« Sie seufzte. »Es hat andere Mädchen gegeben, Maddy, die wie du fanden, dass es Spaß machte, mit Drew zusammen zu sein und vielleicht auch mehr … aber Drew interessiert sich nicht besonders für den körperlichen Aspekt einer Beziehung, genau wie ich.« Sie unterbrach sich und lachte verlegen. »Der Sex hat bei uns beiden keinen besonders hohen Stellenwert. Außerdem gibt es natürlich noch andere, sehr persönliche Gründe, warum Drew und ich zusammenbleiben.«

Maddy biss sich auf die Lippen. Die Kopfschmerzen waren so stark, dass sie die Augen zumachen musste. Wie viel persönlicher konnte man eigentlich noch werden?

»Es wäre dumm von dir, zu glauben, dass Drew dein Liebhaber werden könnte.« Caroline sprach diese Worte genauso beiläufig aus, wie sie das Mittagessen bestellt hatte. »Denn Drew – und das ist nur ein Grund – ist im Bett ein hoffnungsloser Fall. Darum funktioniert unsere Ehe und unsere Freundschaft, Maddy – weil ich keinerlei Anlass habe zu glauben, dass er mich betrügen könnte. Ich mag keinen Sex, und Drew ist nicht in der Lage dazu. Wir passen wunderbar zueinander. Und jetzt« – sie lächelte fröhlich – »zeig mir doch noch mal deine Ohrringe. Man würde wirklich nie darauf kommen, dass es Modeschmuck ist, nicht?«

15. Kapitel

Bronwyn war fleißig gewesen. Die gesamte Fensterfläche des Dorfladens wurde von einem schillernden, orangefarbenen Plakat eingenommen, das jeden, der gegen den Golfplatz war, aufrief, sich am Freitagabend um sieben Uhr auf dem Gelände zu treffen. Maddy musterte es am Freitagmorgen besorgt. Es schien, als würde die Angelegenheit außer Kontrolle geraten. Sie lehnte ihr Fahrrad gegen das Fenster und stieß die klingelnde Tür auf. »Alle reden darüber«, sagte Bronwyn fröhlich und strich dabei ihre geblümte Schürze glatt. Dann erhob sie die Stimme, um den Tumult der Stallburschen zu übertönen, die sich um die Theke mit Süßigkeiten drängten. »Ich schätze, dass Diana, Gareth und Bert Maynard ihre Meinung ändern werden, wenn sie sehen, wie viele dagegen sind.«

»Da bin ich mir nicht so sicher.« Maddy ergriff das billigste Waschmittel, das sie finden konnte. »Ich denke, wir hätten unserem ursprünglichen Plan folgen und das Treffen nächste Woche abhalten sollen. Ich glaube kaum, dass Milton St. John bereit ist für eine Bürgerwehr.«

»Unsinn!« Bronwyn steckte das Waschmittel in eine Tüte. »Wenn wir mit Verhandlungen nicht weiterkommen, müssen wir eben kämpfen. Niemand möchte, dass das Dorf zerstört wird.«

»Aber gegen wen kämpfen wir genau?« Maddy war über Bronwyns aggressiven Ton erschrocken. »Doch nur gegen die Leute, denen das Land gehört und die absolut das Recht haben, es zu verkaufen, oder?«

Bronwyn nahm Maddys Geld entgegen. »Vielleicht ein juristisches Recht, aber sicherlich kein moralisches. Wir brauchen eine starke Front von Menschen, die sich einsetzen.«

Maddy zuckte zusammen. Die Bewohner von Twyford Down und Batheaston hatten massiv für ihre Rechte gekämpft, und über die blutigen Kämpfe um die Umgehungsstraße von Newbury hatte die Presse landesweit berichtet. Doch Milton St. Johns Golfplatz war nichts dagegen. Maddy hoffte inständig, dass Bronwyn sich nicht zu sehr in die Sache hineinsteigerte. Bronwyn hielt inne, bevor sie das Geld für das Waschmittel in die Kasse tat. »Ist das alles? Keine Hobnobs? Keine Schokolade?«

Maddy schüttelte den Kopf. Die Extravaganzen des vergangenen Tages verbaten jedweden Luxus. Das grüne Kleid und die Schuhe würden ihr für die nächsten Wochen alle süßen Genüsse untersagen.

Bronwyn starrte sie über die Theke hinweg an. »Sie ändern Ihre Meinung doch nicht, was den Golfplatz betrifft?«

»Nein, natürlich nicht. Ich denke nur, dass es noch einen anderen Weg geben muss. Ich habe das Gefühl, dass wir dabei sind, uns lächerlich zu machen. Bert Maynard will die Obstplantage verkaufen, weil er nicht weiß, wie sie sich jemals wieder rentieren soll, und Diana ist so interessiert daran, den Wald zu verkaufen, weil sie und Gareth Partner in dem Golfplatz-Projekt werden. Keiner von ihnen wird seine Meinung ändern, auch nicht, wenn wir Baumhäuser bauen oder Pershings auf die Bulldozer abfeuern.«

»Was bestimmt machbar wäre«, sagte Bronwyn düster, nach wie vor die Stallburschen ignorierend. »Sie haben es ohne weiteres geschafft, dass Richard wieder Saratoga reiten darf, und ich dachte, dass Sie vielleicht in der Lage wären, Diana zu überzeugen …«

»Da besteht keine Hoffnung«, sagte Maddy schnell. »Die Sache mit dem Derby war etwas ganz anderes.«

Bronwyn nahm sich endlich der Stallburschen an und tütete mit rasender Geschwindigkeit Süßigkeiten ein. »Sie kommen aber doch zu unserer Protestveranstaltung heute Abend?«

»Ja, natürlich.« Maddy klemmte sich das Waschmittel unter den Arm. »Aber ich bin immer noch der Ansicht, dass wir die Sache falsch anpacken.«

Kurz darauf radelte sie langsam am Fluss entlang nach Hause und betrachtete den Wald und die Obstplantage, deren wogendes Grün sich hinter dem Dorf erstreckte.

Es war klar, dass der verflixte Peter eine solch natürliche, ländliche Schönheit dem schnöden Mammon opfern wollte. Sie würde ihn bis zuletzt bekämpfen, aber in ihrem Innern wusste sie bereits, dass der Kampf verloren war.

Maddy erreichte das Cottage und füllte das Waschmittel in die Maschine. Der Morgen verging untätig, da sie ausnahmsweise ihren normalen Freitags-Papierkram bereits vor Ende des Frühstücksfernsehens erledigt hatte. Maddy hatte nicht mehr schlafen können und war lange vor Luke und Suzy aufgestanden, um ihre Quittungen und Lohnabrechnungen in Angriff zu nehmen. Es hatte natürlich absolut nichts damit zu tun gehabt, dass das Bürofenster den Ausblick auf Peapods freigab, und dass sie deshalb Carolines Aufbruch um kurz nach sieben beobachten konnte.

Sie musste unbedingt ihre Leggings waschen. Maddy hatte sich in der Eile, den Tag früh zu beginnen, ein schmutziges Paar übergestreift. Sie zog also die Leggings und auch ihr T-Shirt aus und quetschte beides in die Waschmaschine, was nur noch möglich war, da sie sich gegen die Tür stemmte. Schließlich musste sie jetzt sparen. Die erste Abbuchung über ihre Kreditkarte würde ihrer Bank gar nicht gefallen. In einer pinkfarbenen Unterhose und einem blauen Büstenhalter lief sie in ihrer Küche umher und setzte Wasser auf. Heute Nachmittag würde sie Peapods das erste Mal sauber machen, jetzt, wo Jackie für Kat einsprang. Und sie würde den roten Satinbüstenhalter mit der dazu passenden Unterhose tragen, Frans letztes Geburtstagsgeschenk. Beides war ziemlich frivol, und Maddy bewahrte die Garnitur immer noch in der gold-lilafarbenen Einkaufstüte in der Schublade ihrer Kommode auf. Sie wusste, dass es eines Tages eine Gelegenheit geben würde, sie zu tragen. Es war nicht so, dass sie erwartete, dass Drew heute Nachmittag über sie herfallen würde. Aber wenn er es täte …

Kurz nachdem Caroline weggefahren war, hatte sie beobachtet, wie er mit Dock of the Bay ausritt und dabei seine kleine Pferdeherde vor sich her trieb. Sie zitterte, als sie sah, wie er allein mit seinen Oberschenkeln das große braune Pferd unter Kontrolle hatte und wie seine schmalen Hände sanft an den Zügeln zogen, während seine aufrechte, kraftvolle Gestalt sich rhythmisch im Sattel auf und ab bewegte. Maddy weigerte sich, an Carolines Behauptung zu glauben, dass Drew sich nicht für Sex interessiere. Das war einfach nicht möglich.

»Niemand hat mich am Briefkasten rütteln gehört,

und die Hintertür stand offen, deshalb dachte ich, ich ...« Drew hielt inne.

»Du liebe Güte!«

Maddy schrie und versuchte, ihre Blöße zu verdecken.

»Ich habe gar nichts gesehen«, log er und lachte. »Mach dir also keine Sorgen.«

»Geh weg!« Sie flüchtete in den quadratischen Teil der Küche und hielt verzweifelt auf die Tür zu. Dabei stieß sie an den Herd.

Drew zuckte mit den Achseln und drehte sich um.

»Maddy, zieh dir in Ruhe was an. Ich gehe derweil raus und komme noch einmal rein.«

Sie raste in ihr Schlafzimmer und zog sich schnell eine Jeans und einen blauen Pullover an. Warum hatte sie nicht die ganze schreckliche Unterwäsche weggeschmissen? Warum hatte sie keinen dunklen, sonnengebräunten Körper? Warum hatte sie nicht einmal ihre Beine rasiert? Weil, so musste sie sich wütend eingestehen, während sie ihr Haar unter dem Pullover hervorzog, es bisher egal gewesen war, da es doch niemand bemerkte.

Drew hatte inzwischen zwei Tassen Kaffee eingeschenkt und saß mit Unschuldsmiene am Küchentisch.

Sie sah ihn vorwurfsvoll an. »Du hättest anklopfen können.«

»Das habe ich getan. Du hast nicht geantwortet. Ich wusste, dass du zu Hause bist, weil heute Freitag ist. Ich habe nicht erwartet, dich halb nackt vorzufinden.« Seine Augen funkelten. »Das war mein Glück.«

»Lüg nicht.« Sie nahm ihre Tasse mit zitternden Händen entgegen. »Ich bin überrascht, dass du immer noch hier bist. Du bist ziemlich tapfer. Mich so zu sehen braucht mehr Mut, als am Großen Preis von Pardubice teilzunehmen.« Drew lachte. Anscheinend konnte sie ihn immer zum Lachen bringen.

Er sah ihr in die Augen. »Ich bin eigentlich nicht hierher gekommen, um den Voyeur zu spielen. Ich wollte dich fragen, ob du Solomon reiten möchtest. Du hast gesagt, dass du gern reitest. Ich muss dringend noch ein bisschen mit Dock of the Bay trainieren, ich war heute erst einmal mit ihm draußen. Ich will vor Epsom noch viel mit ihm arbeiten, und die Bahnen müssten jetzt ziemlich leer sein. Also habe ich mich gefragt, ob du vielleicht mitkommen möchtest. Natürlich nur, wenn du nicht zu viel zu tun hast …«

»Nein, habe ich nicht. Ich bin heute Morgen früh aufgestanden.« Sie würde ihm nicht verraten, warum. »Ich habe nichts mehr zu tun, bis ich heute Nachmittag bei dir sauber mache.«

Er zog die Stirn leicht in Falten und lächelte dann. »Wunderbar. Trink deinen Kaffee aus, und ich sehe zu, ob ich einen Flaschenzug auftreiben kann.« Er grinste, als er ihr erstauntes Gesicht sah. »Um deinen riesigen Hintern in den Sattel zu hieven.«

Maddy lehnte sich über den Tisch, um ein Küchentuch nach ihm zu werfen. Drew griff nach ihren herumfuchtelnden Händen und zog sie an sich. »Du ist wunderbar, Maddy. Ich habe noch nie jemanden wie dich kennen gelernt. Ich hatte kein Recht, hier einfach so hereinzuplatzen, aber nun bin ich froh darüber. Du bist bezaubernd.« Er ließ ihre Hände los und setzte sich wieder auf seinen Stuhl. »Das einzige Problem ist, dass du lernen musst, dich selbst zu mögen.«

Solomon stand friedlich da und sah sich nur kurz um, als Maddy auf seinen Rücken stieg. Sie nahm die Zügel in die

Hand und stellte ihre Füße in die Steigbügel. Drew schwang sich mit Leichtigkeit in Dock of the Bays Sattel, und Maddys Magen zog sich vor Verlangen zusammen, als sie sah, wie sich seine Muskeln unter der Jeans strafften. Sie ritten langsam über das Kopfsteinpflaster. Die Hufe der Pferde hallten zwischen den mit Efeu bewachsenen Mauern wider. Dann ging es hinaus auf die Straße.

Maddy gewöhnte sich rasch an die geruhsame Gangart und fand es wunderbar, wie die Mähne von Solomon ihre Hände berührte und der warme, muffige Geruch seines schimmernden Fells in ihre Nase stieg. Milton St. John war wie leer gefegt. Maddy wünschte sich, dass die Straßen von Menschen gesäumt wären, um diesem glorreichen Moment beizuwohnen. Sie lächelte in sich hinein. Das war das dritte Mal, dass sie eine derartige Hochstimmung überkam, seit Peter Knightley sie verlassen hatte – zuerst war es *Die Feen* gewesen, dann Drew und nun die Tatsache, dass sie wieder ritt. Ihre Selbstachtung stieg gewaltig.

Als sie sich den Trainingsbahnen näherten ließ Drew Dock of the Bay neben ihr reiten. »Du reitest sehr gut. Kein Wunder, dass Suzy so erfolgreich ist. Das muss bei euch im Blut liegen.«

Maddy freute sich über sein Lob, schüttelte aber den Kopf. »Nicht dass ich wüsste. Mein Vater kann an keiner Wettannahmestelle vorbeigehen, aber näher ist niemand aus unserer Familie der Pferderennbahn gekommen. Ich habe als Kind reiten gelernt. Meine Eltern hatten eine Vereinbarung mit den Leuten, die bei uns einen Reitstall führten – sie schickten Bekannte in unser Hotel, und meine Mutter und mein Vater wiesen ihre Gäste auf die Ställe hin. Die Leute gaben erst mir und später Suzy umsonst Reitstunden.«

»Offensichtlich mit Erfolg. Warum um alles in der Welt hast du nicht weitergemacht?«

»Weil ich immer wieder mit anderen Dingen beschäftigt war.« Wie zum Beispiel mit der Tatsache, dass sie ihren Babyspeck behielt. Maddy war immer der Ansicht gewesen, dass es einfach lächerlich aussah, wenn ein pummeliger Teenager auf dem Rücken eines Ponys umherschaukelte. »Und dann bin ich zur Uni gegangen.«

»Und?« Drew zog fragend die Augenbrauen hoch.

»Ein weiteres schreckliches Kapitel in meinem Leben. Ich bin nach Brighton gezogen und habe mich für Geisteswissenschaften eingeschrieben. Aber die meiste Zeit habe ich damit verbracht, auf den Klippen von Peacehaven zu sitzen, das Meer zu beobachten und zu träumen. Ich hab nur ganz knapp den Abschluss geschafft.«

»Das hört sich für einen Mann, der seinen zweiten Bildungsweg mit kläglichen Noten und der grässlichen Voraussage abgeschlossen hat, dass er in Zukunft nur scheitern kann, alles sehr beeindruckend an.«

»Dennoch hast du denen, die an dir zweifelten, gezeigt, dass sie Unrecht hatten. Im Gegensatz zu mir.«

»Oh, Maddy, ich glaube, da liegst du falsch.« Drew beugte sich von Dock of the Bay zu ihr hinüber und berührte ihre Wangen mit seinen Lippen. »Ich bin mir ganz sicher, dass du da falsch liegst.« Er riss das Pferd herum, gab ihm die Sporen und galoppierte auf den Hügel zu.

Maddy saß auf dem schläfrigen Solomon und beobachtete bewundernd, wie Drew sich an den Hals von Dock of the Bay schmiegte und in einer fließenden, doch kraftvoll kontrollierten Bewegung mit dem Tier eins wurde. Warum um Himmels willen hatte Caroline ihn nicht dazu überredet, mit dem Reiten weiterzumachen? Vielleicht hatte er sich mal was gebrochen, aber das passierte irgendwann allen Jockeys. Drew hatte wegen Caroline darauf verzichtet, ein professioneller Reiter zu werden. Er musste sie sehr geliebt haben.

Während ihr gerade erst gewonnenes Selbstvertrauen zu schwinden drohte, stellte Maddy die Füße richtig in die Steigbügel und trieb ihr Pferd an. Jetzt gab es nichts mehr um sie herum als das Rauschen des Windes in ihren Ohren und das rhythmische Donnern der Hufe auf dem weichen Torf. Solomon war lange nicht so schnell wie Dock of the Bay, aber er galoppierte gleichmäßig. Maddy fühlte sich federleicht. Der Himmel, die Bäume, die ganze Welt verwandelten sich in eine Schwindel erregende Landschaft, die sie mühelos mit sich trug. Sie zog die Zügel in dem Moment an, als Drew Dock of the Bay herumwarf und den Weg zurückritt. Solomon war kaum verschwitzt, Maddy hingegen vollkommen erschöpft.

»Ich habe keine Kondition mehr …« Der Ritt war berauschend gewesen, und sie war nicht vom Pferd gefallen. »Das war, oh …«

»Orgastisch?«

»Nur, wenn du beim Orgasmus das Gefühl hast, dass dir die Arme abfallen, deine Beine nicht mehr dir gehören, sich dein Körper vor Erschöpfung krümmt und du so viel schwitzt, als hättest du drei Tage in einer Sauna zugebracht.« Sie fing seinen Blick auf und wurde puterrot. »Oh, ich wollte damit nicht sagen …«

»Davon musst du mir irgendwann mal mehr erzählen. Und bevor du wieder verkniffen und puritanisch wirst – du bist geritten wie ein Engel.« Er schwang sich aus dem Sattel und ließ sich zu Boden gleiten. Dock of the Bay begann sofort, das struppige Gras zu fressen. »Komm runter ...«

Maddy sprang zu Boden. Die plötzliche Rückkehr der Schwerkraft ließ sie taumeln. Drew hielt sie fest. »Caroline hat mich ermahnt, dir nicht wehzutun.«

Maddy erwiderte nichts. Ihr Herz raste von der Anstrengung des Ritts. Drews Körper war warm.

»Sie sagte mir, dass sie dir erzählt hat, dass es bereits andere Frauen gab, die dachten, sie könnten sich zwischen uns drängen.«

»Es hat mich nicht sonderlich interessiert, Drew, also lass uns jetzt nicht darüber reden. Verdirb mir diesen Augenblick nicht. Ich bin endlich einmal stolz auf mich.«

»Ich wollte dich nur wissen lassen, dass ich kein Frauenheld bin. Ich bin kein Peter Knightley oder Charlie Somerset. Ich will nicht, dass Caroline dir ein falsches Bild von mir vermittelt.«

»Caroline ist deine Frau. Sie hatte vollkommen Recht, mir zu sagen, dass ich mich von dir fern halten soll.« Maddy stampfte mit dem Fuß auf. »Und sie hat mir gesagt, dass die Tatsache, dass du Frauen küsst und nett zu ihnen bist, vielleicht falsche Hoffnungen weckt.«

Drew runzelte die Stirn. Er sah zum Himmel und dann wieder in Maddys Gesicht. »Und tue ich das?«

»Woher soll ich das wissen? Ich mochte dich auf Anhieb, weil du lustig und nett bist und weil du mir beigestanden hast, obwohl du mich nicht kanntest.« Maddys Lungen schmerzten, und sie holte tief Luft. »Ich fand dich sehr attraktiv ... Ich mochte dich schon, bevor wir Freunde wurden.«

»Und jetzt?«

»Jetzt mag ich dich immer noch. Aber du bist verheiratet. Du und Caroline, ihr bleibt zusammen, weil ihr euch liebt und einander vertraut. Wenn du nicht verheiratet wärst, dann wäre es etwas anderes. Aber das werden wir nie herausfinden.« Sie griff nach Solomons Zügeln und hievte sich wieder in den Sattel. Drew sah zu ihr auf. Sie schenkte ihm ein kleines Lächeln.

»Mach die Dinge nicht kompliziert, Drew. Wir wissen um unsere Gefühle zueinander, aber ich möchte nicht dafür verantwortlich sein, dass deine Ehe in die Brüche geht. Und ich bin auch nicht bereit, mein Leben erneut zu ruinieren. Nicht einmal für dich.«

»Caroline möchte keine Trennung.«

»Nein«, sagte Maddy kalt, »das habe ich sehr wohl verstanden.«

»Und ändert das etwas an unserer Situation?«

Sie sah in sein Gesicht und schüttelte den Kopf. »Woher soll ich das wissen? Ich bin wohl kaum eine Expertin in Liebesdingen, oder? Ist das der Grund, warum du mich hierher gebracht hast? Um herauszufinden, ob du nebenher mit mir schlafen kannst?«

»Verdammt noch mal!« Wütend schwang sich Drew wieder auf Dock of the Bay. »Wenn ich das wollte, hätte ich es längst tun können.«

Wirklich?, dachte Maddy, während Solomon wieder gemächlich die Bahn entlangtrottete. Oder hatte Caroline Recht, und Drew gab sich mit Flirten und Küssen zufrieden? Und wenn dem so wäre, wo fing dann eine Affäre an? Musste man tatsächlich miteinander schlafen, um eine Affäre zu haben, oder war die Tatsache, dass man verliebt war, genauso unmoralisch? In diesem Fall war sie bereits eine Ehebrecherin.

Drew hatte Maddy überholt und war gerade dabei,

Dock of the Bay das Zaumzeug abzunehmen, als sie in den Hof von Peapods einritt. Er zog die Reitkappe vom Kopf. Sein dunkles Haar klebte ihm an der Stirn. »Ich kümmere mich auch um Solomon. Steig einfach ab. Ich werde beide trockenreiben und eindecken.«

Er war furchtbar wütend. Maddy schloss die Augen und verfluchte sich. Sie wollte, dass er wieder zu dem fröhlichen, flirtenden Umgangston zurückfand. Wenn sie es nur dabei belassen könnten!

»Wenn ich schon einmal hier bin, kann ich auch gleich jetzt putzen.« Sie zog die Kappe ab und schüttelte ihre Locken. »Wo hat Jackie das Putzzeug hingestellt?«

»In den Schrank unter der Treppe. Du brauchst nicht ...«

»Natürlich muss ich. Dafür werde ich schließlich bezahlt. Von deiner Frau.«

Sie drehte sich auf dem Absatz um und lief unter dem Torbogen her zum Haus. Ihre Beziehung war ein ständiges Auf und Ab, mit mehr Tiefs als Hochs. Und von jetzt an gab es vermutlich nur noch Tiefs.

Sie holte das Putzzeug aus dem Schrank und erinnerte sich plötzlich an ein Erlebnis aus ihrer Kindheit, als sie noch ein einsames, pummeliges Mädchen war. Sie war acht oder neun Jahre alt gewesen, Suzy noch nicht geboren, und ihre Eltern waren mit ihr in den Ferien zu einem kleinen Dorf an der Küste von Norfolk gefahren. Es war eine düstere, stürmische Woche gewesen, und sie hatten auf einem Freizeitgelände Zuflucht gesucht. Maddy hatte in Shorts und Windbluse auf einer Wippe gesessen, die Beine rot vor Kälte, während ihre Eltern sich am anderen Ende der Wippe abwechselten, um sie hoch und runter zu drücken. Schließlich hatten beide keine Lust mehr und ließen sie dort auf dem Kies sitzen, während ihr die Tränen die Wangen hinunterliefen.

So erging es ihr jetzt auch, dachte sie, und schluckte die Tränen hinunter, während sie den Staubsauger über die teure Treppe von Peapods gleiten ließ. Und so würde es ihr wahrscheinlich immer ergehen. Sie hatte Drew schon zu oft beleidigt. Er war furchtbar wütend gewesen. Sie, Maddy Beckett, die nie jemandem mit Absicht wehtat, hatte dem Mann wehgetan, der es am wenigsten verdiente.

Sie war so unsäglich traurig, dass nicht einmal die Tatsache sie beruhigen konnte, dass zwei Schlafzimmer aufzuräumen waren, und dass Drews Sachen alle in dem Zimmer lagen, in dem ein Messingbett mit cremefarbener Bettwäsche stand, während Carolines Habseligkeiten mit penibler Genauigkeit in dem kleineren Zimmer am Ende des Ganges aufgereiht waren.

Wahrscheinlich rannten sie ständig zwischen den beiden Schlafzimmern hin und her, dachte Maddy wütend und stieß absichtlich mit dem Staubsauger an die antiken Fußleisten. Vielleicht schnarchte Drew. Vielleicht liebten sie sich in dem einen Zimmer und schliefen in dem anderen. Vielleicht schliefen sie gar nicht mehr miteinander, sondern hielten sich nur wie Freunde umschlungen. Was auch immer der Grund war, Caroline schlief mit Drew in Peapods, während sie auf der anderen Seite der Straße in ihrem Cottage schlief. Und nichts auf der Welt würde dies ändern können.

16. Kapitel

Die Hauptstraße war voller Menschen. Die Dorfbewohner drängelten sich in der Abenddämmerung lachend und schwatzend vor dem Eingang zu Maynards Orchard. Horden von Kindern saßen in den Bäumen von Goddards Spinney, und Bronwyn und Bernie verteilten Flugblätter. Mehrere Protestierende schwenkten Plakate mit der Aufschrift »Hände weg von unserem Land«, »Bäume haben auch Gefühle« und »DGG wird gewinnen«. Maddy, die mit Suzy gekommen war, biss sich auf die Lippen. Es waren viel zu viele Leute.

»Verdammt noch mal!«, sagte Suzy. »Das scheint ernst zu werden.«

»Zu ernst.« Maddy zog sich der Magen zusammen. »Bronwyn geht die Sache völlig falsch an. Ich habe heute Morgen versucht, ihr das zu sagen.«

Jahre schienen seither vergangen zu sein. Heute Morgen war sie noch mit Drew befreundet gewesen.

»Sieh mal, da ist Central TV. Und Thames Valley Radio! Bronwyn muss ihnen einen Tipp gegeben haben.« Suzy hüpfte auf und ab. »Und dahinten, das sind Zeitungsjournalisten.«

»Sie hätte nicht nur an die Medienpräsenz sondern auch an ein paar Sicherheitsleute denken können.« Maddy kam sich vor wie eine Spielverderberin, aber das Ausmaß der Menge war wirklich beängstigend. »Es ist noch nicht einmal der Schatten eines Polizeiautos zu sehen. Gott weiß, was passieren wird, wenn es zu Ausschreitungen kommt.«

Suzy teilte diese Befürchtungen nicht. Ihre Augen funkelten vor Begeisterung. »Es ist so schade, dass Luke in Lingfield ist! Er hätte das alles toll gefunden.« Sie warf Maddy einen fragenden Blick zu. »Dann sind wir beide also heute Abend allein hier. Wo ist Drew?«

»Er konnte nicht kommen«, sagte Maddy kurz angebunden. »Er hatte was anderes vor.«

»Höre ich da etwa heraus, dass es Unstimmigkeiten zwischen dir und dem göttlichen Mr. Fitzgerald gibt?«

»Nein, das tust du nicht. Ehe etwas unstimmig ist, muss es vorher erst einmal stimmen.« Sie sah ihre Schwester an. »Und wenn du das als sexuelle Anspielung auffasst, bringe ich dich um.«

»Okay, okay, reg dich wieder ab. Wahrscheinlich ist das gar nicht das Problem. Wenn du nur …« Sie duckte sich, als Maddy die Hand erhob. »Entschuldige, aber wenn du einen Rat brauchst, Mad, ich bin immer für dich da. Verdammter Mist! So schlimm ist es doch nicht, oder?«

»Nein, natürlich nicht.« Maddy versuchte zu lächeln, doch ihre Zähne schienen aneinander zu kleben. »Und wenn Luke mit der Tatsache fertig wird, dass er Saratogo Sun nicht im Derby reitet, dann kann ich auch einen Abend ohne Drew Fitzgerald verkraften.«

»Luke wird mit allem fertig.« Suzys Lächeln war lasziv, und wieder einmal wich sie Maddys Hand aus. »Er ist glücklich, dass er das Derby überhaupt reiten kann. Gott, ich wünschte, ich wäre auch dabei.« Suzy blinzelte träumerisch in die Ferne.

Trotz ihrer miesen Stimmung wegen des Streites mit Drew und ihres Unbehagens über die anschwellende

Menge umarmte Maddy ihre Schwester fest. »Du wirst es eines Tages reiten. Und du wirst gewinnen. Du wirst schon sehen.«

»Ja, dann wäre ich die erste Frau, die das geschafft hätte.« Suzys Augen weiteten sich. »Suzy Delaney – Champion von Epsom.«

Maddy warf ihr einen schnellen Blick zu. »Suzy? Luke hat dir doch wohl noch keinen Antrag gemacht, oder? Du bist noch viel zu jung dafür. Ihr kennt euch noch nicht lange genug.« Sie hielt abrupt inne. Es bestand die realistische Gefahr, dass sie sich wie ihre Mutter anhörte.

»Leider nein. Wenn er es nur täte! Ich habe den Namen nur mal ausprobiert, so wie du es tust, weißt du?«

»Nein, ich weiß nicht, was du meinst«, log Maddy. Heute Morgen hatte sie auf ihren Notizblock mindestens hundert Mal Maddy Fitzgerald geschrieben. Doch sie hatte die Seite herausgerissen und sie ganz tief in den überquellenden Abfalleimer gesteckt, sobald sie von Peapods nach Hause gekommen war.

»Ich bin viel zu vernünftig für solche Dinge.«

Suzy hüpfte wieder auf und ab. »Da ist Mr. Twice-Knightley mit seiner affigen Heuschrecke. Und wer ist der fette Kerl, der bei ihnen steht?«

»Jeff Henley, würde ich tippen. Staceys Vater.« Maddy seufzte. »Das kann alles verdammt schief gehen.«

»Oh, das hoffe ich doch! Wetten, dass ich Stacey zuerst eine runterhaue?«

Diana und Gareth waren ebenfalls am Rand der Menschenmenge zu sehen, die jede Minute größer zu werden schien. Bert Maynards kritische Söhne, Paul und Phil, hatten sich zu den Pughs an die Spitze der Menge gesellt. Mit schütterem Haar, stämmig und in Cordhosen und

Strickpullovern wirkten sie inmitten der Aufwiegler deplatziert. Man stimmte gerade »Verhindert den Golfplatz« an, als Barry und Sandra, Nicky, Joe und Peanut schnell auf Bronwyn und Bernie zugingen. Maddy beunruhigte es, dass auch sie besorgt über die Menge der Leute schienen.

»Macht es dir was aus, wenn ich zu Jason und Olly rübergehe?«, fragte Suzy.

»Nein, geh ruhig.« Maddy winkte den Jockeyanwärtern und Stallburschen zu, die am Fluss saßen. »Veranstalten sie eine Party?«

»Sie trinken nur ein paar Bier. Sie bekommen sonst Entzugserscheinungen – normalerweise sind sie um diese Uhrzeit im Cat and Fiddle. Mach dir nicht so viele Sorgen, Maddy. Es wird schon keinen Krawall geben.«

Maddy hoffte, dass sie Recht hatte. Sie sah zu, wie Suzy sich einen Weg durch die Menge bahnte und wünschte sich, dass Fran hier wäre. Sie hatte angerufen und gesagt, dass sie nicht kommen würde, weil Richard wieder Saratoga reiten durfte. Keiner von beiden wollte es sich bei Diana verscherzen.

»Ich möchte mich bei dir entschuldigen.« Stacey, die wie immer aus dem Nichts auftauchte, fasste Maddy am Arm. »Ich denke, dass wir beide in der Hitze des Gefechts Dinge gesagt haben, die wir so nicht meinten.«

»Ich bin sicher, dass das bei mir nicht der Fall war«, sagte Maddy kalt. »Ich weiß gar nicht mehr so genau, was ich gesagt habe, aber ich bin sicher, dass ich jedes Wort so gemeint habe. Hat Peter dich hergeschickt? Was beabsichtigt er damit? Unterstützung in letzter Sekunde?«

Stacey wusste offenbar nicht, was sie damit meinte. Sie zog ihre Stupsnase kraus. »Nein, das hat er nicht getan.

Daddy und Peter machen sich nur Sorgen wegen all dem hier. Es ist so dumm! Was denkt sich diese blöde, alte Frau aus dem Laden eigentlich dabei?«

Ausnahmsweise stimmte Maddy mit Stacey in diesem Punkt überein, aber sie wäre lieber gestorben, als das zuzugeben. »Ich glaube, dass es nur zeigen soll, wie sehr die Dorfbewohner gegen die Idee sind, dass die Obstplantage und der Wald für einen Golfplatz niedergemäht werden, den niemand braucht oder will. Ich bin mir sicher, dass Peter und dein Vater den Golfplatz auch woanders bauen könnten.«

»Warum sollten sie?«, schmollte Stacey. »Alle Trainer spielen Golf, und die meisten Jockeys auch. Sie werden alle dem Club beitreten, meint Peter, und dann wird es viele Arbeitsplätze geben. Ach übrigens, Peter und ich heiraten im September. Und wir werden den Manor beziehen und …«

»Ich weiß das alles bereits«, fuhr Maddy sie an. »Peter kam selbst zu mir, um es mir zu erzählen.«

»Ach, tatsächlich?« Staceys volle Lippen zitterten leicht. »O ja, stimmt, er hat es mir erzählt … Auf jeden Fall wird es sehr bequem sein, im Dorf zu leben, wenn Petie den Golfclub leitet. Du bist einfach nur altmodisch.«

»Nein, das bin ich nicht, Stacey. Sieh dich doch mal um!« Maddy gestikulierte heftig mit den Armen. »Diese Bäume sind wunderschön. Es wäre eine Schande, sie alle fällen zu lassen! Es gibt genug Golfplätze in der Umgebung – und genug Leute, die alles niedermachen, um Häuser, Industrieanlagen oder – verdammt noch mal – Golfplätze zu bauen. Wenn du in Milton St. John glücklich werden willst, dann bring Peter und deinen Vater dazu, dass sie ihre Meinung ändern.«

»Daddy wird seine Meinung nicht ändern, und Peter auch nicht. Und Golfplätze sind doch so schön und grün! Ich habe die Pläne gesehen. Sie wollen Seen und …«

»Hör auf«, herrschte Maddy sie an. »Ich weiß, dass Golfplätze landschaftlich schön gestaltet sind, aber warum brauchen wir von Menschen gemachte Schönheit, wenn wir die natürliche hier vor uns haben? Lauf nur wieder zu Peter und deinem Daddy und sag ihnen, dass du in jeder Hinsicht versagt hast. Ich werde meine Meinung nicht ändern, was den Golfplatz angeht, und ich werde mich auch nicht für irgendetwas bei dir entschuldigen, was ich gesagt oder getan habe, weder jetzt noch irgendwann. Verstanden?«

»Du bist komisch.« Stacey wandte sich ab. »Ich weiß nicht, wie man sich über ein paar alte Bäume aufregen kann. Übrigens …« Sie sah verschmitzt über ihre schmale Schulter zurück. »Ich habe Peter erzählt, dass du gesagt hast, er wäre schlecht im Bett – was er nicht ist –, und er hat gelacht und gesagt, dass ausgerechnet du so etwas sagen müsstest. Er sagte, du hättest immer einfach nur dagelegen. Er sagte, du hättest keine Ahnung gehabt, was du machen solltest. Er sagte, er hätte dir alles beibringen müssen.«

Maddy wollte ihr am liebsten jede Obszönität, die sie jemals gehört hatte, entgegenschleudern. Suzy hätte so reagiert, und Fran auch. Und Stacey erwartete das. Stattdessen lächelte Maddy freundlich und wissend.

»Stacey? Möchte Peter, dass du im Bett Reitstiefel trägst?«

»Was?« In dem schmalen, alterslosen Gesicht erschien Hohn. »Sei nicht albern. Natürlich nicht.«

»Dann frag ihn mal, ob du es nicht tun solltest. Vielleicht wäre er ja glücklich darüber.«

Maddy drehte sich um, damit Stacey ihr Grinsen nicht sehen konnte. Das sollte ihm eine ausreichende Warnung sein, dass er oder die affige Heuschrecke sie in Zukunft nicht mehr belästigten.

Als Bronwyn das Mikrofon ergriff, gab es einen Aufruhr am Eingang zur Obstplantage. Maddy runzelte die Stirn. Sie hatte gedacht, dass dies nur eine Versammlung sei, um den Massenprotest deutlich zu machen, aber nicht, dass daraus eine Kundgebung werden würde.

»Dorfbewohner!«, bellte Bronwyn. »Danke, dass ihr heute so zahlreich gekommen seid, um gemeinsam unser natürliches Erbe zu retten.«

Es gab Beifallsrufe. Die Kameras hielten zunächst auf Bronwyn und schwenkten dann über die Menge. Die Leute winkten ihnen zu. Die Reporter von der lokalen Presse machten sich eifrig Notizen.

»Diese Veranstaltung soll denen, die unser Dorf zerstören wollen, zeigen, dass wir dies nicht zulassen werden!«

Erneute Beifallsrufe. Maddy sah sich die Gesichter an. Die Menschen genossen die Situation. Diana und Gareth gingen auf Peter, Stacey und Jeff Henley zu. Bronwyn zeigte auf sie. »Ich bin froh, dass Mr. und Mrs. James-Jordon, Mr. Knightley und Mr. Henley heute Abend ebenfalls hier sind. Ich hoffe, dass sie nun einsehen werden, wie unpopulär ihr Vorhaben ist.«

Die Menge pfiff und buhte. Diana und Peter blieben ungerührt. Gareth lächelte einnehmend in die Menge.

Bronwyn hustete ins Mikrofon. »Paul und Phil Maynard sind ebenfalls gekommen, um uns zu unterstützen.

Sie wollen nicht, dass Maynards Orchard zerstört wird. Sie sind bereit, ihrem Vater in dieser wichtigen Angelegenheit beizustehen. Was ist mit euch?«

Der starke Beifall bezeugte, dass sie die Unterstützung der Leute hatten. Paul und Phil wurden rot. Diana schüttelte den Kopf. Stacey flüsterte Peter etwas zu. Sie hatte es geschafft, sich zwischen ihn und Diana zu drängen. Gleich und Gleich gesellt sich gern, dachte Maddy. Trotzdem tat ihr Peter plötzlich ziemlich Leid.

Bronwyn hob die Hand. »Möchte jemand von den Fürsprechern des Golfplatzes jetzt etwas sagen?«

Nein, das wollten sie nicht. Gareth lächelte wieder freundlich in die Menge und winkte Maddy zu. Diana sah ihn an und stellte sich dichter neben Peter.

»Nun gut.« Bronwyn warf ihren Unterstützern von Twyford Down, Batheaston und Newbury einen schnellen Blick zu, als erwarte sie von ihnen bei ihrem nächsten Schritt Hilfe. Sie sahen unschlüssig aus. Bronwyn holte tief Luft. »Ich denke, dass es nur fair ist zu sagen, dass wir uns gegen den Bau des Golfplatzes stellen. Wir werden kämpfen. Wir werden Maschinen und Menschen behindern. Die Dorfbewohner von Milton St. John werden nicht nachgeben.«

Darauf folgte ein ohrenbetäubender Beifall. Diana wurde blass. Maddy hätte an ihrer Stelle jetzt nachgegeben. So weit, so gut. Bronwyn hatte die Sache bisher gut gemanagt. Die Positionen waren klar: Das Dorf war gegen die Zerstörung der Natur, das Dorf wollte den Golfplatz nicht.

Da nahm Peter Bronwyn das Mikrofon aus der Hand. Als seine überzeugende Stimme erklang, wurde es still. »Ich denke, es ist an der Zeit, dass ich etwas sage.« Er blickte die Dorfbewohner mit seinen wunderbaren blauen Augen an. »Ihr seid meine Freunde. Freunde sollten zusammenhalten. Ich kann euren Standpunkt verstehen, aber ich habe das Gefühl, dass man euch falsch informiert hat. Mrs. Pugh« – er neigte seinen goldblonden Kopf Bronwyn zu – »war sehr überzeugend, aber ich werde euch jetzt die Fakten mitteilen. Das Land, das hier zur Diskussion steht, gehört zwei Parteien. Beide sind absolut bereit, es zu verkaufen, damit dort ein Golfplatz entsteht. Das ist ihr Recht. Sie würden natürlich gern eure Unterstützung haben, aber ob mit oder ohne – der Golfplatz wird gebaut. Und jede Art von Boykott an den Maschinen oder Behinderung von Arbeitern wird mit der vollen Härte des Gesetzes geahndet.«

Er hielt inne. Die Dorfbewohner schwiegen. Sie dachten darüber nach, was er gesagt hatte. Peter lächelte. Ein paar der jüngeren Frauen strichen sich das Haar glatt.

»Ich stieß bereits auf Ablehnung, als ich das erste Mal nach Milton St. John kam und in einem etablierten Stall ein Fitnessstudio eröffnen wollte. Ich habe es aber geschafft. Die Leute – ihr! – kamen in hellen Scharen in die Kurse, in die Sauna und ins Solarium, und zwar freiwillig. Ihr wart zunächst dagegen, weil ihr keine Veränderung wolltet, aber schließlich wart ihr glücklich darüber. Oder stimmt das etwa nicht?«

Zustimmung wurde laut. Bronwyn sah so aus, als könnte sie jemanden umbringen, aber da sie so vehement für Demokratie eingetreten war, durfte sie Peter wohl kaum das Mikrofon entreißen. Maddy nickte ihr voller Mitleid zu. Peter konnte charmant reden. Alles, was er sagte, hörte sich plausibel an. Er ergriff erneut das Wort, und diesmal klang seine Stimme fast zärtlich.

»Ich werde auf dem Manor leben, im Herzen von Milton St. John. Ich liebe die Schönheit und die Ruhe dieses Dorfes so sehr wie ihr. Ich würde, genau wie ihr, nichts tun, um das zu zerstören. Der Golfplatz wird für das Dorf ein Gewinn sein und kein Schandfleck. Er wird Arbeitsplätze in einer Region schaffen, in der es nicht viele gibt, und er wird Besucher in unser Dorf bringen. Besucher, die Geld im Laden und im Pub ausgeben werden …«

»Und was ist mit den Autos?« Barty Small meldete sich von ganz vorn aus der Menge. »Wir wollen keinen Haufen Idioten, die durch das Dorf rasen, die Pferde erschrecken und Chaos verbreiten. Oder?«

Die Dorfbewohner schüttelten die Köpfe. Peter lächelte Jeff Henley und die James-Jordans an, und Maddy sank das Herz in die Hose. Sie kannte dieses Lächeln. Peter konnte teuflisch gut pokern.

»Wenn ihr – besonders Mrs. Pugh – euch die Mühe machen würdet, euch die Pläne anzuschauen, die im Gemeindehaus zu sehen sind, dann würdet ihr feststellen, dass der Golfplatz nicht von Milton St. John aus zugänglich ist.«

Bronwyn wurde wegen dieses Versäumnisses rot vor Scham.

Peter spielte jetzt all seinen Charme aus. »Ein Teil der Planungsgenehmigung sieht vor, dass wir die Zufahrtsstraße zum Golfplatz direkt von der Autobahnabfahrt abzweigen lassen, und zwar gegenüber von den Trainingsbahnen. Sie läge vier Meilen vom Dorf entfernt und somit nicht in der Nähe eines Hauses oder eines Stalls. Es wird im Dorf keinen Verkehr wegen des Golfplatzes geben.«

Alle schwiegen vor Erstaunen.

»Aber die Bäume« – Kimberley hob die Hand – »ihr

werdet doch all diese wunderbaren Bäume niederwalzen!«

»Nein, überhaupt nicht.« Peter lächelte honigsüß. »Sicherlich werden einige gefällt, aber ich habe mich beim Naturschutzbund erkundigt. Für jeden gefällten Baum wird ein neuer gepflanzt. Und im Umkreis von einer halben Meile ums Dorf herum wird überhaupt kein Baum gefällt. Wir haben vor, den Wald und die Obstplantage im Hintergrund des Golfplatzes zu erhalten. Von Milton St. John aus wird nichts anders aussehen. Man wird gar nicht merken, dass es einen Golfplatz gibt.«

Dem verblüfften Schweigen folgte Gemurmel, das in Geschrei endete. Sandra und Barry, Nicky, Joe und Peanut sahen Bronwyn an. Sie waren vollkommen falsch informiert worden.

Maddy schluckte. Das war typisch Peter. Er hätte dem Ganzen bereits vor langer Zeit ein Ende bereiten können, stattdessen genoss er es, wie die Leute sich aufregten. Die Presseleute packten zusammen. Sie hatten nichts weiter als einen Lückenfüller in der Tasche. Diana und Gareth schüttelten Peter und Jeff Henley die Hand. Bernie Pugh war verschwunden. Wenn Bronwyn sich die Pläne wenigstens einmal angesehen hätte, dachte Maddy traurig, wäre all das unnötig gewesen.

»Meine Damen und Herren …« Bronwyns Stimme zitterte. »Ich schlage vor, dass wir unseren Protestabend nun beenden. Auf Grund der Informationen, die uns Mr. Knightley gegeben hat« – sie warf Peter einen Blick zu, bei dem er in den Boden hätte versinken sollen – »werde ich mir selbst die Pläne genau ansehen. Wir werden uns dennoch kommende Woche im Gemeindehaus treffen, um wie besprochen den nächsten Schritt vorzubereiten.«

Aber die Leute hörten nicht mehr zu. Die Begeisterung war verpufft. Peter war so grausam wie eh und je gewesen. Maddy beobachtete, wie er Dianas geschminkte Wange küsste. Er wusste genau, wann er seinen Trumpf spielen musste. Die Leute gingen langsam auseinander.

Da es nun keine kostenlose Unterhaltung mehr gab, begannen die Stallburschen, sich mit Bierdosen zu bewerfen.

Diana, die sich hoheitsvoll von der Menschenmenge um Peter und Jeff Henley abwandte, stellte sich vor die Jungs. »Ich nehme an, dass keiner von euch für mich arbeitet.«

Sie schüttelten die Köpfe. Die meisten von ihnen hatten mal für sie gearbeitet, doch Diana war bekannt dafür, dass ihr Stallpersonal genauso häufig wechselte wie ihre Liebhaber. Sie war keine beliebte Arbeitgeberin. Die Burschen ignorierten sie und spielten weiter mit den leeren Bierdosen.

Für Diana mussten sie alle gleich aussehen. »Wenn irgendeiner von euch für mich arbeitet, kann er morgen seine Lohnsteuerkarte abholen.«

»Es arbeitet aber keiner für Sie.« Jason, ein Freund von Suzy, lächelte freundlich. »Also, zieh Leine.«

»Wie bitte?«, sagte Diana wütend. »Was haben Sie gesagt?«

»Zieh Leine!«, wiederholte Jason immer noch lächelnd. »Wir tun doch nichts.«

»Wir haben nur unseren Spaß.« Olly sprang für seinen Kumpel ein. »Genauso wie Sie, nur dass wir im Gegensatz zu Ihnen, Mrs. J.J., die Kleider anbehalten.« Die anderen Jungs brüllten vor Lachen. Sie kannten Dianas Vorlieben ganz genau.

Suzy kicherte. Diana packte sie rot vor Wut an der Schulter. »Und was finden Sie so komisch, Suzy Beckett? Was hat Ihnen Ihre Schwester erzählt?«

Suzy sah Diana erstaunt an. »Nichts. Ich weiß nicht, was Sie meinen. Lassen Sie mich bitte in Ruhe.«

Maddy hatte bisher amüsiert zugeschaut. Doch die Art, wie Suzy Dianas Hand wegschlug, führte plötzlich zu einem Handgemenge: Jason und Olly sprangen auf. Maddy machte zwei Schritte vorwärts.

»O weh!«, schrie Gareth in dem Moment, als Diana, die einen eleganten, grauen Hosenanzug trug, in den Fluss fiel.

Plötzlich war es wie im Tollhaus. Die Leute drängelten sich von hinten vor, um zu sehen, was passiert war, und schubsten dabei andere Menschen ins Wasser. Fäuste flogen. Die Fernsehleute packten sofort ihre Kameras wieder aus. Auf einmal wurde geschlagen, getreten und geschubst.

Diana kletterte klatschnass und schmutzig am Ufer hoch, griff nach Gareths' ausgestreckter Hand und zog ihn ebenfalls ins Wasser. Die Presseleute feixten. Maddy biss sich vor Entsetzen in die Hand und versuchte zu der Stelle vorzudringen, wo Suzy gestanden hatte.

»Bleib hier, Maddy«, keuchte Barty Small, während er sich durch das Gedränge kämpfte. »Du wirst auch noch reinfallen.«

»Suzy!«, schrie.Maddy. »Suzy!«

»Es ist alles in Ordnung«, stieß Kimberley hervor, deren Haare in alle Richtungen abstanden. »Es war nicht ihre Schuld.«

»Ich weiß«, sagte Maddy entsetzt und duckte sich, um einer Faust auszuweichen. »Ich hoffe nur, dass sie –

autsch!« Sie drehte sich um und erblickte Stacey. »Du hast mich geschlagen!«

»Aus Versehen!« Stacey sah wie ein verängstigtes Karnickel aus. »Wirklich … Ohhhh!«

Stacey versuchte noch, sich an irgendetwas festzukrallen, doch dann rutschte sie platschend in den Fluss. Kimberley sah Maddy bewundernd an.

»Ich war das nicht. Ich habe sie nicht …«

»Nein, ich war's«, grinste Bronwyn Pugh. »Dieses kleine Dummchen! Die wird mich so bald nicht mehr blöde alte Schachtel nennen.«

Maddy versuchte, sich einen Weg aus dem Chaos zu bahnen. Der Geräuschpegel war unerträglich. Sie hatte befürchtet, dass so etwas passieren würde. Irgendwoher übertönten Sirenen die Rufe und Schreie, doch das störte die Kämpfenden wenig. Sie hatten so etwas in Milton St. John seit dem letzten Dorf-Cup-Finale nicht mehr erlebt, wo sie in letzter Minute durch einen fragwürdigen Strafstoß verloren hatten. Die Polizeiwagen hielten mit quietschenden Bremsen, und Männer mit blauen Uniformen drängten sich in die Menge. Maddy spürte eine Hand auf ihrem Arm, und da es ihr nicht gelang, sie abzuschütteln, biss sie hinein.

»Scheiße!«, fluchte Drew. »Vielen Dank! Komm schon, oder möchtest du verhaftet werden, Maddy?«

Er zerrte sie aus der Menge. Die Menschen um sie herum drängelten und schubsten sich.

Maddy blickte Drew wütend an. »Ich brauche niemanden, der mich rettet.«

»O doch.« Drew untersuchte seine Hand. »Du warst mittendrin. Ich glaube, ich brauche eine Tetanus-Spritze.«

Maddy zitterte. »Ich habe versucht, Suzy zu finden.«

»Suzy ist vollkommen in der Lage, auf sich selbst aufzupassen. Bei dir bin ich mir da nicht so sicher.«

»Bisher habe ich das immer geschafft«, keifte sie. »Ich brauche niemanden, der meine Kämpfe ausficht. Besonders dich nicht.«

»Und ich dachte, du wärest mir vielleicht dankbar …«

»Warum, zum Teufel, sollte ich dir dankbar sein?« Sie wich den Maynard Brüdern aus, die gerade miteinander kämpften. »Ich habe dich nicht darum gebeten, Sir Lanzelot zu spielen.«

»Galahad«, korrigierte Drew sie. *»Er* war der Ritter in der glänzenden Rüstung, der die Damen aus Zwangslagen befreite. Lanzelot war der Liebhaber.«

Maddy sah ihn herausfordernd an und lachte dann. Er lachte jedoch nicht. Drew Fitzgerald war immer noch sehr wütend.

»Warst du die ganze Zeit hier?«

»Die meiste Zeit – verdammt!« Eine Bierdose traf seine Schulter. »Wer auch immer mir gesagt hat, Milton St. John sei das friedlichste Eckchen von England, müsste verklagt werden. Ich denke, du solltest jetzt mitkommen.«

»Ich lasse Suzy nicht allein. Warum hast du dich eigentlich nicht eher gezeigt?«

»Weil ich annahm, dass du mich nicht sehen willst. Immerhin glaubst du, dass ich an dir nur als eine Art Zeitvertreib interessiert bin, während meine Frau weg ist.«

»Ich habe mich falsch ausgedrückt. Das habe ich nicht gemeint – oh, Hilfe!«

Eine kleine Gruppe Kämpfender stieß gegen sie, prallte an ihnen ab und stürzte in den Fluss.

Drew umfasste Maddys Handgelenk und zog sie in Richtung Straße. »Vielleicht können wir später darüber reden, jetzt nicht. Wir werden verhaftet, wenn wir hier bleiben.«

Die Polizei zerrte tropfnasse Dorfbewohner aus dem Fluss und stieß sie in die Wagen, doch Maddy versuchte, sich Drews Griff zu entziehen. Sie würde nicht ohne Suzy gehen.

»Habt ihr Stacey gesehen?« Peter tauchte in der Menge auf. Er sah trotz des Aufruhrs, der um ihn tobte, ruhig und elegant aus. »Wir haben sie verloren. Diana und Gareth ebenfalls.«

Drews Griff wurde härter. Maddy sah die beiden Männer finster an und zeigte dann auf den Fluss. »Eben waren sie alle noch da drin, aber ich habe sie nicht hineingestoßen. Was hast du dir um Himmels willen dabei gedacht, Peter? Du hättest all das hier verhindern können.«

»Wohl kaum«, erwiderte Peter. »Ich habe nicht erwartet, dass sich die Lage so entwickeln würde. Es stimmt allerdings, ich wusste, dass der Golfplatz für das Dorf keine Bedrohung darstellen würde. Aber niemand hat zugehört.«

»Weil du absichtlich niemandem davon erzählt hast. Du fandest es nur toll zu sehen, wie sich alle aufregten, und dass Bronwyn wie eine Idiotin dastand, oder?«

»Es war ziemlich amüsant, das ist richtig.« Peters Lächeln war so selbstgefällig, dass Maddy ihn am liebsten ins Gesicht geschlagen hätte. Er zuckte die Achseln. »Ich habe versucht, es dir zu sagen. Ich wollte nicht, dass du in die Sache verwickelt wirst. Ich habe dir einen Brief geschickt. Ich habe versucht, dich anzurufen. Ich bat Stacey, dich dazu zu bringen, mit mir zu reden. Aber das war dir alles egal. Und dann ...«

»Und als wir uns dann schließlich von Angesicht zu Angesicht gegenüberstanden – oder sollte ich besser sagen von Angesicht zu Hintern? –, warst du wahrhaft nicht in der Lage, über irgendetwas zu diskutieren, nicht wahr?«

Peter sah erst Maddy und dann Drew an, der unschuldig zurückgrinste und lediglich Maddys Arm noch fester umklammerte. Plötzlich überwältigte sie ein derartiges Verlangen nach ihm, dass sie sich an ihn lehnte. Peter bedachte sie mit finsteren Blicken.

Maddy schüttelte den Kopf. »Du hast schon immer Menschen auf gemeine Weise manipuliert, Peter. Vielleicht hättest du mir davon erzählt, aber ich bezweifele es. Du findest es lustig, wenn jemand sich zum Gespött der Leute macht. Du hast wahrscheinlich Bronwyns Herz gebrochen, indem du diese Information bis zur letzten Minute zurückhieltest.«

»Sie hätte sich besser informieren sollen. Ihr seid alle so leichtgläubig!«

»Ich glaube, sie ziehen Ihre Freundin gerade aus dem Wasser«, sagte Drew.

Peter drehte sich um. Stacey, Diana und Gareth wurden wie mindestens ein Dutzend andere Dorfbewohner in schnell zusammengesuchte Mäntel gehüllt. Jeff Henley tätschelte hilflos die durchnässte Schulter seiner Tochter. Maddy war begeistert. Stacey sah aus wie ein Wiesel, das man in einen Eimer getunkt hatte.

»Ich muss hin und sehen, ob es ihnen gut geht.«

»Sie werden wahrscheinlich noch Froschmänner einsetzen müssen, um ihre falschen Wimpern aus dem

Wasser zu fischen«, sagte Drew, ohne eine Miene zu verziehen, »aber ihre Perücke ist vermutlich für immer verloren. Darin wird sich vermutlich eine Familie von Wasserratten einnisten.«

Ärgerlich stolperte Peter am Ufer zu der durchnässten Stacey hinunter. Diana, deren Zähne vor Wut klapperten, zeigte auf angeblich Schuldige in der Menge. Die Polizisten, die nicht damit beschäftigt waren, Kämpfende zu trennen, hörten aufmerksam zu.

»Was für ein wunderbares Ende für einen ganz normalen Tag.« Drew lachte und zog Maddy an sich. »Es tut mir Leid für die Pughs und für jeden, der in den Tumult mit hineingeraten ist, aber es war auf jeden Fall wert zu sehen, wie Dianas Leidenschaft auf so effektive Weise abgekühlt wurde, oder?«

»Unbedingt.« Maddy schmiegte sich an ihn. »Und Stacey ohne ihr kunstvolles Make-up zu sehen! Ich frage mich, ob sie es auch im Bett trägt.«

»Zusammen mit den Reitstiefeln ...« Drew grinste.

Maddy umarmte ihn lachend. Da wandte er ihr sein Gesicht zu und küsste sie leidenschaftlich, küsste sie mit seinen Lippen, seiner Zunge und seinen Zähnen.

Es war, als würde Maddy ihr eigener Körper nicht mehr gehören. Erst als sie ihren Namen hörte, kehrte sie in die Realität zurück. Zögernd löste sie ihre Lippen von Drews.

Barty Small rief mit besorgtem Gesicht nach ihr.

»Maddy! Um Himmels willen, sie haben Bronwyn verhaftet – und deine Suzy!«

17. Kapitel

In der Polizeistation von Wantage wimmelte es von Leuten. Der Dienst habende Polizeibeamte, an friedliche Abende gewöhnt – zumindest bis die Pubs schlossen –, versuchte mit missbilligender Miene Ordnung in die Gruppen protestierender Menschen zu bringen. Niemand hatte ihm gesagt, wie viele an dem Tumult beteiligt gewesen waren, und dass so viele von ihnen nass waren.

Maddy, die immer noch Drews Hand hielt, drängte sich zu dem Schreibtisch vor. »Meine Schwester – Suzy Beckett – ist sie auch hier?«

»Ich sehe mal nach.« Der Polizist versuchte gerade, Formulare auszufüllen, die nass geworden waren. »Setzen Sie sich wie die anderen dort drüben hin.«

»Aber Sie haben sie verhaftet«, beharrte Maddy. »Sie hat nichts getan. Sie …«

»Madam, keiner, der je durch diese Türen gekommen ist, hat etwas getan. Bitte setzen Sie sich. Jeder wird aufgerufen.«

Er wandte sich den Maynard-Brüdern zu, die beide blutige Nasen hatten und sich gegenseitig anzeigen wollten. »Sie geben also zu, ihn zuerst geschlagen zu haben?«

»Komm schon, Maddy.« Drew nahm ihren Arm. »Komm und setz dich. Wir können im Moment nichts tun.«

Sie setzte sich neben eine Reihe von Dorfbewohnern, die ebenfalls gekommen waren, um Bösewichte abzuholen.

»Hi, Maddy!« Brenda winkte ihr von der Seite zu. »Sie haben meinen Wayne hier. Dieser kleine Unhold! Und Elaines Gavin. Die sind hier schon an ihn gewöhnt. Er hat sogar seine eigene Zelle.«

Maddy lächelte schwach. Gestresste Polizisten und Polizistinnen rannten herum, das Telefon bimmelte unablässig, und etliche missmutige Dorfbewohner begannen nach Schimmel zu riechen, weil die nassen Kleider auf ihren schmutzigen Körpern trockneten.

Drew legte den Arm um Maddys Schultern und zog ihren Kopf an sich. Sie schloss die Augen. Sie wusste, dass Brenda sie aufmerksam beobachtete, aber es war ihr egal.

»Ich hätte mir nie vorgestellt, dass der Tag so enden würde«, murmelte Drew in ihre Haare. »Ich habe wirklich gedacht, dass ich dich nie wieder sehen würde.«

»Das wäre aber schwierig geworden, da ich auf der anderen Seite der Straße wohne.«

»Du weißt, was ich meine. Ich dachte, wir würden uns nur noch freundlich zunicken.«

»Ich hab sogar befürchtet, auch das ginge nicht mehr. Es tut mir Leid, dass ich uns den Morgen verdorben habe. Wir sollten uns einfach davor hüten, Carolines Namen zu erwähnen.«

»Das denke ich auch.« Drew streichelte ihr Haar, und Maddy wurde ganz schwindelig vor Verlangen. »Zumindest für den Rest des Tages. Die Situation ist spannungsgeladen genug. Aber irgendwann müssen wir darüber sprechen.«

Sie seufzte. »Ja, ich weiß. Bist du schon mal festgenommen worden?«

»Nein, du vielleicht?«

»Nein. Es ist schön, eine neue Erfahrung gemeinsam zu machen, oder?«

»Ich könnte mir Besseres vorstellen …« Drew neigte den Kopf zu ihr hinab, doch dann besann er sich und drehte ihn schnell wieder weg. »Entschuldige. Falsche Zeit, falscher Ort.«

Die Tür schwang auf. Peter und Jeff Henley kamen herein. Sie sprachen angeregt mit einer Polizistin und einem ziemlich heruntergekommenen Mann mit Spitzbauch und hängendem Schnurrbart.

»Er ist wahrscheinlich der Polizeipräsident«, sagte Drew. »Wie ich Peter inzwischen kenne, redet er nur mit der Chefetage.«

»Ich will, dass sie wegen Körperverletzung angezeigt werden!«, bellte Jeff Henley, während die Gruppe sich einen Weg durch das überfüllte Büro bahnte. »Bringt sie in den Knast!«

»Wir müssen zunächst die Aussagen aufnehmen«, sagte die Polizistin, während sie Peter ansah und ihre Lippen befeuchtete. »Ich habe gehört, dass sowohl Miss Henley als auch Mrs. James-Jordan vorsorglich ins Krankenhaus gebracht wurden. Wir haben jemanden hingeschickt, der mit ihnen redet.«

»Aber wir wissen, wer es getan hat! Es war ein gemeinschaftlicher Angriff. Meine kleine Stacey ist doch noch ein Kind. Ich will Gerechtigkeit!« Die Polizistin drängte Henley ins Verhörzimmer.

Peter redete immer noch mit dem dickbäuchigen Mann. Maddy beugte sich vor und rief nach ihm.

Er sah sie verblüfft an. »Was um alles in der Welt machst du denn hier?«

Während sie sich durch die Menge schob, lächelte Maddy die Zivilpolizistin an. »Könnte ich ein paar Worte mit Mr. Knightley wechseln? Allein?«

»Ja, sicher. Sind Sie die Pflichtverteidigerin?«

»Nein, nur eine Freundin – irgendwie.« Sie zog Peter in eine Ecke, die sie mit einer sehr betrunkenen Frau, die sechs Einkaufstüten in den Händen hielt, und einem weinenden Pärchen teilten. Es war äußerst trostlos.

»Bist du festgenommen worden?« Peter schauderte und bemühte sich um Distanz zu den anderen Menschen in der Ecke. »Wenn dem so ist, kann ich nichts daran ändern.«

»Nein, nicht ich. Aber Suzy und Bronwyn. Sie hatten absolut nichts damit zu tun, was Stacey und Diana passiert ist, stimmt's?«

»Was weiß denn ich? Das überlassen wir besser der Polizei. Sie nehmen im Moment die Aussagen auf.«

»Hör doch! Sie hatten nichts damit zu tun. Sie werden ohne Anklage freigelassen. Sie sind einfach nur in den Tumult hineingeraten.«

»Woher soll ich das wissen? Alles, was ich weiß, ist, dass Jeff Henley Gerechtigkeit will – und ich auch.«

»Gut. Dann wirst du jetzt gehen und Jeff und dem freundlichen, fetten Polizisten sagen, dass Suzy und Bronwyn nur unschuldig dabeistanden« – Maddy hielt inne und sah in Peters verblüfftes Gesicht – »oder ich werde Jeff, Stacey und Gareth und dieser ganzen verdammten Polizeistation etwas über Reitstiefel und Dianas Leberfleck erzählen.«

Sie starrten sich an. Maddy fragte sich, ob sie ihn tatsächlich je geliebt hatte. Er wirkte im Vergleich zu Drew so blass und unscheinbar! Langsam schienen die kornblumenblauen Augen zu begreifen. »Das würdest du nicht tun, oder?«

»Doch, und ob. Diana hatte so viel Angst, dass sie Richard wieder Saratoga reiten lässt. Ich bin sicher, dass sie sich in dieser kleinen Sache genauso verständig zeigen wird. Ich überlasse es jetzt dir.«

»Du bist eine hinterhältige Schlampe geworden«, zischte Peter. Die alte Frau mit den Einkaufstüten klatschte in die Hände. Das junge Pärchen hörte auf zu weinen.

Maddy nickte fröhlich. »Oh, das hoffe ich! Ich warte dort drüben auf Suzy. Okay?« Ohne Peter noch einmal anzusehen, bahnte sie sich einen Weg zurück zur Bank und zu Drew.

Sie zitterte, als sie sich hinsetzte. Drew nahm ihre Hände in seine. »Worum ging es denn?«

»Um Reitstiefel.«

»Oh, genial!« Er küsste sie. »Du bist erstaunlich. Kein anderer würde sich trauen, jemanden in einer überfüllten Polizeistation zu erpressen.«

»Es war keine Erpressung. Es war nur ein kleiner Handel.« Maddy wandte sich ihm zu und seufzte. »Ich weiß, dass das nicht der richtige Zeitpunkt ist, darüber zu reden, aber ich sterbe vor Hunger.«

Drew küsste sie auf die Stirn, stand auf und drängelte sich durch die Leute. Zwei Stallburschen nahmen sofort seinen Platz ein.

»Nathan Gardner und Joseph Dougan!«, brüllte der Polizeibeamte. Die zwei Stallburschen standen wieder auf.

»Ist er aufs Klo gegangen?« Brenda beugte sich wieder aus der Reihe vor.

»Das glaube ich kaum«, lächelte Maddy verträumt. »Ich denke, er wird mir einen Riegel Mars besorgen.«

»Verdammt noch mal, Maddy! Du bist wohl noch nie in so 'nem Bullenladen gewesen? Wir sind hier nicht im Kino!« Brenda schüttelte über so viel Naivität den Kopf. »Trotzdem, der ist schon ganz okay, dieser Drew. Schade, dass er verheiratet ist.«

»Stimmt.« Maddy wusste, dass sie wie eine Idiotin lächelte, doch sie konnte nicht anders. »Aber seine Frau lebt nicht die ganze Zeit bei ihm.«

»Na, aber die ist dumm.« Brenda nickte. »Ich würde so einen Mann nicht aus den Augen lassen.«

Ich auch nicht, dachte Maddy.

Brenda streckte sich geräuschvoll. »Jackie hat mir erzählt, dass sie in Peapods getrennte Schlafzimmer haben. Stimmt das?«

»Du weißt, dass wir nichts weitererzählen über das, was wir in den Häusern unserer Kunden sehen oder hören. Es ist uns bei *Die Feen* sehr wichtig, dass wir diskret und …«

»Unsinn!« Brenda krümmte sich vor Lachen. »Du bist genauso neugierig wie wir alle, Maddy. Und wie sollen wir denn wissen, was in Milton St. John los ist, wenn wir nicht darüber reden. Es ist alles im öffentlichen Interesse. Also, stimmt das nun mit Drews Schlafzimmern?«

Glücklicherweise blieb es Maddy durch Drews Rückkehr erspart, sich über die Schlafgewohnheiten der Fitzgeralds zu äußern. Er strahlte übers ganze Gesicht und hielt eine Papiertüte über dem Kopf.

»Oh!«, sagte Maddy voller Freude. »Fish and Chips!«

Brenda lehnte sich wieder zurück. »Teufel noch mal! Unter solchen Umständen ist das besser als ein Diamantring. Ich wünschte, jemand würde sich so um mich kümmern.«

Maddy wühlte in der Tüte herum und war sich sehr wohl bewusst, dass alle auf der Wache neidisch zu ihr sahen, als der köstliche Duft nach heißem, würzigem Essig in die Luft stieg und jedem den Mund wässerig machte.

»Du bist wunderbar«, lachte sie mit unverhohlener Freude. »Wo um alles in der Welt hast du das nur hergezaubert?«

»Ich habe den Laden gesehen, als wir den Wagen parkten. Ich hatte auch Hunger.« Er warf einen Blick auf die kahlen, weiß getünchten Wände. »Ich sehe kein Schild, das Essen verbietet, also wird man uns deshalb wohl nicht verhaften.«

»Eher ausrauben.« Maddy biss in eine saftige Pommes. »Drew du bist unglaublich.«

»Ich weiß«, murmelte er, den Mund voller Fisch. »Das sage ich dir ja schon seit Ewigkeiten. Ich hatte gehofft, dass du nichts dagegen hast, die Pommes aus dem Papier zu essen. Ich finde, dass es so am besten schmeckt.«

Maddy leckte sich gerade die Finger ab, als Peter und Jeff Henley aus dem Verhörzimmer kamen. Peter sah sie entsetzt an. Ihm würde es nicht im Traum einfallen, in aller Öffentlichkeit Pommes zu essen. Er bahnte sich einen Weg zu ihr.

»Du wirst froh sein, zu hören, dass es nicht so aussieht, als ob gegen Suzy oder Bronwyn Anklage erhoben wird. Die Polizei schien erleichtert – sie haben weiß Gott genug zu tun. Jeff ist nach einiger Überzeugungsarbeit nun auch mit der Version einverstanden, dass es ein Unfall war, und dass alle geschubst und gezerrt haben, und dass man es auf niemand Bestimmten abgesehen hatte.«

»Gut.« Maddy bot ihm eine Pommes an und freute sich über den Ekel in seinem Gesicht. »Dann brauchen wir nichts davon jemals wieder zu erwähnen. Ich denke, wir sind quitt.«

»Du willst dich also nicht bei mir bedanken?«

Sie brach ein Stück vom dem zarten, weichen Fisch ab und schüttelte den Kopf.

»Nein, Peter. Warum sollte ich? Du hast einmal im Leben nichts weiter getan, als die Wahrheit zu sagen. Das solltest du öfter tun. Es macht einen besseren Menschen aus dir.«

Er starrte sie an. »Du hast dich verändert. Früher warst du so ...«

»So sanft und lieb und zu verängstigt, um mich zu wehren. Ich weiß. Du solltest jetzt besser gehen und Stacey aus dem Krankenhaus holen. Immerhin braucht sie dich, ganz im Gegensatz zu mir.«

Peter sah Maddy erneut an, diesmal fast traurig, und ging dann davon, wobei er jedes Mal gereizt zusammenzuckte, wenn er mit Menschen zusammenprallte, die ihn nicht freiwillig vorbeiließen. Jeff Henley folgte ihm in seinem Fahrwasser. Peter sah unverschämt gut aus, wenn er wütend war, dachte Maddy, aber seine blonde Schönheit berührte sie nicht mehr. Sie war vollkommen geheilt von Peter Knightley. Sie sah Drew von der Seite an. Es war nur zu dumm, dass sie inzwischen vollkommen abhängig von dem Gegenmittel war.

»Das war das beste Essen meines Lebens«, sagte sie. »Vielen Dank. Auch wenn ich mir unser erstes Rendezvous anders vorgestellt hatte.«

»Das hatten wir noch nicht.« Drew nahm das Papier und stopfte es ordentlich in den Abfalleimer. »Ich sagte, dass ich mit dir ausgehen würde, und das werde ich auch tun. Ich wollte eigentlich mit dir zu Kimberleys Grillfest gehen, aber das hat ja auch nicht geklappt.«

»Leider nein. Das Schicksal ist gegen uns. Es ist offenbar sehr moralisch und missbilligt unser Tun.« Sie seufzte. »Vielleicht gehen wir nie miteinander aus.«

»O doch.« Drew nahm ihre fettige Hand in seine. »Das weißt du genauso gut wie ich.«

Suzy, die furchtbar zerzaust aussah, kämpfte sich samt Bronwyn zu ihnen durch.

»Verdammt noch mal! Ich dachte, die würden mich für immer einlochen. So eine Unverschämtheit, mich zu verhaften!«

Maddy sprang auf und umarmte sie. »Geht es dir gut? War es sehr schlimm?«

»Mir geht es gut. Ich bin nur wütend. Bronwyn hingegen hat es gefallen.«

Bronwyn strahlte. »Ich habe mich wie Emily Pankhurst gefühlt. Sie wissen schon, die Frauenrechtlerin. Die Zelle war etwas eng, aber alle waren sehr nett. Wo ist Bernie?«

»Er ist sicher im Cat and Fiddle – mit Barty, Kimberley und John Hastings.« Drew war ebenfalls aufgestanden. »Ich habe ihm gesagt, dass wir Sie mitbringen. Sind Sie sicher, dass es Ihnen gut geht?«

»Es ging mir nie besser.« Bronwyns Augen strahlten, und auf ihren sonst fahlen Wangen waren rote Flecken. »Und ich habe meine Meinung nicht geändert. Im Gegenteil. Ich sehe immer noch nicht ein, warum Peter Knightley und seine Gesellen das ganze Dorf platt walzen wollen.«

»Ich denke, Sie sollten die Sache vernünftig bedenken«, sagte Drew, während sie nach draußen gingen. »Immerhin bedroht der Golfplatz nicht die Ruhe des Dorfes.«

»Vielleicht nicht.« Bronwyn streckte ihr Kinn trotzig nach vorn. »Ich werde nicht das Risiko eingehen, das Fiasko von heute Abend zu wiederholen, aber ich möchte immer noch erleben, wie Peter Knightley seine Quittung bekommt. Niemand«, fuhr sie düster fort und kletterte auf den Rücksitz des Mercedes, »macht ungestraft einen Trottel aus Bronwyn Pugh.«

Maddy und Suzy tauschten amüsierte Blicke und stiegen zu Bronwyn ins Auto.

»Dann ist also alles wieder in Ordnung?«, wisperte Suzy, als sie losfuhren. »Die kleine Unstimmigkeit behoben?«

»Er hat mir Fish and Chips gekauft.« Maddy lächelte in der Dunkelheit zu Drew hinüber.

»Du lieber Himmel!« Suzy schüttelte den Kopf. »An eine größere Glocke hätte er es ja wirklich nicht hängen können!«

Im Cat and Fiddle war die Hölle los. Jeder hatte etwas zu erzählen, und die Geschichten wurden immer unglaublicher, je öfter sie erzählt wurden. Bronwyn wurde wie eine Heldin gefeiert, da sie für so ein unvorhergesehenes Vergnügen gesorgt hatte.

Suzy und Maddy quetschten sich an den Tisch zu John Hastings, Kimberley und Barty. Der Beratungsauschuss aus Twyford Down, Batheaston und Newbury drängte sich um Bronwyn und Bernie, und Maddy hoffte, dass diese Leute für Bronwyns weitere Pläne nicht gebraucht würden. Auch sie wäre froh gewesen, Peter schachmatt zu sehen, aber sie hatte das Gefühl, dass nach diesem Abend alles Weitere ein Reinfall würde.

Drew stellte Gläser vor sie hin und zwängte sich zwischen Maddy und Suzy. Dann sah er die drei Trainer an. »Ich muss mit Ihnen reden. Ich habe Suzy einen Vorschlag zu machen, aber ich brauche erst Ihre Zustimmung.«

Die erhobenen Gläser blieben in der Schwebe. Suzy sah zu Maddy, die mit den Achseln zuckte. Drew trank sein Bier fast ganz aus – offensichtlich musste er die Fish and Chips hinunterspülen –, und legte dann seine Hände auf den Tisch.

»In zehn Tagen beginnt das Derby.«

»Schlaumeier«, flüsterte Suzy. Maddy gab ihr unter dem Tisch einen Tritt.

»Entschuldigung, da habe ich wohl wirklich nicht Neues gesagt. Was ich eigentlich fragen wollte, ist Folgendes: Haben Sie vor, Suzy beim Großen Preis von Woodcote ins Rennen zu schicken?«

»Das würde ich tun, wenn ich es könnte, aber ich habe nicht einen einzigen gesunden Galopper im Stall«, sagte Kimberley traurig.

John Hastings schüttelte den Kopf. »Meine beiden sind bereits gebucht. Die Besitzer wollen keinen Jockeyanwärter, leider.«

»Und ich habe dieses Jahr beim Großen Preis von Woodcote überhaupt keinen Reiter dabei«, sagte Barty.

»Großartig.« Drew wandte sich an Suzy. »Dann möchte ich, dass du Dock of the Bay reitest.«

Suzy rutschte das Baccardi-Glas aus der Hand. »Wirklich? Ehrlich?«

»Wirklich und ehrlich. Ich habe bereits mit Kit und Rosa gesprochen – den Besitzern des Pferdes in Jersey –, und sie freuen sich. Also, möchtest du?«

»Oh, ja – danke! Oh, Scheiße!« Tränen glitzerten an Suzys stark geschminkten Wimpern, und sie warf sich in Drews Arme. Lachend hielt er sie von sich weg. »Das wird harte Arbeit bedeuten. Jeden Tag musst du, sobald du mit deiner Arbeit in Johns Stall fertig bist, ausreiten. Ich möchte, dass du ihn jeden Tag reitest, von jetzt an bis Epsom.«

»Ich reite ihn auch nachts, wenn es sein muss. Wie soll ich mich dafür nur revanchieren!«

»Leg einen guten Ritt hin«, sagte Drew. »Ich erwarte nicht, dass er gewinnt, aber er hat einen guten Stammbaum und sollte eine Platzierung bekommen. Ich habe Vertrauen in dich, Suzy. Ich weiß, dass du es gut machen wirst.«

»Darf ich es allen erzählen? Jason und Olly und den anderen?«

»Ja, all denen, die sich nicht gerade in den Zellen von Wantage aufhalten, ja, natürlich kannst du das.« Drew lachte über ihre Begeisterung. »Ich lasse ihn durch Holly morgen anmelden.«

Als Maddy sah, wie Suzy mit Glückwünschen überschüttet wurde, legte sie ihre Hand in Drews. »Das war eine wunderbare Geste, und sehr mutig von dir. Ich hoffe nur, dass sie schon so weit ist.«

»Sie ist sehr, sehr begabt. Ich bin sicher, dass sie für sich und das Pferd erfolgreich sein wird. Und natürlich« – er blickte Maddy tief in die Augen – »habe ich das nicht ohne Hintergedanken getan.«

»Ach nein.«

»Nein.« Er streichelte ihre Finger mit seinem Daumen und ließ sie vor Lust erschauern. »Denn als Suzys Mentorin und Aufpasserin musst du natürlich mit mir nach Epsom kommen.«

18. Kapitel

Die Tage vor dem Derby waren voller hektischer Aktivität. Die Atmosphäre in Milton St. John glich einer Mischung aus Wahlfieber und Karnevalsstimmung. Die Presseleute erschienen auf den Trainingsbahnen, um noch in letzter Minute etwas auszuspionieren, und ein Team von Channel Four nistete sich im Cat and Fiddle ein, um von dort aus eine Reportage über die Tage vor Epsom zu machen. Dieser fieberhaften Begeisterung begegnete man auch in allen anderen Pferderennsportgemeinden im Land, und von Newmarket über Lambourn und Isley bis Arundel verbreiteten sich Horrorgeschichten und Gerüchte.

Suzy ritt Dock of the Bay mit fast religiös anmutender Leidenschaftlichkeit. Sie hörte aufmerksam auf jede Anweisung von Drew und gehorchte ihm ohne Widerspruch. Maddy, die Drews Pferde manchmal auf dem schwerfälligen Solomon begleitete, beobachtete Suzy, die im morgendlichen Frühnebel eng an Dock of the Bays Nacken geschmiegt über die Wiesen flog, mit Stolz. Doch all diese hektischen Vorbereitungen hatten einen Nachteil: Trotz Carolines Abwesenheit hatte sie keine Gelegenheit, Drew allein zu sehen.

Auf Grund der Berichterstattung der Medien über die Ausschreitungen hatte Bronwyn beschlossen, weitere Treffen der DGG bis nach dem Derby zu verschieben. Im Moment war Milton St. John schon von genug Fernsehteams belagert.

»Luke kommt morgen«, sagte Suzy zwei Tage vor dem Derby strahlend. »Emilio gibt ihm frei, damit er Jefferson Jet für Diana reiten kann. Er kann doch hier wohnen, oder?«

»Natürlich.« Maddy versuchte gerade einen Fischauflauf zu machen, während sie darüber nachdachte, ob sie es wagen könnte, Drew zu fragen, ob Caroline auch nach Epsom kam. »Am besten quartieren wir ihn in meinem Zimmer ein, und ich schlafe bei dir.«

»Das wirst du garantiert nicht tun.« Suzy zog sich ihre Stiefel und ihre Hose aus und warf alles auf den Küchenboden. »Ich habe ihn fünf Tage lang nicht gesehen.«

»Du Ärmste«, zog Maddy sie auf. »Ich dachte, dass Sportler sich vor einem großen Ereignis ein wenig zurückhalten sollten.«

»Sex wird heutzutage sogar verordnet.« Suzy, die nur noch einen winzigen weißen Büstenhalter und eine Unterhose trug, sah aus wie eins dieser superdünnen Top-Models.

»Wer sagt das?«

»Luke.« Suzy tanzte ins Badezimmer und sang zu der Michael-Bolton-Kassette, während sie den Hahn aufdrehte.

»Mad, da ist noch etwas, das ich dich fragen wollte …«

Maddy sah in das kesse Gesicht ihrer Schwester, das von der weißblonden Mähne eingerahmt wurde, und schüttelte den Kopf. »Versuch es gar nicht erst. Ich glaube kaum, dass ich dir da helfen kann. Du bist mir in dieser Hinsicht haushoch überlegen.«

»Es geht nicht um Sex. Es geht um die Nacht, in der ich verhaftet wurde.«

Maddy hielt mit dem Petersilieschneiden inne. Suzy

hatte eine halbe Flasche Badezusatz ins Wasser geschüttet, und der Duft nach Wald und Holz vermischte sich im Flur mit dem des Kabeljaus.

»Ich fand das im Nachhinein irgendwie merkwürdig.« Suzy entledigte sich ohne ein Anzeichen von Scham ihrer Unterwäsche. »Bevor Diana in den Fluss fiel, sprach sie doch von dir. Sie sagte, du hättest mir was erzählt. Ich weiß gar nicht, wovon sie gesprochen hat! Du etwa?«

»Ja.« Maddy rührte die Petersilie in die weiße Sauce. »Aber ich werde es dir nicht erzählen.«

»Ach, Mad, komm schon!«

»Nein, nein und nochmals nein. Zumindest nicht jetzt. Nach dem Derby kann ich es dir sagen, dann ist es egal.«

»Du kannst einen ziemlich verwirren.« Suzy schlang sich ein Handtuch um ihren nackten Körper, während sie darauf wartete, dass sich die Wanne füllte. »Ich werde dich daran erinnern. Sobald Luke das Derby gewonnen hat, und wir ausreichend gefeiert haben, kannst du es mir erzählen.«

»Dann wirst du aber ziemlich lange warten müssen.« Maddy stampfte energisch Kartoffeln. »Weil Richard das Derby gewinnen wird.«

»Ich habe einen Zehner auf Luke gewettet.«

»Das kannst du nicht. Jockeys dürfen gar nicht wetten.«

»John hat es für mich getan. Egal, das ist Haarspalterei. Wer auch immer das Derby gewinnt, du wirst mir danach von Diana erzählen.«

»Ja«, seufzte Maddy und verteilte Kartoffelbrei über den Kabeljau. »Dann ist es sowieso egal. Jetzt nimm endlich dein Bad. Der Auflauf braucht nicht mehr lange.«

Suzy trottete davon, und als Maddy gerade die Schüssel

in den Ofen schob, rüttelte jemand am Briefkasten. Sie wischte sich die Finger an ihrer Jeans ab, kickte den Türvorleger zur Seite und öffnete.

Drew stand auf der Türschwelle. Es war ein feuchter, grauer Abend, und sein dunkles Haar war nass. Er sah wie immer wunderbar aus, und Maddy spürte ein Kribbeln im Bauch. Er lächelte. »Komme ich ungelegen?«

»Natürlich nicht.« Maddy schämte sich wieder einmal furchtbar. Ihre Jeans waren fast genauso so vergammelt wie ihr Sweatshirt, und ihr Haar, das sie seit drei Tagen nicht gewaschen hatte, war zu einem unvorteilhaften Pferdeschwanz zusammengebunden. »Komm rein.«

»Himmel, das riecht köstlich.« Drew sog den Duft ein. »Was ist das?«

»Suzy und drei Liter Badezusatz.« Michael Bolton dröhnte in voller Lautstärke aus dem Badezimmer.

»Das Essen, du Dummkopf.« Drew lachte.

»Nur ein Fischauflauf. Möchtest du zum Abendessen bleiben? Ich habe genug da, oder wolltest du nur kurz vorbeischauen?« Bitte, lass ihn sagen, dass er noch für eine halbe Stunde woandershin muss, betete sie. Nur, damit sie etwas Zeit hatte, sich zurechtzumachen. Aber auch dieses Mal war das launische Schicksal nicht auf ihrer Seite. Drew zog bereits seine Lederjacke aus.

»Ich wollte mit Suzy reden und euch dann in den Pub einladen. Aber da ich nur aus der Tiefkühltruhe lebe, wäre ein richtiges Essen ganz wunderbar. Wenn es dir recht ist …«

»Natürlich.« Maddy hängte seine Jacke an die Badezimmertür. »Ich koche immer zu viel. Es gibt noch Brokkoli und Möhren. Was möchtest du trinken?«

»Das ist mir egal. Wir können später immer noch ins

Cat and Fiddle gehen. Ich muss mich ja für das Abendessen revanchieren.«

Maddy leerte die Reste einer Flasche Lambrusco in zwei Gläser und reichte ihm eins. Ihre Finger berührten seine, und sie zog sie schnell weg, aus Angst, dass sie noch mit Kabeljau beschmiert sein könnten.

»Ich hoffe, das Wetter wird vor dem Wochenende besser.« Sie betrachtete den grauen Nieselregen, der von den Hügeln herunterwehte. »Es wäre schade, wenn es beim Derby regnen würde.«

Drew sah ihr ins Gesicht. »Laut Wettervorhersage wird es heiß und sonnig, was für Dock of the Bay großartig wäre. Er ist besonders gut auf trockenem Boden. Verdammt!« Er knallte sein Glas Lambrusco auf den Tisch. »Ich kann hier nicht rumstehen und reden wie ein Blödmann. Komm her, Maddy!«

Er zog sie in seine Arme und fand ihre Lippen. Seine Zunge erforschte ihren Mund, und seine Zähne spielten sanft mit ihrer. Maddy versuchte, sich zu befreien. Sie hatte sich nicht einmal die Zähne geputzt. Drew schien das nicht zu bemerken, oder falls doch, dann störte es ihn nicht. Ihr Körper wurde schwach.

»Hier können wir nicht bleiben«, murmelte er an ihrem Hals. »Nicht in der Küche … Nicht, wenn Suzy im Badezimmer ist.«

»Wir können nirgendwo bleiben …« Maddy konnte nur noch mit Mühe atmen. »Wir können nicht … du kannst nicht …«

Drew küsste sie erneut, dann hob er sie hoch, als wäre sie federleicht und trug sie in den Flur. Er sah sich um und trat die Schlafzimmertür auf.

»Nein, Drew«, krächzte sie. »Es ist alles …«

Er hielt sie immer noch in den Armen und erstickte ihren Widerspruch mit einem Kuss. Als sie die Augen öffnete, sah sie das zerwühlte, ungemachte Bett, die Haufen von Kleidungsstücken und das Chaos auf ihrer Kommode. Auch das bemerkte Drew offenbar nicht. Er legte sie vorsichtig aufs Bett und blickte sie an.

»Du bist die schönste Frau, die ich je kennen gelernt habe.« Seine Augen glänzten in dem trüben Licht. »Die begehrenswerteste, witzigste, verrückteste und aufreizendste Frau. Du hast mich vom ersten Moment an um den Verstand gebracht.«

Er zog an dem Band, das ihre Haare zusammenhielt, sodass eine Flut von Locken über ihre Schulter fiel. Später wusste sie nicht mehr, wer das Sweatshirt und die Jeans ausgezogen hatte, sie oder er.

»Oh, Gott …«, stöhnte sie, vergrub ihr Gesicht im Kissen und versuchte mit ihren Händen ihren Körper zu bedecken. »Ich wollte das eigentlich nur in roter Satin-Unterwäsche tun.«

Drew grinste. »Ich hatte vor, es im Schlafzimmer von Bonne Nuit zu tun, wo die Fenster auf einen Balkon hinausgehen und die Felsen zum Meer hin abfallen.«

Sie sahen einander an und lachten. Währenddessen hatte Drew seine Sachen und ihr den Büstenhalter und die Unterhose ausgezogen. Maddy starrte ihn an. Sein Körper war gebräunt, muskulös und unglaublich durchtrainiert.

Dann saß er auf dem Rand des Bettes und fuhr voller Bewunderung mit seinen Händen über ihren Körper. Sie zog ihn an sich, und als er sich zu ihr hinunterbeugte, berührte sie mit ihrem Mund seine süß duftende, saubere Haut. Oh, Gott, dachte sie benommen, wie konnte er sie nur verführen wollen?

»Himmel«, entfuhr es Drew. »Du bist wundervoll ...« Sie fühlte sich wundervoll. Er sah sie stirnrunzelnd an. »Was tust du?«

»Ich ziehe den Bauch ein.«

»Tu das nicht. Ich liebe jeden Zentimeter an dir.«

Drew küsste ihre Brüste. Er fuhr mit seiner Zunge über ihre Brustwarzen und erregte sie mit seinen Fingern. Auch Maddy streichelte ihn, während es in ihr brodelte wie in einem Vulkan.

In ihren kühnsten Träumen hätte sie sich nicht dieses gewaltige, wilde und unkontrollierte Verlangen vorgestellt. Drew liebte sie mit unglaublichem Geschick. Ihr Körper bebte unter seinen Stößen, und sie hatte das Gefühl, schreien zu müssen, bis der befreiende Orgasmus kam.

Drew, der ihre Frustration bemerkte und von seinem eigenen Verlangen überwältigt wurde, setzte sich und hob sie auf seinen Schoß. Sie klammerte sich stöhnend an ihn, bis sein unterdrückter, erleichterter Aufschrei bei ihr eine Explosion auslöste, die sie mitriss und in einem Strudel der Leidenschaft dahinschmelzen ließ. Immer noch zitternd und aneinander geklammert sanken sie nieder, und ihre befriedigten Körper glänzten vor Schweiß.

Drew umschlang Maddy, wiegte sie in seinen Armen und streichelte ihr übers Haar. Maddy hatte noch nie etwas so Wunderbares erlebt und sich nicht vorstellen können, dass ihr jemals jemand so viel Lust und ein so überschäumendes Glücksgefühl bereiten könnte. Mit Peter war es nie so gewesen.

»Geht es dir gut?« Seine Stimme klang wie von weit her. »Maddy?«

Sie schluckte. Ihre Wange lag an seiner Schulter. »Ich bin eine Ehebrecherin.«

Drew setzte sich auf. Sein Blick war sanft. »Nein, das bist du nicht. Du bist nicht verheiratet.«

»Aber du.« Plötzlich wurde sie sich der furchtbaren Wahrheit bewusst. »Was haben wir nur getan?«

»Etwas, das ich zum ersten Mal in meinem Leben getan habe.« Er strich die Locken aus ihrem feuchten Gesicht. »Liebe gemacht.«

»Unsinn. Das war doch für dich nicht das erste Mal.«

»Ich habe gesagt, ›Liebe gemacht‹. Denn genau das haben wir getan.« Er legte sich wieder neben sie. »War es – okay?« Sein Blick war besorgt. »Ich meine, es wirkte so, als hättest du …«

»Einen Orgasmus gehabt?« Maddy atmete tief ein. »Oh, ja. Das erste Mal in meinem Leben. Ich habe früher immer nur so getan. Aber jetzt war es sogar schwierig, es hinauszuzögern.« Ihre Augen füllten sich mit Tränen, und sie zog ihn zu sich heran. »Drew, du warst unglaublich. Es war toll.«

»Für mich auch. Ich hatte Angst, dass ich nicht …«

Maddy setzte sich in dem verwühlten Bett auf. Sie wusste, dass ihre drallen Oberschenkel sich gegen Drews Beine drückten, aber sie hatte sich noch nie so schön gefühlt. »Ich dachte, nur ich hätte Selbstzweifel.«

»Männer stehen auch unter Druck.« Drew küsste ihren Hals. »Unter verdammt heftigem Druck. Wie sie es machen, ob ihr Penis groß genug ist, ob sie sofort einen hochkriegen, ob sie es mehrmals pro Nacht tun können und …«

»Ich verstehe. Aber Caroline hat gesagt …«

»Das ist wohl kaum der richtige Zeitpunkt, um über

Caroline zu sprechen.« Drew ließ Maddy los, stand auf, ging zum Korbstuhl und nahm ihren Bademantel. Er sah nackt toll aus, fand Maddy träumerisch. Er schlang den Bademantel um ihre Schultern und hielt sie wieder fest. »Caroline hat nie viel Wert auf Sex gelegt. Zuerst dachte ich, sie wäre nur naiv, und dass ich gut genug wäre, ihr beizubringen, es zu genießen. Aber dem war nicht so.«

»Natürlich bist du gut genug!«, sagte Maddy heftig. »Es kann nicht dein Fehler gewesen sein. Und du musst doch schon vor Caroline Frauen gehabt haben!«

»Ja, aber als ich feststellen musste, wie widerwärtig Caroline es fand, begann ich mich zu fragen, was die anderen wohl gefühlt hatten. Immerhin habe ich Harry und Sally gesehen. Meg Ryan muss viele Männer verunsichert haben. Ich nahm an, dass ich unfähig sei, und sie mir nur etwas vorgemacht hatten.«

»Ich nicht.«

»Nein, mein Engel. Du nicht. Und es musste genau so passieren. Wenn wir es geplant hätten, hätte ich es womöglich nie getan. Ich hätte zu große Angst gehabt, zu versagen.«

»Warum bist du denn immer noch mit Caroline zusammen?«

»Weil ich muss.« Er wandte den Blick ab. »Auch wenn ich weiß, dass wir nie eine richtige Ehe führen können, kann ich sie nicht verlassen. Sie will mich in ihrem Leben festhalten. Es gibt Gründe … Oh, ich habe oft wochenlang nicht an Sex gedacht, und dann traf ich dich.«

Maddy wischte sich über die Augen. »Aber ich bin zu dick und hässlich.«

»Du bist wunderbar, schön, warm, weich, liebevoll,

lustig. Du bist die erotischste Frau, die ich je gekannt habe.«

»Ich hätte nie gedacht, dass ich therapeutisch wirken kann.« Sie grinste und hielt dann inne. »Fühlst du dich schuldig?«

»Nein, unglaublich glücklich. Und wie ist es mit dir?«

»Ich auch. Außer, dass ich lieber frisch gebadet, wohlriechend und geschminkt gewesen wäre und lieber schöne Unterwäsche angehabt hätte.«

Eine Stunde später schlich Maddy auf Zehenspitzen in den Flur. Suzys Stimme kam aus dem Wohnzimmer: »Ich habe den Ofen runtergedreht und neues Wasser in die Wanne gelassen. Und du kannst auch meine Michael-Bolton-Kassette hören, wenn du willst.«

»Danke.« Sie grinste Suzy verschmitzt an. »Es tut mir Leid. Ich muss eingeschlafen sein.«

»Unsinn, Mad«, sagte Suzy liebevoll. »Ich weiß, dass Drew und du euch endlich gefunden habt. Es war aber auch verdammt noch mal an der Zeit.«

»Du hast doch nicht etwa zugehört?« Maddy war entsetzt.

»Natürlich nicht.« Suzy zog die Nase kraus. »Die kleinen Dinge haben euch verraten. Die unberührten Weingläser. Seine Jacke an der Türklinke. Niemand von euch weit und breit zu sehen. Die Schlafzimmertür geschlossen. Und außerdem musst du dich nur mal ansehen.«

Maddy umarmte ihre Schwester spontan. »Es war die wunderbarste und beste Erfahrung meines ganzen Lebens. Oh, Suzy, du wirst es doch niemandem erzählen?«

»Nee.« Suzy schüttelte ihren kurz geschorenen Kopf.

»Das brauche ich gar nicht, Mad. Dein Lächeln sagt alles.«

Als sie schließlich gebadet, mit gewaschenem Haar und im Bademantel in die Küche kam, saßen Suzy und Drew am Tisch. Es war ihr etwas peinlich, aber sie war dennoch sehr erleichtert, dass er noch da war. Er lächelte sie an. »Fühlst du dich jetzt besser?«

»Sauberer. Nicht besser. Ich kann mich gar nicht besser fühlen.«

»Ich verschwinde, wenn ihr wollt«, bot Suzy an. »Dieses gesunde Essen hier wird mir sowieso langsam langweilig.«

»Ich habe mich schon gefragt, warum es eigentlich kein Mars gibt.« Drew hielt für einen Moment damit inne, das Besteck auszuteilen. »Daran bin ich wohl schuld? Machst du Suzy fit für das Rennen?«

»Viele Proteine«, sagte Maddy verträumt und häufte Fischauflauf und Gemüse auf drei nicht zusammenpassende Teller. Sie hütete sich zu erwähnen, dass diese Maßnahmen nötig waren, um ihre gewaltigen Mehrausgaben mit Caroline wieder wettzumachen. Caroline! Sie wurde rot. »Ich finde es gut, wenn wir beide unsere Essgewohnheiten ändern.« Sie wandte sich zu Suzy. »Und du bleibst hier und isst das, sonst machst du dich im Cat and Fiddle doch nur wieder über Pommes Frites her.«

»Solange das alles ist, was sie im Cat and Fiddle isst …« Drew setzte sich neben Maddy und rieb sein langes Jeansbein an ihrem nackten Bein, worauf sie ihren Brokkoli fallen ließ. »Holly hat dort vor kurzem zu Mittag gegessen. Sie hat den ganzen Nachmittag gekichert.«

Plaudernd saßen sie gemütlich beisammen und aßen, während der Regen leise die Fensterscheiben hinunterlief. Maddy war glücklich. Drew half beim Abwasch, obwohl sie ihn davon zu überzeugen versuchten, dass das Geschirr auch stehen bleiben konnte. Es fühlte sich alles so richtig an, so vollkommen richtig.

Während sie mit einer Tasse starkem Kaffee wieder am Küchentisch saßen, redeten sie über das Derby, über Drews Strategie für Dock of the Bay und über Luke und Richards Kampf, Epsoms bester Reiter zu werden. Sie sprachen nicht über Caroline.

Suzy stand auf und grinste sie an. »Wenn ich euch beide guten Gewissens allein lassen kann, dann gehe ich jetzt ins Cat and Fiddle. Ich kann einfach nicht mit ansehen, wie ihr euch anstarrt, während ich unbemannt bin. Und übrigens«, fügte sie hinzu, während sie aus der Küche tänzelte, »ich hoffe, ihr habt irgendwelche Vorsichtsmaßnahmen getroffen. ›Tante‹ hört sich so alt an.«

Maddy warf ein Küchentuch nach ihr und ließ sich dann wieder auf ihren Stuhl fallen. Sie sahen sich verlegen an.

»Nimmst du …?«, Drew streichelte über ihre Finger, »… die Pille oder sonst etwas?«

Maddy schüttelte den Kopf. »War bislang nicht nötig. Ich lebe seit über einem Jahr im Zölibat. Und natürlich hast du nicht …«

»Nein, habe ich nicht. Ich hatte es schließlich nicht geplant.« Er legte ihre Hand an seine Wange. »Vielleicht waren wir ein bisschen unvernünftig.«

»Allerdings. Ich ermahne Suzy ständig, dass sie in dieser Beziehung vorsichtig sein soll. Ich habe einfach nicht daran gedacht. Verdammt! Ich nehme an, dass man heutzutage erst einmal über Aids und all das redet, bevor man miteinander ins Bett geht.«

»Ich denke schon. Das ist alles so unromantisch.«

»Aber notwendig. Für dich ist das in Ordnung, weil du nur mit Caroline zusammen warst. Und was mich betrifft, da gab es nur Peter, und ich weiß, dass er aus Versicherungsgründen einen Test gemacht hat, kurz bevor wir uns getrennt haben.« Sie fuhr mit dem Finger durch das verstreute Salz auf dem Tisch. »Also in dieser Hinsicht ist alles okay, es bleibt also nur noch …«

»Eine mögliche Schwangerschaft.« Drew sprach das Wort bedächtig aus. »Ich wollte immer Kinder.« Sein Blick war plötzlich leer. »Caroline war einmal schwanger.«

»Wie bitte?« Maddy fror plötzlich. »Wann? Was ist passiert?«

»Es war noch zu Beginn unserer Ehe. Sie verlor das Baby im sechsten Monat. Man sagte ihr daraufhin, dass sie keine mehr bekommen könnte. Ich war natürlich völlig niedergeschlagen, aber Caroline –« Drew schluckte. »Sie ist damit niemals fertig geworden. Danach hatten wir keinen Sex mehr.«

»O Gott.« In Maddys Augen standen Tränen. »Oh, arme Caroline, und du Ärmster! Oh, Drew, ich bin so unfair. Ich dachte nur, sie sei frigide. Ich habe mich nie gefragt, warum.« Dann schrie sie plötzlich auf: »Oh, Drew, was ist, wenn …«

»Unser ganzes Leben besteht aus ›was ist, wenn‹, Maddy. Es gibt keinen Grund, sich Sorgen zu machen. Ich bedauere es ganz und gar nicht, mit dir geschlafen zu haben.«

»Ich auch nicht«, sagte Maddy aufrichtig. Aber tief in ihrem Inneren hatte sie Zweifel. Wenn sie nun doch schwanger wurde, was würde dann aus ihr? Und was würde aus Caroline?

»Sollen wir etwas trinken gehen?« Drews Hand streichelte ihre Wange. »Oder möchtest du hier bleiben?«

Sie berührte mit ihren Lippen die Innenfläche seiner Hand. »Ich möchte gern hier bleiben, aber solange nicht einer von uns irgendeine Art von Verhütung parat hat, ist das wohl keine gute Idee.«

»Wahrscheinlich nicht.« Drew stand auf. »Außerdem erwarte ich einen Anruf von Kit und Rosa aus Jersey. Sie wollen mir sagen, wann sie zum Derby kommen. Ich gebe dir fünfzehn Minuten, um dich fertig zu machen. In der Zwischenzeit gehe ich nach Hause und höre den Anrufbeantworter ab.« Er zog sie auf die Füße, und seine Hände glitten unter ihren Bademantel, um ihre Brüste zu berühren. »Bitte denk nicht über Caroline nach. Nicht heute Nacht. Caroline ist mein Problem, nicht deins. Ich liebe dich, Maddy, ich liebe dich sehr.«

Nachdem er gegangen war, biss sie sich auf die Lippen. In ihr tobten die unterschiedlichsten Gefühle. Sie liebte ihn auch, aber jetzt war sie die andere Frau, die Geliebte. Ein hässliches, entsetzliches Wort für das, was sie und Drew verband, und etwas, von dem sie sich geschworen hatte, es niemals zu sein.

Sie schlang die Arme um ihren Oberkörper und erinnerte sich an das Gefühl bei Drews Umarmung. Er war verheiratet, und wegen ihr war er seiner Frau untreu geworden. Der Verlust des Kindes musste für beide schrecklich gewesen sein.

Das Telefon klingelte, und sie sprang auf. Sie wollte, dass es Drew war, der ihr sagte, dass er sie vermisste. Aber es war ihre Mutter.

»Maddy, Liebes, ich halte dich nicht lange auf. Hat Suzy dir gesagt, dass ich angerufen habe?«

»Nein, hat sie nicht.«

»Nun, wir haben alles geklärt. Carl und Marcie sind Engel. Sie haben versprochen einzuspringen. Ist das nicht wunderbar?«

»Wunderbar.« Maddy wiederholte das Wort verständnislos.

»Dann sind wir also morgen Abend bei dir und können gemeinsam nach Epsom fahren, ja? Ich weiß, dass Suzy eigentlich nicht im Derby reitet, aber immerhin *fast.* Wir sind so aufgeregt! Soll ich etwas mitbringen?«

»Ne-ein«, stotterte Maddy. »Ich freue mich, Mama. Wir sehen uns dann morgen. Grüß Papa von mir.«

Verdammt! Sie legte den Hörer auf die Gabel. Morgen würde auch Luke hier übernachten. Sie würde wieder auf dem Sofa schlafen müssen. Wenn sie überhaupt schlafen konnte. Wahrscheinlich würde sie nie wieder schlafen. Sie würde nur wach liegen und an Drew denken.

Maddy ging ins Schlafzimmer und zog sich frische Unterwäsche und die schwarze Hose an, dann lief sie über den Flur, um unter Suzys Bett ein passendes Oberteil zu finden. Danach bediente sie sich ausgiebig an Suzys Schminkutensilien. Als sie gerade dabei war, sich einen Lidstrich zu ziehen, rüttelte Drew wieder am Briefkasten.

Sie öffnete die Tür und warf sich in seine Arme.

Er küsste sie hungrig. »Du siehst schön aus. Ich kann ohne dich nicht sein.«

»Dummkopf!« Sie strich über sein seidiges Nackenhaar. »Es sieht übrigens so aus, als würden in Kürze genug Leute darauf aufpassen, dass wir uns auch anständig benehmen. Meine Mutter hat angerufen. Sie und mein Vater kommen morgen, um mit nach Epsom zu fahren, und Luke kommt auch.«

»Ich werde auch das Haus voll haben«, stöhnte Drew an ihrem Hals. »Kit hat eine Nachricht auf dem Anrufbeantworter hinterlassen. Er und Rosa kommen gegen Mittag in Southampton an. Und sie bringen Caroline mit.«

19. Kapitel

Maddy starrte Drew an. Sie war erst seit ein paar Stunden seine Geliebte. Es schien eine Karriere zu sein, die zu nichts führte.

»Ich kann ihr absagen.«

»Das kannst du natürlich nicht. Sie würde sofort Bescheid wissen oder zumindest Verdacht schöpfen. Und ich mag sie. O Gott.«

Maddy ging zurück in den Flur. Drew trat die Tür zu und zog sie an sich. Es ist schrecklich, dachte sie, während sie sich in die weiche Fliegerjacke kuschelte, die so wunderbar nach Drew, Pferden und feuchten Wiesen roch. Sie hatte schon immer gewusst, dass sie für Untreue nicht geschaffen war.

»Es macht nichts«, seufzte sie schließlich. »Vielleicht sollten wir einfach vergessen, was passiert ist und so weiterleben wie vorher.«

»Könntest du das?« Drew machte sich von ihr los und sah sie an. »Also, *ich* könnte es verdammt noch mal nicht. Ich möchte dich berühren, mit dir zusammen sein und mit dir reden, immerzu. Ich möchte mich wie ein verliebter Schuljunge aufführen und deinen Namen auf jede Mauer im Dorf kritzeln.«

Maddy verstand ihn, aber sie hatte nicht vor, ihm von all den »Maddy Fitzgeralds« zu erzählen, die sie auf ihren Notizblock geschrieben hatte.

»Wie lange wird sie hier bleiben?«

»Keine Ahnung.« Drew nahm Maddys schwarze Jacke

vom Garderobenhaken neben der Tür und legte sie um ihre Schultern. »Sobald ich Kits Nachricht gehört hatte, habe ich ihn und Caroline angerufen, doch bei beiden lief nur der Anrufbeantworter.« Er sah Maddy zärtlich an. »Hast du noch Lust auf das Cat and Fiddle?«

Sie nickte. »Unter den gegebenen Umständen ist das wohl das Beste. Zumindest werde ich mich dort nicht dazu verleiten lassen, dir die Kleider vom Leib zu reißen.«

Drews Augen glänzten, als er die Tür öffnete. »Schade.«

Der Pub war sehr voll. Wegen der stürmischen Nacht war die Luft in den Räumen warm und feucht wie in einem Treibhaus. Es schien, als drängten sich sämtliche Dorfbewohner dicht an dicht an den Tischen und der Bar. Es war die letzte Gelegenheit, bevor am nächsten Tag alle nach Epsom aufbrachen. Die meisten Trainer und Jockeys reisten mindestens einen Tag vor dem Ereignis nach Surrey, um die Bahn abzugehen, die Pferde zu begutachten und sich gegenseitig auszuhorchen.

Suzy flirtete gerade mit einem Moderator von Channel Four und zwinkerte Maddy heftig zu, als sie und Drew hereinkamen. Maddy antwortete darauf mit einem breiten Lächeln und bahnte sich einen Weg zu einem Tisch in der hintersten Ecke, der normalerweise nicht besetzt war, weil er den Ruf hatte, verhext zu sein.

Während sich Drew zur Bar hindurchdrängte, betrachtete Maddy in dem beschlagenen Fenster ihr Spiegelbild. Sah man es ihr an? Hatte sie nicht mal gehört, dass die Augen einer Frau, die gerade mit jemandem geschlafen hatte, anders aussahen? Oder traf das nur zu, wenn sie ihre Jungfräulichkeit verloren hatte? Egal.

Maddy kam es so vor, als würden ihre Augen, aus denen abwechselnd fiebrig glänzendes Glück und abgrundtiefe Traurigkeit sprachen, nur noch das Wort Geliebte hinausschreien.

Sogar Diana und Gareth waren heute Abend im Cat and Fiddle. Sie unterhielten sich angeregt mit John Francome darüber, dass glücklicherweise die beiden ersten Favoriten im Derby aus ihrem Stall kamen. Mitchell D'Arcy, der heute besonders viel schweren Goldschmuck trug, strahlte die Selbstzufriedenheit eines Mannes aus, der in der Erwartung lebte, in nur knapp achtundvierzig Stunden noch reicher zu sein als bisher. Da ihm sowohl Saratoga Sun als auch Jefferson Jet gehörten, schienen seine Pferde eine sichere Wette zu sein.

Maddy hoffte, dass Diana nicht mit ihr über den Vorfall am Fluss reden wollte. Sie betete sogar inständig, dass Diana an diesem Abend überhaupt nicht mit ihr reden wollte. Wenn Diana Milton St. Johns verrufene Frau war, dann musste Maddy zumindest ein eifriger Lehrling sein.

»Ich habe dir einen vierfachen Whisky mitgebracht.« Drew stellte ein Viertelliterglas vor sie hin. »Psychologisch gesehen ist es das Gleiche wie vier einfache, oder? Ich dachte, ich erspare mir auf diese Weise, mich noch einmal zur Bar vorzukämpfen. Die Kellner sind schon alle blau. Sie müssen sich während der Arbeitszeit ordentlich einen genehmigt haben.« Er nahm Maddys Hand und streichelte sie unbefangen. Glücklicherweise waren die Dorfbewohner viel zu sehr damit beschäftigt, über Pferde zu reden, um diese intime Geste zu bemerken.

»Suzy hält gegenüber dem Typen von Channel Four zu Luke anstatt zu Richard.« Drews Augen verrieten, dass ihm eine andere Sache eigentlich wichtiger war. »Ich habe etwas von dem Gespräch aufgeschnappt. Sie wollen die beiden morgen interviewen, bevor sie nach Epsom fahren.«

»Dann können sie es als ›Der große Kampf‹ verkaufen«, kicherte Maddy. »Ich kann mir einfach nicht vorstellen, dass sie sich die Hände schütteln und sich wie Gentlemen benehmen. Die Zeitungen waren heute Morgen voller Spekulationen.«

Drew nahm die Bar ins Visier. »Ich bin überrascht, dass Fran und Richard fehlen. Alle anderen sind hier. Außer Peter und Stacey natürlich. Ich bin mir sicher, Fran hätte sich amüsiert.«

»Das glaube ich auch, aber sie hat mich heute Morgen angerufen. Es scheint, als ob Richard alle Zeit, die er nicht mit Saratoga verbringt, darauf verwendet, Vater zu werden.«

Drew trank sein halbes Bier aus und lachte. »Fran hat's gut!«

»Ich war der Ansicht, dass Richard eher nicht dein Typ ist.«

»Ganz sicher nicht.« Er nahm wieder ihre Hand und küsste sanft ihre Finger. »*Du* bist mein Typ.«

Maddy schauderte vor Lust. Jetzt, da sie es sich nicht mehr nur vorstellen musste, war es noch schlimmer. Sie wusste nun, wie wunderbar er im Bett war.

»Guten Abend, Maddy. Hallo, Drew.« Bronwyn bemerkte ihre geröteten Gesichter, die verschlungenen Hände und ihre Körpersprache und zählte eins und eins zusammen. »Sind Sie jetzt so etwas wie ein richtiges Paar?«

»Nur gute Nachbarn. Meine Frau kommt morgen zurück.«

»Offenbar genau zum richtigen Zeitpunkt«, erwiderte Bronwyn streng.

»Wollen Sie sich nicht setzen?«

»Nein, aber trotzdem vielen Dank.« Bronwyn schürzte die Lippen. »Ich muss mich darüber wundern, Maddy, dass Sie an diesem Tisch sitzen.«

»Es war der einzige, der noch frei war.«

»Und das ist auch nicht weiter verwunderlich. Sie wissen doch, was man über ihn sagt!«

»Dass er verhext ist.« Maddy stieß mit ihrem großen Glas Whisky an ihre Zähne. »Daran glaube ich nicht.«

»Er ist nicht verhext. Das ist der Baby-Tisch. Jede, die hier sitzt, wird danach schwanger. Das wissen Sie doch bestimmt ... das nette Mädchen, das für John Hastings gearbeitet hat, drei oder vier Mädchen von dem neuen Gut, die junge Kat und selbst meine Natalie.« Sie sah Drew viel sagend an. »Einige Frauen aus Wantage und Umgebung, die in dieser Hinsicht Schwierigkeiten haben, kommen extra deswegen hierher.«

»Oh.« Maddy biss sich auf die Lippen. »Ich wusste doch, dass da irgendwas war.«

»Sie sollten sich lieber an die Bar stellen.« Bronwyn sah Drew mit gerunzelter Stirn an. »Die kleine Maddy hat bereits genug Probleme.« Dann eilte sie davon, um Bernie der Aufmerksamkeit eines Stallmädchens im Minirock zu entziehen. Drew und Maddy konnten sich nicht mehr halten vor Lachen.

Maddy wischte sich mit dem Handrücken über die Augen. »Nun, wenn ich schwanger bin, dann wissen wir wenigstens, wer Schuld hat, oder?«

»Das würde auf der Geburtsurkunde gut aussehen«, Drew grinste. »Vater – mit Teakholz furnierter, runder Tisch.« Er wurde plötzlich ernst. »Maddy, wenn du …«

»Sag es nicht!« Maddys Augen weiteten sich entsetzt. »Ich bin nicht abergläubig. aber trotzdem …« Sie schluckte. »Hör zu, ich bin nicht schwanger, also reden wir nicht mehr davon, Drew. Bitte.«

Er hielt sich daran und sprach über Pferde, über das Derby und auch kurz über die Fahrt dorthin.

»Das Dorf hat einen doppelstöckigen Bus gemietet«, sagte Maddy. »Wer nicht unmittelbar mit dem Derby zu tun hat, fährt am Morgen des Renntages. Bronwyn macht Brötchen mit Eiern und Schinken, und es gibt Sekt mit Orangensaft.«

Drew zog die Stirn in Falten. »So fährst du also normalerweise zum Derby? Mit dem Bus? Ich habe gedacht, dass Peter Knightley dich früher mit irgendeinem Macho-Auto dorthin chauffiert hat.«

Maddy kicherte. Es war eine Mischung aus Whisky, Verliebtsein und der komischen Vorstellung. »Peter ist nie zum Derby gefahren, aber ich denke, er wird es dieses Jahr tun, um Stacey und Jeff zu beeindrucken.«

»Ich habe dich eingeladen, mit mir zu fahren, aber inzwischen glaube ich nicht mehr, dass das eine so gute Idee ist. Ich wollte nur sichergehen, dass du auch kommst.«

»Oh, ja, sicher. Das darf ich doch nicht verpassen! Mach dir keine Sorgen, Drew, Caroline wird an deiner Seite sein, nicht ich.«

Er sah Maddy einen Moment lang traurig an und seufzte dann. »Ich habe dich zweimal eingeladen, mit mir auszugehen, und jedes Mal ist Caroline dazwischengekommen.«

»Hallo, ihr beiden.« Kimberleys Gesicht leuchtete hinter ihrem Ginglas. »Das ist der Baby-Tisch, Maddy. Wusstest du das nicht?«

»Bronwyn hat mich gerade daran erinnert, danke.«

»Gut.« Umhüllt von einer Wolke Rive Gauche – was gar nicht zu ihr passte – beugte sich Kimberley vor. Maddy fragte sich, ob sie sich wegen Drew darin gebadet hatte, und hoffte, dass dies nicht der Fall war. »Vielleicht sollte ich selbst hier sitzen, wegen der guten alten biologischen Uhr, die tickt und so weiter. Ich habe gerade mit Suzy gesprochen, und sie hat mir gesagt …«

Maddy warf Drew einen entsetzten Blick zu. Kimberley schien ihn nicht zu bemerken und fuhr munter fort: »Wir haben über Kleider gesprochen, wegen Epsom. Für Suzy ist so ein Weibertratsch ja ziemlich ungewöhnlich.« Sie lächelte wehmütig. »Ich glaube, sie ist wirklich in Luke Delaney verliebt. Jedenfalls habe ich ihr gesagt, dass ich wegen des blöden Virus kein Pferd im Rennen habe und deshalb mit Barty hingehe, und dass ich mir dafür ein Kleid und einen Hut gekauft habe. Sie hat mir erzählt, dass du ein wunderbares neues Kleid hast, Maddy, aber keinen Hut dazu. Kann ich dir vielleicht aushelfen?«

»Oh, ich trage niemals Hüte«, sagte Maddy schnell. Kimberleys Hüte waren entweder aus dunklem Filz oder sahen aus wie umgekippte Blumentöpfe aus glänzendem Stroh. »Ich habe nicht die richtige Kopfform dafür.« Drew und Kimberley sahen sie mit einträchtiger Verständnislosigkeit an. Sie zuckte die Achseln. »Mit meinen vielen Haaren, und außerdem habe ich so ein rundes Gesicht … Ich bin kein Hut-Typ.«

»Unsinn.« Kimberley schluckte geräuschvoll ihren

Gin hinunter. »Ein Mädchen muss zum Derby unbedingt einen Hut tragen, nicht wahr, Drew?«

»Oh, unbedingt.« Drew lachte leise. Maddy warf ihm einen wütenden Blick zu. »Ich bin sicher, Maddy würde Ihren Hut gern tragen.«

»Er wird wahrscheinlich nicht zu dem Kleid passen«, begann Maddy.

»Oh, da liegst du falsch.« Kimberley strahlte. »Suzy hat mir erzählt, dass dein Kleid grün ist. Ich habe einen wundervollen Hut in Grün. Er gehörte meiner Mutter. Sie hat sich niemals an Konventionen gehalten und ihn bei Rennen in Irland getragen. Grün wird dort natürlich nicht als eine Farbe betrachtet, die Unglück bringt. Ich bringe ihn dir morgen vorbei, soll ich?«

»Das ist sehr nett von dir«, sagte Maddy schwach. »Wirklich.«

»Das mache ich doch gern.« Kimberley winkte Barty zu und zeigte auf ihr leeres Glas. »Es wird schön sein, ihn noch mal in Gebrauch zu sehen. Ich komme dann morgen früh vorbei.«

Maddy beobachtete, wie sie sich einen Weg zu Barty bahnte und beschloss, Suzy umzubringen. Zunächst einmal, weil sie in ihrem Schrank herumgeschnüffelt hatte, und zweitens, weil sie es Kimberley erzählt hatte. Kimberleys Mutter – die mit den Liebhabern, den Gläubigern und den merkwürdigen Pflanzenheilmitteln – hatte den Hut wahrscheinlich in den Zwanzigern getragen. Es musste ein Topfhut sein.

»Du wirst hübsch aussehen«, sagte Drew in sein Glas hinein. »Das ist doch nett von ihr, oder?«

»Sehr, aber ich werde ihn bestimmt nicht tragen.«

»Oh, das musst du aber. Du kannst ihre Gefühle doch

nicht verletzen! Und dieses grüne Kleid – ist es das, was du bei deinem Abendessen anhattest? Wenn ja, werde ich wohl kaum meine Finger von dir lassen können.«

»Dann trage ich ihn eben.« Maddy war immer noch gereizt. »Es ist übrigens nicht *das* Kleid, sondern das, was ich zusammen mit Caroline in London gekauft habe.«

»Oh, gut. Ich habe es gern, wenn meine Frau die Garderobe meiner Geliebten absegnet.« Maddy wollte ihn im Spaß schlagen, doch er hielt ihre Hand fest und zog sie zu sich herüber. Sein Kuss war gefährlich und erregte sie mehr, als dies in einem überfüllten Pub schicklich war.

Maddy sank auf ihren Stuhl zurück. »Ich glaube, du hast eine falsche Vorstellung davon, wie der Baby-Tisch funktioniert. Daran zu sitzen ist offenbar vollkommen ausreichend. Darauf zu kopulieren ist nicht notwendig.«

»Spielverderberin.« Drew streckte ihr die Zunge heraus – und zwar gerade in dem Moment, als die Kamera des Channel-Four-Teams einen Schwenk durch die Bar machte.

Maddy wachte allein auf. Und sie war auch allein schlafen gegangen, was nicht überraschend war. Aber sie hatte heftig von Drew geträumt und wurde schlagartig wach, als sie spürte, dass er nicht neben ihr lag. Sie presste ihr Gesicht in das Kissen, um seinen Geruch einzufangen.

Nachdem sie vom Cat and Fiddle zurückgewankt waren, begleitet von Suzy, Jason und Olly und den meisten der Stallburschen von Peapods, hatte er sie mit einem keuschen Kuss auf die Wange vor ihrer Tür verabschiedet. Das war alles, was sie sich bei dem Publikum hatten erlauben dürfen. Maddy streckte sich benommen. Heute war ihr letzter Arbeitstag für die nächsten drei Tage. Das normale Leben fand in Milton St. John während des Derbys nicht statt. Faul beobachtete sie die Schatten der Blätter, die die Sonne auf ihre Schlafzimmerwände warf, und begriff, dass es aufgehört hatte zu regnen. Ihr wurde auch bewusst, dass Luke und ihre Eltern bald eintreffen, und dass Caroline Fitzgerald wieder in Peapods wohnen würde. Gähnend kroch sie aus dem Bett.

Sie putzte den ganzen Morgen über so schnell sie konnte. Sie wollte wieder zurück nach Hause und Carolines Ankunft beobachten. Am Mittag, hatte Drew gesagt. Maddy sah immer wieder auf die Uhr. Die Zeiger schienen rückwärts zu gehen. Alle waren unerträglich fröhlich, die Aufregung verbreitete sich wie ein Virus von Haus zu Haus. Sogar über bunte Fähnchen hätte sie sich nicht gewundert.

Es war gerade kurz nach halb zwölf, als sie ihr Fahrrad gegen das Tor ihres Häuschens knallte. Mit vor Anstrengung gerötetem Gesicht, in einem weiten schwarzen T-Shirt und schäbigen, staubverschmutzten Leggings erwartete sie fast, Drew zu begegnen. Immerhin hatte er sie bisher noch nie in einem guten Moment erwischt. Diesmal war es aber Kimberley, die lächelnd und mit einem großen Karton neben der Haustür stand.

»Mutters Hut.« Sie zeigte auf die Schachtel. »Wie versprochen.«

»Wunderbar.« Maddy schloss die Tür auf und führte sie widerwillig in den Flur. »Aber bist du dir sicher, dass du ihn nicht selbst tragen möchtest?«

»Ganz sicher«, strahlte Kimberley und nahm den gelben Deckel von der Schachtel. Sie roch feucht und nach Gin. »Ich trage niemals Grün, aus Aberglauben. Und außerdem habe ich mir mein ganzes Outfit in Rosa gekauft.«

Maddy zuckte zusammen. »Wie schön. Ist es blassrosa oder eher altrosa?«

»Eher wie ein Lolly.« Kimberley zerrte den Hut aus dem Papier. »Ich weiß nicht, wie du die Farbe bezeichnen würdest.«

Furchtbar, dachte Maddy, aber Kimberley sah so entzückt aus, dass sie nicht den Mut hatte, etwas zu sagen. Als der Hut zum Vorschein kam, schloss Maddy feige die Augen.

»Da, Maddy«, sagte Kimberley begeistert. »Er ist so gut wie neu. Probier ihn an.«

Maddy öffnete ein Auge. »Nun, vielleicht nicht zu meinen Leggings ... oh!«

Er war wunderschön, selbst in Maddys Augen, die sich nicht viel aus Hüten machte. Er hatte eine breite Krempe und war aus flaschengrüner Brokatseide. Grüne Straußenfedern hingen wie ein Schleier von der Krempe herab, und das Ganze wurde von einem breiten, dunkelgrünen Samtband geschmückt.

»Wird er passen?«, fragte Kimberley ängstlich, während sie auf ihrer Lippe herumkaute. »Ich dachte, zu deinen Farben ...«

»Kimberley, er ist wunderbar!« Maddy umarmte sie. »Ich setze ihn gleich mal auf.«

Maddy musste grinsen, als sie sich in dem staubigen Spiegel betrachtete. Sie kam sich vor wie Scarlett O'Hara. Zusammen mit dem grünen Kleid würde sie einmalig aussehen. Ihr üppiges Haar wallte lockig unter der Krempe hervor.

Kimberley klatschte vor Begeisterung in die Hände. »Oh, Maddy, du siehst toll aus! Drew wird dir nicht widerstehen können.«

»Du bewegst dich auf gefährlichem Boden, Kimberley.« Maddy nahm den Hut vorsichtig vom Kopf und legte ihn ehrfurchtsvoll in die Schachtel zurück. »Besonders, wenn Mrs. Fitzgerald in der Nähe ist.«

Kimberley lehnte sich an die Badezimmertür. »Wir sind doch befreundet, seit du in dieses Dorf gekommen bist, oder? Ich weiß, nicht so eng wie du und Fran, aber doch Freundinnen. Ich habe Peter Knightley nie gemocht. Und ich finde Drew Fitzgerald selbst sehr attraktiv.« Sie wurde rot. »Aber ich habe schnell begriffen, dass er sich für jemand anderen interessiert. Ich weiß, dass es verdammt blöd ist, dass er eine Frau hat, Maddy, aber ich denke ehrlich, dass dir das nicht im Weg stehen sollte. Das Leben ist zu kurz, um es nicht beim Schopf zu packen. Und vor allem nicht, wenn es der von Drew Fitzgerald ist …«

Maddy umarmte sie erneut. »Oh, Kimberley! Danke für dein Verständnis. Aber ich will einfach nicht so unmoralisch sein. Und ich kann nicht die *andere* Frau sein.«

»Wir können nur hoffen, dass Drew Caroline verlassen wird.« Kimberley ging auf die Haustür zu.

»Ich glaube kaum, dass das passiert.«

»Vielleicht doch – und besonders, wenn du diesen Hut trägst. Meine Mutter schwor auf ihn. Sie hat gesagt, dass er sie niemals im Stich gelassen hat.«

Während Maddy Kimberley zum Abschied zuwinkte, dachte sie, dass sie mit dem Hut und dem Baby-Tisch in Milton St. John bestimmt sehr schnell verheiratet und schwanger sein würde – nur nicht unbedingt in dieser Reihenfolge.

Sie stand auf einem Stuhl in ihrem Büro und beobachtete, wie Caroline ankam. Ein luxuriöser, schwarzer Mietwagen fuhr kurz vor zwölf Uhr die Einfahrt zu Peapods hinauf. Maddy konnte sehen, wie er seine drei Fahrgäste ausspuckte. Der große Mann mit den wenigen Haaren musste Kit Pedersen sein und die kleine Frau mit den roten Haaren war sicherlich Rosa. Caroline, die eine blassblaue Hose und eine blaue Bluse trug, schwang sich wie immer elegant vom Rücksitz. Maddy wurde schlecht vor Schuldgefühlen. Wie kamen andere Leute mit Untreue zurecht? Diana und Peter schienen völlig unbefangen damit umzugehen. Wie sollte sie es nur schaffen, morgen cool und distanziert zu bleiben?

Die Ankunft ihrer Eltern in dem schäbigen Capri war für Maddy eine Erleichterung. Wenigstens konnte sie jetzt nicht mehr dauernd daran denken, dass Drew und Caroline zusammen waren. Ihre Mutter, die ihre Kleider auf Bügeln und in Plastiksäcken mitgebracht hatte, samt ihrem Hochzeitshut, nahm direkt Maddys Schlafzimmer in Beschlag, während Maddys Vater sogleich den Rest des Glenfiddichs requirierte. Sie war froh, die beiden zu sehen, und Suzy ebenso. Sie war direkt von ihrer Arbeit bei John Hastings zu Peapods hinübergegangen, um Dock of the Bay ein letztes Mal zu reiten, bevor er am Abend nach Epsom gebracht wurde, und strahlte nun über beide Ohren. Nachdem sie ihre Eltern begrüßt und die Komplimente über ihre neue Frisur entgegengenommen hatte, zog sie Maddy in die Küche.

»Kit Pedersen ist toll! Und Rosa ist so nett! Sie war früher auch Jockey. Wir haben uns gut verstanden. Sie waren nett zu mir, Mad. Ich darf sie nicht enttäuschen.«

»Und wie war Caroline?«

»Oh, cool wie immer.«

»Cool wie jemand, der besonders lässig sein will, oder

cool wie jemand, der sich distanziert gegenüber einer Verwandten jener Frau zeigen möchte, die mit ihrem Mann geschlafen hat?«

»Das Erstere. Und was ist das für eine blöde Art, über Sex zu reden? Schlafen ist doch das Letzte, was man dabei tut.«

»Psst!« Maddy warf ängstliche Blicke in Richtung Wohnzimmer. »Wir müssen Mama und Papa noch von dir und Luke erzählen. Wann kommt er an?«

»Oh, er ist schon da. Er ist bei Diana und Gareth, um noch einmal zu reiten und letzte Anweisungen zu bekommen. Guck mal.« Sie zog ihr T-Shirt über ihre Schulter und zeigte ihr eine Anzahl neuer Knutschflecke.

»Mein Gott!« Maddy seufzte. »Wie hast du denn das fertig gebracht?«

»Die Sattelkammer.« Suzy schnitt sich eine Scheibe Brot ab und langte nach dem Glas Pflaumenmarmelade. »Wo ein Wille ist, ist auch ein Weg.«

Maddy verdrehte die Augen und füllte den Wasserkessel. Bestimmt wollten ihre Eltern gern eine Tasse Tee.

Drew rief Maddy um neun Uhr an. »Wir haben beschlossen, noch heute Abend zu fahren, um Dock of the Bay richtig unterzubringen. Ich weiß, dass Suzy morgen in aller Frühe mit Luke nachkommt. Kit und Rosa waren sehr beeindruckt von ihr. Geht es deinen Eltern gut?«

»Ja, danke, Drew.«

»Schön. Und du fährst auf jeden Fall mit dem Bus?«

»Ja, Drew, ist …«

»Wie ist der Hut?«

»Toll. Drew, ist Caroline bei dir?«

»Ja, das ist richtig.«

Sie schämte sich furchtbar. Es war alles so hinterhältig!

Sie schluckte. »Also dann, ich sehe dich morgen irgendwo auf der Tribüne.«

»Ja.«

»Ich liebe dich.«

»Ebenso«, sagte Drew mit schmerzerfüllter Stimme.

20. Kapitel

Der Tag des Derbys brach an und war, wie vorhergesagt, heiß und sonnig. Diejenigen aus Milton St. John, die noch nicht zu den Surrey Downs aufgebrochen waren, hatten sich vor dem Dorfladen versammelt.

»Ich würde den Hut noch nicht aufsetzen, Mama.« Maddy beugte sich zu ihrer Mutter hinüber. »Nicht, wenn du während der Fahrt oben im Freien sitzen möchtest. Du wirst ihn verlieren, noch ehe wir das Dorf verlassen haben.«

»Hierdrin ist noch viel Platz.« Mrs. Beckett tätschelte ihre riesige Handtasche. »Da stecke ich ihn rein, wenn wir losfahren, aber jetzt möchte ich gut aussehen.«

»Das tust du, Mama.« Maddy lächelte sie liebevoll an. »Du siehst sehr hübsch aus.«

Mrs. Beckett trug ein blaues Kostüm und hatte ihren Hochzeitshut mit einem passenden Band dekoriert. Maddys Vater trug seinen einzigen Anzug und sah nervös aus.

Maddy drückte seine Hand. »Suzy wird es gut machen.«

»Das hoffe ich auch. Ich habe hundert Pfund auf sie gesetzt, auf Sieg und Platzierung, aber sag das bloß nicht deiner Mutter.«

Ihre Eltern waren sprachlos gewesen, als Maddy in ihrem grünen Kleid, den grünen Schuhen und den Opal-Ohrringen das Wohnzimmer betreten hatte. Und dabei hatten sie den Hut noch gar nicht gesehen.

»Oh, was für ein tolles Kleid, Maddy!« Bronwyn kam,

gefolgt von Bernie, aus dem Laden geeilt und schloss die Tür mit einem riesigen Schlüsselbund ab. »Sie sieht wirklich hübsch aus, nicht wahr, Bernie?«

Bernie sah auf und nickte desinteressiert, da er nur die Andeutung eines Busens erkennen konnte. Bronwyn, die ein geblümtes, in beige und orange gehaltenes Polyesterkostüm trug, drängte sich unter die Dorfbewohner und hakte Namen auf ihrer Liste ab.

»Kommt Fran mit uns, oder ist sie gestern schon mit Richard gefahren?«

»Sie kommt auf jeden Fall mit uns«, sagte Maddy. »Sie hat mich eben angerufen. Sie hatte noch Probleme mit ihren Schuhen.«

Fran hatte gejammert: »Welche Schuhe soll ich um Himmels willen als Frau des Siegers anziehen? Ich meine, soll ich dort an seiner Seite sein, oder muss er so tun, als sei er ein Single? Trage ich Absätze und bin damit größer als er, oder soll ich flache Schuhe anziehen und aussehen wie eine Vogelscheuche? Verdammt, Maddy! Hilf mir!« Sie einigten sich auf mittelhohe Pumps und verabredeten, dass Fran sich im Hintergrund halten würde, falls Richard das Derby gewinnen sollte.

Brenda und Elaine, die helle, glänzende Kleider trugen und vollzählig mit ihren Ehemännern und Kindern aufgetaucht waren, lehnten am Schaufenster und lachten laut. Jackie und Kat, die beide mit Jockeys verheiratet waren, die an dem Rennen in Epsom nicht teilnahmen, saßen ruhig auf dem Mäuerchen. Maddy starrte auf Kats Bauch, der sich unter ihrem Sommerkleid abzeichnete, und strich sich über ihren eigenen. Im Moment war er leicht gewölbt. Wie würde er aussehen, wenn sie … Sie versuchte schnell, an etwas anderes zu denken.

»Das ist ja wie bei einem Betriebsausflug von *Die Feen*, nicht wahr, Maddy?«, rief Elaine fröhlich. »Fahren wir alle mit dem gleichen Bus? Die Putzfrauen on tour!«

Jackie und Kat, die über solche Aussprüche erhaben waren – besonders in der Öffentlichkeit –, zuckten zusammen. Maddy lachte. Sie hatte die Frauen alle sehr gern. Sie waren ihre Freundinnen, und sie arbeiteten mit ihr und für sie. Wenn nur jemand Drew und Caroline wieder entheiraten könnte, wäre sie der glücklichste Mensch auf Erden.

»Du lieber Schwan!« Fran kam um die Ecke. Sie sah toll aus in ihrer beigefarbenen Seidenhose mit Bluse, darüber eine bodenlange Weste aus schwarzem Chiffon und schließlich einem breitkrempigen Hut in schwarz-beige. »Ich dachte schon, ich käme zu spät. Nachdem ich das Schuhproblem gelöst hatte, konnte ich mich nicht für die richtige Handtasche entscheiden und – Himmel!« Sie musterte Maddy von Kopf bis Fuß. »Das dürfte dich um die fünfhundert Pfund gekostet haben, wetten? Maddy Beckett, du siehst umwerfend aus!«

»Danke.« Maddy schwenkte eine Einkaufstüte unter Frans Nase. »Und warte erst, bis du den Hut siehst.«

»Ist das Kleid von Ally Capellino?« Frans Mund stand immer noch offen, als Maddy nickte. »Und das hast du alles Mr. Fitzgerald zuliebe getan?«

»Nein, eigentlich nicht.«

»Lügnerin.« Fran drückte sie freundschaftlich. »Er hat dich sogar in Second-Hand-Klamotten geliebt, was wird er erst tun, wenn er dich in diesem Kleid sieht?«

Wohl kaum mehr, als er bereits angesichts der Supermarkt-Unterwäsche getan hatte, dachte Maddy spöttisch.

Etwas Perfektes ließ sich schließlich nicht verbessern, wie sie Drew verkündet hatte.

»Der Bus kommt!«, schrien wie jedes Jahr etwa dreißig Dorfbewohner, die auf dem Bordstein saßen und die Straße beobachteten. »Pack das Bier in den Kofferraum, Bernie!«

Man hatte wie immer einen Bus aus Newbury gemietet, und wie üblich gab es ein furchtbares Gedrängel um die besten Plätze auf dem Dach. Fran war besonders gut darin, sie setzte ihre Füße, Schultern und sogar ihre Fingernägel ein, falls nötig. Maddy folgte ihr etwas verhaltener und besorgte ihren Eltern einen Platz, bevor sie sich zu Fran auf das Dach setzte.

Der Bus war mit Schleifen und Luftballons dekoriert, Transparente warben für Saratoga Sun und Jefferson Jet, und auf der Anzeigetafel stand wie immer »Milton St. John zum Derby«. Es herrschte eine sehr laute, fröhliche Stimmung, und die Spannung stieg wie jedes Jahr. Für Maddy jedoch war es in diesem Jahr etwas Besonderes.

»Wie ging es Richard?«, fragte sie Fran, während der Bus die Hauptstraße entlangfuhr. »War er nervös?«

»Als er fuhr, nicht.« Fran drehte sich auf dem Sitz um und winkte den Leuten aus dem Cat and Fiddle zu, die den hinteren Teil des Daches besetzt hatten und bereits mit Zigarettenpapierchen raschelten. »Heute Morgen wird er sich wahrscheinlich übergeben, der Arme. Aber er reitet ja nicht im Großen Preis von Woodcote, also kann ich ihn noch einmal umarmen, bevor sich die Fernsehkameras auf ihn stürzen.«

»Und Chloe und Tom? Sind sie mit Richard nach Epsom gefahren?«

Fran nickte. »Seine Eltern passen in Esher auf sie auf und bringen sie heute Morgen zur Rennbahn. Die Kinder hätten nicht aufgeregter sein können, wenn Richard ihr richtiger Vater wäre. Er ist so wunderbar zu ihnen. Ich wünschte nur, wir könnten ein eigenes Baby haben. Aber nach dem heutigen Tag ... wer weiß.«

Maddy, die nicht einmal an Babys denken wollte, sah auf das Dorf hinab. Die wenigen Leute, die nicht nach Epsom fahren würden, arbeiteten tüchtig, damit sie später Zeit hatten, das Rennen am Fernseher zu verfolgen. Milton St. John war ein Labyrinth aus sandigen Straßen, hellgrauen Cottages, Ställen und efeubewachsenen roten Backsteinhäusern, zwischen denen grüne Bäume standen. Die grelle Morgensonne schien auf das Dorf und machte es zum schönsten Ort auf der Welt.

»Zeit für die Hüte.« Fran drückte sich den breitkrempigen Hut auf den Kopf und hielt ihn fest. »Komm schon, Maddy. Zeig ihn mir.«

Maddy holte den grünen Hut vorsichtig aus der Schachtel und setzte ihn auf ihre Locken.

Fran sah sie bewundernd an. »Von dir wird die ganze Königstribüne reden, und Drew wird nicht mehr wissen, wie ihm geschieht.«

»Caroline ist hier. Ich glaube kaum, dass er einen Kommentar abgeben kann.«

»O doch, das wird er.« Fran tätschelte mit ihrer freien Hand Maddys Arm. »Glaub mir, das wird er.«

Schreie und lautes Fußgetrampel kündigten an, dass Bronwyn und Bernie ihre Runde mit riesigen Schinken- und Eierbrötchen machten und Becher mit Sekt und Orangensaft herumreichten. Maddy und Fran sahen sich aufgeregt an. Es ging los.

Der Bus hielt an der hügeligen Seite des Rennplatzes kurz vor der Zielmarke. Es war zwar noch früh, aber das sanft gewellte Gelände war längst mit Festzelten, Ständen und Wohnwagen übersät. Vor ihnen ragten die Haupttribüne und die Königstribüne wie ein Ozeandampfer in den mittelmeerblauen Himmel, und die hellgrüne Rennbahn wand sich darum wie ein smaragdfarbenes Band. Auf dem Festplatz herrschte lautes Stimmengewirr, die Wahrsager lockten Opfer näher, und überall standen Horden von Menschen. Maddy musste schlucken. Irgendwo in dieser Menge war Drew.

Die meisten Dorfbewohner waren zufrieden damit, bis zum ersten Rennen im Bus zu bleiben oder das Gelände zu erkunden. Maddy und Fran jedoch drängten sich mit Mr. und Mrs. Beckett und den Pughs zu der Unterführung, die unter der Rennbahn herführte.

Maddys Dad, der niemandem widerstehen konnte, kaufte jedem vorbeikommenden Händler Glück bringendes Heidekraut und getrocknete Rosenblüten ab, und Mrs. Beckett erstand einen ganzen Packen Startlisten, damit sie jedem zu Hause Suzys Namen zeigen konnte.

»Ist alles in Ordnung?«, fragte Maddy ihre Eltern vor dem Drehkreuz, das zur Haupttribüne führte. »Bronwyn und Bernie werden euch einweihen.«

»Uns geht es gut, Liebes.« Mrs. Beckett konnte es gar nicht erwarten, hineinzugehen und neben irgendwelchen Berühmtheiten zu stehen. Sie wollte unbedingt Joan Collins in natura sehen, ebenso wie George Hamilton, der immer da war, oder Roger Moore. »Wir sehen uns später, wenn Suzy ihr Rennen hat, ja?«

»Natürlich.« Maddy küsste ihre Eltern und hoffte, dass Bronwyn ihnen nicht zu viele Details über ihre zunehmend öffentliche Beziehung zu Drew mitteilte. Dann hakte sie sich bei Fran unter und ging mit ihr auf die Königstribüne zu.

Fran sah auf die Uhr. »Warum mischen wir uns nicht ein bisschen unters Volk? Wir haben noch viel Zeit, und Richard wird den ganzen Morgen mit den Saratoga-Leuten zu tun haben. Hast du Lust, dich ein bisschen umzuschauen, oder verrenkst du dir nur den Hals nach Drew?«

Maddy tat Letzteres, wollte es aber nicht zugeben. »Natürlich nicht. Caroline klebt sicher an seiner Seite. Ich habe es nicht gerade eilig, ein hübsches Dreiergespann abzugeben. Also, worauf hast du Lust?«

»Ach, ich möchte mich nur ein bisschen umsehen.« Wieder hakte Fran sich bei Maddy unter und machte vor der Haupttribüne kehrt. »Und ich möchte Zuckerwatte und Ingwerplätzchen kaufen.«

»Mit der Zuckerwatte weiß ich nicht so recht«, sagte Maddy und presste sich den Hut von Kimberleys Mutter etwas fester auf ihre Locken. »Die bleibt wahrscheinlich an den Federn kleben.«

Sie kicherten wie Teenager, stolperten den holprigen Abhang hinunter und liefen auf wackeligen Füßen über das staubige Gras des Geländes. Der Parkplatz platzte aus allen Nähten, überall standen Menschen vor offenen Kofferräumen und luden Bier, Wein und alle möglichen Köstlichkeiten aus. Maddy wurde der Mund wässrig, als sie Tischtücher sah, auf denen kaltes Hühnchen, Salatschüsseln, Pasteten, Kuchen und wunderbare Desserts aufgebaut waren.

Überall waren Menschen: Männer in Cutaways und Zylindern, die sich wichtigtuerisch mit Frauen mit geometrischen Bubiköpfen und Chanel-Kostümen unterhielten; Stammtischausflügler, bei denen Frauen wie Männer Dauerwellen und ärmellose T-Shirts trugen; Familien mit Kindern und Großeltern. Maddy sog die Atmosphäre in sich auf.

»Du darfst nicht Autoskooter fahren.« Fran packte Maddy am Arm. »Guck mal, was dann mit dir passieren wird.«

Maddy starrte auf den Pulk junger Männer, die sich hinter einer Hot-Dog-Bude betrunken in den Armen lagen, und ließ sich widerwillig von Fran wegführen. Sie schnupperte. »Man kann die Aufregung förmlich riechen, nicht wahr?«

»Ich rieche Menschen, Benzin, gebratene Zwiebeln und Schweiß«, sagte Fran prosaisch. »Oh, nein! Wo gehst du denn jetzt schon wieder hin?«

»Hier rein. Warte auf mich.«

»Maddy! Nein!« Frans Aufschrei wurde von einem Dutzend Popsongs übertönt, die sich gegenseitig Konkurrenz zu machen schienen. Sie starrte den bunt bemalten Wohnwagen entsetzt an.

Maddy blinzelte erregt in die Dunkelheit. Im Innern von Madame Marias Wohnwagen war es heiß. Die rosafarbenen Samtvorhänge waren zugezogen, um fremde Blicke abzuhalten, und es roch angenehm nach Kaffee und frischem Brot. Maddy war irgendwie enttäuscht. Sie hatte den Geruch von Weihrauch und gerösteten Igeln erwartet.

»Einen kleinen Moment, mein Täubchen.« Madame Maria drückte eine Zigarette aus und faltete den Daily Mirror ordentlich zusammen. »Möchten Sie die Kristallkugel, die Karten oder die Hand?«

»Das, was am genauesten ist, bitte.« Maddy setzte sich auf einen Stapel Reiseprospekte über die Algarve. »Vielleicht ist die Hand ja am persönlichsten?«

Madame Maria zog fragend die Augenbrauen hoch und klimperte mit ihrem üppigen Goldschmuck. »Das überlasse ich vollkommen Ihnen. Aber ich werde Ihnen die Wahrheit sagen, und Ihre Hand kann nicht lügen. Möchten Sie das?«

Maddy nickte, und die grünen Straußenfedern tanzten auf ihrem Kopf. »O ja, bitte. Es ist mir egal, wie schlimm es ist, aber ich möchte es wissen.«

»Gut, Täubchen.« Madame Maria beugte sich vor und ergriff Maddys linke Hand. »Aber ich sage nicht den Tod voraus. Das kann ich nicht. Aus der Hand kann man nur das Schicksal lesen. Ihre Lebenslinie sagt nichts über die Länge Ihres Lebens aus, wissen Sie, nur etwas über die verschiedenen Phasen.«

Maddy nickte erneut. Madame Maria betrachtete ihre Handfläche genau und sah dann auf.

»Ihre Herzlinie ist viel stärker als Ihre Kopflinie. Sie werden von Ihren Gefühlen beherrscht, und das nicht immer auf vernünftige Weise. Sie lieben uneigennützig, und deshalb liebt man sie auch. Ich sehe eine tiefe, schmerzvolle Beziehung in der Vergangenheit und eine neue, komplizierte in der Gegenwart.«

»Das ist richtig.« Maddys Federn wippten enthusiastisch auf und ab. »Wird sie glücklich verlaufen?«

»Ja, sehr – mit Unterbrechungen.« Madame Maria wandte sich wieder Maddys Hand zu. »Es gibt ein Hindernis auf dem Weg zum vollkommenen Glück, und es sieht so aus, als sei es ziemlich hartnäckig.«

»Seine Frau«, murmelte Maddy.

Madame Maria hob abrupt ihren Kopf. »Da kann ich nichts machen, mein Täubchen. Wenn Sie mit dem Feuer spielen, verbrennen Sie sich. Ich kann seine Frau nicht für Sie verhexen.«

»Du liebe Güte, nein! Das wollte ich auch nicht. Sie ist nett. Ich frage mich nur, ob sie vielleicht irgendwie in der nächsten Zeit verschwinden wird.«

»Ich lese hier aus der Hand und organisiere keine Mafiaverschwörung! Möchten Sie, dass ich weitermache?«

»Bitte.«

»Also gut. Sie sind mit Ihrer Arbeit zufrieden, und Ihr Geschäft wird weiterhin gut gehen. Sie werden noch größere Aufgaben übernehmen.«

»Oh, gut.« Maddy war erleichtert. Zumindest schien *Die Feen* eine rosige Zukunft zu haben, wenn sie schon ihr selbst nicht beschieden war. »Ist das das Ende des romantischen Teils?«

Madame Maria sah Maddy freundlich an. »Ihre Hand deutet auf eine sehr glückliche Ehe in der Mitte Ihres Lebens hin, und Sie werden drei Kinder haben. Und bevor Sie mich fragen, nein, ich kann Ihnen nicht sagen, wann und mit wem. Sehen Sie, ich kann Ihnen keinen Rat geben, aber es steht alles da in Ihrer Hand. Lassen Sie das Leben seinen Lauf nehmen. Das Seltsame ist …«

»Was?« Maddy geriet in Panik.

»Nun.« Madame Maria seufzte affektiert. »Ich kann die Ehe und die drei Kinder völlig klar sehen, aber ich sehe keine dritte Beziehung! Ich denke, Sie werden einen der beiden Männer heiraten. Und da es so aussieht, als wäre der gegenwärtige bereits verheiratet, werden Sie sich wohl mit Ihrem verflossenen Liebhaber wieder versöhnen.«

»Oje«, ächzte Maddy. »Herzlichen Dank.«

Als Maddy in ihrer Tasche nach Geld suchte, schüttelte Madame Maria den Kopf. »Ich könnte ein Vermögen damit machen, wenn ich den Leuten erzählen würde, was sie hören möchten, aber das widerspricht meinen ethischen Grundsätzen. Haben Sie einen schönen Tag, mein Täubchen.«

»Sie auch«, murmelte Maddy und trat aus dem düsteren, überhitzten Wohnwagen wieder ins helle Sonnenlicht.

»Und?« Fran hüpfte von einem Bein aufs andere. »Was hat sie gesagt?«

»Dass ich den verdammten Peter Knightley heirate.«

»Das geschieht dir recht. Du solltest dich nicht auf Hexerei einlassen. Darf *ich* es Stacey sagen?«

21. Kapitel

Macht Platz für die Reichen und Berühmten«, murmelte Fran und bahnte sich auf der Königstribüne mit den Ellenbogen einen Weg durch die schönen Mädchen in ihren raschelnden Kleidern und wagenradgroßen Hüten. »Mein Gott, seit wir hier sind, bin ich richtig nervös!«

»Du warst schon so oft hier und hast es durchgestanden«, beruhigte Maddy sie, während sie sich umsah und sich das erste Mal genauso elegant fühlte wie die anderen Frauen, die auf dem leicht ansteigenden, vermoosten Rasen umherstolzierten. »Das gehört für dich doch schon zur Normalität.

»Richard ist noch nie als Favorit beim Derby mitgeritten«, sagte Fran mit klappernden Zähnen. »Ich darf nicht einmal daran denken, dass er verlieren könnte! Besonders nicht wegen Luke. Lass uns nicht darüber reden. Komm, holen wir uns das erste Glas Pimms und beobachten den Feind.«

Nur einige der eleganten Männer im Cutaway und ihre Frauen in glitzernden Kleidern waren ihnen fremd. Die meisten kannten sie zumindest vom Sehen. Freunde des Pferderennsports waren eine verschworene Gemeinde. Der Platz sah so aus wie in *My fair Lady*. Maddy stellte fest, dass sie jedes Mal die Luft anhielt, wenn ein großer, breitschultriger und dunkelhaariger Mann auftauchte.

»Dort drüben!« Fran winkte heftig mit ihrem Glas. »Sieh doch! Kimberley und Barty. Sieht sie nicht süß aus mit seinem Zylinder? Oh, und da sind ja auch Diana und Gareth!«

Maddy sah sich nach ihnen um. Kimberley in ihrem pinkfarbenen Kleid hätte auch Flugzeuge auf der Rollbahn einweisen können. Sie hielt in jeder Hand ein Glas Pimms und lachte Barty an, der ihr ohne seinen Zylinder bis zur Schulter reichte.

Gareth, der mit seinem langen Oberkörper in einem Cut besser aussah als die meisten Menschen, geleitete Diana vorsichtig die Treppe hinunter. Dianas Kleid war aus aprikotfarbener Seide und so eng geschnitten, dass sie nur jeweils ein Bein bewegen konnte. Deshalb war sie auf Gareths' Hilfe angewiesen. Ihr Hut war aus aprikotfarbener und schwarzer Spitze und verhüllte ihr Gesicht. Drew und Caroline waren nirgendwo zu sehen.

Im Verlauf des Vormittags versammelten sich so viele Leute, dass kein Zentimeter Rasen mehr zu sehen war. Man hörte Tausende von Gesprächsfetzen. Die Sonne stieg langsam am Himmel hoch, und die Buchmacher bauten ihre Stände auf. Maddy ertappte sich dabei, wie sie die Augen zukniff und erst bis zehn und dann bis zwanzig zählte, in dem Glauben, sie würde Drew erblicken, wenn sie sie wieder öffnete. Fran kippte ihre Pimms runter wie Limonade.

»Maddy!« Eine warme Stimme drang plötzlich durch die Menge. »Maddy, du siehst wunderbar aus. Habe ich dir nicht gleich gesagt, dass das Kleid wie für dich gemacht ist? Und was für ein Hut!« Maddy drehte sich um und stand Caroline gegenüber. »Hallo.« Während sie Caroline anlächelte, wanderten ihre Augen auf der Suche nach Drew über die Menge. Er war nicht da.

»Du siehst auch umwerfend aus.« Caroline trug das

schwarz-rote Kleid, das sie in Knightsbridge gekauft hatten. Ihr Hut aus rotem Tüll saß wie ein zartes Gebilde aus Eischnee auf ihrem glänzenden Bubikopf. Sie war wirklich außergewöhnlich schön.

»Es ist einfach wunderbar hier!« Caroline umschrieb mit einer Geste die gesamte Szenerie. »Selbst wenn man wie ich nichts für Pferde übrig hat, ist es ein Ereignis, das man nicht verpassen sollte. Ich komme gerade aus der Bar, um mir die Kapelle anzuhören und natürlich, um der Königsfamilie zu begegnen. Hast du Drew schon gesehen?«

»Nein«, sagte Maddy etwas zu schnell. »Ich denke, er ist bei Kit und Rosa.«

»Und bei dem Pferd und Suzy.« Caroline lachte gequält. »Taktik, Taktik, Taktik. So etwas Langweiliges.« Sie lächelte Fran höflich an, die zurückgrinste.

»Man hat mir gesagt, dass ich Drew auf dem Sattelplatz finde.« Caroline ließ die beiden in den Genuss ihres verträumten Lächelns kommen. »Später, beim Aufsatteln. Bis dahin kann ich tun, was ich will, und das werde ich ausnutzen. Ich habe meine Visitenkarten bei mir und bin sicher, dass einige dieser Leute hier sehr an meinem Wein interessiert sein werden. Ich habe meinen Eltern gesagt, dass sie schon mal mit zusätzlichen Aufträgen rechnen sollen. Kommst du auch mit zum Sattelplatz, Maddy?«

»Äh, nein … ich denke nicht. Ich sehe mir Suzys Rennen von der Haupttribüne aus an. Warum?«

»Weil ich mit dir reden möchte.« Carolines Augen ruhten immer noch warm auf ihr. »Aber ich warte gern, bis sich hier alle etwas beruhigt haben. Wir treffen uns dann später.«

»In Ordnung.« Maddy war schlecht. Woher wusste sie Bescheid? Drew konnte ihr doch nichts gesagt haben, oder? »Ja, ich bin ja hier …«

Caroline ging schon wieder die Grasböschung hinunter, auf der Suche nach einem günstigen Aussichtspunkt am Geländer. Maddy stellte fest, dass sie den Atem angehalten hatte.

»Was ist um Himmels willen los mit dir?« Fran verrenkte sich den Hals, damit sie unter der breiten Krempe ihres Hutes hervorsehen konnte.

»Du bist ja total bleich! Ist dir übel?«

»Ich möchte einen Drink. Aber kein Pimms. Ich möchte einen richtigen Drink. Einen halben Liter Whisky.«

»Bist du sicher, dass alles in Ordnung ist?« Fran trottete hinter Maddy her, die sich durch Horden sonnengebräunter Models, die an den Armen beleibter Geschäftsmänner hingen, zur Mezzanine Bar drängte. »Ist es nicht noch ein bisschen früh für Hochprozentiges?«

»Es ist bereits viel zu spät«, zischte ihr Maddy über die Schulter zu. »Ich wusste, dass ich meinen Prinzipien hätte treu bleiben sollen.«

Fran sah verständnislos drein und bestellte zwei Doppelte.

Während der Whisky Maddys Nerven beruhigte, versammelten sich die Mitglieder der Kapelle, die in ihren rot-goldenen Uniformen und ihren hohen Bärenfellmützen prächtig aussahen, auf der Rennbahn. Die Mitglieder des Königshauses waren unter tosendem Beifall ihren Limousinen entstiegen, und Fran hatte sich davongestohlen, um für eine halbe Stunde Richards Lampenfieber zu beruhigen.

»Wir haben noch dreiundzwanzig Minuten. Was schlägst du vor?«

Die Stimme war lachend hinter ihrem linken Ohr erklungen. Maddy, die auf den Stufen zum Rasen stand, taumelte leicht, lächelte aber, als sie sich umdrehte.

Drew sah in seinem exquisit geschnittenen, blassgrauen Cutaway mit passendem Seidenhemd und Krawatte umwerfend aus. »Was für ein männerfeindlicher Hut! Ich kann dir gar nicht nahe kommen.«

»Das ist auch gut so, deine Frau wandert nämlich da unten herum.« Maddy nickte mit ihren Straußenfedern in Richtung Böschung, die mit roten und weißen Blumen übersät war. »Ist alles in Ordnung?«

»Nein, ganz und gar nicht.« Drew nahm ihren Ellenbogen und führte sie zu den Schaltern der Buchmacher mit den Hotlines zu ihren Londoner Büros.

»Ich habe dich vermisst.« Er ließ seine Augen langsam über Maddys Körper wandern. Es war immer das Gleiche. »Du siehst absolut wundervoll aus, Maddy. Wie Lillie Langtry.«

»Oh, danke. Ist das nicht die berühmteste Mätresse aller Zeiten?«

»Vielleicht, aber nicht mehr lange.« Drew lachte, dann wurde sein Blick weich. »Du siehst wirklich phantastisch aus – aber das tust du ja immer. Hast du Caroline gesehen?«

Maddy nickte traurig »Sie will mit mir sprechen. Sie weiß es doch nicht etwa, oder?«

Drew schüttelte den Kopf. Er hielt immer noch ihren Arm und streichelte mit dem Daumen über die Innenseite ihres Handgelenks. »Sie will dich wahrscheinlich zum Abendessen einladen.«

Maddy lehnte sich an ihn. Eine Sekunde lang sehnte sie sich nach der relativen Anonymität von Milton St. John, weg von all dem Pomp und Getöse. Sie wünschte sich, Caroline würde in diesem Moment im hintersten Jersey ihren Wein herstellen. Sie wollte wieder ihre vergammelten, bequemen Sachen tragen und mit Drew in ihrer merkwürdigen Küche Kaffee trinken, während der kalte, trübe Regen von den Hügeln kam.

Die Liste der Pferde und Reiter für den Großen Preis von Woodcote wurde gerade an der Tafel am anderen Ende der Bahn sichtbar. Suzys Name und ihre Nummer, in roten Buchstaben auf weißem Untergrund, zeigte ihren Status als Jockeyanwärterin an.

»Nächstes Jahr wird sie keine Vorgabe mehr haben, sondern wie alle Jockeys starten«, sagte Drew. »Sie ist so ehrgeizig, dass sie nächstes Jahr sogar im Derby reiten könnte.«

Maddy sah auf Suzys Namen, und plötzlich wurde ihr bewusst, dass sie nicht einmal nach ihr gefragt hatte. »Geht es ihr gut? Ist sie nicht zu nervös?«

»Nicht im Mindesten. Aber sie steht unter Strom. Kit und Rosa sind begeistert von ihr, und Dock of the Bay liebt sie.« Drew sah auf seine Uhr. »Ich muss jetzt zum Sattelplatz gehen. Kommst du mit?«

»Caroline will dort hinkommen, also bleibe ich besser hier. Ich würde natürlich gern mitkommen, aber meine Mutter und mein Vater möchten, dass ich mir das Rennen mit ihnen ansehe – oje, sieh nur!« Die letzten Pferde und Reiter wurden angezeigt. Lukes Name war erschienen. »Ich habe noch nicht einen Blick auf die Startlisten geworfen. Ich wusste gar nicht, dass sie gegeneinander antreten.«

»Das ändert einiges.« Drew zog Maddy an sich, und der große, grüne Hut wackelte bedenklich. »Ich grüße sie von dir, soll ich?«

»Bitte.« Sie stand ganz dicht bei ihm. »Und ich sehe dich später …«

Maddy schwebte immer noch auf allen Wolken, als sie sich zu ihren Eltern und den Pughs auf die Haupttribüne gesellte. Sie wettete leichtsinnig zwanzig Pfund an der Totokasse und weitere fünf bei einem rotgesichtigen Buchmacher im Zuschauerbereich, der eine optimistische Gewinnquote von 25 zu 1 auf Dock of the Bay anbot. Sie würde den Rest des Monats nur noch von Wasser und Brot leben können – allerdings nur unter der Voraussetzung, dass die Wasserwerke ihr nicht den Hahn abstellten.

Eingequetscht zwischen ihren Eltern schrie sie lauthals Suzys Namen, als diese in den Farben Grau und Pink der Pedersens langsam die Bahn zum Start hinuntertrabte. Die Kommentatoren brüllten über die Rennbahn, die Buchmacher schrien die Gewinnquoten – Luke war der heiße Favorit –, und die Spannung stieg.

Auf Bitten einer hinter ihr stehenden Frau mit Damenbart, die furchtbar in einem beigefarbenen Regenmantel schwitzte, nahm Maddy ihren Hut ab, reckte den Hals und schielte zur Prinzentribüne hinüber. Da man von dort aus die Zielgerade überblicken konnte, war sie den Pferdebesitzern und Trainern vorbehalten. Drew war mit Caroline dort.

Sie verfolgte die Aufstellung in den Boxen auf der großen Leinwand. Suzy sah so zart aus, aber sie lächelte die ganze Zeit, besonders in Richtung Luke in seinem dunkelblauen und gelben Trikot.

Das Rennen begann. Mrs. Beckett feuerte ihre Tochter schon an, ehe der Kommentator brüllen konnte: »Sie reiten los!« Doch auch das war in dem Gebrüll, von dem man Gänsehaut bekam, nicht mehr zu hören. Maddy stopfte sich ihre Finger in den Mund und betete.

Die zehn Pferde bildeten zunächst eine Gruppe und schossen wie ein vielfarbiger Pfeil vorwärts, doch dann wurden sie plötzlich blau und gelb angeführt. Die Menge feuerte Luke an. Suzy, die ihn offenbar nicht aus den Augen lassen wollte, preschte in pink und grau voran. Dock of the Bay war nur noch ein glänzender brauner Fleck, Luke und Suzy ritten Schulter an Schulter. Maddy drehte sich der Magen um. Sie konnte das Donnern der Hufe unter ihren Füßen spüren, die Torfstücke riechen, die durch die Luft wirbelten, konnte hören, wie die Schreie ihrer Mutter heiserer und die Rufe ihres Vaters spitzer wurden. Maddy dachte ununterbrochen an Drew. Die Pferde rasten vorbei, und Blau-Gelb und Pink-Grau klebten in diesem Moment so dicht aneinander, als wären sie miteinander verschmolzen. Ein ohrenbetäubender Lärm zerriss die Luft, als sie das Ziel erreichten. Es war die längste Minute in Maddys Leben gewesen.

Die Stimme des Kommentators war nicht mehr zu hören. Mit Tränen in den Augen sah Maddy ihre Eltern an. Sie schüttelten mit kalkweißen Gesichtern die Köpfe. Dann kam die Ankündigung: »Erster, Nummer drei, zweiter, Nummer zehn …« Sie sahen sich einen Moment lang sprachlos vor Freude an, fielen sich dann in die Arme und riefen lachend: »Sie hat gewonnen! Sie hat verdammt noch mal gewonnen!« Die behaarte Dame, die auf Frankie Dettori gesetzt hatte, schnaufte, zerriss ihren Wettschein und ging davon.

»Zur Siegerehrung«, sagte Mr. Beckett schroff. »Und zwar schleunigst.«

Nachdem sie sich fast mit Gewalt den Weg durch die Menge gebahnt hatten, pressten sie sich nun alle an das Geländer. Drew und die Pedersens grinsten von einem Ohr zum anderen. Selbst Caroline war auf ihre kühle Art begeistert. Nach dem Wiegen tauchte Suzy auf. Sie schien gar nicht zu wissen, wo und wer sie war, als die Medien sich mit unzähligen Mikrofonen auf sie stürzten. Zitternd grub Maddy ihre Fingernägel in das bröckelige, weiße Holz. Drew hob den Kopf und sah ihr in die Augen. Seine Botschaft war eindeutig. Beim Pferderennsport zählt ein Sieg nur bis zum nächsten Rennen, und alle bereiteten sich schon auf den Coronation Cup vor. Drew war verschwunden, um sich um Dock of the Bay zu kümmern, Kit und Rosa sprachen mit John McCririck, und Suzy hatte sich zu den Umkleideräumen davongemacht. Caroline kam mit glänzenden Augen auf Maddy zugeschwebt.

»War das nicht wunderbar? Wir haben heute Abend wirklich etwas zu feiern.« Sie strahlte Mr. und Mrs. Beckett an. »Ich veranstalte ein zwangloses Beisammensein in Peapods. Bronwyn und Bernie haben bereits zugesagt. Sie werden doch auch kommen?«

Maddy sank das Herz bis zu den Sohlen ihrer grünen Schuhe, als ihre Eltern zusagten. Sie würde Drew nie für sich haben.

»Wir kommen gern.« Mrs. Becketts Stimme klang heiser vom vielen Schreien. Der Hochzeitshut saß schief. »Ob wir Suzy wohl sehen können?«

»Natürlich.« Caroline sah über die Schulter. »Sie müssen mit dem Mann da vorn reden. Ich komme gleich nach.«

Maddy betraf diese Einladung offenbar nicht, und sie wollte sich davonmachen. Mr. Beckett griff nach ihrer Hand. »Geh nicht zu weit weg, Liebes.« Er hatte sich gerade seinen Gewinn ausgerechnet und schwitzte. »Wir haben viel zu feiern.«

»Oh, sparen Sie sich das für heute Abend auf«, säuselte Caroline. »Wir haben den Keller für alle Fälle voll mit Dom Perignon. Es wird sicherlich lustig. Drew und ich haben schon ewig keine Leute mehr eingeladen.«

Das ist nicht das Einzige, was ihr beiden schon seit einer Ewigkeit nicht mehr getan habt, dachte Maddy höhnisch, während sie sich durch die Menschenmenge zurück zur Haupttribüne kämpfte. Sie fühlte sich merkwürdig traurig. Ihre Freude für Suzy, Drew und Dock of the Bay war einem schmerzvollen Gefühl der Einsamkeit gewichen.

Drew war von seinen Leuten und seiner Frau umgeben. Wieder hatte jeder jemanden, der zu ihm gehörte. Selbst John Hastings, der sonst weibliche Begleitung mied, hatte sich für den Tag eine Titelblatt-Schönheit gemietet. Maddy sehnte sich danach, mit Drew zusammen zu sein, ihm gratulieren und seine Freude teilen zu können. Die Spielregeln für eine Geliebte wurden ihr allmählich vollkommen klar. Sie wusste nicht, ob sie sie würde einhalten können. Niedergeschlagen flüchtete sie hinter die Imbissstände, wo sie von Lieferanten angemeckert wurde, ihnen nicht im Weg zu stehen. Die Sonne, die gleißend am nach wie vor wolkenlosen Himmel stand, war noch nicht zwischen die höheren Bauten gedrungen, und es war dort grau und kalt.

»Du liebe Zeit! Ich habe schon gedacht, ich würde

überhaupt nicht mehr wegkommen! Und dann hatte ich Angst, dass ich dich niemals finden würde. Gott sei gedankt für Kimberleys Hut!« Drews Arme umschlangen von hinten ihre Taille. »Verdammt noch mal, Maddy ...« Er hielt inne und lachte. »Mein Gott, ich habe zu viel Zeit mit Suzy verbracht.« Er betrachtete sie aufmerksam. »Noch nie in meinem Leben habe ich jemanden so sehr gewollt.«

Er drehte sich um, presste sie an seinen festen Körper und küsste sie mit hungriger Verzweiflung. Plötzlich war der kühle, dunkle Durchgang in Sonnenlicht getaucht.

Drew nahm Maddy bei der Hand und zog sie, die Menge ignorierend, an turmhohen Bierkästen vorbei über das kurz geschnittene Gras auf den Parkplatz der Pferdebesitzer.

Dichte Reihen von teuren Autos schimmerten im Sonnenlicht und warfen Schatten auf die Menschen, die um offene Kofferräume herumsaßen und edle Picknicks verzehrten. Drew lehnte sich an einen blassgrauen Rolls-Royce, zog Maddy zwischen seine teuer gekleideten Beine und küsste sie erneut. »Wir haben es geschafft«, flüsterte er in die Straußenfedern. »Wir haben es verdammt noch mal geschafft – o Gott!« Er spuckte Federn aus, nahm ihr den Hut von den Locken und legte ihn zusammen mit seinem grauen Seidenzylinder auf den Kühler des Rolls-Royce. »So ist es besser. Ich fühle mich so gut, als hätte ich drei riesige Mahlzeiten im Cat and Fiddle gegessen.«

»Es war unglaublich«, krächzte Maddy an einer Schulter. »Wie geht es Suzy?«

»Sie kommt gerade wieder auf den Boden der Tatsachen zurück. Sie und Luke mussten getrennt werden, damit er den Coronation Cup reiten kann. Er hat sich so für sie gefreut! Es ist das erste Mal, dass ich einen Jockey gesehen habe, der derart begeistert war, nicht gewonnen zu haben.«

»Aber musst du nicht dort sein … ich meine, mit den Leuten reden und so?«

»Du bist der einzige Mensch, mit dem ich reden möchte. Ich habe mich vergewissert, dass es Dock of the Bay gut geht, Kit und Rosa kümmern sich um die Presse, und Caroline badet sich in meinem Ruhm. Sie vermissen mich nicht.«

Sichtbar für alle Anwesenden küssten sie sich erneut und sanken auf die Kühlerhaube. Maddy, die Drew so sehr begehrte, umklammerte seine Hand, die ihren Oberschenkel hinaufglitt.

»Ich wünschte, all diese verdammten Leute würden verschwinden«, seufzte Drew.

»Ich auch.« Sie kicherte in seine Seidenkrawatte. »Ich trage die rote Satinunterwäsche.«

Ihr Gelächter und das blank polierte Auto führten dazu, dass die beiden äußerst unelegant zur Seite abrutschten und neben einer Picknickgesellschaft landeten.

»Es tut mir unendlich Leid.« Drew erhob sich mühsam. Ex-Colonels und ihre Frauen schnaubten entrüstet. Maddy lächelte gewinnend, während sie wieder auf die Füße kam.

»Heute abend«, flüsterte Drew und griff nach ihren Hüten und Maddys Hand, bevor die gesamte Gesellschaft einen Herzinfarkt bekam, »feiern wir die rote Satinunterwäsche. Aber jetzt sollte ich mich wieder auf meine langweiligen Pflichten als Ehemann und Trainer besinnen. Was ist mit dir?«

»Ich muss mir das Derby zusammen mit Fran ansehen, um sie daran zu hindern, auf die Leute loszugehen. Und da ich gerade die Kosten dieses Kleides zurückgewonnen habe, werde ich mir wohl ein oder zwei Drinks genehmigen.«

Drew gab ihr noch einmal einen langen Kuss und zog die rosafarbene Rose mit den grauen Blättern aus seinem Knopfloch. »Eines Tages werde ich dir einen ganzen Blumenladen kaufen.«

22. Kapitel

Wo warst du?« Fran nagte an ihren Fingernägeln. »Und was um alles in der Welt hast du da an?«

»Ein grünes Kleid, grüne Schuhe und den Hut von Kimberleys Mutter.« Maddy lächelte glückselig. »Genau das, was ich vorhin auch getragen habe.«

»Und was ist das hier? Fran schnipste mit dem Finger an die rosa-graue Ansteckblume. »Die Händler verkaufen keine Blumen in den Farben der Pedersens, Mad. Also, wo kommt das genau her?«

Maddy biss sich auf die Lippe. »Drew hat sie mir gegeben. Ist sie nicht schön?«

Frans Augen wurden schmal. »Du meinst, du und Drew, ihr habt hier herumgemacht?«

»Nicht gerade herumgemacht. Wir sind nur von einem Rolls-Royce gefallen und …«

»Und habt den Coronation Cup verpasst. Ihr beide habt es geschafft, ein ganzes Rennen zu verpassen!«

»Wer hat gewonnen?«

»Michael Hills«, zischte Fran. »Luke und Richard waren nirgendwo zu sehen. Ich hätte dich gebraucht.«

»Jetzt bin ich ja hier.« Maddy drückte Fran an sich, so weit das ihre Hüte erlaubten. »Es tut mir Leid.«

»Ach, vergiss es. Ich bin egoistisch«, schniefte Fran. »War es denn nett mit Drew?«

»Wunderbar, danke.«

Fran sah sie fragend an. »Maddy, bist du mit Drew …«

»Nein, natürlich nicht.« Maddy grinste.

»Du beneidenswertes Miststück«, stieß Fran hervor. »Und?«

»Unglaublich. Umwerfend. Nicht von dieser Welt – und falls du das irgendwem weitersagst, bringe ich dich um.«

»Als würde ich so etwas tun«, sagte Fran und fragte sich, wem sie es wohl zuerst sagen könnte.

Der Auftakt zum Derby hatte begonnen, und die neunzehn Pferde und Reiter trabten in alphabetischer Reihenfolge an der Haupttribüne vorbei. Luke ritt deshalb auf Jefferson Jet ein Stück vor Richard auf Saratoga Sun, aber da sie beide Aprikot und Schwarz trugen, die Farben von Mitchell D'Arcy, konnte man sie nur an ihren unterschiedlichen Kappen unterscheiden.

Suzy musste platzen vor Stolz, aber auch vollkommen mit den Nerven am Ende sein, dachte Maddy. Und was Diana gerade durchmachte, konnte man nur ahnen. Richard und Luke hingegen sahen gelassen und unerschütterlich aus. So weit, so gut. Wenigstens konnten sie sich bei der Anzahl von Pferden, die sie trennten, und vor einem solchen Publikum nicht prügeln. Maddy umklammerte Frans zitternde Hände und setzte sich hin, um dem Rennen zuzuschauen.

»Sie sind gestartet!«

Für einen unendlich lang erscheinenden Moment hing dieser Schrei in der Luft, bis er von einem wilden Gebrüll aus den Zuschauerreihen abgelöst wurde, bei dem sich Maddy die Nackenhaare sträubten. Während die Pferde vorwärtsstürmten, herrschte ein unbeschreiblicher Tumult.

»Ich kann nicht hinsehen.« Fran bohrte ihre Fingernägel in Maddys Hand. »Sag mir, wenn es vorbei ist.«

Maddy konzentrierte sich auf die beiden Reiter in Aprikot und Schwarz, die sich ungefähr in der Mitte des Feldes befanden, und beobachtete auf der Leinwand, wie sie davonrasten. Sie mussten bereits die erste halbe Meile hinter sich haben und galoppierten nun den Hügel hinauf. Maddy konnte außer den wilden Anfeuerungsrufen nichts hören. »Sie sind an Tattenham Corner«, brüllte sie in Frans Ohr.

»Um Himmels willen, sieh doch hin!«

»Kann ich nicht«, schrie Fran zurück. »Wer gewinnt?«

»Keiner. Die hängen alle zusammen. Ständig ist jemand anders in Führung – oh!«

»Was?« Fran schwitzte Blut und Wasser.

»Sie reiten jetzt Schulter an Schulter, und zwei von den Araberpferden sind zusammen mit ihnen an der Spitze …«

Die Zuschauer schrien immer lauter. Maddy zitterte genauso wie Fran, als Saratoga Sun und Jefferson Jet sich immer wieder auf gleiche Höhe vorkämpften. Dann übernahmen die beiden Reiter die Spitze.

Die neunzehn Reiter schossen unten wie ein buntes Banner an ihnen vorbei: das Donnern der Hufe, die Hitze und die wilde Energie verschmolzen zu einer kraftvollen Einheit. Wie der Blitz rasten sie ins Ziel. Zylinder wurden in die Luft geworfen, während die Jubelrufe von den Hügeln widerhallten. »Wer hat gewonnen?« Fran öffnete die Augen, da sie von den nach vorn drängenden Menschen angerempelt wurde.

»Einer von beiden«, sagte Maddy mit trockenem Mund. Sie suchte wieder nach ihrer Startliste. »Und zwar der, der die unischwarze Kappe getragen hat …«

Mit einem Freudenschrei übersprang Fran die Sitze

vor ihr und verschwand im Gedränge in Richtung Siegerehrung.

Maddy verharrte an ihrem Platz und wischte sich die Tränen mit dem Handrücken ab. Saragota Sun hatte das Derby gewonnen.

Sie sah der Siegerehrung auf der Leinwand zu. Diana und Gareth waren überglücklich, und Mitchell D'Arcy klimperte mit seinem Schmuck und fletschte vor Freude die Zähne. Richard, der von Channel Four interviewt wurde, redete wirr, und Luke, der tapfer bereit war, darüber zu sprechen, dass er kurz vor dem Rennen abserviert worden war, nahm die ganze Sache gelassen. Als die Stimmung langsam ruhiger wurde und die Zuschauer sich daran erinnerten, dass es noch andere Rennen gab, ging Maddy zur Champagner-Bar.

Zwischen all den Seiden- und Satinkleidern und den Unmengen von Cutaways waren die Trainer von Milton St. John eindeutig in der Minderheit. Einige Jockeys versuchten ihren Leuten zu erklären, warum sie verloren hatten. Luke und Richard ritten beide noch in den Rennen am Nachmittag und waren deshalb nicht zu sehen.

Während Maddy die Bar nach Drew absuchte, begegnete ihr zufällig Dianas Blick. »Herzlichen Glückwunsch!«

»Maddy, Darling!« Diana hüpfte, so schnell es ihr hautenges Kleid zuließ, auf sie zu, und küsste sie auf die Wangen. »Du hattest die ganze Zeit Recht. Richard ist der Beste. Ich bin so froh, dass ich auf dich gehört habe!«

»Oh, ich denke kaum …«

»Unsinn!« Dianas Augen glänzten. »Ich habe den Sieger des Derbys dir zu verdanken. Du hast mich auf den richtigen Weg gebracht. Ich hätte wissen sollen, dass keiner Saratoga Sun besser kennt als Richard.«

Wie einfach Leute die Wahrheit verdrehen, dachte Maddy. Saratoga Sun hätte wahrscheinlich so oder so gewonnen. Doch wenn Diana davon überzeugt war, dass sie die beste Trainerentscheidung des Jahrhunderts getroffen hatte, warum sollte man sie dann nicht in ihrem Glauben lassen? Auf jeden Fall war es ganz wunderbar für Richard und Fran.

»Marnie!« Mitchell D'Arcy kam strahlend auf sie zugeschwankt. »Heute ist ein ganz besonderer Tag, und das habe ich alles dieser wunderbaren Dame zu verdanken.« Er gab Diana einen Klaps auf ihren mit Seide bespannten Hintern. »Ich liebe diese Frau, Marnie. Di ist meine Prinzessin.«

»Ich muss Caroline Fitzgerald finden. Auf jeden Fall herzlichen Glückwunsch euch beiden, und natürlich auch Gareth.« Ein wieherndes Gelächter erklang, und alle Augen wandten sich zur Bar. Gareth hatte einen Eiskübel über seinem Kopf geleert.

Während Maddy davoneilte, hörte sie Mitchell D'Arcy sagen: »Marnie trägt ein ziemlich teures Kleid, Diana, Liebes. glaubst du nicht, dass du deinen Angestellten zu viel zahlst?«

Sie traf Caroline auf dem Rasen, als die Pferde gerade nervös für das vierte Rennen auf den Kurs kamen.

»Hallo!« Caroline lächelte ihr lieblichstes Lächeln. »Oh, ist das nicht die Blume aus Drews Knopfloch?«

»Ich habe ihn darum gebeten … weil es Pedersens Farben sind. Für Suzy …«

»Oh, ich verstehe.« Carolines Miene verriet nicht den leisesten Zweifel. »Also, ich möchte jetzt nach Hause. Ich habe genug. Ich finde, sie sollten nach dem Derby sowieso aufhören. Die Spannung ist dann vorbei. Außerdem ruiniert es meine Pläne für den Abend.«

»Ach ja?« Maddy bekam wieder Hoffnung.

»Ich hatte ja keine Ahnung, dass so viele Leute nach dem Derby noch hier bleiben würden ... Oder schon vorher auf alle möglichen Empfänge eingeladen wurden.«

Maddy nickte. »Woher solltest du auch das Protokoll kennen, das unter den Pferdenarren gilt. Das kennen sowieso nur ein paar Auserwählte. Heißt das, dass du die Einladung absagen willst?«

»Oh, nein. Ich koche eigentlich nie selbst, und ich habe bereits einen Catering-Service aus Oxford engagiert. Diana James-Jordon hat ihn mir empfohlen. Es findet also trotzdem statt. Ich muss nur die Gästeliste ändern.« Caroline sah einen Moment lang interessiert aus. »Möchtest du jemanden mitbringen? Einen Begleiter?«

Maddy schüttelte den Kopf.

»Das ist gut.« Caroline wirkte merkwürdig zufrieden. »Weil ich nämlich noch einen Mann übrig habe. Vielleicht kann ich ja die Kupplerin spielen.«

Das kannst du bestimmt nicht, dachte Maddy ärgerlich. »Und wer ist dieser Mann? Kenne ich ihn?«

»Ja.« Carolines Lachen klang albern. »Es ist dieser wundervolle junge Mann, den Drew engagiert hat, damit er seine National-Hunt-Pferde reitet.«

Charlie Somerset! So ein verdammter Mist!

»Oh, nett«, sagte Maddy matt. »Und du hast meine Eltern und die Pughs eingeladen. Und Kit und Rosa wohnen sowieso bei dir.« Es wurde immer schlimmer. »Sonst noch jemand?«

Caroline verdrehte die Augen und zuckte zusammen

wegen des Tumults, der entstand, als das vierte Rennen von Frankie Dettori klar und mit drei Längen Vorsprung gewonnen wurde. »Alle Trainer scheinen schon andere Einladungen zu haben. Aber ich habe Peter und Stacey gebeten zu kommen.«

»Warum denn das um alles auf der Welt?« Maddy hatte nicht die Nerven, höflich zu sein. »Drew mag sie nicht, und sie werden von allen angefeindet, die gegen den Golfplatz sind. Bronwyn wird einen Anfall bekommen.«

»Das glaube ich nicht«, sagte Caroline gelassen. »Die Golfplatzangelegenheit ist freundschaftlich geregelt worden. Und Drew hat doch nichts gegen Peter, oder? Ich dachte, er mag ihn sogar.«

Maddy schloss die Augen. Das würde die furchtbarste Dinner-Party ihres Lebens werden. Sie musste sich auf der Rückfahrt im Bus schnellstens so etwas wie die Beulenpest einfangen.

»Also«, strahlte Caroline, »ich sehe dich dann so gegen neun?«

»Ja, natürlich.« Maddys gequältes Lächeln schmerzte. »Ich freue mich schon darauf.«

Auf der Rückfahrt nach Milton St. John ging es hoch her. Jeder hatte auf Richard und Suzy gewettet, und die meisten von ihnen hatten auch etwas auf Luke gesetzt, weil er schon zum Dorfe gehörte, und er hatte das letzte Rennen mit Leichtigkeit gewonnen. Brenda und Elaine führten den Chor im unteren Bereich des Busses an, während die Leute vom Cat and Fiddle oben Joints herumreichten.

Maddy, die neben ihren Eltern saß, weil Fran die Nacht über lieber bei Richard bleiben wollte, fror und fühlte sich ausgebrannt. Sie hatte Drew nicht mehr gesehen, und ihr grauste davor, sich während der Party Charlie Somersets erwehren zu müssen. Und wie sollte sie einen ganzen Abend mit Peter und Stacey verbringen?

»Was ist los, Liebes?« Mr. Beckett tätschelte die Hand seiner Tochter. »Du siehst traurig aus, und keiner sollte heute traurig sein. Unsere Suzy hat uns so stolz gemacht!«

»Das stimmt, Papa.« Maddy lächelte leicht. »Ich bin einfach nur müde.«

»Heute abend wirst du wieder aufleben.« Mr. Beckett lächelte wissend. »Mrs. Fitzgerald hat ein Festessen vorbereitet. Das wird vielleicht eine Feier! Sie ist so eine nette Frau. Ich und deine Mutter haben versucht, sie zu überreden, für immer nach Milton St. John zu ziehen.«

»Oh.« Maddy wurde noch kälter. »Ich glaube kaum, dass sie das tun wird. Sie hat ein eigenes Geschäft in Jersey und ...«

»Das hat sie erzählt.« Maddys Mutter beugte sich zu Maddy hinüber. Ihre Pupillen waren leicht geweitet. Maddy hoffte, dass es von der Aufregung herrührte und nicht vom passiven Dope-Rauchen. »Aber ich habe ihr gesagt, dass man so keine Ehe führen kann, immer voneinander getrennt. Du und sie, ihr scheint gut miteinander auszukommen, Liebes. Vielleicht kannst du sie überzeugen. Warum schlägst du es ihr nicht heute Abend vor?«

23. Kapitel

Sie hatten es alle noch geschafft, zu baden, sich umzuziehen und sogar etwas zu schlafen, bevor sie kurz nach neun über die Straße schlenderten. Maddy fühlte sich immer elend. Sie hätte sogar abgesagt, doch ihre Eltern waren so begeistert von dem Tag und besonders von Drews Anteil an Suzys Triumph, dass es ihnen gegenüber sehr grausam gewesen wäre.

Es war ein wunderbar friedlicher, warmer Abend, und es roch nach Rosen und frisch gemähtem Gras. Melodisch läuteten zur Feier des Tages die Glocken von St. Saviours, und sie übertönten fast die laute Party, die im Cat and Fiddle stattfand und deren Lärm von der anderen Seite des Dorfes herüberhallte. Maddy wünschte sich sehnlichst, dort zu sein. Sie wünschte sich, sonst wo auf der Welt zu sein, nur nicht auf der kopfsteingepflasterten Einfahrt von Peapods, um einen Abend mit den Fitzgeralds zu verbringen.

»Oh, du hast dich umgezogen.« Caroline öffnete die Tür. »Du hast es gut, ich hatte einfach keine Zeit dazu.«

Maddy trug das dunkelgrüne Samtkleid, das sie schon auf ihrer eigenen Party getragen hatte. Jetzt, da sie ihre Schulden mit ihrem Gewinn bezahlen konnte, war es nicht mehr nötig, das Knightsbridge-Kleid zu jeder Gelegenheit zu tragen.

Caroline geleitete sie ins Wohnzimmer. Mr. und Mrs. Beckett äußerten sich begeistert über die Möbel, die Vorhänge und die Bilder. Die Verandatüren waren zum Garten hin geöffnet, und ein Wagen mit Getränken stand auf der Terrasse. Es war alles sehr geschmackvoll.

Bronwyn und Bernie standen mit Gläsern in der Hand an einem der altmodischen Blumenbeete und nickten ihnen über Lupinen, Fingerhut und Silberblatt hinweg zu.

Geht doch zu den beiden«, schlug Maddy ihren Eltern vor. »Ich frage Caroline, ob sie meine Hilfe braucht.«

Caroline brauchte sie nicht. Der Catering-Service hatte alles gebracht, und man musste das Essen vor dem Servieren nur noch in der Mikrowelle aufwärmen.

»Ich habe ein sehr einfaches Menü bestellt.« Caroline strich sich eine verirrte Locke von ihrer faltenlosen Wange. »Ich dachte mir, dass für heute alle genug vom Luxusleben haben. Lass mich dir noch etwas einschenken. Ich habe keine Ahnung, wo Drew steckt ...«

Ohne es zu bemerken, hatte Maddy bereits ein ganzes Glas Wein hinuntergestürzt. Sie musste vorsichtig sein.

»Oh, sieh nur, da sind Kit und Rosa.« Caroline stellte sie kurz vor. Maddy lächelte den großen Mann mit dem schütteren Haar und seine aparte Frau an und gratulierte ihnen zu ihrem Sieg. Sie bemerkte, dass die beiden wie schon den ganzen Tag über ununterbrochen Händchen hielten, und es fiel ihr schwer, Zeugin einer solchen Geste der Zuneigung zu sein. Caroline strahlte. »Maddy ist Suzys Schwester – das würde man auf den ersten Blick gar nicht denken, oder? Sie macht in Peapods sauber.« Kit Pedersen kräuselte leicht die Stirn, und Rosa warf Maddy einen teilnahmsvollen Blick zu. Maddy war zu deprimiert, um ihnen von *Die Feen* zu erzählen, und wollte gerade eine törichte Bemerkung über Dock of the Bay machen, als es an der Tür klingelte.

»Ich gehe schon.« Caroline rauschte in einer Wolke von Schwarz und Rot davon.

»Drew ist im Stall«, sagte Kit Pedersen leise. »Er hat mir gesagt, ich soll Ihnen das ausrichten.«

»Wenn Caroline nach Ihnen fragt«, grinste Rosa, »sage ich ihr, dass Sie auf die Toilette gegangen sind.«

Maddy starrte die beiden an. Ihre Augen funkelten. »Sie müssen sich beeilen.« Rosa nahm Maddy ihr Glas aus der Hand. »Sie will gleich, dass wir uns mit Papierhüten auf dem Kopf und Crackern in der Hand hinsetzen.«

Mit einem dankbaren Blick stahl sich Maddy durch die Verandatüren hinaus in den Garten und rannte über den Rasen zu den Ställen hinüber.

Drew, der immer noch seinen Cut und das Seidenhemd trug, stand in Solomons Box. »Warum kommst du erst jetzt?« Er zog sie in seine Arme und vergrub sein Gesicht in ihrem Haar. »Oh, wie ich dich vermisst habe!«

»Kit und Rosa ...«

»Sind meine Freunde.« Drew streichelte ihr den Nacken.

»Und sie wissen es?«

»Natürlich wissen sie es. Kit und ich sind alte Schulfreunde. Er sagte, er hätte mich nur einmal anschauen müssen – als ich Dock of the Bay abgeholt habe –, um es zu wissen.« Während Drew sich gegen die Holzwand der Box sinken ließ, küsste er Maddy und streichelte sanft ihren Körper. Sie klammerte sich zitternd an ihn.

»Das ist wahrscheinlich der einzige Moment, den wir für uns allein haben«, sagte er leise. »Den Rest des Abends wirst du wild mit Charlie flirten, und ich werde Pete the Perv anknurren ...«

»Du hast eindeutig viel zu viel Zeit mit Suzy verbracht«, rügte Maddy ihn kichernd, um dann aufzuschreien, als Solomon, den sie schon fast vergessen hatte, ihr mit dem Maul gegen den Rücken stieß und sie noch näher an Drew heranschubste. Dieser ließ keinen Zweifel daran, dass sein Verlangen so stark und drängend war wie immer. Sie kuschelte sich an ihn und atmete seinen warmen, sauberen Geruch ein. »Sogar Solomon ist auf unserer Seite.« Drew strich ihr die Locken aus dem Gesicht. »Ach, es ist einfach verrückt. Auch ich bin also nicht vor Betrug und Untreue gefeit. Ich möchte immer mit dir zusammen sein.«

»Nein!« Maddy wandte sich plötzlich von ihm ab. »Das ist unmöglich.«

»Möchtest du das etwa nicht?«

»Natürlich möchte ich das. Aber nicht auf Kosten von Carolines Glück. Ich könnte weder mir noch dir in die Augen sehen, wenn ich wüsste, dass wir jemanden unglücklich gemacht haben.«

Drew wandte sich ab, raschelte mit den Füßen in den Sägespänen auf dem Boden und blickte ihr dann direkt ins Gesicht. »Was schlägst du also vor? Soll ich darauf warten, dass Caroline mich verlässt? Dann werden wir beide ganz schön lange warten müssen.«

»Ich weiß es nicht. Und starr mich nicht so an. Alle möglichen Menschen sind untreu, ohne sich darüber auch nur die geringsten Gedanken zu machen, nur wir plagen uns mit Schuldgefühlen herum. O Drew, es wird sich schon irgendwie lösen.«

»Ich wette, dass du immer noch an den Weihnachtsmann glaubst.« Er hielt sie wieder fest. »Du bist ein wunderbarer Mensch, Maddy.«

»Ach was. Ich möchte immerhin, dass Caroline dich

verlässt. Vielleicht können wir Charlie dazu bringen, sie zu verführen.«

»Caroline kann man nicht verführen.«

»Ich weiß. Sie hat es mir gesagt.« Maddy seufzte und fuhr mit ihren Fingern durch Drews Haar. »Ich denke, wir müssen weitermachen wie bisher und uns irgendwie sehen, wenn Caroline nicht da ist.«

»Und wenn du schwanger bist?«

»Ich bin nicht schwanger. Also sprich nicht darüber.«

Er schwieg und küsste sie stattdessen, und nur Kits entschuldigendes Räuspern konnte verhindern, dass das Ganze in etwas Hitzigeres ausartete.

»Es tut mir Leid, dass ich euch stören muss, aber die anderen Gäste sind da, und Caroline wartet darauf, die Suppe zu servieren.« Er lächelte Maddy an. »Sie macht sich ernsthafte Sorgen um Ihre Magenverstimmung. Rosa hat angeblich die letzten zwanzig Minuten mit Ihnen oben im Badezimmer verbracht.«

»Ihr seid toll.« Drew lachte, strich sich die Krawatte glatt und nahm Maddys Hand. »Kommen Sie, Miss Beckett. Werfen wir uns ins Getümmel …«

Das Essen war köstlich. Caroline heimste ohne mit der Wimper zu zucken überschwängliche Komplimente von denen ein, die nichts von dem Catering-Service wussten. Die Tischordnung funktionierte gut. Maddy saß zwischen Charlie und Peter. Zumindest konnte sie ihren verstimmten Magen vorschieben, um ihren mangelnden Appetit zu erklären. Nicht, dass es irgendwen störte: Charlie aß selig alles auf, was sie übrig ließ. Peter hielt sich von ihr fern, und Stacey ignorierte sie völlig. Immerhin hielten die Pughs und Maddys Eltern, die inzwischen gute Freunde geworden waren, das Gespräch in Gang.

»Dessert, Maddy? Caroline bot ihr den Nachtisch an. »Oder ist die Sahne vielleicht zu schwer für dich?«

»Ich probiere ein wenig davon«, antwortete sie, während Charlie sie anstieß. Er lebte allein und kam selten in den Genuss eines solchen Essens, weshalb er nichts verkommen lassen wollte. »Das sieht appetitlich aus.«

»Appetitlich?« Stacey zog ihre gestrichelten Augenbrauen wie zwei dünne Raupen hoch. »Was für ein altmodisches Wort.«

»Ein nettes Wort«, sagte Charlie schnell. »Aber so was nehmen Sie ja wahrscheinlich nie in den Mund.«

»War das beleidigend gemeint?« Peter beugte sich vor.

»Nein, überhaupt nicht.« Charlie grinste breit und zeigte seine schiefen Zähne. »Es war nicht beleidigend *gemeint.* Er *war* beleidigend.«

Drew lachte leise in sich hinein. Kit und Rosa ebenso. Caroline hatte den Unterton nicht mitbekommen.

Die allgemeine Unterhaltung drehte sich natürlich um das Derby. Obwohl Charlie sie heftig anstieß, vergaß Maddy, dass sie ja eigentlich einen verdorbenen Magen hatte, und schlang den Nachtisch herunter.

»Wir hätten gern nächstes Jahr ein Pferd im Derby«, sagte Kit und sah Drew dabei an. »Wir hoffen, dass wir ein Fohlen von Moon Dancer kaufen und es als Zweijährigen ins Rennen bringen können. Du wirst ihn doch trainieren, oder?«

»Ihr werdet mich kaum davon abhalten können. Ich brauche bis dahin allerdings einen Jockey, und zwar einen guten. Ich werde die Augen offen halten.«

»Was ist mit Luke Delaney?«, fragte Rosa.

»Er wird nie bei Emilio kündigen.« Drew erhob sich,

schenkte nach und blieb ein wenig länger als normal neben Maddy stehen. Sie wollte sein langes, nadelgestreiftes Bein streicheln. »Ich hätte gern, dass Suzy gelegentlich für mich reitet, aber sie wird John Hastings nicht verlassen wollen. Ich muss mal darüber nachdenken.«

Caroline servierte Käse, Früchte und Portwein und schlug glücklicherweise nicht vor, dass sich die Frauen zurückziehen sollten. Alles war so ruhig, so geordnet und erwachsen … »Ich hoffe, der Wein hat euch geschmeckt?« Alle lobten ihn übermäßig. »Oh, gut – er ist nämlich von mir, und ich hoffe, dass ich vom heutigen Tag an einen größeren Anteil am englischen Dinner-Party-Markt haben werde.«

»Du hast doch beim Derby hoffentlich keine Reklame für dich gemacht?« Drew sah entsetzt aus. »Ich hatte dich gebeten, es zu lassen.«

»Seit wann hast du das Recht, dich in mein Weingeschäft einzumischen, ob es nun die Produktion oder das Marketing betrifft?« Carolines Augen funkelten. »Wirklich, Drew, ich schreibe dir doch auch nicht vor, wie man Pferde trainiert! Und alle, mit denen ich gesprochen habe, schienen höchst interessiert zu sein.«

»Aber beim Derby!« Drew zerteilte einen köstlich aussehenden Pfirsich. »Das hättest du wirklich nicht tun sollen …«

»Ich bin überzeugt, dass es eine großartige Idee war.« Peters Stimme war voller Bewunderung. »Ich versuche immer überall Reklame für mein Geschäft zu machen. Das ist heutzutage einfach nötig.« Er lächelte Caroline an. »Ich finde, Sie haben sich sehr geschäftsmäßig verhalten.«

Drew stach in eine Traube. Maddy versuchte, ihren

Oberschenkel Charlies linker Hand zu entziehen. Er grinste sie an. »Versuchen kostet doch nichts, oder?«

»Wenigstens einer, der mich unterstützt.« Caroline lächelte Peter liebreizend an. »Eine angenehme Abwechslung.«

Bronwyn Pugh, die fühlte, dass ein Streit in der Luft lag, schnitt große Stücke Käse ab und legte sie für alle auf einen Teller, so wie sie es in ihrem Laden tat. Maddys Eltern sprachen mit Kit und Rosa über Suzy und schienen die leichte Anspannung nicht zu bemerkten.

»Wie wäre es mit etwas Musik?« Charlie lächelte Caroline über den Tisch hinweg an. Er war ein netter Mann, der keine Streitigkeiten mochte, zumindest dann nicht, wenn er sie nicht angezettelt hatte. »Immerhin ist das hier doch eine Feier und keine Beerdigung! Haben Sie irgendwas Peppiges?«

Drew warf ihm einen dankbaren Blick zu. Stühle wurden gerückt, und die Gäste standen auf.

»Zeigen Sie mir, was für Musik Sie haben«, sagte Charlie zu Caroline. »Das ist aber eine beeindruckende Anlage! Haben Sie CDs oder Kassetten?«

»Wie ging es Diana heute?« Peter stellte sich neben Maddy und sah ostentativ in den dunklen Garten hinaus. »War sie zufrieden?«

»Vollkommen begeistert«, erwiderte Maddy kurz angebunden. »Du hast vielleicht Nerven! Ich habe eigentlich gedacht, dass du ihren Namen mir gegenüber nie wieder erwähnen würdest, nachdem …«

»Du bist so süß, Maddy.« Peters Stimme triefte vor Unehrlichkeit. »Ich verstehe gar nicht, warum du so altmodisch über Sex denkst. Aber egal – wenn es dich glücklich macht: Diana und ich sind keine, äh, Freunde mehr.

Es besteht also nicht die Gefahr, dass du uns noch einmal in flagranti erwischt.«

Maddy wurde rot. Es war ihr immer noch peinlich. »Also bist du Stacey jetzt treu?«

Peters Blick schweifte in den Garten, wo Stacey und Bronwyn sich offenbar stritten. »Himmel, sie fängt wahrscheinlich wieder mit dem Golfplatz an! Dabei habe ich ihr doch gesagt, sie soll heute Abend nicht darüber reden.« Er wandte den Kopf um und sah Maddy lange an.

»Manchmal wird mir klar, dass ich einen Fehler gemacht habe. Stacey ist noch so ein Kind ... Es besteht wohl kaum die Hoffnung, dass wir uns mal zum Abendessen treffen, Mad? Nur um der alten Zeiten willen?«

»Nicht für alles Geld der Welt«, stieß Maddy hervor. »Und falls du vorhast, Stacey fallen zu lassen, solltest du es jetzt tun, ehe die Hochzeitsvorbereitungen beginnen, sonst wirst du dich mit Jeff Henley und seinem Jagdgewehr auseinander setzen müssen.«

»Ich kann Stacey nicht verlassen. Ich brauche das Geld ihres Vaters.« Peters Augen wirkten traurig.

»Mein Gott, Peter! Das kannst du doch nicht machen! Nicht einmal *du* kannst so etwas tun.«

»Mag sein.« Er zuckte die Achseln. »Du bist zu nett, Maddy. Stacey und ich passen wahrscheinlich gut zueinander. Wir werden es zu etwas bringen. Auf jeden Fall hoffe ich, falls ihr beide, du und Charlie, zusammenkommt, dass ihr glücklich werdet. Du verdienst es.«

Maddy wollte gerade sagen, dass zwischen ihr und Charlie Somerset nichts war, ließ es dann aber sein. Es konnte sich noch als nützlich erweisen.

Charlie und Caroline hatten sich inzwischen für Gershwin entschieden. Die Musik drang in den nach Blumen duftenden Garten. Alle Gäste tanzten schon bald auf dem kurz geschnittenen Rasen. Drew nahm Maddy an der Hand und führte sie in eine abgeschiedene Ecke.

Sie tanzten, so wie sie es in ihrem engen Wohnzimmer getan hatten, umschlungen, ohne die Füße zu bewegen.

»Das ist wahrscheinlich der Grund, warum wir nicht zueinander passen.« Maddy legte ihre Wange an Drews Schulter. »Hier ist alles so elegant und perfekt. Daran bist du gewöhnt.«

Er hob ihr Kinn, sodass sie zu ihm aufsah. »Das alles langweilt mich zu Tode. Ich hasse diese Heuchelei und diesen Snobismus. Die neun Bestecke, die achtzehn Gläser und die höfliche Unterhaltung beim Abendessen. Ich möchte Whisky aus Bechern trinken, Mars essen und nicht dafür angemeckert werden, dass meine Stiefel dreckig und meine Jeans zerrissen sind. Und ich möchte diese verdammte Musik nicht mehr hören.«

»Aber Gershwin ist toll.«

»Ja, wenn wir beide allein sind.« Er sah sie an. »Wenn wir gemütlich vor dem vorher erwähnten Whisky und einem Mars auf deinem Sofa sitzen. Charlie hatte Recht. Das hier sollte eine Feier werden, und das wird es auch verdammt noch mal!«

Es wurde tatsächlich eine. Mit Hilfe von Eddie Cochran, Bill Haley, Thin Lizzy und Charlie, der reihenweise Gläser mit Carolines bestem Wein mit der gleichen Menge Wodka auffüllte. Aus dem zunächst so braven Abendessen wurde ein rauschendes Fest. Die Pughs und Maddys Eltern tanzten Jitterbug. Caroline tanzte steif wie immer mit Peter, während Stacey und Charlie sich über die Terrasse schoben. Kit und Rosa waren so eng umschlungen, dass man sie nur mit einem Brecheisen hätte trennen können.

»So muss es sein«, seufzte Maddy neidisch, als sie und Drew beim Swing eine kurze Pause einlegten, um sich einen weiteren von Charlies Cocktails zu genehmigen. »Und so wird es bei uns niemals sein.«

»O doch.« Drew berührte in der Dunkelheit ihre Wange. »Eines Tages, das schwöre ich.«

Die Party wurde plötzlich von der ganzen Mannschaft aus dem Cat and Fiddle unterbrochen, die Konga tanzend durch die Terrassentür in den Garten kamen.

»Ihr habt die Tür offen gelassen!«, schrie der Inhaber. »Wir wollten uns mal ein bisschen bei der Konkurrenz umsehen. Schließt euch uns an, wir ziehen noch durch das ganze Dorf.« Alle bildeten eine Polonaise und schwenkten dabei in wilder Begeisterung die Beine. Caroline, die Peter zögerlich und lachend umklammerte, bildete mit ihm die Vorhut, während Drew und Maddy das Ende der Schlange waren.

Maddy schloss die Augen. Er sah so aus, als ob Caroline Fitzgerald hier bleiben würde.

24. Kapitel

Zwischen dem Derby und dem Royal Ascot hatte man kaum Zeit zum Luftholen, aber für die weniger pferdebegeisterten Bewohner von Milton St. John kehrte doch der Alltag wieder ein. Für Maddy war Normalität allerdings ein Wort aus der Vergangenheit.

Kit und Rosa waren nach Jersey zurückgekehrt, Caroline hingegen nicht.

»Mrs. Fitzgerald ist also für immer hierher gezogen?«, fragte Bronwyn Maddy zwei Wochen nach dem Derby, die das Verlangen nach Schokolade in den Laden getrieben hatte. »Sie wird ihren Weinhandel hier aufbauen, oder?«

»Ich glaube, das ist nicht so einfach.« Maddy kramte in ihrem Portemonnaie. »Ich kenne ihre Pläne nicht. Sie hat mir nichts erzählt.

»Warum sollte sie auch.« Bronwyn sah Maddy aufmerksam an. »Für meine Begriffe sind Drew und Sie sich ein bisschen zu nahe gekommen.«

»Nein, das stimmt nicht.« Maddy wurde rot. »Wir waren nur Freunde und sind es noch. Ich denke, dass Caroline eines Tages nach Jersey zurückkehrt und dann …«

»Sie sollten sich lieber um den jungen Charlie kümmern.« Bronwyn riss Kartons mit neuer Ware auf. »Besonders jetzt, wo er in Peapods eingezogen ist. Ich hatte den Eindruck, dass Sie sich auf der Party gut verstanden haben.«

»Wir haben uns immer gut verstanden.« Maddy hätte

sich am liebsten ein ganzes Mars auf einmal in den Mund gestopft und den Laden so schnell wie möglich verlassen. Sie wusste gar nicht, dass Charlie jetzt in Peapods wohnte. »Aber er ist wohl kaum mein Typ. Er ist zu flatterhaft.«

»Sie müssen es ja wissen«, murmelte Bronwyn, während sie hinter der Theke verschwand, um Fleischpasteten und Würstchen in der Auslage für die stets hungrigen Stallburschen appetitlich zu arrangieren.

Maddy wurde rot vor Wut. Ihr Kopf tat weh, und ihr Rücken ebenfalls. Sie war nicht in der Stimmung, sich mit Bronwyn zu streiten. »Hören Sie zu, ich habe keine Affäre mit Drew Fitzgerald, und ich möchte auch nicht eine weitere Eroberung von Charlie Somerset sein. Im Moment könnte ich mir gut vorstellen, als alte Jungfer mit Katzen und meinen Lebensabend in einem Schaukelstuhl zu verbringen, okay?«

Bronwyn richtete sich auf und strich sich über ihren Kittel. »Sie brauchen nicht so mit mir zu reden. Ihre Eltern machen sich große Sorgen um Sie, das haben sie mir erzählt.«

»Meine Eltern sind der Ansicht, dass ich heiraten und vier Kinder kriegen sollte«, erwiderte Maddy. »Meine Eltern leben aber glücklicherweise weit genug weg, um nicht ständig ihre Nase in meine Angelegenheiten stecken zu können.«

»Sie haben sich gefreut, Peter auf Carolines Party zu sehen«, fuhr Bronwyn fort. »Ihre Mutter sagte, dass sie auf eine Versöhnung hofft. Sie fand …«

»Halten Sie den Mund!«, schrie Maddy. »Kümmern Sie sich um Ihre eigenen Angelegenheiten!«

Sie stürmte aus dem Laden und lehnte sich draußen ans Fenster. Dann riss sie das Papier von ihrem Mars auf und biss immer wieder hastig davon ab. Bronwyn riss die Tür auf.

»Sie sollten sich an einen Arzt wenden, Kindchen. Sie haben Probleme mit Ihren Hormonen.«

Damit wurde die Tür wieder zugeknallt. Maddy schlang das Mars hinunter, und ihr wurde sofort schlecht. Sie war beim Arzt gewesen. Sie war nicht schwanger. Die Nachricht, auf die sie so gehofft hatte, hatte bei ihr absurderweise Tränen ausgelöst. Dr. Hodgson hatte ihr sofort die Pille verschrieben, um weitere Probleme dieser Art zu verhindern. Maddy hatte die Packung in ihrer Tasche. Sie wollte sie ab nächster Woche nehmen. Teilnahmslos schob sie ihr Fahrrad vom Laden weg. Es war jedoch idiotisch, denn warum sollte sie ein Verhütungsmittel schlucken, wenn sie in Zukunft mit Sex nur insofern zu tun hatte, als dass sie sich die Finger in die Ohren steckte, wenn Luke bei ihnen übernachtete?

Die Haustür ihres Cottage stand weit offen. Hatte sie vergessen, sie zu schließen? Zur Zeit vergaß sie einfach alles. Einen Moment lang vermutete sie, dass bei ihr eingebrochen wurde, doch dann verwarf sie den Gedanken. Jeder Dieb, der etwas auf sich hielt, würde um das Cottage herumschleichen, dann eine Nachricht mit dem Wortlaut »Heute nicht, vielen Dank« hinterlassen und ihr schließlich ein Carepaket schicken. Und ein Dieb hätte nicht Def Leppard bis zum Anschlag aufgedreht.

Eigentlich, wunderte sich Maddy, während sie die Fußmatte zur Seite kippte und die Tür schloss, tat Suzy so etwas aber auch nicht. Vor kurzem hatte sie Michael Bolton gegen die zu Herzen gehende Schmusemusik von Roberta Flack eingetauscht. Def Leppard war kein gutes Zeichen.

Der Lärm verstärkte ihre Kopfschmerzen. Mit gerunzelter Stirn öffnete Maddy die Wohnzimmertür. Suzy kauerte mit weißem Gesicht auf dem Sofa. Maddy vergaß ihre Schmerzen und machte die Stereoanlage aus. Suzy bewegte sich nicht.

»Was ist los, Liebes? Ist was mit Luke?« Sie nahm Suzy in die Arme. Sie war so dünn! »Was hat er getan?«

Da sie so sehr darunter litt, dass sie Drew nicht haben konnte, konnte Maddy Suzys Schmerz nachempfinden. Aus dem zitternden Häufchen drang ein Seufzer. »Es ist nicht wegen Luke.«

Gott sei Dank, dachte Maddy, und strich Suzy das weißblonde Haar aus den Augen. Sie wusste nicht, ob sie in der Lage gewesen wäre, sich um ein weiteres Beziehungsproblem zu kümmern. »Was ist es denn? Komm schon, Suzy. Erzähl es mir!«

»Es ist wegen Kimberley.«

»Um Himmels willen! Was ist mit ihr? Hat sie einen Unfall gehabt?«

»Nein.« Suzy schüttelte den Kopf. »Sie verkauft ... Sie verkauft ihren Stall ... Der Virus hat sie in dieser Saison in den Ruin getrieben. Die Pferdebesitzer steigen aus, weil es kein Preisgeld gegeben hat. Oh, Mad!« Sie wandte Maddy ihr jämmerliches Gesicht zu. »Es ist so traurig! Kimberley ist so nett, sie hat das nicht verdient.«

»Nein, Liebes, das stimmt.« Maddy lächelte ihre Schwester liebevoll an. Die harte, clevere Suzy machte sich Sorgen um Kimberley. »Wann hast du davon gehört? Hat Kimberley es dir heute Morgen erzählt?«

Suzy schüttelte den Kopf. »Nee. Ich habe sie heute noch nicht gesehen. Aber bei John wussten es schon alle. Verdammt noch mal, Mad! Ihr ganzes Leben steckt da drin. Jason und Olly haben mir gesagt, dass sie pleite ist, dass sie aber vor dem Derby nichts sagen wollte.«

»Vielleicht stimmt es ja gar nicht«, sagte Maddy ohne große Hoffnung. Gerüchte, die in den Ställen umgingen, waren normalerweise ziemlich glaubwürdig. Oft wusste man dort Bescheid, noch bevor etwas passiert war. »Und selbst wenn dem so ist, dann wird sich für die Stallburschen und die Jockeys schon was finden. Es gibt viele Ställe. Drew sucht nach einem Aushilfsjockey für die nächste Saison und ...«

»Oh, ich weiß, dass sie wieder einen Job bekommen.« Suzy wischte sich mit den Fäusten über die Augen. »Mir tut es nur Leid um Kimberley. Was soll sie jetzt bloß tun? Es ist ihr Zuhause, Mad!«

»Ich weiß, ich weiß.« Maddy umarmte Suzy erneut. »Hör zu, ich hatte schon ewig vor, ihr ihren Hut zurückzubringen. Ich werde gleich bei ihr vorbeischauen. Kimberley und ich sind gute Freundinnen. Mal sehen, wie ich ihr helfen kann.«

»Sag ihr nur ja nicht, dass ich es dir erzählt habe«, schniefte Suzy. »Warte ab, ob sie von sich aus was sagt.«

»Ja, natürlich.«

Eigentlich wollte Maddy mit einem heißen Bad und einem Aspirin ihrem Magen, ihrem Kopf und ihrem Rücken etwas Erleichterung verschaffen. Sie stand auf. Sie konnte sich jetzt nicht noch einmal aufs Fahrrad schwingen. Sie würde den Wagen nehmen müssen. Arme, arme Kimberley.

Maddy klopfte zaghaft an die schwere Tür. Sie war nur angelehnt, und sofort sprangen Kimberleys Promenadenmischungen kläffend darauf zu und stießen ihre feuchten Nasen durch den Spalt.

»Wer ist da?« Kimberleys Stimme hallte in dem mit Steinplatten ausgelegten Korridor wider. »Ich bin in der Küche. Wenn Sie keine Hunde mögen, kommen Sie durch die Hintertür, ansonsten schieben Sie sich einfach zwischen den Kerlen durch.«

Maddy drängte sich hinein, während ein Dutzend aufgeregter Pfoten an ihren Leggins kratzten. Zumindest hörte sich Kimberley nicht todunglücklich an.

»Ich bin's, Maddy!«, rief sie. »Ich wollte den Hut zurückbringen.«

Kimberley stand am Herd und kochte Innereien für ihre Hunde. Sie sah über ihre Schulter und lächelte strahlend: »Ich bin gleich fertig, Maddy. Du hättest wegen dem Hut wirklich nicht extra kommen müssen. Ich trage ihn nicht, und du siehst toll damit aus.« Sie richtete sich auf. »Egal. Hast du Zeit für 'ne Tasse Tee?«

»O ja, danke.« Dann konnte sie ihr Aspirin wenigstens mit einer Tasse Tee einnehmen. Sie setzte sich an den Tisch, auf dem noch mehr herumlag als auf ihrem eigenen. »Geht es dir gut?«

»Es ging mir nie besser. Warum?«

»Oh, nichts ...«

»Komm schon, Maddy.« Kimberley klapperte mit zwei Tassen und einer riesigen Teekanne. »Du bist die schlechteste Lügnerin im ganzen Dorf, also was ist los?«

»Nichts ... oh, ich habe nur so nebenbei gehört, dass du ...«

»Verdammt noch mal!« Kimberley kippte kochendes Wasser in die Teekanne. »eine Frau kann einfach keine Geheimnisse haben! Wer hat es dir erzählt?«

»Suzy hat gesagt, dass man es bei John Hastings hört.«

»Diese Ungeheuer!«, sagte Kimberley fröhlich. »Wie

zum Teufel kriegen sie solche Sachen nur raus? Und, willst du mir nicht gratulieren?«

»Es scheint mir nicht gerade etwas zu sein, wozu man dir gratulieren sollte.«

»Also wirklich, Maddy!« Kimberley schob eine Tasse mit duftendem Orangentee durch die Unordnung auf dem Tisch. »Wir sitzen doch im gleichen Boot! Ich weiß, dass Barty nicht der Fang des Jahrhunderts ist, und er ist auch kein Mel Gibson wie dein Drew, aber immerhin …«

»Wie bitte?« Maddy schluckte ihre Tablette. »Ich glaube, wir verstehen uns irgendwie falsch. Ich habe gehört, dass du wegen dem Virus *verkaufst!*«

»Das tue ich auch.« Kimberley schaufelte sich Zucker in die Tasse und rührte ihn mit dem Löffel um. »Aber doch nur, weil ich Barty heirate! Wir arbeiten von jetzt an zusammen. Das scheint mir sehr vernünftig zu sein. Die schlimmste Ansteckungsgefahr ist vorüber, und die meisten Pferdebesitzer werden bleiben, aber Bartys Stall ist viel größer als meiner. Wir planen, einen gemeinsamen Stall zu führen – und er hat mich gefragt, ob ich ihn heiraten möchte.«

»Oh, Kimberley, das ist ja wunderbar!«

»Ich bin froh, dass du dich freust.!« Kimberley pustete geräuschvoll über den Rand ihrer Tasse. »Ich nehme natürlich meine ganzen Leute mit. Ich brauche sie für meine Pferde. Niemand wird arbeitslos. Hat sich Suzy darum Sorgen gemacht? Dass ihre Kumpels stempeln gehen müssen?«

»Nein, offenbar nicht. Sie hat sich Sorgen um *dich* gemacht.«

»Sie ist ein liebes Mädchen.« Kimberleys Stimme klang schroff. »Das liegt in der Familie. Wenigstens hast du mir nicht gesagt, dass ich so dumm bin, die vierte Mrs. Small zu werden.«

»Warum sollte ich?« Maddy drückte Kimberleys große Hände. »Du hast mir ja auch keine Vorträge über Drew gehalten. Ich freue mich für dich, Kimberley, wirklich. Wann findet die Hochzeit denn statt?«

»Im September. Wir heiraten nur standesamtlich, da Barty geschieden ist. Dann gibt es bei Barty einen großen Empfang für das ganze Dorf. Wir wollten es nicht zu lange hinausschieben.«

»Das ist wunderbar! Ich freue mich wirklich. Aber wirst du deinen Garten nicht vermissen?«

»Ja. Das war das Einzige, was mich hier gehalten hätte. Aber«, fuhr sie strahlend fort, »du kennst ja Bartys Garten – nichts als Rasenflächen. Es wird eine Herausforderung sein, daraus ein schönes Fleckchen Erde zu machen.«

»Und hast du einen Käufer?«

Kimberley nickte lebhaft. »Es ist alles geregelt, nur die Unterschrift fehlt noch, und ich werde nicht mehr sagen, ehe alles unter Dach und Fach ist, nicht einmal dir. Also frag nicht. Es ist ein Trainer. Aus dem Stall wird kein Schönheitssalon, wie Peter es mit Peapods gemacht hat. Da wir gerade davon sprechen, gehst du zu Bronwyns Treffen in der Gemeindehalle?«

»Ich weiß nicht. Bronwyn und ich sind zur Zeit nicht gut aufeinander zu sprechen. Außerdem ist es sowieso reine Zeitverschwendung. Der Golfplatz wird gebaut.«

»Ich werde mich wahrscheinlich trotzdem blicken lassen.« Kimberley trank ihre Tasse aus. »Dann habe ich wenigstens die Gelegenheit, alle zu meinem großen Tag einzuladen. Und was ist mit Bronwyn und dir?«

»Ach, wegen Drew.«

»Diese dumme alte Kuh! Sie sollte sich verdammt noch mal um ihren eigenen Dreck kümmern. Ich finde, es ist schon hart genug für dich, dass ständig dieser kalte Fisch von einer Ehefrau bei ihm herumhängt. Da brauchen nicht auch noch so neugierige Tanten wie Bronwyn Pugh rumzusticheln. Ich verstehe nicht, warum Drew Caroline nicht verlässt.«

»Er hat gesagt, dass er es tun würde, aber ich will es nicht. Ich will keine Ehe zerstören.«

Kimberley goss sich noch eine Tasse Tee ein. »Manche Ehen sind bereits kaputt. Sie brauchen keinen Anstoß von außen. Wenn du warten kannst, bin ich mir sicher, dass sich am Ende alles regeln wird.«

»Ich würde ewig warten, Kimberley! Aber ich fürchte, Drew nicht. Caroline führt ihr Geschäft im Moment von Peapods aus per Fax und Telefon und macht keine Anstalten, sich von dort fortzubewegen. Ich habe Drew seit Tagen nicht mehr gesehen.«

»Ich werde ihr sagen, dass sie den Wein für den Empfang liefern kann, ihn aber selbst keltern muss. Dann ist sie für ein paar Wochen weg, und ihr beiden habt die Chance zusammenzukommen.«

»Du bist furchtbar. Ein total verkommenes Subjekt.«

»Ich weiß.« Kimberleys großes Gesicht verzog sich zu einem Lächeln. »Deshalb bin ich ja auch vom Cheltenham Ladys' College geflogen.«

Das Aspirin hatte geholfen, und die Kopfschmerzen waren erheblich geringer, als Maddy wieder nach Hause kam. Sie fragte sich, warum niemand ein Schmerzmittel gegen Liebeskummer entwickeln konnte. Derjenige würde ein Vermögen machen.

Sobald Maddy Suzy von Kimberley erzählt hatte, dröhnte wieder Roberta Flack durchs Haus, was sehr wohltuend war.

»Ich werde es schnell Jason und Olly und den anderen erzählen. Das ist doch in Ordnung, oder?« Suzy zog sich ihre Doc Martens an.

»Ja. Kimberley sagt, es sei sicher besser, die Sache klarzustellen. Das ist wirklich ein Geheimnis, das du gut herumerzählen kannst.«

»Ich habe nie auch nur ein Wort über das andere ...« Suzy streckte ihre Zungenspitze raus, während sie ihre Augen im Spiegel des windschiefen Fensters mit Kajal anmalte.

»Das hoffe ich.« Maddy wurde rot. »Es ist sehr persönlich.«

»Ich meine nicht dich und Drew, du Dummchen.« Suzy zog sich ihr T-Shirt über den Po. Sie schien nicht vorzuhaben, einen Rock anzuziehen. »Darüber würde ich niemals etwas sagen. Nein, ich meine das andere. Über Mrs. J-J und Mr. Twice-Knightley. Ich kann durchaus etwas für mich behalten. Ich bin kein Kind mehr.«

»Nein, das stimmt. Es tut mir Leid. Aber egal, Peter und Diana sind Vergangenheit. Ich glaube, diesen Monat ist Mitchell D'Arcy angesagt. Peter und Stacey werden heiraten – eine teuflische Verbindung.«

»Du solltest auch heiraten, Mad. Du bist zu nett, um allein zu sein.«

»Ich bin nicht allein. Ich habe doch dich, oder?« Maddy umarmte ihre Schwester voller Liebe. Sie wurde langsam entsetzlich mütterlich! »Ich bin sehr stolz auf dich, Suzy.«

Geniert machte Suzy sich los, nahm die Autoschlüssel

und stürmte aus dem Haus. Roberta Flack sang immer noch schnulzige Texte über Sex.

Und da sie den nicht haben konnte, kochte sich Maddy statt dessen Spaghetti Bolognese. Sie kippte gerade Rotwein in die Sauce, als Drew die Küche betrat.

Er lehnte sich an den Kühlschrank. »Es ist wie ein Traum! Du, die Musik und ein wunderbares Essen …« Maddy wischte sich schnell mit dem Ärmel über die Lippen. »Wie hast du es geschafft, zu entkommen?«

»Mit unlauteren Mitteln.« Drew zog sie in seine Arme. »Du riechst nach Kräutern, Knoblauch und Rotwein.« Er küsste sie. »Oh, verdammt, ich vermisse dich! Ich wünschte, du würdest es mich Caroline sagen lassen. Wenn ich es täte …«

»Würde ich dich nicht wiedersehen.« Maddy drehte sich um und rührte in der Sauce. »Wie geht es ihr?«

»Sie überschwemmt freudig den ganzen Süden Englands mit Wein.« Drew setzte sich an den Tisch. »Und sie macht keine Anstalten, nach Hause zu fahren. Seit dem Abend nach dem Derby, wo sie sich wirklich einmal amüsiert hat, scheint sie hier wohnen bleiben zu wollen. Ich wünschte, sie würde abreisen. Verflucht, es ist furchtbar! Ich sollte so etwas trotzdem nicht sagen.«

»Nein, da hast du Recht. Wusstest du übrigens, dass Kimberley und Barty heiraten werden?«

»Nein! Das ist ja wunderbar. Wann?«

»Irgendwann im September. Sie legen ihre Güter zusammen. Ich weiß nicht, wer das von Kimberley kauft, aber bestimmt wird uns die Gerüchteküche bald informieren. Möchtest du etwas trinken?«

»Ich habe keine Zeit, leider. Wir gehen heute Abend

aus, und ich muss noch mal in die Ställe. Dann wird es ja im September mehrere Hochzeiten geben. Hatten Peter und Stacey ihre nicht auch für September geplant?«

Maddy verkroch sich in der Speisekammer und suchte nach der Nudeldose. Sie wollte nicht, dass Drew ihr Gesicht sah. Er und Caroline gingen in ein Restaurant. Sie selbst würde Spaghetti Bolognese essen, den Teller vor dem Fernseher auf dem Schoß.

»Ja, ich glaube schon. Drew, ich bin nicht schwanger.« Er antwortete nicht. Sie fand die Dose und tauchte wieder auf. »Ich sagte …«

»Ich habe es gehört.« Sein Gesicht war regungslos. »Seit wann weißt du es?«

»Seit heute Morgen.« Sie wollte ihm nicht sagen, dass der Arzt ihr die Pille verschrieben hatte. Sie würde sie wahrscheinlich niemals brauchen. »Zumindest musst du dir darum keine Sorgen mehr machen.«

»Ich habe mir keine Sorgen darum gemacht. Eher im Gegenteil. Ich hatte mir eingeredet, wenn du schwanger wärst, würde ich Caroline verlassen und …«

»Und eine ehrbare Frau aus mir machen? Nein, Drew. Wenn ich schwanger gewesen wäre, dann wäre ich eine allein erziehende Mutter geworden. Ich hätte mich nie zwischen dich und Caroline gedrängt.«

»Aber das hast du doch schon getan, Maddy! Kannst du das nicht einsehen?« Er stand auf und sah immer noch traurig aus. »Ob sie es nun weiß oder nicht, die Situation bleibt die gleiche. Ich liebe dich. Ich möchte mit dir zusammen sein.«

»Du bist verheiratet!« Sie zischte ihm die Worte zu. »Und das ist das Ende dieser traurigen Geschichte.«

»Verdammt!« Sein Gesicht wurde dunkelrot. »Manchmal kannst du unglaublich stur sein. Was machst du heute Abend?«

»Warum? Willst du mich fragen, ob wir es uns zu dritt im Restaurant gemütlich machen sollen?«

»Nein. Ich wollte nur Bescheid wissen. Ich muss einfach Bescheid wissen! Ich bin blöd genug, wissen zu wollen, was du tust, damit ich es mir wenigstens vorstellen kann, wenn wir schon nicht zusammen sein können.«

Maddy zuckte die Achseln. Das Gefühl kannte sie. »Nun, ich werde wahrscheinlich zu Bronwyns Treffen in der Gemeindehalle gehen. Es ist gut, wenn ich mich mal ohne dich blicken lasse. Ich werde hinten sitzen und gemeinsam mit den anderen alten Frauen Fäustlinge stricken. Bronwyn hat mir übrigens gesagt, dass Charlie Somerset in Peapods wohnt. Das hast du mir gar nicht erzählt.«

»Ich habe dich ja kaum gesehen. Und Charlies Lebensumstände beschäftigen mich ehrlich gesagt nicht besonders, wenn wir uns sehen.« Drew seufzte. »Er ist in die Wohnung über den Ställen gezogen. Es ist ziemlich praktisch so. Okay?«

»Schön.«

Er lächelte Maddy an und zog sie an sich. »Es tut mir wirklich Leid, dass du nicht schwanger bist.«

»Mir auch«, schniefte sie. »Blöd, was?«

Die Gemeindehalle war nur zu einem Viertel gefüllt. Die Aufregung hatte sich gelegt. Bronwyn und Bernie waren allein auf der Bühne; die Profis hatten sie im Stich gelassen, jetzt, da keine Schlacht mehr zu schlagen war. Maddy schlich durch die Hintertür hinein und setzte sich hinter Kimberley und Barty, die Händchen hielten. Zu ihrer

Überraschung saßen Peter, Stacey und Jeff Henley in der ersten Reihe.

»Es wird heute nicht lange dauern.« Bronwyn strahlte ihr geschrumpftes Publikum an. »Und ich bin froh, dass wenigstens ein paar von euch mutig genug sind, nach dem Fiasko bei unserem letzten Treffen hier zu erscheinen.«

Manche kicherten leise. Stacey blickte starr geradeaus.

»Auf jeden Fall gehört die Bühne heute Abend Peter Knightley. Er hat das letzte Mal sehr gut gesprochen, und ich habe seine Aussagen überprüft. Sie waren korrekt. Die Zufahrtsstraße würde am Dorf vorbeiführen.«

Der Beifall kam halbherzig. Maddy fragte sich, ob Drew und Caroline schon mit der Vorspeise angefangen hatten.

»Jetzt ist es aber höchste Zeit, dass Peter beginnt.«

Bronwyn zeigte auf ihn. »Peter Knightley …«

Der Beifall fiel noch geringer aus. Peter lächelte nicht. Er blickte ins Publikum, und seine Stimme klang nüchtern. »Ich bin der Ansicht, dass ich Ihnen das Folgende sagen sollte, denn wenn ich es nicht tue, werden die Gerüchte die ganze Sache nur unnötig aufbauschen.«

Maddy zog die Stirn in Falten. Peter sah ziemlich niedergeschlagen aus. Vielleicht vermisste er seine Spielchen mit Diana. Sie fragte sich, ob Drew und Caroline wohl bei Kerzenlicht zu Abend aßen.

»Es wird keinen Golfplatz in Milton St. John geben.«

Alle hielten die Luft an. Kimberley drehte sich zu Maddy um und schnitt eine Grimasse. Maddy hob die Augenbrauen. Peter scharrte mit seinen Füßen über den Boden.

»Wie Sie wissen, war die Voraussetzung für den Bau der Kauf von beiden betroffenen Grundstücken. Und jetzt sieht es so aus, als stünde die Obstplantage nicht mehr zum Verkauf.«

Ein Raunen ging durchs Publikum. Das war den Leuten noch nicht zu Ohren gekommen. Paul und Phil Maynard standen hinten an der Wand. Alle Köpfe drehten sich zu ihnen um.

»Bert Maynard«, fuhr Peter fort, »hat seine Obstplantage offenbar gegen eine unbekannte Summe an einen privaten Käufer veräußert« – er zeigte auf Jeff Henley – »und diese Summe konnten wir nicht überbieten. Paul und Phil werden Teilhaber der Obstplantage sein. Und das ist alles. Ohne die Obstplantage können wir nicht weitermachen. Es tut mir Leid, dass das Dorf um diese Freizeiteinrichtung gebracht wurde.«

»Und es tut Ihnen noch mehr Leid, dass Sie eine hübsche, kleine Einnahmequelle verloren haben!«, rief Kimberley.

»Wer hat die Plantage denn gekauft?«

»Ich weiß es wirklich nicht.« Peter sah reichlich mitgenommen aus. »Bert hat sich geweigert, es mir zu sagen, und seine Söhne ebenfalls.« Wieder richteten sich alle Blicke nach hinten.

Paul schüttelte den Kopf. »Wir wissen es auch nicht, stimmt's, Phil?«

»Nee. Vater sagt es uns nicht. Er hat uns nur wissen lassen, dass wir sie führen sollen und dass er die Anweisungen von dem neuen Besitzer entgegennimmt. Ist doch gut für uns!«

Peter kletterte niedergeschlagen von der Bühne, und Bronwyn klatschte in die Hände. »Ich finde, dass dies ein Sieg für das Dorf ist«, rief sie. »Wir haben uns solidarisch gezeigt, und wenn dies erneut nötig sein wird, werden wir es wieder tun. Ein Hoch also auf die Freiheit und den Sieg!«

Es gab ein paar halbherzige Hurrarufe, und dann gingen alle hinaus auf die Straße.

»Viel Lärm um nichts«, schnaubte Kimberley. »Aber den Tumult am Fluss habe ich dennoch genossen. Ich frage mich, wer Bert Maynard eingesackt hat!«

»Ich habe keine Ahnung.« Barty klebte ihr geradezu am Hals. »Aber wer auch immer es ist, er muss ein dickes Bankkonto haben. Mir tat der kleine Peter irgendwie beinahe Leid. Ich frage mich, was er jetzt macht.«

Maddy schüttelte den Kopf. »Wer weiß? Ich nehme an, er hat sich darauf verlassen, dass der Golfplatz ihm einen angemessenen Lebensstandard im Manor erlauben würde. Aber wie ich Peter kenne, hat er bereits einen neuen Plan. Ich bin jedenfalls froh, dass die Obstplantage und der Wald unberührt bleiben.«

»Ich auch.« Kimberley hakte sich bei Barty unter, wodurch er fast das Gleichgewicht verlor. »Ich wünschte, ich könnte bei Diana Mäuschen spielen. Ich wette, sie spuckt Gift und Galle vor Wut.«

»Geschieht ihnen recht«, sagte Barty grinsend. »Kommen Sie noch auf einen Drink mit uns, Maddy?«

Sie schüttelte den Kopf. »Ich lasse euch Turteltäubchen lieber allein, aber trotzdem vielen Dank.« Ihr Magen tat wieder weh. Sie wollte nur noch nach Hause und die Füße hochlegen. Suzy war im Cat and Fiddle, und Drew bei seinem gemütlichen Abendessen zu zweit. Maddy freute sich darauf, sich in ihrem Morgenmantel mit einer Tasse Kakao und einer weiteren Aspirin auf ihre Couch zu kuscheln.

Die Wände wackelten, als sie die Haustür aufschloss.

Led Zeppelins größte Hits konnte man sicher bis Newbury hören. Maddy fühlte sich elend und riss die Wohnzimmertür auf.

»Hallo, Mad.« Suzy saß auf dem Sofa mit nichts als einem Lächeln am Leib. »Du bist früh zurück.«

Luke sah sie mit dem Grinsen eines Herzenbrechers an und platzierte strategisch ein Kissen über seine Blöße, was ziemlich uneffektiv war. »Ich dachte, ich überrasche dich später, aber jetzt hast du uns wohl überrascht.«

»Nun, da bin ich ganz deiner Meinung«, sagte Maddy schwach und drehte die Stereoanlage leiser. »Kümmert euch nicht um mich, Kinder. Ich will früh ins Bett.«

Suzy zog sich ihr T-Shirt über den Kopf. »Soll ich dir eine Wärmflasche bringen? Und etwas Kakao?«

»Ich kann dir was vorlesen, wenn du willst.« Luke versuchte gerade, beide Beine in ein Hosenbein seiner Jeans zu stecken. »Ich kenne ein paar schöne Gutenachtgeschichten.«

»Das kann ich mir gut vorstellen.« Maddy lächelte. »Ich verzichte auf die Geschichten, aber das andere hört sich gut an.«

Sie war gerade an ihrer Schlafzimmertür, als das Telefon klingelte.

»Maddy? Hier ist Caroline. Ich wollte dich schon den ganzen Abend anrufen, aber Drew sagte, dass du wahrscheinlich zu dem Treffen gegangen bist. Wie ist es gelaufen?«

»Ruhig.«

»Oh, gut. Maddy, ich habe dir einen Vorschlag zu machen. Kann ich vorbeikommen und mit dir sprechen?«

»Wie, jetzt?« Maddy sank das Herz in die Hose.

»Nicht jetzt.« Caroline lachte glockenhell. »Wir sind

noch im Restaurant. Drew ist schon ganz außer sich, weil ich den ganzen Abend nach dem Telefon verlange. Aber du weißt ja, was es heißt, Geschäftsfrau zu sein.«

Maddy wusste es nicht.

»Morgen abend?« fuhr Caroline fort. »Ich muss unbedingt mit dir sprechen, und es kann sein, dass ich zu Hause gebraucht werde, in Jersey, meine ich. Ich muss womöglich früher abreisen, als ich geplant habe.«

»Oh, das ist schade.« Mochte Gott ihr verzeihen. »Ja, ich bin morgen Abend zu Hause. Kommt Drew mit? Sollen wir zusammen essen?«

»Nein, nein. Ich möchte dir keine Umstände machen. Ich glaube nur, dass du der einzige Mensch bist, der mir in dieser Sache helfen kann. Oh, Drew möchte mit dir sprechen. Ich gebe ihn dir. Bis morgen Abend dann.«

»Um Himmels willen, was ist denn los?«, flüsterte Maddy. »Geht es um uns?«

»Nein.« Drews Stimme klang nervös. »Wir sehen uns morgen. War das Treffen gut?«

»Ja, Drew. Du hast die Obstplantage doch nicht gekauft, oder?«

»Nein.« Er klang verwirrt. »Das würde ich wohl wissen. Warum?«

»Ach, nur so. Ich sehe dich morgen Abend. Das ist besser als nichts. Gute Nacht.«

»Gute Nacht, Maddy.« Es hörte sich an, als wollte er Auf Wiedersehen sagen.

25. Kapitel

Durch das Aspirin gestärkt, putzte Maddy wie eine Wilde. Sie wollte, dass das Haus sich von seiner besten Seite zeigte, wenn Caroline kam. Auf die drückende Hitze des Tages war ein Abend mit rosafarbenen Wolken gefolgt, und trotz der geöffneten Fenster war es immer noch stickig. Wenn Maddy einen richtigen Garten gehabt hätte, dann hätte sie sich wie in den Merchant Ivory-Filmen mit Caroline dorthin begeben. Sie hätten sich untergehakt und wären zwischen den duftenden Blumenbeeten umherspaziert, während Caroline die wunderbare Aussicht gerühmt hätte. Tatsache war jedoch, dass sie nach dreißig Schritten vorwärts in der Wassertonne gelandet wären oder sich nach zwanzig Schritten nach hinten zwischen den Mülleimern wiedergefunden hätten.

»Ich wollte nur mal kurz vorbeischauen, die Kinder sind im Auto, ich kann also nicht lange bleiben.« Fran kam in die Küche gestürmt. »Hast du das Gesundheitsamt auf dem Hals?«

»Nein. Caroline.« Maddy hielt inne. Sie scheuerte gerade ihre Spüle.

»Oh, darf ich bleiben und zusehen?«

»Nein, auf keinen Fall. Es ist ein ganz normaler Besuch unter Freunden.«

»Also geht es nicht darum, dass du die Finger von ihrem Mann lassen sollst? Bist du dir da sicher.?«

»Absolut. Du siehst gut aus. Hast du was vor?«

»Der Wettkampf in Windsor. Richard bestreitet vier Rennen.«

»Luke und Suzy sind auch hingefahren.« Maddy spülte den Putzlappen aus und rubbelte an einem Rest eingetrockneter Bolognese-Sauce auf ihrem Wasserhahn herum. »Wolltest du irgendwas Bestimmtes oder nur ein bisschen herumspionieren, um dann die Buschtrommel zu schlagen?«

»Vertraust du deinen Freundinnen etwa nicht?«, fragte Fran lachend. »Ja und nein. Ich habe von der Obstplantage gehört und mich gefragt, ob womöglich Mr. Fitzgerald sie gekauft hat.«

»Nein, hat er nicht. Und frag mich nicht, wer sonst, denn ich weiß es nicht. Und weiter?«

»Wie findest du das mit Kimberley und Barty?«

»Phantastisch. Ich freue mich für sie, auch wenn sie nicht das Liebespaar des Jahrhunderts sind. Du nicht?«

»Doch, schon. Nur heißt das für mich, dass ich mein Büro mit Violet teilen muss, Kimberleys alter Sekretärin. Sie lutscht Anissamen.« Fran sah aus dem windschiefen Fenster. »Oh, sieh nur, Maddy! Du bekommst Besuch, und er benutzt den Hintereingang.«

»Das tut Drew immer.«

»Es ist aber nicht Drew.« Fran sah auf ihre Uhr. »Ich würde liebend gern noch bleiben. Ich rufe dich an. Nein, du brauchst mich nicht zur Tür zu bringen.« Fran machte sich auf den Weg zur Hintertür, und Maddy seufzte. Sie war noch lange nicht fertig. Sie stopfte gerade den Lappen in den Schrank mit den Töpfen, als sie Frans Stimme im Garten hörte. Sie lachte.

»Einer geht, der andere kommt. Wie bei einem Wetterhäuschen. Nein, geh rein. Sie ist in der Küche, Peter.«

Verdammt! Maddy rannte zur Tür. Sie musste ihm sagen, dass er ungelegen kam. Sie konnte ihn jetzt einfach nicht gebrauchen.

»Peter, es tut mir wirklich Leid, aber …« Sie hielt inne. Peter sah aus wie ein Häufchen Elend. Er wirkte müde und mitgenommen, was gar nicht zu ihm passte. Maddy seufzte. »Komm rein.«

Er ließ sich auf einen Stuhl sinken. Sein blondes Haar fiel ihm in die Stirn, und seine blauen Augen waren rot angelaufen.

»Tut mir Leid, dass ich einfach so reinplatze, Mad.« Er sah sie an. »Ich wusste aber nicht, wohin ich sonst gehen sollte.«

»Was ist denn los?« Sie zog sich einen Stuhl heran. »Ist es wegen des Golfplatzes? Du findest bestimmt einen anderen Ort dafür.«

»Stacey hat mich verlassen.«

Maddy zwang sich, nicht ihrem inneren Drang nachzugeben und ihm zu sagen: »Jetzt weißt du wenigstens, wie das ist, du herzloser Bastard.«

»Warum?«

»Weil Jeff sich nicht mehr an dem Golfplatz beteiligen will. Er war nur bereit dazu, weil ich so sicher war, dass es für mich mit meinen Beziehungen in Milton St. John ein Leichtes sein würde, das Land zu bekommen. Er war damals total wütend über die Schlägerei, und als er dann erfuhr, dass wir das Land überhaupt nicht bekommen, na ja …«

»Aber Stacey verlässt dich doch nicht deswegen?«

»Stacey …« Peter schluckte. »Stacey war offenbar mehr in die Idee verliebt, Gutsherrin zu werden, als in mich. Kein Golfplatz, kein Manor, keine Stacey.«

»Oh, Peter.« Maddy empfand ehrliches Mitleid. »Ich glaube kaum, dass ich da irgendetwas tun kann. Wenn sie noch im Dorf ist, kann ich ja mal mit ihr sprechen, aber …«

»Sie ist weg. Hat alle Sachen mitgenommen und mir eine Nachricht hinterlassen.« Peter sah ihr tief in die Augen. »So, wie ich es mit dir gemacht habe. Verdammt, Mad, es tut mir so Leid! Ich wusste nicht, wie weh das tut.«

»Ach, komm schon. Du hast doch schon vorher herumgevögelt, was das Zeug hielt.«

»Mad!« Er schien ziemlich schockiert. »Okay, ich hatte vielleicht ein oder zwei harmlose Affären …«

»Ach ja? Übrigens, du hast mir doch auf Carolines Party erzählt, dass Stacey dir peinlich ist. Du hast mich sogar eingeladen, mit dir auszugehen. Ich kann gar nicht glauben, dass du jetzt solchen Liebeskummer hast.«

»Aber *ich* war bisher immer derjenige, der die Beziehungen beendet hat!«

Erst Diana und nun Stacey. Maddy gab sich Mühe, nicht zu lächeln. »Also ist dein Stolz verletzt und nicht dein Herz?«

»Beides. Hast du was zu trinken? Ich fühle mich furchtbar. Ich habe mein ganzes Geld in das Projekt Golfplatz und Manor gesteckt, und es war noch nichts unterschrieben. Vielleicht bekomme ich etwas zurück, aber nicht viel.«

Maddy goss ihm etwas süßen Sherry von Bronwyn in eine Tasse. Alles andere hatte sie schon weggeräumt. »Heißt das, dass du ohne einen Pfennig dastehst, arbeitslos und ohne Bleibe?«

»Im Grunde ja.« Peter kippte den Sherry runter. »Verdammt, ich mag keinen Sherry! Aber ich bin wohl nicht in der Situation, wo man etwas ablehnen kann, oder?«

»Übertreib mal nicht. Du wirst wohl kaum von der Sozialhilfe leben müssen.«

»Nein, aber …«

»Kümmere dich zuerst mal darum, was du zurückbekommen kannst. Du wirst wahrscheinlich noch eine Weile auf dem Manor wohnen bleiben können. Du hast viele Kontakte. Materiell hast du bestimmt keine Schwierigkeiten. Du bist doch noch nicht bei deinem letzten Tausender angelangt, oder?«

»Gott, nein. So pleite bin ich nicht.«

Maddy lachte verbittert. »Warte, bis du im Supermarkt vor der Wahl stehst, Zahnpasta oder Seife zu kaufen! Oder mit der Vorstellung leben musst, dich zehn Tage lang von Bohnen auf Toast zu ernähren.«

»Ich wusste nicht, dass du so wenig Geld hast. Also, ich könnte so nicht leben.«

»Wie viele andere Menschen auch, finde ich mich damit ab. Ich habe ein Dach über dem Kopf, etwas zu essen und mir ist warm. Willkommen in der realen Welt, Peter.«

Er griff über den Tisch nach ihren Händen. Es berührte Maddy nicht im Mindesten. Peter lächelte. »Ich hätte dich niemals gehen lassen sollen.«

»Ich bin froh, dass du es getan hast.«

Dummerweise war das die Szene, die Drew und Caroline sahen, als sie an dem windschiefen Fenster vorbeikamen: Maddy, die zerzaust und schlampig mit Peter Knightley am Tisch Händchen hielt und ihm mitleidig in die Augen sah.

»Können wir reinkommen?« trällerte Caroline, obwohl sie bereits in der Küche stand. »Ich hoffe, wir stören nicht.«

»Nicht im Mindesten.« Maddy schleuderte Peters Hände fast von sich. »Peter wollte gerade gehen.«

Drew presste die Lippen aufeinander.

»Schön, Sie wiederzusehen!« Caroline stürzte sich begeistert auf Peter. »Sie und Stacey sollten bald mal auf einen Drink vorbeikommen.«

»Das wäre schön«, sagte Peter mit erstickter Stimme. »Aber Stacey und ich sind nicht mehr zusammen.«

»Oje, das tut mir Leid.« Caroline biss sich auf die Lippen. »Ich wollte nicht unsensibel sein. Wie traurig.«

»Maddy hat mich getröstet.« Peter lächelte matt. »Darin ist sie wirklich gut, und wir sind ja alte Freunde ...«

Drew kochte inzwischen vor Wut. Maddy wusste das, ohne ihn anzusehen. Sie hielt die Luft an. »Ich möchte nicht unhöflich erscheinen, Peter, aber ich hatte Caroline und Drew eingeladen.«

»Ja, natürlich.« Er beugte sich zu ihr hinab und küsste sie auf die Wange. Sie hörte, wie Drew scharf einatmete. »Bis bald. Und danke für alles.«

»Was für ein gut aussehender Mann«, seufzte Caroline, während er die Hintertür zuzog. »Was ist nur mit ihm und Stacey passiert?«

»Ich habe keine Ahnung«, sagte Maddy kurz und verfluchte Peter Knightley innerlich. »Es tut mir Leid, aber mich haben überraschend einige Leute besucht, und ich bin noch nicht ganz fertig. Darf ich euch etwas zu trinken anbieten und euch kurz allein lassen, während ich mich umziehe?«

»Du brauchst dich unseretwegen nicht umzuziehen«,

sagte Drew ruhig. »Ich bin sicher, dass alles, was für Peter Knightley gut genug ist, auch für uns ausreicht.«

Maddy sah ihn finster an.

»Wie ihr wollt. Ich dachte, wir könnten uns in den Garten setzen. Es ist so heiß. Sicher wird es bald ein Gewitter geben.«

»Das glaube ich auch«, sagte Drew und trat durch die Küchentür hinaus.

Da es keine Gartenmöbel gab, setzten sie sich auf einen umgefallenen Baumstamm.

Caroline nippte an ihrem Gin Tonic. »Es ist hübsch hier! Was für ein netter kleiner Garten, Maddy. So ländlich. Und jetzt«, sie beugte sich freudig nach vorn, »komme ich gleich zum Grund meines Besuches. Ich wollte dich fragen, ob du meinen Wein vertreiben möchtest!«

»Ich? Ich weiß rein gar nichts über Wein! Ich kaufe nur das, was ich mir leisten kann. Ich mag lieber weißen als roten, und am liebsten mit ein bisschen Kohlensäure.«

»Wunderbar.« Caroline schien beeindruckt. »Das ist genau das, was ich brauche. Es gibt so viele Snobs. Ich finde es äußerst erfrischend, wenn jemand mal die Wahrheit sagt.«

»Maddy sagt immer die Wahrheit«, erwiderte Drew, während er mit der Spitze seines Stiefels einen Maulwurfshügel untersuchte. »Selbst wenn es wehtut.«

Caroline warf ihrem Ehemann einen bösen Blick zu. »Nimm einfach keine Notiz von ihm. Er ist beleidigt, weil ich den Deal mit der spanischen Feriensiedlung an Land gezogen habe. Er meint, ich würde Eulen nach Athen tragen. Ich weiß es aber besser. Verstehst du, wenn die Spanier englische Touristen versorgen wollen, sind sie auch an englischem Wein interessiert. Die Leute sind doch immer so ängstlich, wenn sie ins Ausland fahren, und in dieser Siedlung gibt es sonntags englisches Frühstück und Braten. Es ist einfach wunderbar! Deshalb fahre ich nach Hause. Ich muss am Montag schon in Alicante sein.«

Maddy wäre bei dieser Information innerlich am liebsten in die Luft gesprungen, wenn Drew nicht so mürrisch dreingeschaut hätte. Sie lächelte. »Herzlichen Glückwunsch! Doch ich verstehe immer noch nicht, wie ich dir helfen kann.«

Maddy sah Drew flüchtig an.

»Das ist eine schöne Klematis. Du musst mir unbedingt einen Ableger geben« Caroline ließ die Blätter durch ihre Finger gleiten. »Ich wäre heute Abend gern allein gekommen. Drew ist meinem Unternehmen gegenüber so negativ eingestellt, und wenn ich gewusst hätte, dass Peter hier ist, hätte ich ihn auf jeden Fall in Peapods gelassen.« Sie sprach von Drew wie von einem schlecht dressierten Labrador.

»Warum?«, fragte Maddy, die über Carolines abschätzige Worte schockiert war und Drew seufzen hörte. »Was hat Peter damit zu tun?«

»Er hat so viel Stil. Und er ist clever, was Geschäfte angeht. Ich hätte ihn um Rat fragen können. Nun, vielleicht ein anderes Mal. Also, Maddy, ich möchte gern expandieren. Das Geld aus dem spanischen Geschäft wird mir dabei enorm helfen. Ich möchte Weinstuben eröffnen.«

Drew schnaubte.

»Waren die nicht in den Achtzigern in?« Maddy wusste in solchen Dingen nicht so genau Bescheid. »Gehen die Leute noch in Weinstuben?«

»Oh, auf jeden Fall. Ich habe bereits Recherchen in

Jersey und Guernsey angestellt und tolle Feedbacks bekommen. Und während meines Aufenthalts hier habe ich die Gegend erkundet. Hier fehlt so etwas. Nicht eine Weinstube, sondern auch ein vernünftiges Restaurant.« Maddy zuckte bei dem Wort Restaurant zusammen. Sie verstand immer noch nichts.

»Wenn ich in Milton St. John eine eröffne – was sehr wahrscheinlich ist –, dann in dem leeren Ladenlokal neben dem von Bronwyn, wo früher Fotos oder so was verkauft wurden …«

»Es wurde letzten August von der Sittenpolizei geschlossen.«

»Ja, genau das meine ich. Maddy, was ich wissen will, ist, ob du für mich die Geschäftsleitung übernehmen würdest.«

»Du möchtest, dass sie *was* tut?« Drew beugte sich vor. Er war offenbar vorher nicht eingeweiht worden. »Ich habe noch nie etwas Lächerlicheres gehört.«

»Drew, bitte.« Caroline presste die Lippen aufeinander. »Habe ich schon mal eine deiner Geschäftsbesprechungen unterbrochen?«

Maddy stand kurz davor, hysterisch loszulachen. Sie starrte Caroline an. War die Frau verrückt?«

»Aber warum um alles in der Welt gerade *ich?«*

»Weil du warmherzig und freundlich bist und die Menschen gern mit dir zusammen sind. Weil du kochen kannst. Weil ich denke, dass du etwas anderes tun solltest, als deinen Lebensunterhalt mit Putzen zu verdienen.«

In Maddy stieg eine kalte Wut auf, die sie nur mit Mühe unterdrücken konnte. Drew starrte seine Frau voller Abscheu an. »Mein Gott, Caroline! Maddy ist doch keine …«

»Es ist in Ordnung, Drew«, sagte Maddy gelassen und sah Caroline dabei an. »Ich bin mehr als glücklich mit *Die Feen.* Dein Angebot ist nett gemeint, Caroline, aber ich kann es nicht annehmen.«

»Bitte, denk darüber nach.« Carolines Stimme klang weiterhin freundlich. »Ich brauche jemanden wie dich. Ich möchte, dass du für mich arbeitest.«

»Ich habe bereits einen eigenen Betrieb.«

»Ja, aber das ist doch keine richtige Arbeit, oder? Putzen! Jeder kann putzen. Ich biete dir einen Posten als Geschäftsführerin an.«

»Ich bin sicher, dass sie dein wohltätiges Angebot nicht möchte«, zischte Drew und sah Maddy zum ersten Mal an. »Oder?«

»Absolut nicht. Ich möchte keine Wohltätigkeit, keinen Posten als Geschäftsführerin und auch keinen Arbeitgeber.« Maddys Augen glänzten. »Noch einmal danke, aber nein. Außerdem wirst du dich in direkter Konkurrenz zum Cat and Fiddle befinden.«

»Oh, nein. Ich habe mit dem Besitzer gesprochen. Wir haben einen ganz unterschiedlichen Stil.« Sie knipste ein Stückchen von der Klematis ab. »Ich werde immer weniger Zeit mit Drew verbringen, Maddy.« Sie warf im aus ihren Katzenaugen einen kurzen Blick zu. Drew starrte zu Boden. »Wir haben nicht mehr viel gemeinsam. Ich möchte mich nicht alle fünf Minuten darum kümmern müssen, wie mein Geschäft läuft. Wenn du dies hier übernehmen würdest, wäre das auch nicht nötig. Ich vertraue dir.«

Maddy schloss die Augen, zählte bis zehn und öffnete sie dann wieder. »Tu das bitte nicht. Es gibt keinen weniger vertrauenswürdigen Menschen als mich!«

Caroline ließ das Blatt ins Gras fallen. Maddy wusste, dass Drew vor Wut platzte. Die Gläser waren leer. Maddy seufzte. »Ich schenke euch noch ein bisschen nach. Caroline, ich möchte nicht unhöflich sein. Es ist alles sehr nett von dir, aber aus verschiedenen Gründen kann ich nur Nein sagen.«

»Und ist Drew einer dieser Gründe?«

»Wie bitte?« Maddy stockte der Atem.

»Ich weiß, was du für Drew empfindest, Maddy. Ich habe es von Anfang an gewusst. Wir haben oft genug darüber geredet. Aber ich habe dir die Situation erklärt.«

»Darf ich an dieser Stelle auch mal etwas sagen?« Drew glühte vor Zorn. »Ich habe keine Ahnung, warum du Maddy gefragt hast, ob sie für dich arbeiten will – Gott weiß, warum du das getan hast, und ich bin ja zur Zeit der letzte Mensch, den du um Rat fragen würdest. Sie hat ein eigenes Geschäft! Was Maddy und ich füreinander empfinden, hat damit gar nichts zu tun.«

»Da kann ich dir nicht zustimmen.« Caroline war immer noch völlig gelassen. Maddy sah sie voller Bewunderung an. Gab es nichts, das diese eiskalte Fassade zum Schmelzen bringen konnte? Caroline lächelte. »Aber sollen wir nicht, bevor wir weiterreden, noch etwas trinken?«

Alle drei waren inzwischen aufgestanden. Maddy füllte ihre Gläser mit zitternder Hand nach.

»So ist es besser.« Caroline schien immer noch ungerührt. »Also, kommen wir nun zu eurer Beziehung …«

»Wir haben keine Beziehung!«, schrie Drew. »Wir mögen uns. Wir sind gute Freunde geworden. Verdammt noch mal, Caroline, *du* wolltest nicht mit mir nach England ziehen!«

»Und das aus guten Gründen, Liebling. Wir haben zusammen und getrennt voneinander gelebt und haben es immer geschafft, Freunde zu bleiben. Ich hatte nur die Befürchtung, dass Maddy nicht so gern für mich arbeiten würde, wenn sie in dich verliebt ist. Ich möchte ihr versichern, dass mir das ganz und gar nichts ausmacht.«

»Ich verstehe dich nicht.« Maddy schüttelte den Kopf. »Sieh ihn an, Caroline! Drew ist ein wunderbarer Mann. Wie kannst du sagen, dass es dir nichts ausmacht, wenn eine andere ihn liebt?«

»Weil er bei mir bleiben muss.« Caroline rührte elegant mit einer ziemlich schmuddeligen Zitronenscheibe in ihrem Glas herum. »Er braucht mich. Nicht, was das Sexuelle betrifft. Das finden wir beide widerlich ...«

»Nein, das stimmt nicht!« Maddy schlug sich entsetzt die Hand vor den Mund. »Oh, Gott, ich wollte sagen ...«

26. Kapitel

Ihr habt miteinander geschlafen?« Carolines Augenbrauen sahen aus wie die Hängebrücke von Clifton. »Aha. Da hat sich ja einiges getan.«

»Wir haben nicht – miteinander geschlafen«, sagte Maddy wahrheitsgemäß. »Oder?«

Drew sah erst sie und dann Caroline an. »Nein, aber wir haben uns geliebt.«

»Das kann nicht sein.« Caroline klang so, als hätte er gerade zugegeben, Jack the Ripper zu sein.

»Doch, es stimmt. Und es war wunderbar.«

»Wirklich? Wie schön für dich.« Caroline war kreidebleich geworden. Maddy wäre am liebsten gestorben. Das alles war entsetzlich. »Ich habe dir gesagt, dass ich nicht vertrauenswürdig bin.«

»Wenigstens hast du mir nur den Ehemann gestohlen«, sagte Caroline in eisigem Ton. »Es ist nicht ganz dasselbe, wie wenn ich dich dabei erwischt hätte, dass du Geld aus der Kasse nimmst.«

»Es war genau dasselbe.« Maddy versuchte, ihre Tränen zu unterdrücken. »Es tut mir unendlich Leid, Caroline. Aber ich liebe ihn.«

»Und offensichtlich liebt er dich auch.« Carolines Stimme war so kalt wie ihre Augen. »Ihr seid beide herzliche, gefühlvolle Menschen, was ich nicht bin. Ich sehe deshalb nicht ein, warum diese kleine Affäre irgendetwas verändern sollte.«

»Natürlich verändert sie etwas!«, schrie Maddy, der

langsam übel wurde. »Und es ist nicht einfach nur eine Affäre! Es war die wunderbarste Erfahrung meines Lebens.« Sie schluckte, als sie sich daran erinnerte. »Caroline, in meiner Vorstellung gehören Treue, Aufrichtigkeit und Vertrauen zur Liebe dazu. Ich bin nicht für eine ménage à trois oder für die offene Ehe zu haben. Ich habe so etwas bisher noch nie getan. Ich liebe Drew, ich liebe ihn sehr. Aber er ist mit dir verheiratet. Ich hoffe, dass du ihm verzeihst, denn ich werde ihn nicht wiedersehen.«

»Das wird schwierig werden, da ihr Nachbarn seid.«

»Du weißt, was ich meine.« Maddy schluckte ihre Tränen hinunter und sah Drew an. »Sie verdient dich nicht, denn sie versteht dich nicht.«

»Aber du?« Caroline strich ihr sorgfältig gekämmtes Haar zurück. »Aufgrund einer kurzen Bekanntschaft und einer sexuellen Begegnung? Ich glaube, dass du Drew überhaupt nicht kennst, Maddy.«

»O doch. Du hast gesagt, dass Drew an Sex nicht interessiert sei. Du hast gesagt, er sei impotent. Es stimmt nicht. Warum hast du mich belogen, Caroline?«

»Maddy ...« Drew schüttelte hilflos den Kopf.

»Hast du ihm so oft gesagt, dass er im Bett nichts taugt, bis er es geglaubt hat?« Maddy starrte in Carolines ruhiges Gesicht. »Verdammt, bist du grausam!«

»Maddy.« Drew trat zwischen sie. »Hör auf.«

»Warum?« Sie blickte ihn an und wandte sich dann wieder zu Caroline um. »Drew ist phantastisch im Bett. Er braucht eine normale körperliche Beziehung – nicht mit wechselnden Geliebten, sondern mit *dir*, Caroline, mit seiner Frau. Du weißt nicht, was du verpasst.«

Zitternd sah Maddy beide an. Da bettelte sie doch tatsächlich mehr oder weniger darum, dass sie zusammenblieben!

»Ich denke, wir müssen eine ganze Menge besprechen.« Caroline hörte sich an, als wolle sie eine Vorstandssitzung einleiten. »Vielleicht können wir dieses Thema vertagen, Maddy?«

»Du brauchst dich überhaupt nicht mit *mir* darüber zu unterhalten. Du musst mit *Drew* reden. Um Himmels willen, Caroline! Geh mit ihm nach Hause! Du sagst, dass du ihn liebst, also zeig es ihm, bevor es zu spät ist!«

»Eigentlich ...« begann Caroline, aber Maddy bekam das Ende des Satzes nie zu hören.

Charlie Somerset, dessen Haar in der Abendsonne leuchtete, bog um die Ecke des Hauses. Er sah in die wütenden Gesichter, zuckte entschuldigend die Achseln und steuerte dann über den Rasen auf Drew zu. »Ein Anruf. Dringend!«

»Scheiße.« Drews ganze Körperhaltung drückte seinen Ärger aus. »Kann das nicht warten?«

»Ich glaube kaum. Ich kann mich leider nicht darum kümmern.«

»Okay.« Drew sah Caroline an. «»Kommst du?«

»Einen Moment noch. Ich bin noch nicht ganz fertig.« Beherrscht wartete sie, bis Drew und Charlie verschwunden waren, und lächelte dann. »Ich hoffe, du weißt, warum Drew und ich uns niemals trennen werden?«

»Das Baby ...« Maddy biss sich auf die Lippe. »Er hat es mir gesagt. Es muss furchtbar gewesen sein, aber ...«

Caroline lachte barsch. »Das Baby! Meine Fehlgeburt, wie praktisch. Darauf ist er also wieder herumgeritten? Oje. Du solltest nicht alles glauben, was Drew dir erzählt, Maddy. Er versucht nur, Mitleid zu erregen. Ja, es hat eine Fehlgeburt gegeben, aber Drew bleibt nicht deswegen bei mir.« Ihre Augen funkelten. »Drew bleibt bei mir, weil er mir gehört. *Mir* gehört Peapods. Ich finanziere sein kleines Unternehmen. Er könnte ohne mein Geld nicht Trainer sein. Am Ende kommt es immer nur aufs Geld an, wie bei allem im Leben. Ich bin also nicht die Einzige, die nicht immer die Wahrheit sagt. Es tut mir Leid, dir sagen zu müssen, dass Drew dich belogen hat.«

Charlie tauchte erneut auf und machte Caroline ein Zeichen.

»Hau ab«, knurrte Maddy. Sie hasste Caroline und auch Drew und ließ es nun an Charlie aus. »Wir sind beschäftigt.«

»Entschuldigung.« Charlie schüttelte den Kopf. »Caroline, der Anruf – es ist deine Mutter, aus Jersey.«

»Oh, ich hoffe, es gibt kein Problem mit dem Alicante-Deal«, seufzte Caroline entnervt. »Nun gut, ich komme. Hier gibt es sowieso nichts mehr zu sagen.«

»Das ist richtig.« Maddys Zähne schlugen aufeinander. »Du hast mir alles sehr klar gemacht, vielen Dank.« Als sie aufblickte, sah sie, dass Drew hinter Charlie aufgetaucht war. »Und du gehst besser auch wieder.«

»Maddy!«, zischte Charlie, während Drew Carolines Arm ergriff. »Verdammt noch mal! Ihre Mutter ist am Telefon, weil ihr Vater einen Herzanfall hatte. Er ist gerade gestorben.« Drew führte Caroline vorsichtig davon und warf Maddy noch einen letzten trostlosen Blick zu. »Wir nehmen das erste Flugzeug von Southampton nach Jersey. Ich weiß nicht, wann wir zurück sein werden. Charlie, wir müssen über Peapods reden. Auf Wiedersehen, Maddy.«

Maddy hatte sich noch nie in ihrem Leben so schlecht gefühlt. Verdammt wieso musste ihr so etwas passieren? Mit hochrotem Kopf stürmte sie in die Küche.

Sie musste stundenlang geweint haben. Sie war sich sicher, nicht am Küchentisch eingeschlafen zu sein, aber als sie ihre geschwollenen Augen wieder öffnete, war der Raum in gespenstische Dunkelheit getaucht, und Regen prasselte gegen das Fenster.

O Gott. Sofort stieg der ganze Horror wieder in ihr hoch. Und sie hatte die Fenster offen gelassen. Maddy torkelte im Haus umher, stieß im Dunkeln an Möbel und knallte alle Fenster zu, um den Regen auszusperren. Wenn sie doch nur die Erinnerung genauso leicht würde aussperren können!

Das Telefon klingelte. Sie nahm den Hörer ab und knallte ihn gleich wieder auf. Es klingelte sofort noch einmal. Sie schlug den Hörer von der Gabel und ließ in baumeln, während sie versuchte, die quäkende Stimme zu ignorieren. »Bitte legen Sie den Hörer wieder auf, und versuchen Sie es noch einmal. Bitte legen Sie den Hörer wieder auf …«

»Wenn ich das nur könnte«, flüsterte Maddy und stülpte einen Topflappen über die Muschel, um die Stimme zu dämpfen.

Als Suzy und Luke nach Hause kamen, fröhlich und vollkommen durchnässt, lag Maddy zusammengekauert auf dem Sofa in der Dunkelheit.

»Was ist passiert? Haben wir keinen Strom mehr? Warum sitzt du im Dunkeln?« Suzy machte die Tischlampe an.

»Um Himmels willen, Maddy! Hat dich jemand geschlagen?«

»Nein«, schniefte Maddy. »Und mach das Licht wieder aus.«

»Aber dein Gesicht ist total geschwollen!«

»Sie hat geweint, Liebling.« Luke warf Maddy einen schnellen Blick zu und löschte das Licht. »Ich gehe wieder, Maddy. Ich kann bei den James-Jordans schlafen.«

»Nein, das kannst du verdammt noch mal nicht«, fuhr Suzy ihn an. Sie setzte sich neben Maddy. »Möchtest du darüber reden oder willst du lieber allein sein? Ich weiß nicht, was ich tun soll … Du weinst sonst nie, Maddy! Du heiterst immer nur alle auf.«

Luke war in die Küche gegangen, und Maddy hörte, dass er Tee machte. Er war lieb. Sie schluckte ihre Tränen hinunter und wischte sich mit dem Ärmel über die Augen. »Ich würde gern darüber reden. Wenn du es erträgst …«

»Natürlich ertrage ich das.« Suzy rückte mit ihrem feuchten, dünnen Körper dicht an Maddy heran und hielt ihre Hand. »Fang ganz von vorn an …«

Sie brauchten vier Tassen Tee. Luke saß auf dem Boden und streichelte liebevoll Suzys Bein. Keiner von beiden unterbrach Maddy. Als sie fertig war, fühlte sie sich vollkommen ausgelaugt.

»Das ist ja wirklich absoluter Mist«, sagte Suzy. »Die arme Caroline – verliert ihren Vater und ihren Mann.«

»Sie hat ihren Mann nicht verloren«, seufzte Maddy. »*Ich* habe ihn verloren.«

»Er wird nicht aufgeben«, sagte Luke in die Dunkelheit hinein. »Ich kenne Drew gut genug. Er hat bis jetzt noch nie eine andere angesehen. Das mit euch beiden ist etwas ganz Besonderes. Mein Gott, Maddy! Vermutlich ist das nicht der richtige Zeitpunkt, um so etwas zu sagen, aber Caroline ist eine eiskalte Ziege, die sich nur für ihr Geschäft interessiert. Du hast Drew so glücklich gemacht. Ich habe ihn nie glücklicher gesehen.«

»Aber er hat mich belogen. Er hat mir gesagt, dass er nur bei Caroline bleibt, weil er sich schuldig fühlt. Das war nicht die Wahrheit. Er ist bei ihr geblieben, weil *sie* das Geld hat! Er ist ein mieser Lügner, der aufs Geld aus ist. Er ist verheiratet, und ich hätte mich nie darauf einlassen sollen. Ich hätte ihm nie glauben sollen.«

Suzys streichelte Lukes schwarzes Haar. »Aber wenn sie sich nun trennen? Wo ist dann das Problem?«

»Sie werden sich aber nicht trennen«, krächzte Maddy. »Er wird sie nicht verlassen, weil Peapods genau das ist, was er immer gewollt hat. Keine Caroline, kein Peapods. Es ist genauso wie bei diesem miesen Peter und seiner affigen Heuschrecke, nur umgekehrt.«

»Das stimmt nicht, und du weißt das!«, rief Suzy. »Ihr liebt euch!«

»Darf ich dich korrigieren? *Ich* liebe Drew. *Drew* liebt es, Trainer zu sein. Ohne die finanziellen Mittel seiner Frau verliert er alles.«

»Was wirst du also tun?« Suzy kniff ihre schwarz umrandeten Augen zusammen. »Wenn er nach Milton St. John zurückkommt?«

»Ich werde so tun, als ob nichts passiert wäre. Und ich lasse Drew und Caroline ihre trostlose, aus rein finanziellem Interesse aufrechterhaltene Ehe weiterführen und lächele höflich, wenn wir uns zufällig begegnen. Das Einzige, was Drew will, ist Peapods zum besten Reitstall von Milton St. John zu machen. Und das soll er tun. Ich habe immer geahnt, dass ich mit Caroline nicht konkurrieren kann. Jetzt weiß ich, dass es stimmt. Ich werde wahrscheinlich nie wieder mit ihm reden.«

»Das kannst du nicht tun!« Suzys Augen wurden zu Schlitzen.

»Du wirst schon sehen«, stöhnte Maddy, während sie sich auf ihre wackeligen Beine stellte und Richtung Badezimmer wankte. »Du wirst es verdammt noch mal sehen.«

Es war weit nach Mitternacht, als das Telefon erneut klingelte. Luke hatte den Topflappen heruntergenommen, als er zu Suzy ins Bett ging.

»Können wir reden?« Drews Stimme hallte in der Dunkelheit wider. »Dein Hörer war nicht aufgelegt.«

»Ich weiß. Es gibt nichts zu sagen.«

»Doch, eine ganze Menge. Wag es bloß nicht, aufzulegen!«

»Kommandier mich nicht herum.« Maddy zuckte zusammen, als sie ihr geschwollenes Gesicht im Spiegel sah. »Wie geht es Caroline?«

»Sie schläft. Der Arzt hat ihr und ihrer Mutter ein Beruhigungsmittel gegeben. Ich rufe aus Bonne Nuit an.«

»Oh.« Maddy wurde plötzlich klar, dass sie Bonne Nuit niemals sehen würde. »Sag ihr, wie Leid es mir tut. Sicher will sie es nicht hören, aber sag es ihr trotzdem.«

»Das tue ich, Maddy …«

»Gib dir keine Mühe, Drew. Und hör auf, meinen gesunden Menschenverstand zu beleidigen.«

»Das hatte ich niemals vor. Ich wollte nur mit dir reden. Es ist alles so unglaublich traurig hier. Ich möchte wissen, was du jetzt vorhast.«

»Ich?« Maddy starrte auf das Telefon. »Ich habe überhaupt nichts vor. Ich werde hier leben und arbeiten – genau wie in der Zeit, bevor du aufgetaucht bist.«

»Ich verstehe.« Drew schluckte hörbar. »Und was ist mit uns?«

»Es gibt kein ›uns‹. Caroline hat mir sehr deutlich gemacht, dass ihr beide zusammenbleiben werdet. Du weißt warum. Ich werde mich da raushalten. Drew, ich bin nach der Sache mit Peter völlig zerstört gewesen und habe mich wieder gefangen. Ich schaffe das nicht noch einmal. Ich – ich will dich nicht wiedersehen.«

»Ich liebe dich.«

Sie schluckte die Tränen hinunter. »Und ich dachte, dass ich dich auch lieben würde. Aber ich kannte dich nicht richtig. Deshalb verabschiede ich mich jetzt. Versuch, deine Ehe zu retten, Drew. Es ist aus.«

»Nun gut.« Drews Stimme war nur noch ein Flüstern. »Das macht das, was ich dir jetzt sagen muss, einfacher.«

»Was denn?« Maddy wurde übel.

»Da Charlie zum Glück in Peapods wohnt, kann er ein Auge auf den Stall haben. Ich weiß nicht, wie lange ich hier gebraucht werde. Vielleicht Monate.«

Maddy stöhnte innerlich auf. »Kommst du zurück?«

»Irgendwann. Ich weiß es nicht. Aber wenn, dann werden wir uns wie Erwachsene benehmen und vielleicht sogar Freunde werden.«

Freunde! Wie konnten sie jemals Freunde werden? »Warum nicht? Es sind schon merkwürdigere Dinge passiert. Gute Nacht.«

Zum zweiten Mal an diesem Abend sagte Drew traurig: »Auf Wiedersehen, Maddy.«

27. Kapitel

Obwohl sie sich furchtbar elend fühlte, lebte Maddy irgendwie weiter. Sie sprang immer noch jedes Mal auf, wenn das Telefon klingelte, aber nie war es Drew. Jeder im Dorf wusste, dass Drew nach Jersey geflogen war, und alle wussten, warum. Alle hatten Mitleid mit Caroline. Mit einem unechten Lächeln und einer dunklen Sonnenbrille, hinter der sie ihre Augen an den schlimmsten Tagen versteckte, konnte Maddy den meisten in Milton St. John etwas vormachen.

Den meisten, aber nicht allen.

»So kann es nicht weitergehen«, sagte Fran. Sie saßen in Maddys Küche und tranken Kaffee. »Er ist seit drei Wochen weg. Der arme Kerl geht wahrscheinlich durch die Hölle, um dich zu vergessen, und wird darüber langsam aber sicher verrückt. Und du», fuhr sie fort, während sie sich Maddys teilnahmsloses Gesicht und ihre stumpfen Haare ansah, »bist es bereits.«

Suzy legte Maddy die Arme um die Schultern. »Sie wird nicht auf dich hören. Sie sagt, dass es so das Beste für alle ist. Aber was daran das Beste sein soll, wenn man einen Mann wie Drew Fitzgerald fallen lässt, weiß ich nicht.«

»Lasst mich in Ruhe. Ich weiß, was ich tue.« Maddy starrte die beiden an.

»Wirklich?« Fran verzog das Gesicht. »Das glaube ich kaum, Maddy. Caroline und Drew sind zusammen nach Jersey gefahren. Und sie machen keine Anstalten zurückzukommen. Er hat dich geliebt, aber was glaubst du, wie lange er sich noch an deinen sturen Moralvorstellungen die Zähne ausbeißen wird? Auf den Rennplätzen gibt es andere Frauen, schöne, zugängliche Frauen, die ihm sicher begehrliche Blicke zuwerfen. Fürchtest du nicht, dass er dich schon aufgegeben und sich einer anderen zugewandt hat?«

»Darum geht es nicht«, sagte Maddy mit aufeinander gebissenen Zähnen. »Warum will mir niemand zuhören? Er hat mich belogen. Er hat mich glauben lassen, dass sie zusammenbleiben, weil Caroline ihm Leid tut! Das ist nicht wahr! Er ist nur wegen des Geldes bei ihr geblieben!«

»Ich weigere mich dennoch, zu glauben, dass Drew von Caroline vollkommen abhängig ist – und selbst wenn er es wäre, könntest du ihm noch eine Chance geben. Du liebst ihn doch, oder?«

»Ja.« Maddy hob den Kopf. »Sehr sogar. Aber ich habe zu viel Angst, noch einmal verletzt zu werden. Und außerdem habe ich Prinzipien.«

»Seine Ehe funktioniert doch seit Jahren nicht mehr!« Suzy schminkte sich mit Hilfe eines verschmierten Spiegels am Tisch. »Sei nicht so dumm, Mad. Er war in einer aussichtslosen Lage. Hätte er Caroline verlassen, hättest du ihm gesagt, dass du nicht mit ihm zusammen sein willst, weil du ihre Ehe zerstört hast. Wäre er bei ihr geblieben, hättest du nicht seine Geliebte sein wollen.« Sie spuckte auf ihren Mascara-Stift. »Mir kommt es fast so vor, als willst du ihn gar nicht so sehr, wie du immer sagst.«

»Ich wollte ihn mehr als alles andere auf de Welt.« Tränen brannten in Maddys Augen. »Aber *richtig*. Ganz für mich. Wenn er frei gewesen wäre … aber das wird er nie sein. Aus diesem Grund« – sie zitterte – »werde ich ohne ihn leben und heute Abend auch ausgehen.«

Fran schüttelte den Kopf. »Du hättest im Mittelalter leben und Nonne werden sollen. Dann hättest du dich auf ewig selbst geißeln können. Jemand, der unendlich in Drew Fitzgerald verliebt ist, amüsiert sich nicht mit Charlie Somerset.«

»Du hast deine Meinung auch ein wenig geändert«, zischte Maddy Fran an. »Du hast mir mal gesagt, ich soll mich nicht auf Drew einlassen, weil er verheiratet ist.«

Frans Blick wurde sanfter. »Mensch, Mad! Das war, bevor ich ihn kannte. Bevor mir bewusst wurde, wie gut ihr zusammenpasst, und natürlich, bevor ich erkannt habe, wie sehr er dich liebt. Ich dachte, er hätte nur 'ne Runde mit dir reiten wollen, du weißt schon ...«

»Das hat er ja auch. Auf Solomon.« Maddy fing an zu lachen und brach dann in Tränen aus. »O Gott, was habe ich getan?«

»Dein Leben ruiniert. Sein Leben, unser Leben ...« Suzy beschmierte ihre Lippen mit dunkelrotem Lipgloss. »Während die Eiskönigin Mrs. Fitzgerald, sobald sie sich von ihrem bestimmt überaus gewinnbringenden Verlust erholt hat, wieder fröhlich Wein herstellen und sich ins Fäustchen lachen wird.«

»Ich mochte Caroline«, schniefte Maddy. »Ich hätte ihr nie sagen dürfen ...«

»Nein, das hättest du besser nicht getan«, stimmte Fran ihr zu,. »Aber es ist nun einmal geschehen. Und sie hätte dir nie von ihren finanziellen Absprachen erzählen dürfen. Aber sie tat es, weil sie wusste, dass du nie riskiert hättest, dass er seine Ställe verliert. Diese blöde Kuh!

Maddy, wenn Drew zurückkommt, dann seid wenigstens Freunde.«

Maddy wischte sich über die Augen. Wie sollte das jemals möglich sein? Sie liebte ihn wahnsinnig. Sie konnte nicht so mit ihm umgehen wie mit Luke oder Richard, nicht einmal wie mit Peter. Drew war ihr Geliebter – oder war es zumindest für kurze Zeit gewesen.

Fran, die sich überflüssig vorkam, stand auf. »Ich nehme doch stark an, dass du zu Kimberleys und Bartys Empfang kommst? Barty sagte, dass sie noch keine Antwort von dir hätten.«

»Ich habe noch nicht geantwortet, weil ich fürchte, dass Drew auch kommt.« Maddy trocknete sich die Augen mit einem Stück Küchenpapier. »Ich kann es nicht ertragen, bei einem solchen Fest zu sein, wenn er nicht bei mir ist.«

»Natürlich wird er nicht kommen. Niemand weiß, wann er überhaupt zurückkommt.« Suzy warf ihre Schminkutensilien in das dafür vorgesehene Täschchen. »Mad, du kannst Kimberley nicht im Stich lassen.«

Maddy seufzte tief auf. Sie wusste, dass die beiden Recht hatten. »Okay, ich sage ihnen zu. Aber wenn Drew da ist …« Sie wusste, dass sie sich etwas vormachte. Er würde nicht kommen.

Fran und Suzy warfen sich über Maddys Kopf hinweg einen Blick zu. Es war nicht gerade der Durchbruch, den sie sich erhofft hatten, aber es war zumindest ein Anfang.

Im Cat and Fiddle war es laut und stickig. Auch an den Abenden kühlte es kaum ab. Maddys Nacken war feucht und juckte, und das lange, geblümte Baumwollkleid, das im Second-Hand-Laden so kühl und verführerisch ausgesehen hatte, klebte ihr bereits am Körper.

»Sollen wir uns nach draußen setzen?«, fragte Charlie

Somerset und jonglierte mit zwei kühlen, beschlagenen Biergläsern. »Es hat mir noch nie Spaß gemacht, in der Sauna etwas zu trinken.«

Sie folgte Charlie in den Garten des Pubs. Er sah mit seinem rotbraunen Haar und seinem starken, athletischen Körper, der in Jeans und T-Shirt besonders gut zur Geltung kam, ziemlich gut aus. Maddy seufzte traurig, als sie sich ihm gegenüber auf einen rustikalen Stuhl setzte. Sie spürte nicht das geringste Anzeichen von Verlangen.

»Drew ist froh über die Pferde.« Charlie trank von seinem Bier und lehnte sich im Stuhl zurück. »Er ruft jeden Abend an, um nach Fortschritten der Neuzugänge zu fragen.«

»Wirklich?« Maddy wünschte sich, er würde nach *ihren* Fortschritten fragen. »Und wie geht es in Jersey? Mit Caroline, meine ich?«

»Sie ist immer noch sehr traurig. Drew glaubt, dass er fast den ganzen Sommer dort bleiben muss.« Maddy wurde das Herz noch schwerer.

Charlie redete fröhlich weiter: »Ihr Vater hat die meisten Reisen gemacht und den Verkauf erledigt. Ich kann mir vorstellen, dass es nicht einfach ist, an seine Stelle zu treten. Drew scheint so lange dort bleiben zu wollen, bis sie einen Ersatz gefunden haben. Vermisst du ihn denn, Mad?«

Während Maddy den Kopf schüttelte und dabei fast ihr Bier verschüttete, versuchte sie zu lachen. »Natürlich nicht! O Gott, nein! Und mir wäre es lieber, wenn wir gar nicht mehr von Drew reden würden. Es gibt interessantere Themen …«

Charlie schien das gerade recht zu sein, und so verbrachte er den Rest des Abends damit, sie mit skurrilen

Rennsportgeschichten zu unterhalten. Maddy hörte nur mit halbem Ohr zu. Sie gewöhnte sich immer mehr daran, alle Dinge nur halb zu tun.

Später gingen sie durch die immer noch warme Nacht durchs Dorf zurück. Maddy erinnerte das alles sehr an alte Rod-Steiger-Filme, die im tiefen Süden spielten, wo die Menschen in Hollywood-Schaukeln auf ihren Veranden saßen und schweißbedeckt dem Krächzen der Alligatoren in den Sümpfen lauschten.

»Darf ich noch auf einen Kaffee mit reinkommen?« fragte Charlie fröhlich, während er seinen Arm lässig um Maddys Schultern legte.

»Auf einen so genannten Kaffee oder einen echten?« Maddy kramte nach ihrem Hausschlüssel.

»Was immer du mir anbietest.«

»Einen Instant-Kaffee im Becher.« Maddy grinste ihn an. »Jeder auf einer Seite des Küchentischs.«

Das Telefon klingelte in dem Moment, als sie Wasser auf das Instantpulver goss. Charlie eilte in den Flur und nahm den Hörer ab. »Oh, hi.« Maddy konnte ihn reden hören. Wahrscheinlich war es Suzy, die aus Newmarket anrief. »Ja, sicher. Kein Problem. Ich hole sie.«

»Der Kaffee steht auf dem Tisch.« Maddy nahm den Hörer. »Fühl dich wie zu Hause.«

»Ich bin sicher, das wird ihm leicht fallen.« Drews Stimme dröhnte in ihr Ohr.

Maddy schloss die Augen. Allein Drews Stimme ließ all das Verlangen in ihr hochkommen, das Charlies Körper nicht ausgelöst hatte. Zum tausendsten Mal staunte sie über das Wunder der sexuellen Anziehungskraft.

»Wir waren gerade im Cat and Fiddle«, murmelte sie. »Du weißt schon ...«

»Nur zu gut.«

»Es ist sehr heiß hier«, sagte sie lahm. »Ist es bei euch auch so heiß?«

»Ja.«

»Oh, tatsächlich.«

Ein angespanntes Schweigen folgte. Maddy hörte, wie Charlie in ihrem Vorratsschrank herumwühlte. Drew seufzte. »Vielleicht sollte ich ein anderes Mal anrufen. Wenn du nicht so beschäftigt bist.«

Sie wünschte sich sehnlichst, gelassen zu klingen. Doch das war angesichts der Tatsache, dass sie den Hörer beinahe küsste und ihre Zehen sich in ihre Sandalen krallten, ziemlich schwer. »Warum hast du angerufen?«

»Weil ...« Seine Stimme wurde für einen kurzen Moment sanft, doch dann riss er sich zusammen und klang wieder barsch. »Weil ich am Ende der Woche nach Milton St. John zurückkomme.«

»Oh. Und Caroline?«

»Caroline ist voll damit beschäftigt, den Platz ihres Vaters einzunehmen. Sie kommt nicht mit. Ich wollte es dir nur selbst sagen. Ich will nicht, dass wir uns in Bronwyns Laden begegnen, ohne dass du weißt, dass ich zurück bin.«

»Danke.« Maddy schluckte. Sie wollte ihn so vieles fragen, aber es machte keinen Sinn mehr. Nie wieder. »Soll ich es Charlie sagen?«

»Das habe ich bereits erledigt«, sagte Drew knapp. »Er kommt aber offenbar auch wunderbar ohne mich zurecht.«

»Mad!« Charlies Stimme schallte aus der Küche. »Beeil dich. Drew weiß, wie Jockeys sind – leicht zu erregen und noch schneller zu befriedigen! Ich bin sicher, dass er nicht will, dass du das verpasst.«

Maddy schloss fest die Augen. Drew hätte offenbar fast den Hörer fallen lassen. Seine Stimme klang fern. »Wir sehen uns dann vielleicht später mal. Auf Wiedersehen.«

»Ich hoffe, ich habe nichts Falsches gesagt.« Charlie grinste über den Rand seiner Tasse hinweg, als Maddy in die Küche kam. »Immerhin hat Drew Sinn für Humor. Ist doch toll, oder? Warum weinst du, Maddy?«

Sie trafen sich vier Tage später vor dem Cat and Fiddle. Maddy, die nach ihrer Arbeit bei Diana und Gareth auf dem Nachhauseweg war, hatte ihr Fahrrad an die Mauer des Pubs gelehnt, ihre Turnschuhe ausgezogen und war über die Straße auf den Fluss zugegangen.

Die Sonne brannte auf ihren Kopf, und das kalte Wasser, das durch ihre Zehen rann, tat gut. Maddy trottete durch die Hitze zurück und blickte dabei starr auf den Boden, um nicht auf herumliegende Kronenkorken oder Glasscherben zu treten. Deshalb bemerkte sie die einsame Gestalt nicht, die unter dem Sonnenschirm des Pubs saß.

»Ist das dein Beitrag zur Erhaltung der Wasserqualität? Im Fluss baden?« Drews Stimme drang durch die flirrende Mittagshitze. »Sehr löblich.«

»Ach du Schreck.« Sie stolperte über ihre Turnschuhe. »Wo kommst du denn her?«

»In meinem Kühlschrank gab es nichts Kaltes zu trinken. Es befindet sich eigentlich fast gar nichts mehr darin. Ich bin hierher gekommen, um zu trinken, und zwar literweise. Bier.« Seine Stimme war so eiskalt wie der Fluss.

Sie sahen einander an. Er sah älter und dünner aus. Unter seinen Augen lagen tiefe, traurige Schatten, und sein Mund hatte harte Züge bekommen. Maddy wusste, dass sie ziemlich ähnlich aussah.

Sie band sich die Schnürsenkel zu und blies feuchte Haarsträhnen von ihren glänzenden Wangen. »Ich habe in Peapods sauber gemacht, während du weg warst. Nur einmal die Woche, weil nicht viel schmutzig war.

»Sehr schön. Ich höre dir gern zu, wenn du über dein Geschäft redest.«

»Idiot.« Sie wusste, dass sie rot wurde. »Ich dachte nur, dass du es vielleicht wissen möchtest. Immerhin habe ich nicht aus unlauteren Motiven Geld genommen.« Sie griff wütend nach ihrem Rad.

Drew stand auf. »Was soll das heißen?«

»Nichts.« Sie stieß mit dem Bein gegen die Pedale und hätte am liebsten losgeheult. »Ich werde ab heute Jackie schicken, da du wieder zu Hause bist.«

»Mach dir keine Mühe. Ich werde nicht lange bleiben. Sicherlich nicht lange genug, um deinen Dienstplan durcheinander zu bringen.«

O Gott. Maddy umklammerte die Lenkstange. Offensichtlich hatte der Tod seines Schwiegervaters ein großes Loch in die Familienkasse gerissen. Caroline wollte bestimmt das Geld aus Peapods in ihre Winzerei stecken.

»Ich wollte mich nur vergewissern, dass Charlie auch längere Zeit ohne mich auskommt. Aber das brauche ich dir wohl nicht zu erzählen. Es gibt nur ein, zwei Dinge, die ich noch erledigen muss, bevor ich wegfahre«, sagte er und ging auf sie zu.

»Wegfahren? Wieder nach Jersey«

»Nein.« Drews schluckte. Er stand jetzt so dicht vor ihr, dass sie die tiefen dunklen Schatten unter seiner Bräune sehen konnte. »Nein, nicht nach Jersey. Caroline kommt gut mit ihrer Mutter allein zurecht. Sie brauchen mich nicht mehr. Und Peapods scheint meine Anwesenheit auch nicht mehr zu benötigen. Und du ...« Er sah ihr in die Augen. »Ich zweifle daran, dass du mich jemals gebraucht hast, Maddy.«

Sie hätte sich so gern weinend in seine Arme gestürzt! Maddy sprang auf ihr Fahrrad. Es wackelte bedrohlich. Vor lauter Tränen konnte sie nichts mehr sehen. »Wohin fährst du also?«

»Nach Amerika.«

Er hätte genauso gut sagen können: auf den Mond. Sie würde ihn nie wieder sehen. »Für immer?«

»Nein. Maddy, bist du glücklich?«

Was für eine blöde Frage. Sie starrte ihn an. »Ich bin immer glücklich. Du brauchst dir um mich keine Sorgen zu machen, Drew.«

»Maddy ...«

»Sag nichts mehr« Sie drückte einen Stapel Putzlappen fester in den Fahrradkorb. »Wir wissen beide, dass es ein Fehler war. Seit der Nacht, als Caroline mir alles gesagt hat, weiß ich, dass du sie nie verlassen würdest. Und ich weiß auch, warum.« Sie hob den Kopf und sah in seine traurigen Augen. »Ich würde dich nicht einmal darum bitten. Ich hoffe, dass alles für dich gut wird, Drew. Und eines Tages werden wir vielleicht Freunde sein.«

»Freunde?« Drew spuckte das Wort aus wie einen ausgelutschten Kaugummi. »Ich habe genug Freunde!«

»Oh, gut.« Maddy fuhr wackelig vom Parkplatz auf die staubige Hauptstraße. »Das freut mich.« Sie drehte sich nur noch einmal um, als sie Bronwyns Laden erreicht hatte. Drew stand immer noch in der gleißenden Sonne auf dem grauen Parkplatz. Zu traurig, um zu weinen, fuhr Maddy um die Ecke. Sengend und endlos lag der Sommer vor ihr wie eine Strafe.

28. Kapitel

Kimberleys und Bartys Hochzeit fand an einem wunderschönen Septembertag statt. Sie hatten sich für einen Mittwoch entschieden, da dies für die Rennsportler ein weniger arbeitsreicher Tag war als das Wochenende. Mit ihren Trauzeugen John Hastings und Suzy zogen sie, begleitet von guten Wünschen und etwas verfrühtem Konfetti, zum Standesamt.

Maddy, die sieben Kilo abgenommen hatte, zog ihr Knightsbridge-Kleid, die Schuhe und die Ohrringe an und begutachtete sich im Spiegel. Sie sah furchtbar aus. Ihr Gesicht wirkte leblos, ihre Augen waren trübe, und ihr Haar weigerte sich, etwas anderes zu tun, als stumpf herabzuhängen. Das Kleid, in dem sie auf dem Derby so sexy ausgesehen hatte, hing nur noch schlaff an ihr herunter.

Sie schauderte, trat ans Fenster und hob den Vorhang ein Stückchen hoch. Peapods lag verlassen da. Charlie warf sich bestimmt gerade in Schale, was die Stallburschen, die sich auf einen Tag mit kostenlosen Drinks und Essen freuten, bereits getan hatten.

Drew war immer noch nicht zurückgekehrt. Sie wusste von Charlie, dass er regelmäßig anrief, aber sie hatte nicht danach gefragt, ob die Anrufe aus Jersey oder Amerika kamen. Ohne ihn zu leben, war für Maddy nicht leichter geworden. Es war sechs Wochen her, seit sie ihn zuletzt gesehen hatte, doch es kam ihr wie sechzig Jahre vor.

Frans Auto hielt in einer Staubwolke vor dem Haus. Seit Wochen hatte auch die Hitze nicht nachgelassen. Nachdem sie die Haustür hinter sich geschlossen hatte, eilte Maddy den Weg hinunter und hatte dabei das Gefühl, auf eine Beerdigung zu gehen.

»Ein schöner Tag für eine Hochzeit«, sagte Richard in dem Versuch, Konversation zu betreiben, während sie die Hauptstraße entlangfuhren. Im Anzug sah er wie alle Galoppreiter wie ein herausgeputztes Kind aus. »Du siehst hübsch aus, Mad.«

»Nein, das stimmt nicht«, erwiderte Fran. »Sie sieht genauso aus, wie sie es verdient.«

»Lass mich raus!«, zischte Maddy und machte sich an ihrer Wagenseite zu schaffen. »Halt an! Ich gehe zu Fuß. Ich werde doch nicht hier sitzen bleiben, wenn du so gemein zu mir bist. Das kann ich überhaupt nicht gebrauchen. Wo ist der verdammte Türgriff?«

»Das ist ein Zweitürer«, sagte Fran süffisant. »Also bleib sitzen, halt den Mund und hör zu.«

Maddy saß mit hochrotem Kopf da. Fran sah in ihrem orangefarbenen Chiffonkleid phantastisch aus. Sie warf Maddy über die Schulter hinweg einen kurzen Blick zu. »Du siehst furchtbar aus. Wenn du lächeln würdest, wäre das eine hundertprozentige Verbesserung. Wage es nicht, heute zu schmollen, Maddy. Es ist der schönste Tag in Kimberleys Leben, und du wirst ihn genießen. Das ganze Dorf wird dabei sein, und du wirst nicht mit solch einer Miene herumlaufen. Verstanden?«

»Ja, Mami.«

Fran und Richard erstarrten. Maddy zog die Stirn in Falten. »Was ist denn jetzt schon wieder los? Ich wollte witzig sein, wie ihr mir befohlen habt.«

»Ich bin schwanger.« Fran lachte übers ganze Gesicht.

»Oh!« Maddy umarmte den Teil, den sie von Fran erhaschen konnte, und vergaß darüber ihr Elend für einen Moment. Sie versuchte, auch Richard zu umarmen.

»Oh, das freut mich aber! Wann ist es denn so weit?«

»Ende März.« Frans Augen funkelten. »Dr. Hodgson hat es mir heute Morgen bestätigt. Wir haben gebetet und gehofft, dass es kein Fehlalarm sein würde.«

»Und all das verdanken wir dir.« Richard reihte sich hinter ein paar Autos ein, die alle in Bartys Auffahrt wollten.

»Warum denn das?« Maddy versuchte, nicht nach Drews dunkelblauem Mercedes Ausschau zu halten. Es war eine Angewohnheit, die sie noch nicht abschalten konnte. »Ich war doch gar nicht dabei, oder?«

»Vielleicht doch. Das hängt davon ab, auf welcher Party wir waren. Nein, du Dummchen, wegen des Derbys.« Richard lachte. Sie kletterten alle aus dem Auto. »Gott weiß, wie du es geschafft hast, Diana zu überzeugen, aber du hast es für mich getan. Das hat uns die finanzielle Sicherheit gegeben, die wir brauchten.« Er schlang seinen Arm um ihre Hüfte. »Du hast sogar zu mir gehalten, als ich mich Luke gegenüber wie ein vollkommener Idiot benommen habe. Du bist die beste Freundin, die man sich nur wünschen kann, und das« – er küsste Frans Wange – »ist besser, als eine Million Derbys zu gewinnen.«

»Oje.« Fran wühlte in ihrer Handtasche herum. »Jetzt weint sie wieder und sieht noch schlimmer aus.«

Maddy putzte sich die Nase, kicherte – und stieß mit Drew zusammen.

»Ach, ja, äh … wir hatten dir noch sagen wollen, dass er

vielleicht kommt. Es ist uns in der Aufregung um das Baby völlig entfallen. Sorry, aber... Wir sehen dich gleich im Festzelt.« Fran griff nach Richards Arm. »Guten Tag, Drew.«

Drew lächelte Fran und Richard flüchtig an. Die beiden eilten davon, um sich zu den anderen Gästen zu gesellen. Maddy fand, dass Drew furchtbar aussah.

»Oh, ähm ... hallo.« Sie versuchte, an ihm vorbeizugehen. Ihr Körper fühlte sich an wie Wackelpudding. »Ich habe keine Zeit. Ich bin mit Fran ...«

»Die dir gesagt hat, dass ihr euch später im Festzelt treffen werdet.« Seine Stimme klang dumpf. »Also wirst du ja wohl eine Minute Zeit für mich haben, oder?«

O Gott. Maddy sah in sein trauriges, graues Gesicht. Das also hatte sie ihm angetan. »Ist es dir gut ergangen, wo auch immer du gewesen bist?«

»Das ist eine verdammt blöde Frage.«

Sie zuckte zusammen. Er fluchte niemals, außer wenn er wirklich wütend war. Seine Stimme klang heiser und barsch.

»Wir haben uns seit drei Monaten nicht mehr normal unterhalten«, fauchte Drew sie an. »Es sei denn, du bezeichnest diese Farce vor dem Pub als eine vernünftige Unterhaltung. Ich bin gestern Morgen in England angekommen und erst nachts in Peapods. Ich hatte gehofft, eine Nachricht von dir vorzufinden.«

»Ich habe dir gesagt, dass es aus ist.«

»Oh, das ist richtig. Das hast du getan.« Drews Blässe ließ seine Augen noch heller und sein Haar noch dunkler erscheinen. Er hatte ebenfalls an Gewicht verloren. »Ich hatte einfach mehr von dir erwartet.«

»Du hast alles von mir bekommen.« Maddy sah über

den ordentlich angelegten Kiesweg und den geschnittenen Rasen hinweg auf das sich bauschende rosa-weiße Festzelt. Es brach ihr das Herz. »Mehr kann ich nicht tun. Ist Caroline hier?«

»Nein.«

Es gab noch eine Million anderer Dinge, die sie ihn fragen wollte, aber vor allem anderen wollte sie sich in seine Arme werfen. Sie schluckte. »Es tut mir so Leid ...«

»Mir auch.« Seine Stimme klang immer noch traurig. »Ich habe dich sehr geliebt.«

Die Vergangenheitsform löste bei Maddy einen Sturm der Verzweiflung aus. Fran und Suzy hatten Recht. Sie hatte ihn verloren. Sie machte einen Schritt auf ihn zu. »Vielleicht ... wenn wir darüber reden ...«

»Das hört sich ziemlich abgedroschen an. So bist du nie gewesen. Trotzdem hast du Recht, wir sollten miteinander reden. Aber nicht hier.«

»Warum nicht? Ich bin mit niemandem hier. Und du bist auch allein.«

Er lachte barsch. »Ich hatte natürlich erwartet, dass du und Charlie hier zusammen auftaucht. Und du gehst offenbar einfach davon aus, dass ich allein bin, nur weil Caroline nicht bei mir ist?«

Maddy blieb wie angewurzelt stehen. Drew sah über ihren Kopf hinweg. »Das da ist der Grund, warum jetzt nicht der richtige Moment zum Reden ist ...«

»Drew! Menschenskinder, an der Bar ist die Hölle los! Wenn ich in Milton St. John leben soll, muss ich mich erst noch an die Trinkgewohnheiten hier gewöhnen! Oh, hallo ...«

Maddy starrte das Mädchen, das zwei Gläser Champagner trug, völlig verzweifelt an. Sie war groß, schlank, auffallend hübsch und trug ein hellblaues Kleid, das zu ihren Augen passte. Sie hatte blonde Strähnen in ihrem seidigen Haar, das in der warmen Brise flatterte.

»Das ist Maddy.« Drew lächelte das Mädchen mit dem gleichen herzlichen und umwerfenden Lächeln an, das immer ihr gegolten hatte. »Maddy wohnt in dem Haus gegenüber von Peapods. Es ist dir vielleicht aufgefallen. Maddy, das ist Angie.«

Maddy lächelte gequält. Ihre Lippen fühlten sich taub an. Wenn sie noch einen Moment länger hier stehen bliebe, würde sie sich daneben benehmen. Sie nickte wie ein Roboter. »Ich wollte gerade gehen. Fran und Richard warten auf mich.« Sie warf noch einen Blick auf Drew, und die zarte, hübsche Angie und sagte mit erstickter Stimme: »Es war sehr nett …«

Dann rannte sie auf das Festzelt zu. Ihr Kopf dröhnte, und sie fühlte einen brennenden Schmerz zwischen ihren Rippen. Einige Dorfbewohner grüßten sie. Sie wusste nicht, ob sie Antwort gab.

Im Festzelt war alles in Rosa getaucht. Es war warm, und es roch wie in einem Blumenladen. Außerdem duftete es wunderbar nach Lilien und Rosen, und die Musik spielte diskret im Hintergrund. Die Bewohner von Milton St. John waren zahlreich gekommen, und alle hatten sich in Schale geworfen. Maddy stand am Rand des Tanzbodens aus Kork und blickte hilflos über die Tische hinweg. Der Klang der fröhlichen Stimmen drohte sie wie ein tosendes Meer zu überschwemmen.

Sie wusste nicht, was sie tun sollte. Unendlich traurig und verwirrt schüttelte sie den Kopf. Sie wollte nicht hier bleiben und zusehen, wie Drew und Angie zusammen waren, aber der Gedanke, allein in ihr Haus zurückzukehren, war genauso erschreckend. Sie zitterte. Er hatte sie nicht wirklich geliebt. Er war nicht anders als Peter.

Fran winkte ihr zu. »Hierher, Mad! Komm zu uns. Suzy und Luke sind auch hier, oh, und Charlie, wenn er zurückkommt.« Maddy wankte auf den winkenden, orangefarbenen Arm zu und ließ sich auf einen rosa-weißen Stuhl sinken.

Fran schob ihr ein Glas Champagner zu. »Hier. Hast du Kimberley schon gesehen? Sie sieht phantastisch aus, und Barty ist … Du liebe Zeit! Was ist denn los? Was hat Drew gesagt?«

»Nicht viel.« Maddys Hände zitterten derartig, dass sie das Glas kaum zum Mund führen konnte. Richard beugte sich vor und half ihr. »Er ist mit einer anderen hier.«

»Nicht mit Caroline?«

»Mit einer sehr hübschen Angie.« Tränen rollten über Maddys Wangen, und sie wischte sie sich mit einer Serviette weg, die mit Hochzeitsglocken verziert war.»Oh, Fran! Was soll ich nur tun?«

»Betrink dich und amüsier dich von ganzem Herzen.« Frans Stimme klang hart. »Und wage es heute nicht, alle merken zu lassen, wie du dich wirklich fühlst. Lächle um Kimberleys willen, auch wenn es dich umbringt. Suzy und Luke werden gleich zurück sein. Sie holen uns allen etwas zu essen. Lass dir vor ihnen nichts anmerken. Versprichst du mir das?«

Vorsichtig tupfte Fran Maddys Augen mit der Serviette ab. Maddy lächelte zaghaft.

»So ist es besser.« Fran drückte Maddy die Serviette wieder in die Hand. »Wir machen uns später über

Drew … und Angie Gedanken. Du schaffst es, Mad. Erinnere dich daran, dass du es nach der Trennung von Peter auch geschafft hast.«

»Das ist nichts gewesen gegen jetzt«, schniefte Maddy. »Solchen Schmerz habe ich damals nicht empfunden.« Sie schlug sich gegen die Rippen. »Ich hatte nicht diese Angst.«

»Stimmt. Weil du nur *geglaubt* hast, Peter zu lieben.« Fran goss ihr noch mehr Champagner ein. »Heute wirst du fröhlich sein, vor Witz sprühen und es ihnen allen zeigen, okay?«

»Okay.« Maddy schlug die Champagnerflöte gegen ihre Zähne. Sie hatte sich noch nie in ihrem Leben weniger lustig gefühlt.

Kimberley sah phantastisch aus. Das cremefarbene, maßgeschneiderte Kostüm brachte ihre volle, wohlproportionierte Figur schön zur Geltung, und ihr Hut, eine breitkrempige Kreation aus cremefarbener Spitze, saß auf dem glänzenden Bubikopf. Sie hatte sich sogar professionell schminken lassen. Barty sag so aus, als hätte er gerade im Lotto gewonnen.

»Du wirkst in letzter Zeit ziemlich abgemagert.« Kimberley griff nach Maddys Hand. »Oh, hast du schon meinen Ring gesehen?« Sie zeigte ihr einen goldenen Ring mit Gravur. »Ich bin so glücklich!«

»Das sieht man«, flüsterte Maddy und küsste sie. »Du siehst wunderschön aus.«

Kimberley beugte sich vor. »Es tut mir Leid wegen Drew, Liebes. Möchtest du darüber sprechen?«

»Nein.« Maddy lachte kurz auf. »Und schon gar nicht heute. Ich habe, äh … Angie kennen gelernt. Sie ist sehr hübsch …«

»Sehr. Und sie scheint ein nettes, intelligentes Mädchen zu sein. Kein Püppchen.« Kimberley seufzte. »Ich habe keine Ahnung, wer sie ist. Er hat heute Morgen angerufen und gefragt, ob er jemanden mitbringen darf. Ich dachte, es sei Caroline.«

Maddy streckte ihr Kinn vor. »Nun ja, was soll's. Macht ihr Flitterwochen, Barty und du?«

»Ja, und zwar auch noch mitten in der Saison. Ich dachte, er würde die Reise auf später verschieben. Aber er hat seine Assistentin gebeten, für die Zeit die Aufsicht über den Stall zu übernehmen. Wir machen eine Kreuzfahrt auf der Oriana. Ganz schön luxuriös, was?«

»Wahnsinn!« Maddy war beeindruckt. »Du hast es gut!«

»Es tut mir Leid, aber wir müssen unsere Runde drehen.« Kimberley lächelte Barty zu. »Pass schön auf dich auf, Liebes. Amüsier dich den Rest des Tages, und denk nicht zu viel über Drew nach. Manchmal geschehen noch Zeichen und Wunder.«

Nicht in Milton St. John, dachte Maddy traurig und beobachtet Kimberley und Barty, die schon wieder von Menschen umringt wurden, die sie beglückwünschen wollten. Jedenfalls konnte man nicht zweimal auf ein Wunder hoffen. Es war bereits eins gewesen, dass sie und Drew zueinander gefunden hatten.

Da Maddy nichts essen konnte, trank sie alles, was man ihr vorsetzte, blieb dabei aber schrecklich nüchtern. Unablässig beobachtete sie Drew und Angie, die an ihrem Tisch auf der anderen Seite des Festzeltes miteinander redeten und lachten. Sie saßen mit John Hastings, Diana und Gareth zusammen.

Luke schielte zu ihnen hinüber. »Ich habe sie schon

mal auf der Rennbahn gesehen, da bin ich mir ganz sicher. Es ist zwar schon länger her, aber ich kenne ihr Gesicht.«

»Du kennst von ihr bestimmt noch eine ganze Menge mehr«, kicherte Suzy und setzte sich auf seinen Schoß. Da sie Kimberleys Trauzeugin war, trug sie ein kurzes, cremefarbenes Etuikleid und cremefarbene Segeltuchstiefel, und in ihrem kurzen weißblonden Haar steckten rote Rosen. Sie sah phantastisch aus.

»Möchtest du, dass ich frage, Mad?« Luke wurde auf einmal ernst. »Soll ich herausfinden, wer sie ist?«

»Nein.« Maddy schüttelte vehement den Kopf. »Ich will nicht, dass er weiß, dass es mich interessiert. Außerdem ist das jetzt auch egel, oder?«

Die anderen sahen sie traurig an.

»Möchtest du tanzen?« Charlie Somerset tauchte am Tisch auf. »Ich habe bereits alle Mädchen von der anderen Seite des Zeltes zum Schwitzen gebracht.«

»Nein«, sagte Maddy.

Fran sah auf. »Natürlich möchte sie. Und bring sie dazu, etwas zu essen.«

»Ja, gern. Ich dachte, du würdest eine Diät machen.« Charlies Augen wanderten über ihren Körper. »Das solltest du nicht tun, Maddy. Du hattest die schönsten Rundungen im Dorf.«

Sie versuchte zu lächeln, was ihr jedoch kläglich misslang. Während sie Fran böse anstarrte, ließ sie sich von Charlie auf die Füße ziehen. Die Band spielte Gershwin. Maddy hätte sie dafür erwürgen können. Charlie tanzte genauso gut, wie er ritt. Maddy bewegte sich schwerfällig und steifbeinig, doch das war ihr egal.

»Wirst du weiter auf Peapods wohnen?«, fragte sie. Sie

wollte unbedingt über Drew sprechen. »Jetzt, wo Drew zurück ist?«

»O ja. Ich kann solange in der Stallwohnung bleiben, wie ich seine Springpferde reite, und ich hoffe doch, dass diese der Fall ist, bis ich zu alt bin oder derart unter Arthritis leide, dass ich überhaupt nichts mehr reiten kann ...« Er lachte anzüglich. »Keine Sorge, ich bleibe weiterhin griffbereit.«

Er manövrierte sie zwischen Paaren hindurch, die auf der kleinen Tanzfläche Foxtrott tanzten. »Drew und ich verstehen uns prächtig. Ich würde gern sein Assistent werden, wenn ich als Jockey nichts mehr tauge. Ich habe viel gelernt, während er in den Staaten war.«

Maddy schwieg. Drew war in Amerika gewesen und hatte Angie als Souvenir mitgebracht.

Charlie lächelte freundlich. »Hast du schon mit Mr. F. gesprochen? Er war nicht gerade der glücklichste Mensch, als er in Peapods ankam. Man konnte ihm den Jetlag meilenweit gegen den Wind ansehen, und er stürmte durchs Haus wie ein Süchtiger auf der Suche nach dem nächsten Schuss. Er nahm wohl an, dass wir beide heute zusammen hier sein würden.«

»Hast du ihm das etwa erzählt?«

»Ich habe ihm gesagt, dass ich Schlange stünde wie jeder andere heißblütige Mann in der Umgebung.« Charlie grinste schief. »Und dass ich glaube, eine Chance zu haben.«

»Kennst du das Mädchen, mit dem er heute hier ist?«

Charlie lachte in ihr Ohr. »Ah, das ist es also? Nein, ich kenne Sie nicht, Mad. Obwohl ich nichts dagegen hätte, sie kennen zu lernen. Sie ist eine tolle Frau. Niemand scheint etwas über sie zu wissen, obwohl ein paar von den Jungs meinen, sie schon einmal gesehen zu haben.«

»Sie heißt Angie. Luke sagt, er hätte sie schon mal auf der Rennbahn gesehen. Ich denke, dass Drew sie dort kennen gelernt hat.«

»Wahrscheinlich.« Charlie verlor das Interesse an diesem Thema. Da er in Liebesdingen selbst eher wankelmütig war, konnte er Leute nicht verstehen, die aus ihren gescheiterten Beziehungen solche Dramen machten. »Ich habe gehört, dass das Manor zum Verkauf steht.«

»Ach ja?« Verzweifelt versuchte Maddy, an etwas anderes zu denken als an Drew. »Das wusste ich nicht. Ich habe Peter nicht mehr gesehen, seit …« Seit der Nacht, in der sie Caroline gesagt hatte, dass sie und Drew sich liebten, fiel ihr schlagartig ein, und ihr wurde schlecht. Es schien Jahre her zu sein.

»Keine Wunder. Er ist nicht mehr in Milton St. John. Ich habe den Kerl nie leiden können. Er hat sich davongemacht, um sein Glück irgendwo anders zu suchen. Traurige Sache, nicht wahr? Da gibt es jetzt irgendein idyllisches, friedliches Fleckchen Erde., an dem die Leute noch keinen blassen Schimmer davon haben, was auf sie zukommt.« Peter war also wieder einmal weggegangen. Maddy seufzte. Wenn Peter nicht nach Milton St. John zurückgekommen wäre, wäre sie nicht auf Dianas Party gegangen und hätte Drew nicht kennen gelernt. Sie schluckte.

Die Band hörte auf zu spielen. Charlie brachte Maddy an ihren Tisch und ging davon, um sich nach einer unterhaltsameren Begleitung umzusehen. Fran und Suzy prüften, ob irgendein Zeichen der Besserung an ihr zu erkennen war, und da es das nicht gab, schenkten sie ihr ein weiteres Glas Champagner ein.

Barty klopfte auf das Mikrofon, das man extra ein wenig tiefer gestellt hatte. »Jetzt rennt nicht gleich alle weg«, rief er. »Ich halte keine Rede. Kimberley und ich wollten euch nur danken, dass ihr so zahlreich erschienen seid. Dieser für uns so besondere Tag wird noch schöner, weil wir ihn mit all unseren Freunden verbringen können.«

Alle klatschten. Die beiden waren ein beliebtes Paar.

»Eine Neuigkeit, die wir euch heute mitteilen wollen, haben wir bis jetzt geheim gehalten.«

»Verdammt!« Suzy hörte auf, an Lukes Hemdknöpfen herumzufummeln. »Sie kann doch nicht schwanger sein, oder? Doch nicht Kimberley! Die ist doch fast schon eine Greisin.«

Fran, die noch zwei Jahre älter war, schlug Suzy auf den Arm. Suzy wurde rot. »Oh, tut mir Leid, Fran. Du wirkst so viel jünger.«

»Nicht gerade eine tolle Ausrede, aber in Ordnung.« Fran lehnte sich beschwichtigt zurück. »Wir möchten euch wissen lassen, dass Kimberleys Stall gestern verkauft wurde, und dass der neue Besitzer ihn am Ende der Saison übernehmen wird. Allerdings zieht er bereits im Laufe des Herbstes dort ein. Ich hoffe, ihr heißt ihn herzlich willkommen. Milton St. John kann sich glücklich schätzen, wenn er hier wohnt. Ich weiß, dass Lambourn auf ihn gehofft hatte …«

»Wer ist es denn?«, rief Bronwyn, die offensichtlich betete, dass es Henry Cecil oder Luca Cumani sein würde. »Nun sag schon, Barty.«

»Euer neuer Nachbar heißt Emilio Marquez.«

Überall wurde aufgeregt geredet und gelacht. Maddy starrte vor sich hin. Die einzigen Menschen, die nicht überrascht zu sein schienen, waren Diana und Luke. Natürlich würde Mitchell D'Arcy seine Pferde auf Emilio und auf die James-Jordans verteilen. Er hatte Diana wahrscheinlich im Bett ein paar Informationen gegeben. Das würde bedeuten, dass er mehr als einen Grund hatte, im Dorf wohnen zu bleiben. Maddy sah Gareth an, der überglücklich schien, und hatte Mitleid mit ihm. Suzy starrte Luke an. »Du hast das verdammt noch mal gewusst! Oder?«

»Ja.« Luke grinste. »Aber ich habe versprochen zu schweigen. Er musste es mir sagen, Suze, ich bin sein Stalljockey.«

»Blödmann«, zischte Suzy ihm liebevoll zu. »Wir wollten doch keine Geheimnisse voreinander haben … oh!«

»Ja, richtig, das bedeutet, das ich hier wohnen werde.« Er knutschte ihren Nacken. »Wenn du das durchstehst …«

Mit Stehen wird das nicht viel zu tun haben, dachte Maddy, während sie die beiden über den Tisch hinweg ansah. Warum waren alle nur so unverschämt glücklich? Plötzlich wurde ihr bewusst, dass Suzy mit ihr sprach.

»Ich habe gerade gesagt, dass Luke bei uns wohnen kann, nicht wahr, Mad? Bis er etwas im Dorf gefunden hat.«

»Was? Natürlich, ja …« Ihr wurde noch elender zu Mute. Wie sollte sie nur jeden Tag Lukes und Suzys ausschweifendes Liebesleben ertragen, wo sie sich selbst so überflüssig und ausgetrocknet fühlte wie eine leere Schote? Man feierte bis in den Abend hinein. Die Tanzfläche hatte sich in eine Disco verwandelt. Die aufflackernden Lichter und die dröhnenden Bässe hallten in Maddys Kopf wider.

Die Dorfbewohner, die inzwischen ziemlich betrunken waren, kletterten lachend über Tische und Bänke. Kimberley, die ihren teuren Seidenrock so weit hochgerafft hatte, dass man ihre kräftigen, aber wohl geformten Beine und ihre prachtvollen Strumpfhalter sehen konnte, tanzte wild mit Barty, der ihren Hut trug. Maddy wurde abermals von einer unendlichen Traurigkeit übermannt. Sie sah zu Drews Tisch hinüber. Alle fünf Minuten erlaubte sie sich einen verstohlenen Blick. Sein Stuhl war leer. Angies ebenfalls. Sie mussten auf der Tanzfläche sein, dachte Maddy. Oder sie wollten aus der stickigen Luft des Zeltes fliehen und waren ins Freie gegangen.

»Ich gehe mal kurz raus«, sagte sie zu Fran. »Ich habe Kopfschmerzen.«

Draußen war es jedoch genauso heiß wie im Festzelt. Maddy sog die feuchte Luft tief ein. Es war, als tränke sie Badewasser. Die Nacht war dunkel, und man konnte schwarze Wolken am Himmel erkennen. Der schwere Duft von Rosen und Jasmin erfüllte die Luft. Überall raschelte es, und man hörte unterdrücktes Gekicher aus jeder Ecke des Gartens. Maddy konnte es nicht ertragen. Vielleicht hatte Drew und Angie die Lust übermannt, und sie hatten sich auch einfach davongeschlichen? Plötzlich musste sie an die schreckliche, lieblose Paarungsszene zwischen Peter und Diana denken, die sie hatte mitansehen müssen. Ob es wohl so sein würde? Oder würde Drew Angie so lieben wie sie – überschwänglich, lachend, lustvoll? Maddy presste sich die Faust auf den Mund und spürte, wie der nagende, dumpfe Schmerz von ihren Rippen in ihre Kehle hochstieg, bis sie zu ersticken glaubte. Sie bahnte sich einen Weg zurück ins Festzelt. Die Szenerie sah langsam aus wie eine Verfilmung des Kamasutra. Fran und Richard tanzten verträumt am Rand der Tanzfläche.

»Ich gehe nach Hause«, sagte sie Fran ins Ohr. »Wenn Kimberley und Barty noch hier sind, dann sag ihnen, dass es mir Leid tut, dass ich so früh die Segel streiche.«

»Oh, die sind schon lange weg«, sagte Fran. »Mad, möchtest du, dass ich dich fahre? Ich habe nichts getrunken – deswegen.« Sie klopfte sich auf den Bauch. »Du solltest nicht zu Fuß gehen. Es ist dunkel.«

»Ich muss doch nur durch unser Dorf«, sagte Maddy kurz angebunden, »und nicht durch Soho. Und falls jemand über mich herfallen will, wird er bei meinem Anblick sowieso zurückschrecken.«

Fran sah immer noch besorgt aus, aber sie umarmte Maddy. »Okay. Du warst sehr tapfer. Ich komme morgen vorbei. Versuche einfach, gut zu schlafen.«

Maddy lächelte resigniert. Gut zu schlafen war ein Luxus, den sie schon lange nicht mehr genossen hatte.

Wie vorhergesehen war Milton St. John wie leer gefegt. Obwohl es noch nicht einmal elf Uhr war, hatte selbst das Cat and Fiddle bereits geschlossen. Die Gäste amüsierten sich ebenfalls im Festzelt. Kein Laut war zu hören, außer dem Rauschen des Verkehrs auf der nahe gelegenen Autobahn, dem gelegentlichen Wiehern der Pferde und dem Plätschern des Flusses.

Maddy hatte noch nie Angst vor der Dunkelheit gehabt, und heute umhüllte sie sie wie ein schützender Mantel, der versuchte, ihr Elend zu verdecken. Es war noch genauso heiß wie am Mittag. Kein Windchen regte sich.

Maddy bog um die letzte Ecke. In Peapods brannte Licht, und ihr wurde schlecht. Drew musste Angie mit nach Hause genommen haben. Maddys Schritte verlangsamten sich. Plötzlich wäre sie am liebsten zu Bartys Grundstück zurückgelaufen, zurück zu dem Lärm und dem Leben auf der Feier. Sie wollte nicht allein sein.

Auf einmal blieb sie stehen. Vor ihrem Haus stand ein Auto. Es gehörte vermutlich einem der Gäste, die spät dran gewesen waren und keinen näheren Parkplatz gefunden hatten. Als sie näher kam, ging im Inneren des Wagens das Licht an, und in Maddy stieg eine dunkle Ahnung auf.

Die Fahrertür öffnete sich, und ein großer Mensch stieg aus. »Hallo, Maddy«, sagte Caroline. »Ich habe auf dich gewartet.«

29. Kapitel

Drew ist zu Hause«, sagte Maddy und warf einen schnellen Blick über die Straße, wo die Lichter von Peapods wie Sterne durch das filigrane Blätterwerk der Ebenholzbäume funkelten. »Er ist nicht bei mir.«

»Ich weiß.« Carolines ruhige Stimme klang in der Stille wie ein Schrei. »Ich habe bereits mit Drew gesprochen. Er hat mir gesagt, dass du bei Kimberleys Fest bist. Ich habe auf dich gewartet. Kann ich reinkommen?«

»Ja.« Maddy fummelte mit dem Schlüssel herum und kickte die Fußmatte weg. »Möchtest du etwas trinken?«

Caroline blinzelte in das grelle Licht. »Ein Tee wäre wunderbar, wenn es dir nichts ausmacht.«

»Nein, ich könnte selbst einen gebrauchen.« Maddy ließ Wasser in den Kessel laufen. Sie hatte auch bei Carolines erstem Besuch Tee gemacht. Vielleicht war das ein Zeichen. »Möchtest du im Wohnzimmer sitzen?«

»Nein, lass uns hier bleiben.« Caroline war ihr in die Küche gefolgt und zog sich einen Stuhl heran, während Maddy mit den Tassen klapperte.

»Das mit deinem Vater hat mir sehr Leid getan. Geht es dir und deiner Mutter wieder besser?«

»Ja.« Carolines Stimme klang hart. »Es war ein furchtbarer Schicksalsschlag, aber wir kommen damit zurecht.« Sie hielt inne und untersuchte ihre apricotfarbenen Nägel. »Ich habe dich beleidigt, als ich dir den Job angeboten habe. Ich hätte das nicht tun sollen. Ich bin unsensibel gewesen. Ich möchte mich dafür entschuldigen.«

»Das ist nicht nötig.« Maddy zog die Stirn in Falten. »Aber darüber wolltest du doch sicher nicht mit mir sprechen?«

»Nein. Ich wollte das nur vorher klarstellen. Ich hasse es, wenn solche Dinge noch in der Luft hängen. Die Sache mit der Weinstube war nur eine Idee von mir, die ich inzwischen aufgegeben habe. Du hättest mir sagen sollen, dass in dem Laden früher ein Pornoschuppen war.«

»Es schien mir nicht der richtige Zeitpunkt zu sein. Ich glaube, wir hatten an jenem Abend wichtigere Dinge zu besprechen.«

»Ja, das stimmt wohl.«

»Es tut mir sehr Leid.« Maddys Stimme war kaum zu hören. »Es tut mir Leid, dass ich dich verletzt habe. Das wollte ich nicht, und es wird auch nicht noch einmal passieren. Drew und ich sind nicht mehr ...« Sie unterbrach sich und klapperte wieder mit den Tassen herum.

»Das habe ich mir schon gedacht.« Caroline strich ihr adrettes pfirsichfarbenes Kleid glatt. »Maddy, bevor wir darüber reden, gibt es noch andere Sachen, die ich dir sagen möchte. Ich habe versucht, dich anzurufen.«

»Tatsächlich?« Maddy stellte zwei weiße Tassen und die riesige Teekanne auf den Tisch. Sie konnte keine Untertassen finden, aber es war sowieso zu spät, um sich noch vornehm zu geben. »Ich bin in letzter Zeit nicht oft ans Telefon gegangen, und ich habe Suzy gesagt, dass sie ausrichten soll, ich sei nicht zu Hause, wenn du anrufst.«

Caroline blickte müde auf. »Ich war verletzt, aber nicht überrascht. Du hattest es nicht von Anfang an auf Drew abgesehen, du warst einfach nur nett. In all den Jahren habe ich andere Frauen erlebt, die sich voller Leidenschaft auf Drew gestürzt haben. Du warst anders.«

»Das ändert jetzt auch nichts mehr«, sagte Maddy. Sie war beschämt. Caroline hatte so viel Würde! Wenn sie an ihrer Stelle gewesen wäre, hätte sie geschrien und getobt wie Rumpelstilzchen. »Ich hätte nie zulassen dürfen, dass wir uns so nahe kommen. Er war einsam – diese Entschuldigung gilt für mich nicht.«

»Hör mir bitte zu. Du hast unsere Ehe nicht zerstört. Du warst der letzte Tropfen, der das Fass zum Überlaufen gebracht hat. Du warst nicht der Grund, Maddy. Du warst vielleicht ein Auslöser, aber bestimmt nicht der Grund. Wenn wir eine richtige Ehe geführt hätten, dann hätte Drew Jersey nie verlassen, oder falls es nötig gewesen wäre, wäre ich mit ihm gegangen. Drew hätte oft genug Gelegenheit gehabt, mich zu verlassen.«

»Hattest du etwa Liebhaber?« Maddy pustete in ihre Tasse. »Du hast doch gesagt, dass du nicht an …«

Caroline lächelte beinahe. »Nein, ich hatte keine Liebhaber. Eine Ehe kann auch in die Brüche gehen, ohne dass ein Dritter auftaucht.«

Maddy hatte wieder Kopfschmerzen. Man hörte das langsame Ticken der Uhr. Sie leerte die Tasse und schenkte sich nach. Nach dem vielen Champagner war ihr Mund entsetzlich trocken. »Ich habe ihn während der ganzen Zeit, in der er ritt, nie unterstützt. Ich war ihm keine Hilfe, als seine Eltern starben. Ich war furchtbar selbstsüchtig, Maddy. Ich habe immer zuerst an mein Geschäft gedacht, Drew stand an zweiter Stelle. Das war immer so. Ich glaube, dass ich ihn geliebt habe, aber ich hätte ihn nie heiraten dürfen.«

»Und warum hast du es dann getan?« Maddy musste es einfach wissen.

»Jersey war sehr klein.« Caroline nahm sich noch etwas Tee und goss die Milch direkt aus der Flasche in die Tasse. Maddy hatte nicht daran gedacht, ein Milchkännchen rauszustellen. »Drew und ich sind mehr oder weniger zusammen aufgewachsen. Wir fanden uns attraktiv, und wir waren schon immer befreundet. Wir glaubten wohl beide, wir würden den anderen ändern können – so wie man das tut, wenn man jung ist. Als wir merkten, dass es nicht ging, war es schon zu spät. Ich habe die Fehlgeburt als Vorwand benutzt, mich von ihm zurückzuziehen. Ich habe ihm die ganze Schuld gegeben, weil er Kinder wollte und ich nicht.« Sie beugte sich mit glänzenden Augen vor. »Und dann hat er sich in dich verliebt.«

»Ja, das ist wohl richtig«, gab Maddy traurig zu. »Jedenfalls für eine Weile ... aber ich habe immer gewusst, dass ich ihn mir nur von dir ausborge. Du hattest nämlich etwas, das ich nie haben würde.«

»Oh, und was ist das?« Carolines Lippen formten sich zu einem Lächeln.

»Geld.« Maddy zuckte mit den Achseln. »Ich hätte ihn nie so unterstützen können wie du. Dann geht er also mit zurück nach Jersey?« Sie hätte sich am liebsten die Ohren zugestopft, um die Antwort nicht hören zu müssen.

Caroline schüttelte den Kopf.

»Also ziehst du nach Milton St. John?«

Wieder ein Kopfschütteln. Maddy rieb sich ermattet das Gesicht. Sie mussten vorhaben, woanders hinzuziehen, um noch einmal neu anzufangen. Es schmerzte mehr, als Maddy ertragen konnte.

»Er hat mich verlassen. Er will die Scheidung.«

Die Worte klangen hohl. Maddy schob knarrend den Stuhl zurück und trat an das windschiefe Fenster. Der Garten war in eine undurchdringliche Dunkelheit getaucht, pechschwarz und erstickend, so als gäbe es dort kein Leben mehr. Drew würde frei sein. Er und Angie. Angie musste ebenfalls Geld haben. Caroline würde sich seine Freundschaft erhalten. Nur für Maddy blieb nichts. Sie wandte sich vom Fenster ab.

»Als du eben mit ihm gesprochen hast, als ihr über all diese Dinge geredet habt, war A…« Sie stolperte über das Wort und versuchte es erneut. »War Angie da auch da?«

»Angie?« Caroline hob fragend die Augenbrauen. »Wer ist Angie?«

Maddy schloss die Augen. »Er hat sie mit zu Kimberleys Empfang gebracht. Ich – wir haben uns seit jenem Abend nur einmal getroffen.«

»Ja, das hat er mir erzählt.«

»Er hat mich Angie vorgestellt.« Sie schluckte erneut. »Er war den ganzen Tag mit ihr zusammen. Sie ist sehr hübsch. Sie haben das Fest zusammen verlassen. Ich dachte …«

Caroline sah ehrlich verwundert aus. »Ich habe nie von einer Angie gehört. Es gab einmal eine Annabelle in St. Helier, die ein wenig lästig wurde, und eine Anna, die von der Südküste kam und dachte, dass sie mich ausbooten könnte … aber Drew war nie interessiert. Ich kenne keine Angie.«

Maddy ballte die Fäuste und setzte sich wieder. Ihr war furchtbar elend zu Mute. »War die Scheidung der Grund, warum du Drew heute Abend sehen wolltest?«

»Ja, so ungefähr. Wir haben bereits am Telefon darüber gesprochen. Ich bin wegen eines Treffens mit einer Firma in Birmingham hergekommen, die Wein abfüllt, und da ich bereits die ersten Papiere bezüglich der Scheidung von meinen Anwälten bekommen habe und wusste, dass er aus den Staaten zurück war …« Sie hielt inne. »Also bin ich vorbeigekommen, um ein paar Dinge klarzustellen.«

»Wirst du mich vorladen lassen?«, fragte Maddy. Das machte jetzt auch nichts mehr aus. Niemand konnte sie noch mehr verletzen, als sie selbst es bereits getan hatte.

»Du liebe Güte, nein.« Caroline fand die Idee amüsant. »Wir werden als Grund unser zweijähriges Getrenntleben vorbringen. Damit ersparen wir uns unangenehme Verhandlungen.«

»Und wirst du Peapods weiter finanzieren?«

Caroline goss sich aus der bauchigen Kanne eine dritte Tasse Tee ein. »Das habe ich eigentlich nie getan.«

»Wie?«

»Ich habe gelogen.« Caroline lächelte wieder wie eine schläfrige Katze. »Ich wollte ihn demütigen. Er war sich deiner so sicher, und du warst so vernarrt in ihn! Ich wollte, dass du glaubst, er wäre schwach und abhängig. Ich war mir außerdem ziemlich sicher, dass du ihn genug liebtest, um nicht zuzulassen, dass er seine Ställe verliert. Aus diesem Grund habe ich gelogen.«

»Himmel!« Maddy bewunderte beinahe dieses kalte Kalkül. »Also gehört Peapods Drew?«

»Nicht ganz. Seine Eltern haben ihm nur wenig Geld hinterlassen, und dieses baufällige Anwesen in Bonne Nuit kostet mehr, als es einbringt. Aber ich denke, das spielt jetzt keine Rolle mehr. Peapods wird von Kit und Rosa Pedersen unterstützt. Drew ist mit ihnen eine Partnerschaft eingegangen. Es ist ihr Geld, nicht meins.«

Maddy schwieg. Sie hätte Caroline gern in ihr gelassenes Gesicht geschlagen. Diese hinterhältige Hexe! Aber es hatte funktioniert. Und sie, Maddy, hatte ihn Angie überlassen, eingewickelt in Geschenkpapier. Sie holte tief Luft. »Hat er heute Abend über mich gesprochen?«

»Nein. Er hat mir nur gesagt, dass er dich bis heute nicht oft gesehen hätte. Er wollte nicht über dich reden.«

Das war es also. Ende. Aus. Caroline gähnte damenhaft, indem sie sich ihre schlanke Hand vor den Mund hielt. »Ich muss jetzt wirklich zurück, sonst werde ich noch ausgesperrt. Ich habe ein Zimmer im Regency Park in Thatcham genommen. Vielleicht werde ich das nächste Mal hier im Dorf wohnen. Immerhin habe ich hier inzwischen ein paar Freunde und vor allem auch Eigentum.« Sie holte tief Luft. »Mir gehört nämlich Maynards Orchard.«

»Du lieber Himmel!« Maddy konnte sich kaum beherrschen. »Du hast die Obstplantage gekauft? Warum?«

»Eigentlich Bronwyn zuliebe.« Caroline lächelte. »Ich mag sie und all die Leute, die sich so sehr um das Dorf bemühen. Ich wollte alles tun, um den Bau des Golfplatzes zu verhindern. Das war der ursprüngliche Grund – die anderen ergaben sich später.«

»Andere Gründe?«

»Ja, denn im Verlauf der Verhandlungen mit den Maynards wurde mir bewusst, dass sie mich mit einer großen Menge Äpfel beliefern könnten, und dass ich damit mein Angebot um Apfelwein, Champagner und eine Art Kanalinsel-Calvados vergrößern könnte. Und dann war da noch Peter Knightley ...« Maddy schüttelte den Kopf. Was zum Teufel hatte Peter damit zu tun?

Caroline strich den Rock ihres Kleides glatt und vermied es, Maddy in die Augen zu sehen. »Ich mag Peter. Schon gleich zu Beginn habe ich in ihm eine verwandte Seele gesehen. Um es kurz zu machen, Peter wird jetzt mein Partner.«

»Teufel auch!« Maddy glotzte sie an. »Aber doch nicht, äh …«

»Oh, absolut nicht. Nein, Peter kann so viele Schürzen jagen, wie er will. Das ist mir gerade recht. Aber er sieht gut aus, hat einen hervorragenden Geschäftssinn, ist vollkommen skrupellos, redet mit Engelszungen, ist nicht im Mindesten an diesem verdammten Pferderennsport interessiert, und meine Mutter betet ihn an.«

»Deine Mutter hat ihn schon kennen gelernt?«

»Ja. Er war schon einige Male auf Jersey, um ein paar Dinge mit meinen Anwälten zu klären. Er hat bereits ein paar brillante Marketing- und Produktionsideen. Er ist ein wirklicher Gewinn für die Firma.«

»Weiß Drew davon?«

»Ich habe es ihm heute Abend erzählt. Er hat ähnlich reagiert wie du. Aber es ist nun einmal so, dass die Winzerei das Wichtigste in meinem Leben ist. Peter wird den Platz meines Vaters erfolgreich einnehmen.«

Maddy sah auf die Uhr. Es war nach Mitternacht. Caroline stand auf und presste ihre kühle Wange flüchtig an Maddys heißes Gesicht. »Ich muss mich jetzt wirklich beeilen. Ich bin froh, dass wir uns unterhalten haben. Ich möchte, dass wir Freundinnen bleiben, Maddy, auch wenn du das nur schwer glauben kannst. Ich habe dich immer gemocht. Viel Glück.«

»Dir auch«, hörte Maddy sich sagen. Sie kickte die Fußmatte zur Seite und schloss kurz darauf hinter Caroline die Tür.

Wenn nicht noch die große Teekanne und die beiden Tassen mit Lippenstiftabdrücken auf dem Küchentisch gestanden hätten, wäre Maddy versucht gewesen, diese ganze bizarre Episode für einen Traum zu halten. Sie sah in den schwarzen Garten hinaus. Milton St. John feierte immer noch. Caroline fuhr durch die Nacht zurück, nachdem sie das Ende ihrer Ehe auf die für sie so typische, kühle und effiziente Art geregelt hatte. Und Peter, der verdammte Knightley ... Maddy verzog das Gesicht. Dieser Teil der Geschichte war einfach unglaublich.

Sie drehte sich wieder zur Küche um. Waren sie und Drew die einzigen Menschen, die heute Nacht unglücklich waren? Nein, halt, nur sie war unglücklich. Im ging es gut. Er hatte Angie.

Maddy setzte sich wieder an den Küchentisch und vergrub ihren Kopf in den Händen. Sie hatte schon öfter Schmerz und Enttäuschung durchlitten und überwunden. Es gab keinen Grund, warum ihr das nicht noch einmal gelingen sollte ... Doch, es gab einen, dachte sie erschöpft. Er war groß, schlank, dunkelhaarig und lebte auf der anderen Seite der Straße. Sie schloss hilflos die Augen.

Maddy wurde vom Sturm geweckt. Hagel prasselte gegen das Fenster. Der Wind rappelte am Briefkasten. Und von irgendwoher rollte langsam und bedrohlich ein dunkler, grollender Donner über die Hügel.

Maddy konnte nichts sehen. Hatte sie das Licht ausgemacht, nachdem Caroline gegangen war? Und wann war Caroline eigentlich gegangen? Wie lange hatte sie geschlafen? Taumelnd sprang sie auf die Füße und wankte durch die Küche. Sie hatte einen faulen Geschmack im Mund. In ihrem Kopf hämmerte es immer noch. Sie fand den Lichtschalter. Es tat sich nichts. »Oh, Scheiße«, stöhnte Maddy laut. »Ein verdammter Kurzschluss.«

Kerzen. Sie hatte doch immer Kerzen ... Maddy begann in den Schubladen herumzuwühlen und erinnerte sich dann. Ja, sie hatte immer Kerzen gehabt, aber nach dem Abendessen hatte sie keine neuen gekauft. Und sie und Suzy hatten die Stümpfe weggeschmissen, als sie vor Wochen das Haus von Grund auf gereinigt hatten. Sie schauderte. Sie würde die ganze Nacht im Dunkeln allein sein.

»Nun gut«, sagte sie mit gespielter Tapferkeit zu sich selbst, »das schaffe ich schon. Ich gehe ins Bett und schlafe bis morgen früh. Ich habe schließlich größere Sorgen als diesen Sturm: Ich muss noch mein ganzes restliches Leben durchstehen.«

Trotzdem fühlte sie sich nicht gerade wohl. Vertraute Gegenstände schienen plötzlich bedrohlich vor ihr aufzuragen und sie anzurempeln, und jedes Knarren und Quietschen hörte sich so an, als hantierte jemand an der Tür herum. Ihre Schreie würden im Rauschen des Windes und im Prasseln des Regens untergehen.

Maddy zog sich im Dunklen die Schuhe und Ohrringe aus und tröstete sich damit, dass Luke und Suzy bald nach Hause kämen. Der Kurzschluss würde dem Fest ein jähes Ende bereiten, und schon bald würde es im Dorf von lauten, betrunkenen Menschen wimmeln.

Sie tastete sich irgendwie in ihr Schlafzimmer vor und seufzte. Die erleuchteten Zeiger des Weckers sagten ihr, dass es erst kurz nach eins war, und sie erinnerte sich daran, dass Fran gesagt hatte, Kimberley und Barty hätten einen Generator. Solange das Festzelt nicht zusammenbrach, würde die Party also wie geplant bis in die frühen Morgenstunden weitergehen. Maddy zitterte. Vor ihr lag eine lange, dunkle Nacht.

Als das Telefon klingelte, schrie sie auf und tastete sich zurück in den Flur. Vermutlich war es Fran, die sich vergewissern wollte, dass es ihr gut ging. Mit feuchten Handflächen griff Maddy nach dem Hörer. Sie sehnte sich nach einer menschlichen Stimme.

Es war die, die sie am wenigsten erwartet hatte.

»Ist Charlie bei dir?« Aus Drews Stimme klang echte Sorge.

Er sagte nicht einmal hallo.

»Nein. Er ist auf dem Fest.«

»Ist irgendwer da?«

»Nein, ich bin allein.«

»Scheiße.« Am anderen Ende wurde der Hörer auf die Gabel geknallt.

Als Reaktion auf seine Stimme, die hart und aggressiv anstatt sanft und liebevoll geklungen hatte, zitterte Maddy noch mehr. Sie wählte hektisch Peapods Nummer. Es klingelte eine Ewigkeit. Vielleicht war Drews gar nicht da? Vielleicht hatte er von seinem Handy aus angerufen? Vielleicht kuschelte sich Angie gerade an ihn …

»Ja?«

»Drew? Ist was passiert?«

»Nichts, wobei du mir helfen könntest. Ich bin im Stall. Ich habe ein Problem.«

»Kann ich …«

Doch der Hörer wurde erneut aufgeknallt, und wieder gab es um Maddy herum nur noch diese gespenstische Stille, die einer nächsten Sturmbö vorausging.

Maddy starrte auf das Telefon. »Arroganter, miesepetriger Idiot!«, zischte sie. »Dann lös dein Problem eben allein!« Ihre Lippen zitterten ebenso wie ihr ganzer Körper. Sie hatte keine Angst, sie war nur wütend. Wie konnte er es wagen, so mit ihr zu sprechen?

Sie stolperte den Flur entlang und kollidierte mit der Badezimmertür. Tränen brannten hinter ihren Augenlidern. Sie würde jetzt ins Bett kriechen, sich die Decke über den Kopf ziehen und darum beten, dass sie bewusstlos wurde. Das war das einzig Vernünftige, was sie tun konnte. Drew Fritzgerald und seine Probleme waren ihr mehr als gleichgültig. Sollte Angie sich doch darum kümmern! Sie, Maddy Beckett, würde jedenfalls nicht mehr zur Verfügung stehen und nie wieder anrufen. Sie würde sich in Zukunft von anderer Leute Problemen fern halten. Milton St. John würde ohne sie zurechtkommen müssen. Sie würde es ihnen schon zeigen.

Dreißig Sekunden später schlüpfte sie mit nackten Füßen in Suzys Doc Martens und zog sich ihre Regenjacke über das verknitterte Knightsbridge-Kleid.

Maddy öffnete die Haustür und wurde fast vom Sturm umgerissen.

»Verdammt noch mal, Drew Fritzgerald!«, fluchte sie, während der Wind an ihren Haaren riss und der Regen ihr wie tausend Nadeln ins Gesicht stach. »Ich hasse dich!« Wankend kämpfte sie gegen den heftigen Wind an und überquerte die Straße Richtung Peapods.

30. Kapitel

Der Donner, dessen Grollen man schon über den Hügeln gehört hatte, begann gerade loszukrachen, als Maddy in die Auffahrt von Peapods stolperte. Es polterte heftig über ihrem Kopf, dann folgte ein grün-weißer Blitz. Maddy duckte sich, rannte los und schlitterte in den ungewohnten Schuhen über das Kopfsteinpflaster. Die Regenjacke war sofort klatschnass.

Die Lichter von vorhin waren erloschen. Peapods war in der Finsternis nur schemenhaft zu sehen. Vom Wind mitgerissene Dinge schlugen Maddy gegen die Beine, das Haar hing ihr nass in den Augen, und direkt über ihr krachte ein Donnerschlag nach dem anderen.

Das Grundstück vor den Ställen war überflutet. Wasserbäche rannen Maddy über die Doc Martens. Die Welt schien zu explodieren. Mit eiskalten Fingern strich Maddy sich das Haar aus dem Gesicht, und während sie vor Angst und Erschöpfung keuchte, fiel ihr Blick auf ein hin und her schwingendes Licht irgendwo unter dem Uhrbogen. Mit eingezogenem Kopf kämpfte sie sich voran.

Das Licht kam von einer Sturmlampe, die gespenstisch gegen die Tür der Futterkammer schlug. Die Ställe waren wegen des Sturms verriegelt und fest verschlossen worden, aber Maddy konnte das Hufescharren und Wiehern der Pferde hören. Obwohl Pferde vor Stürmen oft Angst hatten, schienen sie jedoch keine direkten Anzeichen von Panik zu zeigen. Maddy fluchte vor sich hin.

»Wer ist das?« Drews Stimme hallte aus der schwarzen Unendlichkeit.

Plötzlich wurde Maddy durch den weißen Strahl einer Taschenlampe geblendet und wandte den Kopf ab. »Mach aus!«, schrie sie ihn an. »Ich bin's, Maddy.«

Der Strahl senkte sich etwas, und Drew, der noch nasser war als sie, tauchte aus der Dunkelheit auf. »Du hättest nicht herkommen sollen. Das war unnötig.«

»Herzlichen Dank.« Ihre Zähne klapperten. »Ich dachte nur, dass du vielleicht Hilfe gebrauchen könntest. Wenn nicht, gehe ich wieder.«

»Nein!« Seine Stimme ging in einem weiteren Donnergrollen unter. »Entschuldige, aber ich bin klatschnass und fühle mich elend. Danke, Maddy, aber ich glaube kaum, dass du hier irgendetwas tun kannst.«

Das entsprach vermutlich der Wahrheit, dachte sie und fuhr zusammen, als ein besonders heimtückischer Blitz aufzuckte. Wahrscheinlich hatte das Angie bereits übernommen. Drew schwankte auf sie zu. Er musste sich dabei regelrecht gegen den Wind stemmen. Sein schwarzes Haar klebte ihm am Kopf, und der Regen hatte seine Wimpern in ebenholzfarbene Sterne verwandelt. Maddy sah ihn im Licht der Taschenlampe an und wusste, dass sie nie mehr einen anderen Mann lieben würde.

»Ist bei den Pferden alles in Ordnung?«

»Ja, außer bei Solomon«, schrie Drew. »Die Tür seiner Box ist aufgegangen, als der Sturm losbrach. Ich kann ihn nicht finden. Die anderen Pferde sind ziemlich ruhig. Ich brauchte Hilfe.«

»Ich bin hier. Ich helfe dir.« Maddy dachte an den friedlichen Solomon, der ihr so viel Selbstvertrauen und Vergnügen bereitet hatte, und wäre fast in Tränen ausgebrochen. »Er kann doch nicht weit gekommen sein, oder?« Drew zuckte mit den Achseln. »Er ist nirgendwo auf dem Hof. Ich bin schon die Straße rauf und runter gegangen. Ich glaube eigentlich nicht, dass er weglaufen würde – er mag kein Kopfsteinpflaster. Wenn er sich allerdings auf die Hauptstraße verirrt hat …«

Maddy schlug sich die eiskalte Hand vor den Mund. »Denk lieber gar nicht daran! Hast du noch eine Taschenlampe?«

Drew zog eine Stablampe aus seiner Tasche und gab sie ihr. Sie fiel ihr beinahe aus den kalten Fingern. Er lächelte. »Danke, aber du musst mir nicht helfen.«

»Natürlich!« Sie drehte sich schnell um. »Ich kann mir vorstellen, dass Angie nicht gerne nass wird …« Und schon war sie fort. Drews Antwort wurde von einem weiteren Donnergrollen verschluckt.

Maddy ertappte sich dabei, dass sie nach Solomon rief wie nach einer streunenden Katze, und ließ es sofort wieder sein. Hörten Pferde nicht eher auf Pfiffe? Sie spitzte die Lippen und versuchte es. Es kam kein Laut heraus.

Sie folgte dem auf und ab tanzenden Strahl der Lampe über den Hof. Der Sturm war höllisch und schien nicht abflauen zu wollen. Überall ächzte und knarrte und ratterte es. Und kein Zeichen von Solomon.

Maddy weinte inzwischen, und ihre Tränen vermischten sich mit den Regengüssen. Der arme Solomon! Er musste solche Angst haben. Sie schluckte. Sie entdeckte den Strahl von Drews Taschenlampe am anderen Ende der Ställe. Sie wusste, dass er sich wieder zur Straße aufmachte. Nur für alle Fälle. Es war ein Alptraum.

Maddy kämpfte sich durch ein Gewirr von wild umherwirbelnden Glyzinien, die der Wind entwurzelt hatte. Es gab nur drei Boxen in diesem Teil des Stalles, der vom Hauptblock durch ein Gittertor abgetrennt war. Das Tor war aufgerissen worden und krachte mit quietschenden Angeln rhythmisch gegen die Wand. Zwei der Boxen waren leer, das wusste sie. In der dritten war anfangs Dock of the Bay untergebracht gewesen. Sie hob ihre Taschenlampe und schrie auf.

Zwei große, schwarze Augen, in deren Winkeln sich weiße Halbmonde zeigten, funkelten sie an. Solomon presste sich zitternd und mit dampfendem Fell an die Wand von Dock of the Bays Box.

Maddy senkte die Taschenlampe und begann sanft auf ihn einzureden. Er scheute panisch zurück. Sie rührte sich nicht, schwankte nur ganz leicht im Wind und streckte ihm langsam die Hand entgegen. Im zuckenden, grünen Licht der Blitze, das die Dunkelheit durchbrach, erschien ihr Solomon wie ein Koloss. Sie schluckte. Sie hatte ihn geritten und ihn gestriegelt. Sie hatte keine Angst vor ihm …

Langsam ging sie auf ihn zu. Er scharrte nervös mit den Hufen, während er sich immer dichter an die Wand presste. Weiter auf ihn einredend streckte Maddy ihre Hand aus und griff nach seinem Zaumzeug. Es war steif und kalt und vom Regen völlig durchnässt. Solomon riss sich los, und ihr wäre beinahe der Arm ausgekugelt. Sie ließ die Taschenlampe fallen, und Solomon sprang zurück.

»Bleib ruhig, Baby … ganz ruhig …«

Allmählich scheute er nicht mehr vor ihr zurück, senkte seinen Kopf und blies dampfende Feuchtigkeit aus seinen Nüstern. Sie hätte ihn am liebsten geküsst.

»Komm …«, krächzte sie. »Du musst nicht hier in der

Kälte bleiben. Du hast eine schöne, warme Box direkt um die Ecke. Komm schon, Baby …«

Solomons Augen waren nicht mehr so feindselig. Seine Muskeln entspannten sich. Und schließlich erlaubte er ihr, ihn wegzuziehen.

»Bitte, lieber Gott«, betete sie mit fest geschlossenen Augen. »Bitte, lieber Gott, bitte, lass es eine Minute lang nicht donnern oder blitzen.«

Solomon, der immer noch zitterte, ließ sich durch das knarrende Tor zurück auf den Haupthof führen, obwohl er ständig auf dem Kopfsteinpflaster ausrutschte.

»Hast du ihn gefunden?« Drews Stimme wurde vom Wind herübergetragen.

Sie nickte und lachte dann über sich selbst. Aber sie traute sich nicht zu rufen.

»Maddy?« Der Lichtstrahl zerriss die Dunkelheit. »Oh, Mann!« Drew warf sich fast auf sie und entwand ihren Fingern das eiskalte Leder. Er küsste Solomon, aber nicht sie.

»Danke«, sagte er schroff. »Wo war er?«

»Er hat versucht, sich bei Dock of the Bay einzunisten.« Maddy wischte sich über das Gesicht.

»Ich denke, es geht ihm gut.«

»Ich führe ihn in seine Box und sehe ihn mir an. Er ist in Dock of the Bay verliebt, seit er hier angekommen ist. Ich habe in dem Teil der Ställe nicht nachgesehen. Ich dachte, das Tor sei verschlossen. O Gott, Maddy, dafür werde ich dir nie genug danken können.«

»Ist schon in Ordnung.« Ihre Zähne klapperten. »Das nennt man Nachbarschaftshilfe. Ich gehe jetzt wieder.«

»Nein!« Drews Ausruf ging in einem Donnern unter. Solomon rollte mit den Augen und legte die Ohren an.

»Geh ins Haus und unter die Dusche. Wärm dich auf und trockne dich ab. Ich kümmere mich nur noch um Solomon und komme dann nach.«

»Ich habe heißes Wasser zu Hause«, begann Maddy. »Ich möchte mich nicht aufdrängen.«

»Du drängst dich verdammt noch mal nicht auf«, schimpfte Drew. »Und wenn du keinen Strom im Haus hast, wie zum Teufel willst du dann duschen oder baden oder sonst irgendwie warm werden?«

»Du hast doch auch keinen Strom!«

»Nein, aber ich habe ein getrenntes Dampf-Duschsystem – dem Knightley-Fitness-Center sei gedankt –, und alle Kerzen der Christenheit brennen. Du weiß, wo alles ist. Ich brauche nicht lange.«

»Und was ist mit Angie? Was soll ich ihr sagen?«

»Maddy!« Drews Augen verengten sich. Sein Gesichtsausdruck wurde düster. »Manchmal könnte ich dir eine runterhauen! Tu einfach mal das, was man dir sagt.«

»Aber Angie …«

»… ist nicht hier!«, schrie Drew. »Nun geh und trockne dich ab, bevor ich noch an deinem Tod schuld bin. Ich bin bereit, eine Menge für dich zu empfinden, Maddy, aber Schuldgefühle, weil du gestorben bist, gehören nicht dazu.« Grinsend kämpfte sie zum Haus hinüber.

Im Flur stieg sie aus Suzys nassen Doc Martens und ließ ihre durchnässte Jacke daneben fallen. Das Knightsbridge-Kleid klebte wie eine zweite Haut an ihr. In Peapods war es dank des getrennten Wasserheizungssystems warm, und die Räume schimmerten wunderbar im Licht der vielen Kerzen. Maddy trat in die Duschkabine. Drew hatte keine Kerzenreste, die in irgendwelchen Weinflaschen steckten. Lange, elegante weiße Wachskerzen flackerten harmonisch in verschiedenen Kerzenleuchtern vor sich hin.

Als Maddy wieder ins Wohnzimmer kam, war sie sauber, und ihr war mollig war. Sie hatte einen weißen Bademantel um sich geschlungen und sich ein riesiges goldfarbenes Handtuch um den Kopf gedreht. Der Duschraum war zu Peters Zeiten blau und verchromt gewesen, aber Drew hatte weiße Fliesen verlegt und goldene Armaturen angebracht. Sie hatte es jedes Mal bewundert, wenn sie dort sauber gemacht hatte. Große Stapel von flauschigen goldenen und weißen Handtüchern lagen im Regal neben der Tür, und mindestens drei riesige weiße Bademäntel hingen am Haken. Für Maddy war dies der reine Luxus. Wenn ihr Morgenmantel in der Wäsche war, musste sie mit einem Mickimaus-Badetuch durchs Haus laufen.

Sie kuschelte sich auf das grüne Sofa, zog die nackten Füße heran und trocknete sich mit dem Handtuch das Haar. Im Innern von Peapods' dicken Mauern konnte man den Sturm kaum noch hören, und nur die Blitze, die durch die Vorhänge zuckten, waren Anzeichen dafür, dass das Unwetter nicht vorüber war. Drew kam tropfnass ins Zimmer. »Solomon geht es gut. Er ist trocken und warm, hat keine Verletzungen und frisst wie ein Verrückter.« Er hielt inne. »Du siehst auch schon sehr viel besser aus.«

»Ich werde nicht bleiben.« Maddy ließ ihre Füße auf den Boden gleiten. »Vielen Dank für die Dusche und alles. Könntest du mir wohl ein paar Kleider ausleihen, damit ich nach Hause gehen kann?«

»Ist das dein Ernst?«

»Ja, ich denke schon.« Maddy konnte ihm nicht in die

Augen sehen. »Okay.« Sein Gesicht war wie versteinert. »Ich trockne mich nur schnell ab, dann hole ich dir eine Jeans und eine Jacke.« Er schwieg und sah sie lange an. »Danke, dass du gekommen bist, Maddy.«

»Das ist schon in Ordnung. Du hättest ihn auch gefunden.«

»Ich hätte wissen müssen, dass er zu Dock of the Bay rennt, der alte Dummkopf.« Drew lächelte zärtlich, wurde aber sofort wieder ernst. »Du hast es offenbar eilig, hier wegzukommen, also werde ich dich nicht länger aufhalten.« Er verließ das Wohnzimmer und hinterließ feuchte Abdrücke auf dem Teppich.

Maddy rubbelte sich ihr Haar trocken, bis es wie ein Heiligenschein aus zerzausten Locken um ihren Kopf stand, und wünschte, sie hätte einen Föhn.

Drew kam ebenfalls in einem weißen Bademantel zurück. Maddy wandte ihren Blick von seinen braunen Beinen und seinen großen, nackten Füßen ab. Er ging hinüber zur Bar und füllte zwei große Gläser randvoll mit Whisky. Er reichte ihr eins und ließ sich dann neben sie aufs Sofa fallen.

»Das ist nett.« Sie hielt sich dankbar daran fest. »Aber wolltest du mir nicht ein paar Sachen holen?« »Ja, gleich. Ich glaube, wir können beide erst einen Drink gebrauchen. Prost.«

Er hob sein Glas und blickte Maddy spöttisch an. Sie schlug mit dem Glas gegen ihre Zähne, vergoss Whisky über ihre Finger und versuchte ihn unauffällig abzulecken. Drew bemerkte es und lachte. »Für eine Putzfrau – eine professionelle Putzfrau – bist du der unordentlichste Mensch, den ich kenne.«

»Wirklich?« Sie blickte ihn über den Rand ihres Glases

an. Der Whisky erwärmte sie bereits bis in die Zehen. »Wird das hier jetzt zu einer schonungslosen Beurteilung meiner Stärken und Schwächen?«

»Nein.« Drew schüttelte seine feuchten, dunklen Haare, sodass ihm einige Strähnen in die Augen fielen. Maddy wollte sie so gern berühren, dass sie wegsehen musste. »Aber du bist nun einmal unordentlich und stur und kannst einem manchmal so verdammt auf die Nerven gehen.«

»Du auch«, gab sie zurück und wünschte sich sogleich, sie hätte es nicht gesagt.

Jetzt konnte er auch noch kindisch und einfallslos hinzufügen: »Hat dir Caroline von der Scheidung erzählt?«

»Ja.« Die Kritik wurmte sie noch.»Sie sagte, du hättest sie verlassen. Ich denke, Angie …«

»Es hatte nichts mit Angie zu tun. Ich hätte es schon vor langer Zeit tun sollen. Ich weiß, dass du das nicht wolltest, aber ich wusste, dass es passieren würde. Caroline und ich konnten nicht so weitermachen. Auf diese Weise behalten wir beide unsere Würde und unsere Freundschaft. Caroline scheint alles mit ihrer üblichen Gelassenheit zu akzeptieren, und sowohl ihre Anwälte als auch meine sind übereingekommen, die Trennung so schmerzlos wie möglich zu gestalten.« Er grinste spöttisch. »Um ehrlich zu sein, es besteht jetzt kein großer Unterschied zu vorher.«

»Außer, dass du frei bist.«

»Oh, ja. Das schon.«

Sie saßen schweigend da und sahen einander nicht an. Der Donner grollte über ihnen, und die Blitze drangen immer noch wie Finger durch die Vorhänge. Doch alles wirkte nicht mehr bedrohlich.

»Ist das der Grund, warum du heute Nacht mit Angie gefeiert hast? Deine Freiheit?«

»Nein.«

Verdammt, dachte Maddy. Er wollte nicht einmal über sie reden. Dann musste es etwas Ernstes sein. Nun gut, sie musste sich daran gewöhnen. Da sie auf der anderen Seite der Straße wohnte, würde sie sie ständig zusammen sehen. Diese Vorstellung löste einen so unermesslichen Schmerz in ihr aus, dass sie ganz schwach wurde. Sie nahm einen weiteren Schluck Whisky und wandte sich zu Drew um. Sein Gesicht war regungslos, und seine Züge erschienen ihr im flackernden Kerzenlicht noch prägnanter. Maddy erschauderte.

»Warum ist sie nicht über Nacht geblieben?«

»Warum?« Er zog leicht die Augenbrauen hoch. Sein Blick wurde nicht sanfter.

»Oh, ich hatte mich nur gefragt, ob … Ich meine, ihr ward den ganzen Tag zusammen, und dann die Sache mit der Scheidung … Da dachte ich …«

»Angie wohnt in Lambourn bei Owen und Jessie Green. Bei den Trainern.«

»Oh.« Das ergab nicht gerade Sinn. »Aber sie hat doch gesagt, dass sie in Milton St. John leben wird!«

»Ja, das stimmt.« Drew leerte sein Glas und stand auf, um es erneut zu füllen. »Möchtest du noch etwas?«

»Nein, ich bin schon so beschwipst, dass ich kaum noch gehen kann.«

»Gut.« Er nahm ihr das halb leere Glas aus der Hand und füllte es mit seinem wieder auf, dann setzte er sich erneut neben sie. »Ja, Angie wird ins Dorf ziehen. Darum ist sie hier. Sie ist auf der Suche nach einem Haus.«

»Sie wird also nicht mit dir zusammenleben?« Maddy

brach es das Herz. »Oh, ich weiß schon, natürlich nicht. Caroline sagte, dass der Scheidungsgrund zweijähriges Getrenntleben sein soll. Dann könnt ihr natürlich noch nicht offen zusammenleben.«

Drew schüttelte den Kopf. »Maddy, halt den Mund.«

»Nein, warum sollte ich.« Sie sah auf ihre Schenkel hinab. Ihr Bademantel war aufgegangen, und sie band ihn wieder fest zusammen. »Warum sieht sich Angie nach einem eigenen Haus um?«

»Oh, Gott«, seufzte Drew. »Ich wünschte, du hättest den Bademantel offen gelassen. Ich sehe mir gern deine Oberschenkel an. Charlie sicher auch.«

»Das bezweifle ich. Sie sehen wie Würste aus.«

»Ich mag Würste.«

Maddy spürte, wie die Lust in ihr langsam immer größer wurde, und rückte weiter von ihm weg. Drew lachte, und sie starrte ihn an.

»Du sprachst gerade über Angie.«

»Nein. Das warst *du.* Ich habe über Charlie gesprochen. Hat er viel von sich sehen lassen? Nein, lass es mich anders ausdrücken. Wie ich Charlie kenne, hat er alles von sich sehen lassen.«

»Sei nicht so widerlich. Er ist ein paarmal mit mir ausgegangen, während du … ich meine, während der Sommermonate. Wir haben uns nur einen Gutenachtkuss gegeben. Anders als du und Angie, denke ich.«

»Angies Nachname lautet Mitchell.«

»Oh, gut. Und als Nächstes zählst du mir ihre Schuhgröße, ihre Kleidergröße und ihre Lieblingsmüslis auf?«

»Ich werde dir eher eine runterhauen, wenn du so weiterplapperst.«

Maddy warf ihm einen verstohlenen Blick zu. Er sah

nicht so aus, als ob er sie oder eine andere Frau schlagen könnte. Aber man konnte ja nie wissen …

»Angie ist mit Perry Mitchell verheiratet.«

»Du lieber Himmel, Drew!«, explodierte sie. »Eine verheiratete Frau! Ich dachte …«

»O ja.« Er seufzte erneut. »Perry Mitchell! Er war drei Jahre hintereinander Jockey-Champion. Er ist ein paar Jahre lang in Hongkong und in den Staaten geritten. Er will nach England zurückkommen. Darum war ich in Amerika. Ich habe ihm angeboten, Stalljockey für meine Galopper zu werden. Er hat letzte Woche zugesagt. Angie ist mit mir hierher gekommen, um nach einem Haus zu suchen, damit sie am Ende der Saison, wenn er kommt, einziehen können.«

»Oh.« Langsam dämmerte es Maddy. Und da sich ihre Hemmungen mittlerweile im Whisky aufgelöst hatten, fing sie an zu grinsen. »Also seid ihr beide gar nicht …«

»Nein. Sind wir nicht. Und wenn du heute Nachmittag länger bei uns geblieben wärst, hätte ich euch richtig bekannt gemacht, aber du wolltest ja nicht mehr mit mir reden, und dann hast du dich an Mr. Somerset herangemacht, weil du bereits deine üblichen falschen Schlüsse gezogen hattest …«

»Ich ziehe keine falschen Schlüsse.«

»Doch, das tust du. Immer.« Er löste ihre verkrampften Finger vom Glas und stellte es neben sich auf den Boden. »Das ist noch einer von deinen vielen Fehlern.«

Maddy rutschte so weit von ihm weg, dass sie an die Armlehne des Sofas stieß. »Hör auf, mich zu kritisieren.« Sie versuchte, ärgerlich auszusehen, was ihr misslang. »Ich bin in den letzten Monaten wegen dir durch die Hölle gegangen.«

»Und du denkst, dass es mir anders ergangen ist?« Die Kerzenflammen spiegelten sich in seinen funkelnden Augen. »Ich hatte keine Ahnung, was eigentlich los war. Ich hatte das Gefühl, du wüsstest etwas, von dem ich nichts wusste.«

»Ach, das! Das war ein Missverständnis«, sagte sie schnell. »Ich dachte, Peapods würde Caroline gehören. Ich dachte, du würdest alles verlieren, wenn …«

»Wer hat dir denn das weisgemacht?«

»Keine Ahnung. Ich habe wohl einen falschen Schluss gezogen.« Drew lachte. Er war ihr inzwischen sehr nah und sah zehn Jahre jünger aus. »Verdammt, Maddy, ich dachte, ich würde verrückt werden.« Er ließ seine Hand unter ihren Bademantel gleiten und streichelte sie sanft. »Du hast abgenommen.«

Ihre Haut brannte unter seiner Berührung. Sie zitterte. »Ich habe nicht viel gegessen.«

»Dann war es aber ernst.« Er vergrub sein Gesicht in ihren Locken. »Fang wieder an zu essen. Ich möchte nicht, dass du hager und langweilig wirst. Wir müssen dich sofort auf eine Mars- und Hobnobs-Kur setzen.«

»Sofort?« Sie hatte seinen Bademantel geöffnet und ließ ihre Finger über seinen festen, weichen Körper gleiten.

»Nein, nicht sofort«, seufzte er und küsste ihr Gesicht, ihre Augen, ihren Hals, bis er schließlich auf ihren Lippen verweilte. »Ich liebe dich so sehr, und im Moment gibt es weit Wichtigeres …«

Er liebte sie im Kerzenlicht, mit einer Leidenschaft, die durch den langen Verzicht umso heftiger war. Maddy knabberte an seiner Schulter und krallte ihre Nägel in seinen starken Rücken. Ihre Lust wuchs wie der Sturm, der draußen immer gewaltiger wurde, und explodierte mit gleicher Kraft.

»O Gott …« Maddy lag unter ihm auf dem Sofa, genoss das Gewicht seines Körpers und sein samtweiches Haar auf ihrem Gesicht. »Ich liebe dich so sehr …«

»Kannst du zwei Jahre warten?«, flüsterte er, glitt von ihr herunter, ohne sie loszulassen und zog sie wieder an sich heran, »… um Mrs. Fitzgerald zu werden?«

»Ich denke schon«, murmelte sie benommen. »Ich habe wohl keine andere Wahl, oder?«

Drew grinste sie an. »Ich nehme an, dass es bis dahin nicht für dich in Frage kommt, meine Geliebte zu sein?«

»Oh, Gott, nein! Ich glaube nicht, dass mir das sehr gut gelänge. Außerdem könntest du sowieso keine heimlichen Ausflüge über die Straße machen, um mich zu besuchen, weil Luke bei uns einzieht. Wir wären nie ungestört.« Sie kicherte. »Es sieht also ganz so aus, als müssten wir keusch und tugendhaft bleiben, bis du ein freier Mann bist.«

»Wenn ich glauben würde, dass du das ernst meinst, würde ich mir jetzt die Haare raufen.« Er küsste sie zärtlich. »Ich finde, du solltest einfach hier einziehen.«

»Ja, das finde ich auch.« Maddy seufzte glücklich. »Wenn du dich mit meinen Fehlern abfinden kannst.«

»Dafür gibt es möglicherweise eine Entschädigung.«

»Ach ja? Was denn?« Sie legte sich auf ihn und zog sein Gesicht an das ihre.

»Kochen zum Beispiel, oh, und sauber machen natürlich …«

»Du Schwein!« Sie biss ihn in den Hals. »Ich kann doch *Die Feen* nicht aufgeben!«

»Nein, das geht nicht.« Seine Finger streichelten ihre Brüste. Er hielt inne und sah sie an. »Wir haben es wieder getan, nicht wahr? Wir haben uns geliebt. Und wir werden es wahrscheinlich die ganze Nacht hindurch tun und die nächsten zwei Jahre, und wir waren kein bisschen vernünftig ...«

»Ich nehme jetzt die Pille.«

Drew lächelte sie mit grenzenloser Liebe an und begann erneut, ihre Brüste zu streicheln.

»Jetzt muss ich nur noch darauf vertrauen, dass deine Vorsichtsmaßnahmen nichts mit Charlie Somerset zu tun haben ...« Er lachte über ihr wütendes Gesicht.

»Okay, entschuldige. Also bist du doch davon ausgegangen, dass wir uns eines Tages wieder lieben würden, oder? Obwohl du mir gesagt hast, dass wir uns nie wieder sehen werden?«

»Absolut.« Sie räkelte sich zufrieden.

»Ich wusste, dass wir dieselbe Wellenlänge haben.« Er hielt die Luft an, weil ihre Finger verführerisch über seine Oberschenkel streichelten. »Was hast du eben über *Die Feen* gesagt?«

»Dass ich Peapods nicht umsonst sauber mache.«

Drew fuhr mit seiner Zungenspitze über ihr Kinn, bis er ihren Mund fand. »Das hätte ich auch niemals erwartet.«

»Und ...« – Maddy ließ ihre Fingerspitzen über seinen flachen Bauch wandern – »ich werde dir weiterhin den gleichen Preis berechnen.«

Drew zog die Augenbrauen hoch. »Und darüber kann nicht mehr verhandelt werden?«

»Nein, ganz und gar nicht.« Sie rollte sich auf die Seite, ohne ihn loszulassen, und in einem Gewirr aus Armen und Beinen und weißen Bademänteln fielen sie lachend auf den Boden.

»Wir sind auf dem Whisky gelandet. Noch mehr Arbeit für deine Putzfrau, Mr. Fitzgerald. Die man übrigens, wie ich gehört habe, als unbezahlbare Perle bezeichnet …«

»Das habe ich auch gehört.« Drews Stimme klang rau. Er zog die Bademäntel weg und presste seinen Körper an ihren. »Darum werde ich ihr auch mit dem größten Vergnügen den vollen Preis bezahlen.«

»Tatsächlich?« Maddy zitterte vor Verlangen, schlang ihre Arme und Beine um Drew und wollte ihn nie wieder loslassen.

»O ja.« Drew lachte weich und liebte sie dabei mit seinen Augen, seiner Stimme und seinem Herzen. »Oft, Maddy, mein Engel, so oft wie nötig.« Er verstummte und küsste sie erneut. »Aber bestimmt nicht mit Bargeld. Wir sollten eine andere Form der Vergütung finden, oder? Ich bin sicher, mir wird da etwas einfallen …«

Danksagungen

Ich danke Jane Wood und Selina Walker vom Verlag Orion, die mich mit großer Umsicht und Kompetenz durch die verschlungenen Wege des Lektorats geführt und sogar dafür gesorgt haben, dass es großen Spaß gemacht hat.

Dank auch an meine Agentin Sarah Molloy für ihren Durchblick, ihr sympathisches Wesen und ihre Freundschaft – dafür, dass sie immer da war, wenn ich sie brauchte, und nie geklagt hat, wenn ich ihr noch so dumme Fragen stellte, und dafür, dass sie so gut mit meiner manchmal ziemlich hektischen Art umgehen konnte.

Ich danke Hilary Johnson von der R.N.A. nicht nur für ihre guten Ratschläge und ihre treue Unterstützung, sondern auch dafür, dass sie mich immer wieder zum Lachen bringen kann.

Ein großes Dankeschön an Pat Powell, für immer meine beste Freundin, die meine Recherchen zu einem unvergesslichen Erlebnis machte.

Ich danke Hilary Lyall und Carol-Ann Davis, die immer an mich geglaubt haben.

Und ich danke auch besonders Dorothy Hunter.

Ein weiteres Dankeschön geht an Gill Boucher, Corinne Rees und Jane Clark dafür, dass sie so gute Freundinnen sind und mich an so vielen netten Abenden ohne Punkt und Komma reden ließen.

Und schließlich danke ich Rob und Laura für ihre Liebe und dafür, dass sie mich täglich inspirieren und niemals meckern, wenn es schon wieder Bohnen auf Toast gibt.